I0678716

«Hai… ehm… talento».

Silas ridacchiò. Era un suono basso e seducente. «Ah sì?».

Deglutii. «Sì. Tu… Sì». Scossi la testa, sentendomi avvampare. «Comunque… meglio se non ne parliamo più». O avrei ceduto alla tentazione di cominciare di nuovo, e sarebbe stata una catastrofe.

«Oh, non saprei. La trovo una conversazione affascinante» intervenne una voce maschile proveniente dal corridoio. «Ti prego, continua. Dicci cosa ti ha fatto provare Silas con la sua lingua».

Le mie mani si bloccarono sul mento di Silas. Avevo il cuore in gola. Silas, al contrario, non sembrava nemmeno sorpreso. O aveva percepito l'arrivo dell'alfa, o non gli importava. Non ne ero sicura, ma probabilmente era la prima.

Non avevo sentito arrivare Edon, né avevo colto il suo odore. Ne attribuii il motivo ai suoi movimenti furtivi da alfa e al fatto che il suo profumo fosse una presenza costante nella casa.

Varcò la soglia e si appoggiò allo stipite. «Allora, Luna. Raccontaci del suo talento. O preferisci che faccia un riassunto? Alla fin fine, ho visto tutto».

«Edon…». Mi sembrava di avere la gola rivestita di carta vetrata. Deglutii di nuovo e mi schiarii la voce, ma non servì a nulla. Quella sensazione fastidiosa non voleva saperne di andarsene. E nel mentre lui rimase lì, con un sopracciglio inarcato e un'espressione illeggibile. Aveva sicuramente annusato l'odore di eccitazione che permeava la piccola stanza.

Non potevo nasconderlo.

E nemmeno Silas.

«Gli stavo solo tagliando i capelli» dissi, spiegando così

la nostra vicinanza. Appoggiai il rasoio sul ripiano lì accanto. Avevo comunque quasi finito. «Sembrava un cane randagio».

«Un cane randagio con una lingua piena di talento» ribatté Edon, rifiutandosi di lasciar perdere. «Ma non hai risposto alla mia domanda, mia piccola compagna. Voglio sapere come hai reagito e come ti ha fatta sentire. Se il tuo resoconto sarà abbastanza dettagliato, forse gli permetterò di farlo di nuovo. So che lo desiderate entrambi. Giusto, Silas?».

Al contrario di me, Silas non era neanche lontanamente scosso. Il suo sguardo incontrò quello dell'alfa furioso senza battere ciglio. «Sì».

IL MORSO

DELL'ALFA

ALLEANZA DI SANGUE

TRADUZIONE ITALIANA:
CLAUDIA SARTORI
A CURA DI:
ERIKA VENNARUCCI

AUTRICE DI BESTSELLER PER USA TODAY

LEXI C. FOSS

Questo libro è un'opera di fantasia. I nomi, i personaggi, i luoghi e gli eventi descritti sono frutto dell'immaginazione dell'autrice, oppure sono usati in modo fittizio. Qualsiasi somiglianza con persone, viventi o defunte, attività, luoghi o fatti reali è puramente casuale.

Titolo originale: *Regally Bitten*

Copyright © 2019 Lexi C. Foss

Traduzione italiana: Claudia Sartori

A cura di: Erika Vennarucci

Tutti i diritti riservati.

Nessuna parte di questo libro può essere riprodotta in qualsiasi forma o con qualsiasi mezzo elettronico o meccanico, compresi i sistemi di archiviazione e recupero delle informazioni, senza il permesso scritto dell'autrice, tranne che per l'utilizzo di brevi citazioni in una recensione dell'opera. Questo libro non può essere ridistribuito a terzi per scopi commerciali o non commerciali.

Design di copertina: Covers by Julie

Cover Design: Manuela Serra

Fotografia di copertina a cura di: Wander Aguiar Photography

Modelli: Wayne, Evan & Patrick

Pubblicato da: Ninja Newt Publishing, LLC

ISBN eBook: 978-1-68530-041-8

ISBN stampa: 978-1-68530-042-5

❀ Creato con Vellum

A Katie, perché ami questo trio di licantropi tanto quanto me, per la tua fantastica amicizia e per il tuo incredibile sostegno. Ti sono più riconoscente di quanto immagini!

A Matt, per il tuo amore, la tua pazienza e la tua disponibilità ad andare all'avventura in giro per il mondo con me e il mio laptop.

E ai miei lettori, perché mi date la possibilità di provare cose nuove. Spero davvero che i licantropi vi piacciano. Così come i loro morsi.

IL MORSO

DELL'ALFA

ALLEANZA DI SANGUE
LIBRO TERZO

IL MORSO DELL'ALFA

Un tempo, il genere umano governava il mondo, mentre vampiri e licantropi vivevano nell'ombra. Ma ora non è più così.

Luna

Un matrimonio combinato? Al diavolo.
Sono una femmina alfa. Sarò io a decidere il mio futuro.
Non la società. Non mio padre. E sicuramente non *lui*.

Silas

Non sono sopravvissuto per essere trattato come un licantropo di basso rango. Sono molto più potente di quanto pensino. Più determinato. Più intelligente. E molto più degno di lei di chiunque altro.

Edon

Dovere. Una parola che detesto.

Sono il futuro del clan Clemente. Ci sono delle regole. Delle responsabilità. Non possono esserci amore né scelte.

Ma al cuor non si comanda, e il mio li desidera entrambi.

Benvenuti nel clan Clemente.
Fate attenzione. Mordiamo.

Nota dell'Autrice

Caro lettore,

Il mio stile di scrittura è molto "prolifico": mentre sto scrivendo un libro, ho già in mente i successivi. È stato così anche per *Il morso dell'alfa*. Avevo già scelto i protagonisti e avevo persino riflettuto su come si sarebbe svolta la storia.

Ma poi, nel corso della stesura di *Sangue reale*, è successo qualcosa di strano.

Il "cattivo" che avevo scelto per *Il morso dell'alfa* ha iniziato a parlarmi. E io non sono riuscita a smettere di ascoltarlo.

Quindi spero che il libro di Edon ti piaccia, visto che mi ha letteralmente conquistata.

Questo romanzo racconta la storia di un triangolo tra licantropi.
Ci saranno momenti crudi.

E oscuri.
E un'infinità di orgasmi.

Buon divertimento,
Lexi

Un tempo,
il genere umano governava il mondo, mentre vampiri e
licantropi vivevano nell'ombra.

Ma ora non è più così.
Benvenuti nel futuro, in cui a dettar legge sono le stirpi
superiori.

Procedete a vostro rischio e pericolo.

L'ALLEANZA DI SANGUE

La legge internazionale sostituisce ogni governo nazionale e sarà amministrata dall'Alleanza di sangue, un consiglio composto in egual misura da vampiri e licantropi.

Tutte le risorse devono essere distribuite equamente tra vampiri e licantropi, compresi i territori e gli schiavi. La posizione sociale e la ricchezza, tuttavia, saranno a discrezione di ogni casata o branco.

Uccidere, ferire o provocare un essere superiore è punibile con la morte. Tutte le controversie devono essere presentate all'Alleanza di sangue per il giudizio finale.

Le relazioni sessuali tra vampiri e licantropi sono strettamente proibite. Le collaborazioni commerciali, se appropriate e fruttuose, sono invece permesse.

Gli umani sono considerati beni di proprietà e non hanno alcun diritto legale. Ognuno sarà giudicato attraverso un sistema basato su merito, intelligenza, ascendenza, abilità e bellezza. La classificazione sarà effettuata alla nascita e finalizzata nel Giorno del sangue.

Ogni anno, dodici mortali saranno selezionati dall'Alleanza di sangue e dovranno competere per l'immortalità. Di questi dodici, due riceveranno il morso che li sottrarrà allo scorrere del tempo. Gli altri soccomberanno. Creare un vampiro o un licantropo al di fuori di questo processo è illegale e punibile con la morte.

Tutte le altre leggi sono a discrezione dei branchi e dei reali, ma non devono sfidare l'Alleanza di sangue.

Prologo

SILAS

VENTIDUE ANNI DI PROMESSE. Ventidue anni di bugie.

Impegnati a vincere il Torneo, dicevano. *Così potrai unirti a noi nell'immortalità.* Parole a cui seguivano immagini di una vita emozionante, all'insegna della ricchezza e di ogni genere di divertimento.

Immagini che dipingevano il peggior tipo di inganno.

Mentre mi contorcevo a terra, ringhiando di dolore nel corso del mio "benvenuto" alla vita da licantropo, non riuscivo a fare a meno di desiderare di essere morto.

Perché ciò che mi attendeva era un destino peggiore della morte.

Edon, il mio aguzzino, si accucciò accanto a me. Aveva un'espressione annoiata. «Passerà». Una serie di risatine si levarono dalla piccola folla che ci circondava.

Suo padre, Walter, l'alfa del clan, sbuffò. «Il raccolto di quest'anno è una merda».

«Senza dubbio» concordò Edon, alzandosi in piedi. «Possiamo portare a termine la procedura, adesso?».

Non è ancora finita? Cazzo.

«Vedere quanto i nuovi riescono a durare nel limbo è parte del divertimento» rispose l'alfa con un tono disgustato. «Ma è chiaro che questo qui non resterà al mondo ancora a lungo».

1

«Un omega» scherzò qualcun altro.

Volevo replicare a quel termine con un ringhio, dimostrargli che si sbagliava, ma il dolore non mi permise di far altro che gemere. Troppe settimane senza cibo, a lottare per sopravvivere, mi avevano indebolito al punto da riuscire a malapena a muovermi.

Ma avevo vinto.

E per cosa?

Per essere torturato.

Edon sospirò. «Era così promettente». Mi passò le dita tra i capelli incrostati di fango, scendendo lungo la mia mascella. Il suo tocco era sorprendentemente intimo. «Meglio che la faccia finita con lui o con la procedura?».

«Come preferisci. Questo è il tipo di decisione che un alfa deve prendere per il bene del suo clan». Fischiò. Il suono mi perforò il cranio e mi fece esplodere un'infinità di stelle innanzi agli occhi. Poi iniziò a ululare. Altri si unirono, incluso Edon, rendendo l'aria scintillante di energia.

Si stanno trasformando.

Sentii la magia strisciarmi sulla pelle, invitandomi a seguire il loro esempio. Ma qualcosa stava bloccando la mia capacità di farlo, strappandomi un ringhio basso e selvaggio.

Edon inarcò le sopracciglia. «Bene, bene». Piegò la testa di lato. Era ancora in forma umana, mentre il suo clan ci camminava attorno, annusando. I loro musi erano orribilmente enormi. «Forse c'è ancora speranza per te, Silas».

Le mie labbra si incurvarono in un sorriso sprezzante, l'istinto di difendermi mi corse lungo la spina dorsale.

Edon avvolse la mano attorno alla mia gola. Le sue pupille di ossidiana erano inanellate da braci d'inchiostro. «Sfidare il figlio di un alfa è una mossa azzardata. E fottutamente coraggiosa». Strinse la presa, ma non feci una piega.

Se voleva uccidermi, bene. Avevo passato le pene dell'inferno, salvo poi scoprire che stavo lottando per una vita che non esisteva. Non lì. Non con il clan Clemente.

La folla iniziò ad agitarsi. La mia sopravvivenza giaceva nel palmo del loro futuro alfa.

E fu a quel punto che colpì.

Le sue zanne affondarono nel mio collo. Il potere intrise la mia pelle, collegandosi al suo precedente morso.

Il mio gemito sfumò in qualcosa di più profondo, più crudo, più animalesco. Le mie ossa si trasformarono in qualcosa di *altro*.

Edon mi osservò. La sua mano si spostò sulla mia nuca, il suo sguardo era freddo e spietato.

Lo odiavo.

Lo temevo.

Volevo essere lui.

Tutto nel giro di qualche secondo, mentre il mio corpo mutava nella sua nuova forma.

Altri ululati.

Anche il mio.

I miei sensi aumentati.

Odori e immagini che non sapevo esistessero.

E poi delle forti dita umane corsero tra il mio pelo bianco e folto. La fronte di Edon premuta sulla mia. «Benvenuto nel clan Clemente, Silas».

———

Molte settimane più tardi…

Renditi utile, mi avevano detto. *Controlla il perimetro.*

In altre parole, non volevano che disturbassi la loro

preziosa cerimonia di accoppiamento tra il mio sire, il futuro alfa, e la sua promessa, che faceva parte del clan Ernest.

Bene.

Mi sarei aggirato lì fuori, memorizzando tutti gli odori, ascoltando i loro segreti. E pianificando. Perché non potevo continuare a essere il paria del clan Clemente. L'unico a essere trasformato negli ultimi vent'anni. Per tutti loro, nient'altro che un mezzosangue.

No.

Non ero sopravvissuto a tutto quel casino solo per essere messo in disparte.

Nulla era come ci avevano promesso. *Nulla.*

Odiavo essere lì. Odiavo la mia nuova vita da licantropo. E nonostante sapessi che mi sarebbe potuta andare molto peggio, sapevo anche che poteva essere meglio di così. Doveva esserci qualcos'altro, là fuori, un modo per vivere tutti in armonia.

Un basso ringhio mi fece drizzare le orecchie. Proveniva dal bosco, a qualche metro da dove si teneva la festa. I miei occhi trovarono una femmina alta e dai tratti elfici.

Le mani serrate a pugno lasciavano trasparire il suo disagio. La sua attenzione era rivolta a un maschio che torreggiava su di lei.

«Ti comporterai come si deve» ringhiò l'alfa. «Ti sottometterai a lui, Luna. O te la farò pagare».

E con quelle parole affettuose la lasciò, dirigendosi verso il cuore della festa. Lei lo seguì con lo sguardo, ringhiando.

Mi resi conto che si trattava della futura compagna di Edon. La sua postura rappresentava bene la sua forza e il suo spirito ribelle, distinguendola dalle altre femmine presenti. Riconobbi anche il suo nome, che negli ultimi tempi era stato bisbigliato spesso tra le fila del clan Clemente. I maschi non facevano che immaginare che aspetto avesse.

È bellissima, pensai. *Bellissima e incazzata.*

Il suo umore mi intrigava. Chiaramente, non ero l'unico a essere poco soddisfatto della propria situazione.

La sua attenzione si spostò su di me. Aveva percepito la mia presenza. Non abbassai lo sguardo. Il mio istinto si rifiutava di sottomettersi a qualcun altro.

Per tutta risposta, lei sbuffò. Il suono mi raggiunse trasportato dalla brezza serale.

Invece di attaccarmi, come la maggior parte degli alfa sarebbe stata propensa a fare, si gettò i capelli dietro le spalle e tornò alla festa. Mi considerava insignificante.

Esattamente come tutti gli altri.

Il mio pelo si arruffò per l'irritazione.

Un giorno quei dannati lupi mi avrebbero preso sul serio.

Dovevo solo capire quale fosse il mio posto, in quel mondo che per me era tutto nuovo. Perché di una cosa ero assolutamente certo: non era tra gli ultimi.

LUNA

Al. Diavolo. Questa. Merda.

Non riuscivo a decidere chi avrei preferito prendere a pugni. Se mio padre, o Walter, l'alfa del clan Clemente.

Probabilmente entrambi.

Mia madre mi diede una stretta alla mano. L'ennesima. Un modo educato di ricordarmi di tenere la bocca chiusa e accettare il mio destino. Esattamente come aveva fatto lei molti anni prima. E non era forse il ritratto della felicità?

Riuscii a stento a non sbuffare. Tutta la situazione non aveva alcun senso. Volevo essere io a scegliere il mio futuro compagno, non che me ne assegnassero uno. E soprattutto non un idiota come Edon. Era identico a suo padre, con quegli occhi scuri e peccaminosi, i capelli neri e il sorrisetto arrogante.

Walter era famoso per la sua propensione a scopare il suo harem fino alla morte. La sua povera *compagna* era costretta ad assistere o partecipare. E sembrava distrutta, come la maggior parte delle femmine di quel clan.

Il mio futuro, ringhiai tra me e me. *Non accadrà.* Avrei fatto a pezzi il cazzo di Edon prima ancora che lo avvicinasse a me. Glielo feci capire con un'occhiata omicida.

7

Lui sollevò un sopracciglio, i suoi occhi si illuminarono di interesse.

Voleva giocare.

Come tutti i maschi.

Ma avevo un piano, uno che mi avrebbe garantito il suo rifiuto. Così sarei potuta tornare al clan Ernest. Mio padre sarebbe stato furioso, probabilmente avrebbe cercato di vendermi al miglior offerente. Ma me ne sarei occupata a tempo debito. Esattamente come avevo pianificato tutto in anticipo per la serata.

Gli alfa erano possessivi.

E avevo intenzione di usare quella caratteristica a mio vantaggio.

Mio padre mi presentò a un qualche vampiro di sangue reale e al suo nuovo giocattolo. Ascoltai a malapena. La società, la politica… faceva tutto schifo. Ed era ciò che la maggior parte della gente conosceva. Ma la mia mentore, che mi aveva cresciuta, mi aveva parlato di un mondo diverso, di un'epoca in cui le femmine avevano molti più diritti. In cui potevamo sceglierci i nostri compagni. In cui ci nascondevamo dai vampiri e dagli umani.

Avrei dato qualsiasi cosa per essere nata allora.

E invece no, ero bloccata lì, con quei cretini che si aspettavano che mi inchinassi e chiacchierassi amabilmente, come se non fossi un'alfa. Costretta a rinnegare il mio istinto, ad accettare una posizione di inferiorità rispetto agli altri maschi del branco, nonostante potessi facilmente massacrarne la maggior parte.

Mi si rivoltò lo stomaco.

Ero circondata da conversazioni insulse, ricolme di formalità ficcate in gola a forza. Poi, finalmente, la cerimonia ebbe inizio.

Non vedevo l'ora di farla finita.

Un desiderio condiviso anche dal mio futuro compagno. Solo che lui si aspettava qualcosa di molto diverso. Qualcosa che non sarebbe mai successo.

Mormorii di approvazione riempivano l'aria. I lupi erano impazienti che lo spettacolo iniziasse. Era rimasta solo una manciata di vampiri reali, principalmente quelli più affascinati dai rituali dei licantropi. Non mi sorprese scorgere Jace tra loro. Era noto per portarsi a letto i lupi. Un comportamento pericoloso per un succhiasangue, ma mi aveva sempre dato l'impressione di qualcuno in grado di cavarsela in qualsiasi situazione.

Era accanto ad altri due reali. I loro occhi scintillavano nella notte.

Li ignorai, preferendo osservare gli alfa. Erano disposti a mezzaluna attorno all'altare. Avevano tutti un'espressione affamata e piena di aspettativa, illuminata dalla luce della luna piena.

Si sarebbero riuniti tutti anche il mese successivo, per completare la cerimonia di accoppiamento.

Ma io non ci sarei stata. Perché non avevo nessuna intenzione di andare fino in fondo.

Edon fece un passo avanti, scostandosi dal resto del gruppo. La sua camicia nera era sbottonata sul collo. A differenza mia, gli era permesso di partecipare all'evento vestito. Io avrei dovuto avvicinarmi a lui nuda, per mostrargli tutto ciò che avevo da offrire.

Perché il sesso era l'unica cosa che importava ai maschi alfa.

E lui avrebbe voluto assicurarsi che potessi soddisfare i suoi bisogni.

Le mie labbra si incresparono in un sorriso. *Oh, quanto ne resterai scioccato.*

Dei canti iniziarono a rieccheggiare nell'aria, mentre i

miei genitori presero posto ai lati del corridoio che conduceva all'altare. Il pubblico era composto da vampiri e licantropi, tutti in forma umana.

Io ero in fondo, a lasciare che mia madre mi togliesse il vestito e i tacchi.

Niente biancheria intima. Non perché fosse un requisito, semplicemente preferivo così. Era più facile mutare forma, con addosso il minimo indispensabile.

Raddrizzai le spalle. Ero sicura di me e del mio aspetto. Nel nostro clan, ci spogliavamo sempre; anzi, alcuni non si premuravano nemmeno di avere addosso qualcosa. Ma era un po' strano dover camminare nuda davanti a licantropi che non conoscevo.

Nel clan Clemente si respirava un'atmosfera diversa. Anche l'aria non mi sembrava la stessa, era come un bacio afoso sulla pelle. Preferivo di gran lunga le pianure gelide di casa. *La terra che un tempo era nota come Russia*, mi disse una volta la mia istitutrice. Il clan Clemente risiedeva in quelli che furono gli Stati Uniti del sud. Nel nuovo mondo, erano tutti nomi sconosciuti. Ma io conoscevo tutto del vecchio. Se i miei genitori lo avessero saputo, si sarebbero infuriati. Infatti era il mio piccolo segreto, che condividevo soltanto con Claudette e Logan, mio fratello.

«Vi presento Luna del clan Ernest» disse mio padre, con il tono intriso di orgoglio. Ci avvicinammo all'alfa del clan Clemente e al suo erede.

Devi essere proprio orgoglioso di te stesso, a costringermi ad accoppiarmi con un uomo che non conosco, pensai. *Padre dell'anno.*

Edon mi guardò negli occhi. La sfida che giaceva nelle loro profondità oscure era chiara. Si aspettava che mi inchinassi. Lo fulminai con lo sguardo.

Io non mi inchino davanti a nessuno.

Mia madre mi conficcò le unghie nel braccio, facendomi sussultare.

Mio padre si schiarì la voce.

Potevo praticamente sentire anche i rimproveri di Logan. *Non essere stupida, Luna*, mi avrebbe detto. *Comportati bene.*

Lui era probabilmente l'unica persona a cui avevo sempre dato ascolto, l'unica persona i cui consigli avevano senso.

Va bene, pensai, come rispondendo a tutti quanti. *Va bene.*

Mi sarei inchinata. Ma solo perché sarebbe stato il nostro primo e ultimo incontro.

Piegai le ginocchia e abbassai la testa. Mi sembrò così sbagliato. Così ridicolo. Mentre lo facevo, alzai lo sguardo verso l'erede del clan Clemente, ricevendo in risposta un'espressione sorpresa.

«Avrai un bel da fare con questa qui, figliolo» commentò Walter.

«Lo vedo» rispose lui con un tono piatto.

Imbecilli, pensai, rialzandomi dopo quell'abbozzo di inchino, o qualunque cosa fosse.

Edon fece un passo avanti. I suoi occhi vagarono su di me come se stesse esaminando un pezzo di carne. Il che era appropriato, considerando la nostra situazione.

I miei genitori si spostarono, per permettergli di girarmi attorno. Un'ispezione. Se avesse approvato, saremmo diventati ufficialmente fidanzati. Altrimenti, sarei stata rispedita a casa con un padre alfa molto arrabbiato.

Ma avevo subito molte volte la sua ira.

Sapevo cosa avrebbe fatto.

E non me ne fregava nulla.

Una vita da vagabonda sarebbe stata molto meglio che una vita nel clan Clemente, come compagna di un mostro.

Edon trascinò un dito lungo il mio braccio, il calore del

suo petto mi accarezzava la schiena. «Cosa c'è che non va, lupacchiotta?» mormorò nel mio orecchio. «Hai paura?».

«No» risposi, voltandomi per guardarlo in faccia. I presenti ne rimasero scioccati.

Le femmine dovevano rimanere assolutamente immobili durante l'ispezione dell'alfa. Mia madre mi aveva fatto ripassare tutte le regole almeno mille volte. Il sospiro che la udii emettere alle mie spalle diceva chiaramente cosa ne pensasse della mia disobbedienza.

I nostri legami familiari si tinsero di rabbia, il malumore di mio padre era palpabile.

Esitai, ma solo perché sapevo che non sarei stata io a essere punita, ma mia madre. Sentii quella certezza contorcersi nelle intenzioni di mio padre, deformando l'atmosfera con una promessa di violenza. Era tutto così intenso che mi costrinsi ad abbassare gli occhi sulla pelle abbronzata che sbucava dal colletto sbottonato di Edon.

Lui non si era mosso, forse incerto su come reagire al mio atteggiamento così palesemente scortese. Che fosse il caso di punirmi davanti a tutti? O sarebbe stato meglio lasciar correre, visto che non ero ancora sua, da poter maltrattare a suo piacimento?

Un accenno di inquietudine mi formicolò lungo la spina dorsale. Edon si limitò a fissarmi, come se stesse attendendo che facessi qualcos'altro.

Quando ciò non accadde, continuò il suo esame. Le sue dita correvano lungo la mia pelle. Nessuno disse niente. Tutti erano in attesa della sua decisione. Ci sarebbe potuto volere qualche minuto, o anche alcune ore. Avrebbe potuto scegliere di scoparmi lì, davanti a tutti, per testare la mercanzia. Avrebbe potuto farmi inginocchiare. Avrebbe potuto farmi qualsiasi domanda personale, e io avrei dovuto rispondere.

Era tutto così a senso unico.

Il maschio alfa avrebbe ottenuto qualsiasi cosa desiderasse. Al diavolo ciò che voleva la femmina.

Il palmo di Edon risalì fino alla mia nuca, un gesto di dominio che mi fece venire la pelle d'oca. Lo odiavo. Volevo ringhiare contro di lui, lottare, dirgli di levarsi di torno, ma potevo sentire la tensione di mio padre attraverso il legame. Un altro sgarro, e mia madre l'avrebbe pagata cara.

Oh, di certo non avrebbe apprezzato quello che stava per succedere.

Avevo già fatto l'impensabile. Solo che lui ancora non lo sapeva.

Ma Edon lo sospettava. Lo capii dal modo in cui le sue narici fremettero e si dilatarono, nonché dallo sguardo che mi rivolse quando alzai di nuovo gli occhi su di lui.

Le sue labbra si incurvarono in una sorta di ghigno.

Si sporse in avanti, sfiorando le mie labbra con le sue nel più casto dei baci, che risultò in ringhi di approvazione da parte del pubblico.

Volevano uno spettacolo.

Volevano che mi montasse.

Lo sentivo nel vento. Nel modo in cui i peli sul mio collo danzavano in segno di avvertimento. Era un branco crudele. Non credevano nell'uguaglianza.

D'altro canto, nessun licantropo ci credeva. Non più.

Il naso di Edon mi accarezzò la guancia, spostandosi verso l'orecchio e poi giù, lungo la mia gola. Annusando. Cercando l'anomalia che ero certa i suoi sensi di lupo avrebbero percepito. Continuò a scendere. Tra i miei seni, sul mio ventre, fino a raggiungere il punto dove le mie cosce si congiungevano.

Alzò lo sguardo su di me. Nei suoi pozzi di ossidiana lampeggiò un avvertimento. Di certo era riuscito ad annusare il maschio a cui avevo permesso di scoparmi in mattinata.

Il suo ringhio confermò che era proprio così.

Solo che non si trattò del suono minaccioso che mi ero aspettata, ma uno impregnato di fame e lussuria. Il tipo di suono emesso da un lupo quando desiderava la sua compagna.

È tutto sbagliato, pensai, confusa.

Gli alfa erano possessivi. E il rituale richiedeva la mia verginità. Di cui mi ero liberata meno di ventiquattr'ore prima, per essere certa che lo sapesse.

E così era stato.

Glielo lessi negli occhi.

La sua lingua gli scivolò fuori dalle labbra. Mi assaporò in profondità, senza lasciarmi più alcun dubbio che sapesse. Perché dopo l'atto non mi ero lavata. Perché *volevo* che sapesse.

Una seconda leccata mi fece cedere le gambe.

Non può star succedendo davvero.

Avrebbe dovuto essere furibondo. Avrebbe dovuto iniziare a farneticare. A minacciare di uccidere chiunque mi avesse deflorata. Avrebbe dovuto esigere che i miei genitori mi trascinassero via. Non…

Denti affilati mi si conficcarono nella carne, strappandomi un grido di sorpresa. I licantropi presenti rumoreggiarono eccitati, godendo di quella primordiale dimostrazione di possesso.

Quel bastardo mi aveva appena *marchiata*.

Sulla mia dannatissima coscia.

E il modo in cui mi guardò esprimeva quanto gli fosse piaciuto. Si alzò lentamente, il suo metro e novanta torreggiava sulla mia figura, che a stento raggiungeva il metro e settanta. Le sue dita mi strinsero il mento, tenendomi ferma mentre posava le sue labbra sanguinanti sulle mie. Reprimetti l'impulso di ringhiare. Perché non sarebbe stato un ringhio di avvertimento, ma di desiderio.

Poi la sua lingua si insinuò nella mia bocca, costringendomi a sperimentare l'inebriante miscuglio della mia eccitazione tinta di dolcezza ferrosa.

Bastardo.

Sorrise sulle mie labbra. «Benvenuta nel clan Clemente, mia piccola compagna» disse, abbastanza forte perché lo udissero tutti.

Un cappio spirituale mi cinse il collo, avvolgendosi anche attorno al mio cuore. La realtà delle sue azioni e delle sue parole calò su tutti quanti.

Mi aveva morsa e rivendicata a voce alta.

La cerimonia era completa, il fidanzamento consolidato.

Con quel morso sulla coscia aveva spezzato i miei legami con il clan Ernest. E io ne ero rimasta così scioccata, che non mi ero nemmeno accorta che i miei vincoli familiari si erano infranti.

Ma in quel momento lo sentivo.

Soprattutto guardando mia madre, i cui occhi erano annebbiati di lacrime. E poi mio fratello. Era in prima fila, coi capelli dello stesso colore dei miei, ma con gli occhi di un azzurro brillante. Sembrava indifferente, come tutto il resto del pubblico, ma dalla sua figura emanava una tristezza infinita, la stessa che sentivo nel profondo del cuore.

Addio, mi stava dicendo. Un saluto che mi aveva già rivolto la notte prima, lasciandomi con il consiglio di comportarmi bene e tenere la testa alta.

Sarai pure sua, ma sei comunque un'alfa, Luna. Non scordarlo mai.

Le sue parole mi abbracciarono l'anima, cercando di

sostenermi, mentre la disperazione minacciava di farmi a pezzi.

Non ero più parte del clan Ernest, ma la promessa dell'erede del clan Clemente.

Sbalordimento e orrore si rincorrevano dentro di me. Ero così sicura che non sarebbe successo. Nessun alfa sano di mente avrebbe mai accettato della merce di seconda mano.

Mi voltai di scatto nella sua direzione. Le sue dita mi stavano ancora accarezzando delicatamente il viso. Spalancai la bocca, mentre un coro di ululati tuonava attorno a noi. Erano tutti in attesa del proseguimento dei rituali.

Edon sorrise e avvicinò le labbra al mio orecchio. «Preferisco che le mie donne abbiano esperienza. Rende il sesso molto più entusiasmante».

Il cuore mi balzò in gola. Il mio piano aveva ottenuto il risultato opposto. Mi ero resa ancora più desiderabile ai suoi occhi.

E ora...

Il suo branco si aspettava che consumassimo il nostro nuovo legame. Che lui mi scopasse per tutta la notte. Davanti a loro, o nell'intimità delle sue stanze. La decisione spettava a lui, ovviamente, non a me.

I lupi non sono timidi. Siamo creature primordiali. Ma l'idea di fare sesso con lui davanti a tutto il suo clan mi inondò la mente di dubbi.

Non avevo realmente esperienza.

La stupida avventura di quella mattina era durata pochissimo.

E ne avevo odiato ogni secondo.

Ma farlo con Edon sarebbe stato molto peggio. Mi avrebbe morsa di nuovo, solo molto più forte. Mi avrebbe presa in qualsiasi modo desiderasse, anche se mi fossi messa a piangere. Cazzo, forse avrebbe *voluto* che piangessi.

Tutto questo non sarebbe dovuto succedere.

I suoi occhi seguivano ogni mio pensiero, le sue labbra si piegarono in un sorrisetto subdolo. Così tanto interesse. Così tanto desiderio.

Ho fatto veramente un casino.

EDON

Luna del clan Ernest non era minimamente come me l'aspettavo.

Le femmine del clan Clemente erano sempre disponibili, a volte anche troppo. Ma Luna puzzava di sfida. E io trovavo quell'odore aspro particolarmente inebriante.

Si era spinta al punto di scopare un altro maschio proprio quella mattina.

Subdola e brillante.

Se non avessi passato la notte precedente sepolto tra le cosce di un'altra, forse mi sarebbe importato un po' di più. Ma aspettarmi che la mia promessa sposa fosse vergine mi era sempre sembrato un doppio standard. E dicevo sul serio: preferivo avere a che fare con qualcuno che avesse già esperienza.

Preferivo anche che fossero felici di partecipare all'atto. Scopare una femmina non consenziente non aveva alcun valore per me. Nonostante adorassi la caccia, volevo che la mia preda *desiderasse* di essere catturata.

Ah, ma Luna non voleva neanche lontanamente essere lì. Ce l'aveva scritto dappertutto. Nell'atteggiamento sprezzante con cui teneva dritte le spalle, nella furia che illuminava i suoi occhi scuri, nella generale aria di ribellione che permeava la sua aura.

«Vieni» le ordinai, tenendole la mano sulla nuca. La guidai lontano dal caos della cerimonia.

Mio padre non ne sarebbe stato felice.

Voleva che la scopassi pubblicamente, davanti a tutto il clan.

Ma in quanto futuro alfa, ero io a scegliere come comportarmi. Non lui. Quel bastardo poteva indulgere da solo nelle sue passioni malate. Non avrei mai condiviso la mia compagna nel modo in cui lui aveva condiviso mia madre e tutte le altre donne, umane o meno.

Luna era ancora rigida sotto il mio tocco, ma le sue gambe obbedirono al mio comando.

L'alfa che era in lei voleva ribellarsi. La donna, invece, sapeva che non era il caso. Perché se solo ci avesse provato, l'avrei rimessa al suo posto in un istante. E non volevo farlo. Non lì.

Forse nell'intimità del mio alloggio.

Due sentinelle si spostarono dal mio tragitto, con le teste chinate in segno di deferenza.

Le ignorai, conducendo Luna attraverso l'edificio principale e poi nel cortile reale, fino a raggiungere la costruzione di legno che chiamavo casa. Era più piccola di quella di mio padre, che si trovava sul lato opposto dell'enorme tenuta. Un ampio bosco separava i nostri alloggi, una necessità imposta dai nostri caratteri, così diversi e spesso in conflitto.

Al momento, lui era l'alfa.

Io quello destinato a prendere il suo posto.

Ciò poteva causare delle complicazioni. Litigi in cui ultimamente avevo sempre avuto la meglio, con suo evidente dispiacere.

Luna diede un'occhiata ai salici piangenti che si

ergevano all'esterno della mia casa, spingendomi a fermarmi.

Lì fuori eravamo completamente soli. Nessuno avrebbe mai osato avvicinarsi senza permesso o senza un buon motivo. E la maggior parte dei membri del clan era comunque occupata a festeggiare.

Il passaggio di alfa accadeva circa ogni tre secoli, il che rendeva la cerimonia del mese successivo un momento molto raro per i licantropi. Per il clan Clemente, era anche la prima volta da quando erano cambiate le cose.

Tutto sembrava nuovo.

Insolito.

Emozionante.

Di conseguenza, erano tutti troppo impegnati a divertirsi per preoccuparsi di noi. Si aspettavano che scopassi la mia futura compagna. Dato che la maggior parte di loro mi aveva già visto in preda alla passione, non sarebbe stato così interessante.

Mio padre voleva che la spezzassi davanti a tutti, ma avrebbe dovuto farsene una ragione. L'avrei fatto in privato. Figurativamente parlando, se non altro.

Luna deglutì, la sua tensione era palpabile.

La lasciai andare e feci un passo indietro, concedendole lo spazio che così chiaramente desiderava. «Siamo soli, qui».

Lei sbatté le palpebre, il suo bel viso era il ritratto della confusione.

Anzi, non era nemmeno bello.

Era stupendo.

Le femmine alfa non accoppiate non potevano partecipare agli eventi dell'alta società, quali il Giorno del sangue o le cerimonie del Torneo dell'immortalità. Quelli erano riservati agli alfa dei clan e alle loro rispettive compagne. Ma dopo aver incontrato i suoi genitori, diversi anni prima, avevo già previsto il suo aspetto. Aveva gli occhi castani della madre, che alla luce assumevano una sfumatura color caramello, e i capelli scuri del padre. La sua pelle di alabastro corrispondeva a quella di entrambi, un tratto tipico di chi proveniva da quella regione del mondo. Ma le sue splendide curve erano solo e soltanto sue.

Gambe snelle e atletiche.

Vita sinuosa.

Tette fantastiche.

E un'espressione irritata che mi faceva battere forte il cuore.

Oh, mi sarei proprio divertito.

«Perché?» mi chiese. Sembrava aver ritrovato la sua sicurezza.

«Perché cosa?» le domandai di rimando. Sapevo esattamente a cosa si riferisse, ma volevo sentirglielo dire. Volevo che ammettesse che si era scopata un maschio di proposito, solo per farmi incazzare.

Luna ringhiò. Era un suono primordiale e dannatamente sexy. «Non sono vergine».

Sorrisi. «Neanch'io, tesoro».

«Essere vergine è un requisito fondamentale per una potenziale compagna».

«Forse non mi importa dei *requisiti*» ribattei. Dicevo sul serio. Se avessi voluto una docile lupacchiotta, mi sarei preso una delle omega del clan. No, preferivo un'alfa, una che potesse affrontarmi quando ce ne fosse stato bisogno. E lei era assolutamente perfetta.

Ce n'erano comunque altre tre come piano di riserva.

Ma mio padre e Niko erano vecchi amici. Il patto tra i nostri clan era stato stipulato il giorno della sua nascita.

Sarebbe sempre stata mia.

Esattamente come io sarei sempre stato suo.

A prescindere da quanto scopassimo in giro.

I suoi occhi scintillarono sotto il chiarore lunare. La sua postura era sulla difensiva. «Non mi arrenderò mai a te».

Piegai il capo in avanti, divertito. «Oh, lo farai. E mi implorerai di scoparti».

Sbuffò. «Non succederà mai».

Scoppiai a ridere e scossi la testa. «Va bene, piccola. Giochiamo». Mi sbottonai la camicia, per evitare di rovinarla, la piegai e la posai sulla soglia di casa. Poi iniziai a slacciarmi anche i pantaloni. Le sue narici fremettero.

Pensava che volessi fare sesso con lei.

La povera lupacchiotta sarebbe rimasta di sasso.

Mi liberai dei pantaloni, dei calzini e delle scarpe, restando tutto nudo. «Fa' del tuo peggio» la esortai.

Il suo sguardo si alzò di scatto dal mio pacco, le sue guance si tinsero di rosso. «*Cosa?*».

«Attaccami. Mostrami cosa sai fare». Il branco voleva che la deflorassi. Beh, per quello si era già arrangiata lei. L'avrei assaggiata in altri modi. A cominciare dalla sua capacità di tenermi testa.

«Io...». Si leccò le labbra. Il suo smarrimento era adorabile. «Cosa?».

«Se non vuoi lottare, allora faremo sesso» risposi, cercando di provocarla. «O uno o l'altro, come preferisci tu».

«Vuoi che mi azzuffi con te?».

«Sì. Hai detto che non ti arrenderai mai a me. Provalo». Inarcai un sopracciglio. «Sempre che tu non lo stia già facendo. In quel caso, preferirei prenderti da dietro». Aveva un sedere delizioso, che avrebbe sbattuto alla perfezione sul mio inguine mentre la...

Il pugno di Luna mancò la mia faccia solo di un soffio. Era stato un colpo incredibilmente preciso e potente. Lo sentii nell'aria che mi sibilò accanto alla guancia mentre lo schivavo.

Notevole.

Subito seguì un gancio che riuscì quasi ad affondarmi nello stomaco.

Non avrei mai immaginato di dover faticare per evitare i suoi colpi. Si stava dimostrando una brava piccola pugile, avventandosi su di me con tutte le sue forze, costringendomi a saltellare e scartare costantemente.

A quel ritmo, sarebbe stata esausta nel giro di qualche minuto.

Ma mi stava decisamente piacendo il modo in cui le sue tette rimbalzavano a ogni movimento.

E avevo sempre apprezzato quel genere di preliminari.

Catturai il suo pugno successivo nel mio, facendola girare davanti a me e avvolgendole un braccio attorno alla vita. «La boxe è divertente, ma hai mai provato col wrestling?».

Rispose con una spazzata di gambe che mi fece quasi cadere a terra, a cui subito seguì un calcio sullo stinco.

Ringhiai, furioso ed eccitato al tempo stesso.

Molti l'avrebbero preso come un avvertimento.

Non Luna.

Si lanciò di nuovo contro di me, senza nemmeno un cenno di stanchezza. Mi resi conto che mi avrebbe fatto faticare sul serio.

Quando tentò di nuovo di darmi un pugno in faccia, le afferrai il polso e lo torsi, facendola finire a terra. Guaì in risposta, tenendosi il braccio stretto al petto mentre torreggiavo su di lei. «Sono colpito» ammisi. «Ma l'alfa di questo clan sono io, non tu».

Feci un passo indietro e trasalii quando lei mi saltò addosso come un gatto selvatico, spingendomi a terra. Le sue mani cercavano la mia gola, le sue unghie si trasformarono in artigli. Li trascinò lungo la mia pelle, tingendo di sangue l'aria della notte. Voleva chiaramente farmi del male.

Cazzo.

L'istinto di sopravvivenza prese il sopravvento, spingendomi a reagire. Le afferrai gli avambracci, sfruttando un punto di pressione per allentare la sua presa, e cercai di inchiodarla al terreno. Ma lei schivò abilmente molte delle mie mosse, confermando che non era solo intelligente, ma anche veloce. E forte.

Mi ci volle qualche minuto di troppo per riuscire, finalmente, a intrappolarla in una posizione da cui non potesse sfuggirmi. Era stesa sulla schiena, bloccata dai miei fianchi e dalle mie cosce. Con una mano le tenevo i polsi sopra la testa, mentre con l'altra le stringevo la gola. «*Arrenditi*» le ordinai, con un ringhio che dovevo usare raramente con i membri del mio clan.

«Fottiti» sbottò, all'apparenza per nulla turbata dalla sua posizione di inferiorità.

«Pessima scelta di parole» ribattei, premendo la mia erezione sul suo sesso umido. Lo appoggiai soltanto, senza entrare. Solo per dimostrarle il mio dominio e per avvertirla di cosa sarebbe successo se avesse esagerato.

Si morse il labbro inferiore. La furia la fece avvampare. E quando provai a guardarla negli occhi, lei distolse lo sguardo.

Il primo segno di sottomissione.

E uno molto eloquente.

Per quanto il suo corpo potesse essere bagnato e disponibile, la sua mente non era neanche lontanamente pronta. Se l'avessi presa in quel momento, non avrei fatto altro che confermarle di essere un mostro. Visto che ci aspettavano svariati secoli insieme, non avevo intenzione di iniziare con la zampa sbagliata.

Sospirai e scossi la testa. «Spero davvero che l'esperienza di stamattina ti sia piaciuta, perché non permetterò mai più che sia qualcun altro a farti godere». La lasciai andare e mi allontanai da lei con un balzo, per non darle l'opportunità di provare di nuovo a colpirmi.

Lei saltò in piedi con un movimento esperto, rimettendosi in posizione da combattimento. «Non mi sono arresa».

Sorrisi, affascinato dalla sua determinazione. «No. Non a parole, almeno. Ma il tuo corpo l'ha fatto». Fissai in modo eloquente la punta umida e lucente del mio cazzo, per poi riportare lo sguardo su di lei. «Dovrei fartelo pulire con la lingua. Solo per dimostrarti che ho ragione».

Anche se ero quasi certo che mi avrebbe morso. Il modo in cui serrò la mascella confermò i miei sospetti. Avrebbe dovuto farmi infuriare, ma in realtà ne fui compiaciuto.

Avevo scelto la compagna perfetta per me.

Tutte le femmine con cui avevo avuto a che fare in passato erano così dannatamente sottomesse. Desideravo una licantropa che potesse tenermi testa. E che non avesse paura di farlo.

Esattamente come stava facendo Luna, in quel momento, con il suo sguardo omicida.

Quando tentò di colpirmi di nuovo, le afferrai il mento e le avvolsi un braccio attorno alla vita. Fino a quel momento mi ero trattenuto, e feci in modo che lo sentisse. La strinsi con una forza tale da non lasciarle la possibilità di dimenarsi. Poteva a malapena respirare.

«Qui nessuno ti toccherà» dissi piano. «Lo sanno tutti che sei mia». Le mie parole erano un avvertimento e al tempo stesso le confermavano che sarebbe stata al sicuro. Non doveva temere di essere attaccata da un membro del branco. Ma non avrebbe potuto scopare con nessun altro. Solo con me.

«Lasciami andare» mi disse. Finalmente, nella sua voce dolce c'era una sfumatura di paura.

Ignorai la sua richiesta, obbligandola invece a guardarmi negli occhi. «Non preoccuparti, piccola. Non ti costringerei mai a farlo. E poi, ci sono un sacco di femmine disponibili qui attorno».

Le diedi il tempo di assorbire quello che le avevo detto, sperando che la mia sincerità fosse palese. Poi la lasciai andare con una spinta che la fece indietreggiare di qualche passo, per evitare che riprendesse a colpirmi.

«Ti suggerisco di riflettere sulla nostra situazione, Luna. Sei qui perché ho bisogno di un erede. E lo avrò». Perché non avevo dubbi che prima o poi avrebbe ceduto. Lo facevano tutte. «A te non resta che decidere cosa succederà dopo. Puoi restare al mio fianco, o trascorrere il resto della tua vita da sola. Perché nessuno dei miei lupi ti toccherà mai».

«Mentre tu puoi fare sesso con chi ti pare» replicò, con una risata priva di allegria. «Sì, conosco le regole, *alfa*».

Così irrispettosa.

Così dannatamente sexy.

Sentii la mia erezione pulsare, bramosa di spingerla di nuovo per terra. Ma mi trattenni, fissandola invece con uno dei miei famigerati sguardi da *alfa*. «Fa' sì che sia sempre soddisfatto e forse non desidererò nessun'altra». Parole crudeli, ma vere. La società dei licantropi incoraggiava i maschi ad avere un harem, anche dopo la cerimonia di accoppiamento. Le femmine, al contrario, dovevano rimanere fedeli.

Quelle che non lo facevano, morivano. Male.

Luna doveva saperlo.

Un'altra risatina amara. Scosse lentamente la testa. «Va' pure a scoparti chi vuoi, *alfa*».

La fissai con gli occhi ridotti a due fessure, infastidito dalla noncuranza con cui mi aveva liquidato. La maggior parte dei licantropi nella mia posizione l'avrebbe già montata e costretta a sottomettersi. Io le avevo offerto di giocare.

E mi aveva rifiutato lo stesso.

Nonostante il suo corpo mi desiderasse.

«Bene» replicai. «Questa è la mia casa. Prendi il letto che preferisci, ma non il mio. Più tardi potrei avere un po' di compagnia».

Non aspettai che mi rispondesse. Il mio lupo interiore era furioso, esigeva che la scopassi o che mi allontanassi. Scelsi la seconda opzione.

Mentre mi trasformavo, percepii ancora più intensamente la sua eccitazione. Il mio naso colse l'odore del calore liquido che le scivolava lungo le cosce. Mi ci volle uno sforzo notevole per indietreggiare, invece di balzare sulla femmina che il mio lupo riconobbe come sua.

Non mi voleva. Non ancora.

Sfrecciai verso gli alberi, con un ringhio soffocato che mi rimbombava in gola.

Le femmine più audaci del branco mi avrebbero seguito, per permettere loro di soddisfare la lussuria che ardeva dentro di me.

E forse le avrei lasciate fare.

Non eravamo ancora ufficialmente accoppiati. E la mia futura compagna non mi voleva. Quindi perché non concedermi a un'altra?

Il latrato di Luna mi fece bloccare appena oltre la linea degli alberi. La vidi cadere in ginocchio, con i capelli scuri che le coprivano il viso.

«*Cazzo*» ringhiò. «Cazzo. Cazzo. Cazzo!».

Il suo sfogo rabbioso mi lasciò a bocca aperta. A quanto pare, alla mia promessa sposa importava. E molto. Ma nel suo odore c'era anche una nota di astuzia, un piano che stava mettendo radici nella sua mente. Una mente che volevo tanto conoscere.

A cosa stai pensando, mia piccola compagna?, mi chiesi tra me e me. L'immagine di lei che cercava di fuggire mi apparve davanti agli occhi. Era frutto della nostra connessione, o di qualcosa di diverso?

A prescindere, ne rimasi affascinato.

Onestamente, speravo che provasse a scappare.

Perché andare a caccia mi era sempre piaciuto.

SILAS

Questo incarico è una stronzata, pensai, dando un calcio a un sasso con la zampa.

Mi mandavano lì ogni giorno a "controllare" il perimetro. Certo. Il territorio più vicino era a centinaia di chilometri in ogni direzione. Il che significava che c'erano già altre pattuglie là fuori che facevano la stessa cosa e fermavano chiunque provasse ad avvicinarsi.

Probabilmente il prossimo passo sarà mandarmi là. L'unico motivo per cui mi era permesso stare così vicino al cuore del branco era il mio presunto bisogno di addestramento. Non che qualcuno si fosse preso la briga di spiegarmi un accidente.

No.

L'unica cosa che mi avevano detto era di pattugliare il perimetro. Come se avessi potuto imparare qualcosa annusando erba e terriccio sotto forma di lupo. Sbuffai.

L'unico odore che continuavo a cogliere era un dolce aroma di fiori d'arancio che apparteneva alla futura compagna di Edon. Sembrava che le piacesse correre avanti e indietro lungo il perimetro. Da sola.

Tutti le stavano alla larga, me compreso. Ma non potevo fare a meno di chiedermi cosa stesse facendo lì fuori.

Seguii il suo odore lungo il ruscello, tenendomi a distanza. Visto che ci trovavamo nei pressi del confine, era come se stessi lavorando. Avevo solo qualcosa di più stimolante da fare.

C'era qualcosa in lei che mi affascinava. Il suo odore era diverso da quello del branco, ma il mio interesse andava molto più a fondo. Emanava un pizzico di orgoglio di cui le altre femmine del clan sembravano carenti. Forse perché Luna era un'alfa, una rarità tra i licantropi.

O forse era il modo in cui si muoveva con grazia attorno alla palude, il modo in cui le sue gambe lunghe sembravano quasi danzare, ipnotiche.

Ero stato due volte sul punto di rivolgerle la parola, nel corso della settimana. Solo per farmi conoscere. Ma ero abbastanza sicuro che un gesto del genere avrebbe infranto un milione di regole.

Tanto per cominciare, ero l'omega del branco. Un lupo appena trasformato. Un debole.

Almeno agli occhi degli altri.

Ma non mi sentivo poi così *debole*. Piuttosto, mi sentivo irrequieto. Come se avessi avuto bisogno di fare qualcosa di più importante che vagare…

Morte.

Arricciai il naso.

Un'altra folata arruffò la mia pelliccia con un fetore nauseabondo, mettendomi in allerta.

Da dove viene?

Seguii l'odore acre fin sulla riva opposta del ruscello. Anche quelle terre appartenevano al clan Clemente, ma erano al di fuori del villaggio principale, quello che ospitava le più alte cariche del branco.

C'era decisamente qualcosa che non andava.

Misi in mostra le zanne ed emisi un basso ringhio. La puzza di violenza mi faceva torcere le viscere. Qualcuno o qualcosa aveva trovato la morte là fuori. E l'aveva fatto nel modo peggiore.

Tortura.

Interiora.

Sangue.

Alzai il muso, cercando di trovare l'origine di quel tanfo.

Là. Sfrecciai tra gli alberi coperti di muschio.

Un cadavere squartato giaceva sull'erba, con il collo ridotto a un moncherino.

La testa si trovava a un paio di metri di distanza.

Vampiro.

L'odore del clan si intrecciava a quello del decadimento. Il che significava che l'omicida apparteneva al clan Clemente. Ma chi avrebbe mai fatto qualcosa del genere? Infrangeva una delle leggi più sacre dell'Alleanza di sangue: era vietato uccidere un membro delle stirpi superiori senza un ordine proveniente dall'alto.

Ed era chiaro che la morte di quel vampiro non era stata autorizzata.

A meno che non fosse stato Walter a dare l'approvazione.

O chiunque fosse il sovrano di quel vampiro.

Ma, in quel caso, ci sarebbe stata una cerimonia di qualche tipo.

No. Era sicuramente un omicidio non autorizzato.

Sollevai di nuovo il muso e ululai per avvertire le altre sentinelle, incerto su come procedere, visto che nessuno mi aveva mai spiegato cosa prevedesse il protocollo.

Cosa c'è?, chiese una voce profonda nella mia testa, facendomi inciampare sulle mie stesse zampe.

Cosa diavolo?!, pensai, guardandomi attorno. Da quello che sapevo, nessun membro del clan Clemente aveva abilità telepatiche. Ma magari le avevano. Cosa potevo saperne, io? Nessuno mi aveva detto niente.

Silas, ringhiò la voce. *Rapporto.*

Chi è?, chiesi, continuando a girare su me stesso, confuso e vagamente paranoico. Forse mi stavo immaginando tutto.

Edon, il tuo alfa. La sua voce, il cui tono arrogante ero riuscito a riconoscere, iniziava a essere irritata. *Rapporto.*

Come fai a essere nella mia testa?, gli domandai. *Aspetta, possiamo farlo tutti?*

Oh, no. Sarebbe un disastro. Un vero e proprio disastro. Non volevo nessuno nella mia testa. Era dove un sacco di pensieri privati e ribelli prendevano vita. Pensieri che, se espressi ad alta voce, avrebbero potuto farmi uccidere.

Come il mio interesse per il delizioso profumo di Luna.

E il mio odio per quella nuova esistenza.

Un lungo sospiro sofferente mi fece rizzare il pelo. Un sospiro che non mi apparteneva, eppure riecheggiò in tutta la mia dannata testa.

Calmati, Silas. Ti ho trasformato io. È il legame tra un sire e la sua progenie. Esiste all'interno della psiche del branco, ma vi possiamo accedere soltanto noi. Ora, ti dispiacerebbe dirmi che cazzo sta succedendo laggiù?

Da quando mi aveva fatto diventare un licantropo, settimane prime, non mi aveva mai parlato così a lungo. Eppure quel legame era sempre stato lì. Fin dall'inizio.

Merda.

E cosa diavolo era la psiche del branco?

Silas, ringhiò. *Concentrati, prima che venga lì io stesso.*

Il suo tono minaccioso mi costrinse a ingoiare un guaito. Non volevo vederlo là fuori. Anzi, non volevo proprio vederlo. Soprattutto dopo quello che mi aveva inflitto durante la procedura di trasformazione.

Edon non era un licantropo gentile. Quello lo sapevo per certo. Anche se permetteva alla sua compagna di scorrazzare liberamente, anche al di fuori del villaggio.

Silas! Stai mettendo a dura prova la mia pazienza, una cosa che ti invito caldamente a non fare.

Mi sedetti a diversi metri di distanza dal cadavere, facendo una smorfia nonostante fossi in forma di lupo. *C'è un vampiro morto ai confini della tenuta. E ha l'odore del branco.*

Silenzio.

Edon?

Non ero sicuro che mi avesse sentito.

Sto arrivando. Non lasciare che nessuno tocchi niente, o avrò la tua pelliccia.

Risposi alla sua minaccia con un ringhio, odiandolo ancora di più. Ma quando il suono di passi in avvicinamento mi solleticò le orecchie, mi misi di guardia come mi aveva ordinato. Tornai in forma umana, una trasformazione inizialmente dolorosa, ma che ormai mi sembrava del tutto naturale. Restai in piedi accanto al cadavere, con le braccia incrociate.

Tre lupi dal manto bianco e setoso fecero la loro comparsa. Erano tutti maschi e tutti purosangue, ossia nati come licantropi. Affinché ciò accadesse, era sufficiente che un solo genitore avesse il gene del lupo. Da cui la necessità delle fattorie per la riproduzione.

Dov'è imprigionata Willow, pensai, trasalendo. Eravamo in classe insieme, era una delle mie migliori amiche. Il Giorno del sangue, il magistrato l'aveva spedita in uno di quegli allevamenti, dove sarebbe stata costretta a generare altri umani o altri licantropi.

Speravo con tutto il cuore che fosse la prima.

Almeno Rae sta bene, mi consolai, pensando all'altra mia migliore amica. Incontrarla alla cerimonia di presentazione di Luna era stato uno shock estremamente gradito. Quando avevo saputo che Kylan, il famigerato sterminatore di harem, l'aveva scelta come compagna, mi ero preoccupato. Ma mi era sembrato che fosse serena. Felice, addirittura.

Beh, almeno uno di noi lo è, pensai. I lupi che si stavano avvicinando mutarono in forma umana.

«Cos'hai fatto?» chiese il più tarchiato. Com'è che si chiamava? Edwin? Ethan? Goliath?

Non ne avevo idea.

Nessuno di loro voleva fare amicizia con l'umano trasformato in licantropo, così decisi di ricambiare.

«Ti ho fatto una domanda, bastardo» ringhiò Goliath. O perlomeno quello che sembrava un Goliath.

«Ho trovato un vampiro morto» risposi con voce strascicata, sottolineando l'ovvio.

Tre espressioni identiche, e per nulla divertite, mi fissarono.

«Edon ha detto di non toccare nulla finché non arriva» aggiunsi.

Quello catturò il loro interesse.

«Edon, eh?». Il licantropo dai capelli rossi si grattò la barbetta corta che gli copriva la mascella. «Prendiamo già ordini da Edon, Barry?».

«No, Glenn, non li prendiamo» rispose il terzo, Barry. La sua figura allampanata era la meno minacciosa.

«Come pensavo». Glenn sorrise. Era un sorriso subdolo, crudele.

Andrà a finire male, sospirai tra me e me. «Anche se non è ancora il vostro alfa, è l'erede designato. È meglio fare come dice».

Lo sguardo di Glenn si illuminò di malvagia determinazione. «No, io non ho sentito nessun ordine, bastardo. Penso che faremo il cazzo che vogliamo. Giusto, ragazzi?».

«Sì» risposero all'unisono i suoi tirapiedi.

Una parte di me sarebbe stata felice di lasciarli fare, sapendo che sarebbe stata la loro fine. Ma la parte più obbediente di me, quella forgiata a suon di punizioni durante gli anni di scuola, mi spinse a mantenere la posizione di fronte al cadavere. «No».

Non aggiunsi altro.

Non li minacciai.

Mi limitai a ribadire che non avrebbero fatto nulla al cadavere finché Edon non avesse dato la sua autorizzazione.

Barry ridacchiò, scuotendo la testa. «Con permesso».

Vidi il suo pugno man mano che si formava, accorgendomi del modo in cui il suo corpo si stava inclinando prima ancora che venisse verso di me. E schivai abilmente il suo colpo, sferrandogliene al contempo uno all'addome.

«Oh» ansimò, piegandosi in avanti. Sapevo che quel pugno l'avrebbe lasciato senza fiato almeno per una trentina di secondi.

Purtroppo, però, la mia reazione istintiva causò la risposta dei suoi amici, che si scagliarono entrambi contro di me.

Catturai il pugno di Glenn, gli torsi il braccio e lo feci cadere in ginocchio. Il che lasciò il mio lato destro aperto per il brutale attacco di Goliath.

Un colpo alle costole e un secondo alla schiena mi fecero cadere all'indietro. Ma avevo sopportato molto di peggio. Ero sopravvissuto al Torneo dell'immortalità. Sapevo come funzionava e sfruttai la sua temporanea vittoria a mio vantaggio.

Perché ero certo che non mi avrebbe attaccato di nuovo.

E infatti si limitò a guardarmi con un sorrisetto

compiaciuto, come un imbecille, convinto che non mi sarei rialzato.

Il suo sguardo incredulo, quando feci l'esatto opposto, fu uno spettacolo stupendo. Nel giro di un istante ero già balzato in piedi, colpendolo col palmo direttamente sul naso.

Crack.

L'altra mano si schiantò sul suo sterno.

Snap.

E il mio ginocchio gli si conficcò nel fianco.

Pop.

L'ululato che esalò cadendo a terra fu come musica per le mie orecchie.

Un movimento che colsi con la coda dell'occhio mi fece tirare un calcio laterale direttamente nel ventre di Glenn, poi il mio pugno si abbatté sul suo cranio con un tonfo assordante. Gemette, cadendo rovinosamente sul suo amico. Barry alzò le mani in segno di resa.

Lo guardai con un'espressione minacciosa. «Abbiamo finito?».

«Sì». Un basso ringhio emerse tra le fronde.

Edon.

Arrivò in forma umana, a torso nudo, con addosso solo un paio di jeans. Una chiara indicazione che era corso lì su due gambe, invece che trasformarsi per fare più in fretta.

In altre parole, se l'era volutamente presa comoda.

«Cos'è successo?» chiese, osservando i suoi due lupi feriti e l'atteggiamento contrito di Barry.

«Stiamo solo giocando, boss» rispose l'idiota.

Sì, come no, pensai. *Giocando un cazzo.*

Edon mi guardò con un sopracciglio inarcato. *Dillo a voce alta.*

Mi limitai invece a incrociare le braccia e a fissarlo.

Seguì un lungo attimo di silenzio.

Fare la spia non era da me. In più, era ovvio cosa fosse accaduto. Mi avevano attaccato e io mi ero difeso. *Nessuno ha toccato il corpo*, aggiunsi mentalmente. *Vostra Altezza.*

Edon sospirò. «Barry, porta a casa quegli idioti dei gemelli. Mi occuperò di voi più tardi. Silas, tu resta qui».

Bau, bau, pensai. Oh, sfidare un alfa era una mossa veramente stupida. Lo sapevo. Ma non avevo nulla da perdere se non la mia vita, e quella poteva essermi tolta solo per una giusta causa. Edon avrebbe fatto prima a spedirmi in esilio, una situazione che probabilmente mi avrebbe reso più felice.

Forse sarei persino riuscito a trovare un vecchio letto in cui dormire, invece di dovermi rannicchiare sotto un albero qualsiasi.

Okay, probabilmente no.

Ma un lupo può sempre sognare.

Scemo, Più scemo e Ancora più scemo se ne andarono, allontanandosi zoppicando sotto lo sguardo attento del loro futuro alfa. Quando tornò a rivolgere la sua attenzione su di me, non dissi una parola. Se pensava che mi sarei scusato per aver messo quei tre al loro posto, si sbagliava di grosso.

«Hanno minacciato di toccare il cadavere, vero?» mi chiese, non appena furono abbastanza distanti da non sentirlo.

Non dissi di sì né di no, continuando semplicemente a fissarlo.

«Sfidare un alfa è un gioco pericoloso» mi avvertì.

«Dillo a quei tre idioti» suggerii.

«Quei tre idioti, come li chiami tu, sono dei purosangue e sono molto più in alto di te nella gerarchia del branco».

Come se non lo sapessi già. Era il motivo per cui vivevano nel villaggio principale. E avevano un tetto sopra la testa, a differenza di me. Ed era anche il motivo per cui potevano parlare liberamente con qualcuno dello status di Edon, mentre io dovevo inchinarmi e strisciare.

Al diavolo.

Edon mi osservò, le sue iridi roventi corsero lungo ogni centimetro della mia pelle. La nudità non era mai stata un problema per me. Avevo trascorso molti anni a essere esaminato dagli immortali, giudicato per il mio aspetto, la mia agilità, la mia intelligenza. Sapevo esattamente quale fosse il mio valore. Diventare un licantropo non aveva fatto altro che accentuare quelle caratteristiche. Mentre dei lupi come i tre di prima non avevano mai dovuto faticare per nulla. La loro posizione era un diritto acquisito fin dalla nascita. Proprio come nel caso di Edon.

Io avevo *creato* la mia.

Avevo lottato per ottenerla.

E avrei continuato a farlo fino all'ultimo respiro.

Edon sorrise. «Hai combattuto bene. Ti sei guadagnato un po' di rispetto. Cerca di tenertelo stretto, okay?». La sua attenzione si spostò sul vampiro morto. Quando i suoi occhi scivolarono sul torso orribilmente sventrato, sui segni dei morsi e sui legamenti lacerati, la sua espressione divertita sparì.

Iniziò a esaminarlo con cura, mentre le sue parole riecheggiarono nella mia mente.

Ha visto la rissa.

Altrimenti, perché quel commento sul modo in cui avevo combattuto? A meno che non lo avesse dedotto dalla pila di maschi che si era ritrovato davanti.

No.

Ero abbastanza sicuro che avesse assistito a tutta la scena, come una sorta di test.

«Mi hai ordinato di proposito di sorvegliare il cadavere» conclusi ad alta voce.

«Mi sembra ovvio» rispose, accucciandosi accanto alla testa rasata del succhiasangue. «Sei la mia unica progenie. Volevo vedere se potevo fidarmi di te». Il suo sguardo consapevole guizzò verso l'alto. Scorsi un accenno di rispetto nelle sue profondità oscure. «Un giorno la tua lealtà potrebbe essere ricompensata. Tienilo a mente».

Soffocai il verso dubbioso che minacciava di strisciarmi fuori dalla gola.

«Cosa riesci a percepire?» chiese, riportando ancora una volta la sua attenzione sulla scena.

«Branco e vampiro morto».

Edon scosse la testa. «Okay, qualcos'altro? Qualsiasi cosa che possa aiutarci a capire chi si sia macchiato di questo omicidio non autorizzato?».

Annusai di nuovo l'aria, aggrottando le sopracciglia. «Tutto quello che sento è l'odore collettivo del branco, non ho ancora imparato a riconoscere i tratti distintivi di ciascuno».

«Anche per me sa di branco» concordò, accigliandosi. «Il che significa che qualcuno ha coperto le sue tracce di proposito». Afferrò il mento del vampiro e lo voltò a destra e a sinistra. «È uno degli uomini di Silvano. Un funzionario di rango superiore, ma non un sovrano o un reggente. Solo un aspirante diplomatico di alto livello».

Edon si alzò in piedi. Si guardò attorno, con le narici dilatate.

«Ho bisogno che tu seppellisca il corpo» continuò. «Magari vicino a uno dei ruscelli che si trovano sul confine».

Corrugai la fronte. *Cosa?* «Non dovremmo dirlo a qualcuno?». Mi sembrava qualcosa di cui la Dea avrebbe voluto essere a conoscenza. E anche Silvano, il reale, avrebbe apprezzato saperlo.

Mi guardò in faccia. «E se lo facessimo, cosa

succederebbe?»». Il suo tono era privo della solita arroganza, sostituita da un accenno di curiosità.

Un altro test, mi resi conto.

Considerai attentamente come rispondere, ripensando a tutti gli anni trascorsi a studiare i legami politici tra licantropi e vampiri.

E mi accigliai.

«Esigerebbero in cambio una vita». Edon non confermò la mia conclusione né la negò. I suoi occhi scuri erano fissi sui miei, in attesa che continuassi. «E tu saresti costretto ad accettare» aggiunsi, riflettendo ad alta voce. «E verrebbe sacrificato l'omega del branco, cioè io».

«Quindi ti suggerisco di seppellire il corpo, *omega*» replicò Edon.

Sospirai. Ecco il pomposo alfa che amavo odiare.

Ma aveva ragione.

Cos'altro avrei potuto fare?

Le mie labbra erano sul punto di accettare il suo suggerimento, quando un sentore di fiori d'arancio mi solleticò il naso. *Luna.*

I suoi occhi caramello brillavano tra gli alberi, il suo manto candido era in netto contrasto con il muschio e l'edera che decoravano il paesaggio.

Se Edon si era accorto della sua presenza, non lo diede a vedere. Luna era intenta a studiare la scena, per nulla spaventata di essere stata sorpresa a farlo.

Che avesse capito che l'avevo seguita?

Che adoravo il modo in cui le sue zampe...

«Silas?» intervenne Edon.

Giusto. L'ordine dell'alfa. E non è nemmeno il caso di sbavare sulla sua compagna.

Mi schiarii la voce. «Io... sì, mi metto subito al lavoro». Sbirciai ancora una volta in direzione degli alberi, ma

Luna se n'era già andata. *Cosa stai combinando?*, mi chiesi, non per la prima volta nella stessa giornata.

Con un sorrisetto, Edon abbassò le mani sui jeans e li sbottonò. «Ho un lupacchiotto di cui occuparmi» mormorò, abbassando il tessuto lungo le sue cosce muscolose. «Tienimi questi» aggiunse, passandomi i pantaloni. «Tornerò a prenderli».

Ero sul punto di ringhiare una risposta scortese, ma la magia della sua trasformazione mi intrappolò la lingua nella bocca, secca tutto d'un tratto.

Era stupenda. Armoniosa. La trasformazione più perfetta a cui avessi mai assistito. E ne avevo viste molte, nelle ultime settimane. Era così fluida, esperta, naturale.

Anche la mia sarebbe stata così, un giorno? Ne dubitavo. Le mie ossa scricchiolavano ancora. Le sue mutavano spontaneamente, come se fossero sempre esistite in quella forma di lupo gigante.

Edon diede una scrollata al pelo, stiracchiandosi.

No, *pavoneggiandosi*.

Sapeva che lo stavo ammirando.

E gli piaceva.

Lo capivo dallo scintillio presuntuoso che gli illuminava lo sguardo.

Mi diede un colpetto col muso, spingendomi senza troppe cerimonie verso il cadavere. Il piccolo morso che riservò al mio braccio suonava come un avvertimento.

Sbrigati, mi disse mentalmente. *Sarò di ritorno tra un'ora.*

E con quello, si lanciò tra gli alberi. Verso il profumo di fiori d'arancio.

LUNA

Merda. Merda. Merda. Mi sono avvicinata troppo.

Sfrecciai nel cuore della foresta, cercando di mettere più distanza possibile tra me ed Edon. Che la sua progenie si accorgesse della mia presenza non era un problema. Ma che lo facesse l'alfa, era tutta un'altra cosa. Ero riuscita a evitarlo per la maggior parte della settimana e volevo che le cose restassero tali.

Uff.

Il mio maledetto naso mi metteva sempre nei guai. La traccia che avevo seguito mi aveva condotta ai confini della tenuta. Dove avevo visto, scioccata, il nuovo licantropo avere la meglio su tre purosangue. Mentre Edon li osservava di nascosto. Ero convinta che l'alfa sarebbe intervenuto e avrebbe sottomesso il giovane lupo.

Ma non l'aveva fatto.

Al contrario, si era appoggiato a un tronco e si era goduto lo spettacolo.

Gli altri erano troppo distratti dal loro stesso testosterone per accorgersi di lui. Ma io ero riuscita a cogliere il modo sensuale in cui le sue labbra si erano incurvate in un sorriso divertito.

Un sorriso che sparì in fretta, quando rese nota la sua presenza e si avvicinò agli altri membri del clan. I tre purosangue se ne andarono, il giovane no. E ciò non fece che incuriosirmi ancora di più, spingendomi a fare qualche passo avanti per non perdermi neanche una parola.

L'atteggiamento presuntuoso del novellino mi sconvolse, ma mai quanto la reazione di Edon. Gli *permise* di farlo.

Mio padre non avrebbe mai tollerato nulla del genere. Avrebbe frustato il lupo insolente fino a scuoiarlo.

Un piccolo morso al calcagno mi fece voltare nel bel mezzo della corsa. Fui sul punto di ringhiare, ma la voce mi morì in gola, quando mi accorsi che si trattava di Edon.

Wow, è veloce.

E furtivo, visto che non l'avevo nemmeno sentito guadagnare terreno, figuriamoci avvicinarsi abbastanza da mordermi.

Deglutii, incerta. Era arrabbiato con me perché li stavo spiando? Non ero ancora ufficialmente parte del branco, quindi non avrei dovuto essere al corrente delle loro questioni politiche. Ma aveva una postura rilassata, non aggressiva. Anzi, sembrava quasi amichevole.

Era da quella prima notte che non ci rivolgevamo la parola, e da allora ero stata sempre per conto mio. Iniziò a camminarmi attorno, ammirando ogni centimetro della mia forma di lupo. Dovetti sforzarmi per non mettermi sulla difensiva, davanti a un esemplare di tali dimensioni.

Se qualcuno avesse mai avuto dubbi sul suo status di alfa, sarebbe bastato che lo vedesse trasformarsi. Perché... *wow*.

Persino io rimasi colpita dall'ampiezza delle sue spalle, dalle sue zampe possenti e dal suo lucido manto bianco. La perfezione in forma di lupo. E il suono basso e roco che gli rimbombava nel petto sottolineava come l'ammirazione fosse reciproca.

Un altro morso alla zampa posteriore mi fece scartare e

accelerare, ringhiando. Lui balzò in avanti per raggiungermi, con le zanne che mi sfiorarono la groppa. Non per farmi male, ma in modo giocoso.

Non capivo cosa stesse facendo.

Continuammo a danzare in cerchio. I suoi denti continuavano a cercare di lambirmi, le nostre zampe si rincorrevano a un ritmo forsennato. Dopo un po' mi accasciai sull'erba, disorientata. Quel gioco non mi piaceva.

Il suo ringhio mascolino mi raggelò il sangue, finché poi non provò a bloccarmi con la mascella piantata sulla mia nuca.

Oh, non pensarci neanche.

Mi allontanai con un salto, solo per poi ritrovarmi di nuovo sotto di lui, tentando inutilmente di guadagnare terreno. Ero tentata di trasformarmi solo per chiedergli che diavolo stesse facendo, ma avere il suo muso sul collo mi spinse a reagire all'attacco.

Continuammo a rincorrerci e lottare in forma di lupo sotto le fronde dei salici.

Lui non emise neanche mezzo suono.

Io non feci altro che ringhiare.

Soprattutto quando riuscii a catturargli la collottola tra le zanne. Solo che poi si liberò di me in un istante, con una poderosa scrollata, e riprese a venirmi addosso.

Era una situazione ridicola.

E *divertente*, fui costretta ad ammettere tra me e me.

Sta giocando, mi resi conto. Lo shock mi fece finire ancora una volta sotto di lui.

La sua bocca si chiuse sul mio fianco, facendomi schizzare in avanti, verso il sottobosco. Lui si mise subito all'inseguimento. Le sue falcate erano più ampie, più sicure, ma non avevo nessuna intenzione di arrendermi.

Mi gettai anima e corpo nella corsa.

Sfrecciai a rotta di collo sul manto erboso.

Era una sensazione stupenda. Mi sentivo così libera.

E ogni volta che i suoi denti riuscivano a sfiorarmi, aumentavo ancora di più la velocità.

I passi di Edon erano silenziosi, al punto che pensai di essere riuscita a seminarlo.

Finché non fu ancora su di me.

L'impatto ci fece ruzzolare lungo la scarpata che dava sul fiume. Edon mi afferrò per la collottola, per evitare che finissi in acqua, e mi tirò indietro.

Sbattei più volte le palpebre, stordita.

Poi qualcosa di morbido e rilassante mi accarezzò il muso. La lingua di Edon.

Feci per arretrare, ma il suo ringhio mi bloccò sul posto. Mi leccò di nuovo. Bruciava un po', probabilmente mi ero graffiata il naso rotolando giù dalla collina. Mi resi conto che Edon stava *pulendo* la ferita.

La sensazione della sua lingua sulla mia pelliccia mi fece trasalire. Non era spiacevole, ma fin troppo intima. E non volevo condividere nulla di intimo con lui.

Solo che il lupo dentro di me non la vedeva allo stesso modo. Anzi. Si stava praticamente contorcendo sotto il suo tocco, esortandomi a implorare qualcosa di più.

Trovarmi in disaccordo con la mia parte animalesca andava contro il mio istinto. Mi suscitò un disagio interiore che avevo bisogno di alleviare.

Ma mi rifiutavo di cedere a Edon. O a qualsiasi altro alfa.

Volevo essere padrona della mia vita. Volevo essere libera di fare tutte le mie dannate scelte. Senza dovermi sottomettere a un alfa e a ciò che *lui* pensava fosse meglio per me.

Edon emise un brontolio, intriso di piacere e felicità, e

il mio dannato lupo fu sul punto di rispondergli con la stessa dolcezza.

Dovevo assolutamente tornare in forma umana, dove era il *mio* cervello a governare. Ma non ci riuscivo. *Lei* non voleva cedere.

Bleah. Maledetti ormoni da alfa!

Avrei potuto giurare che Edon stesse ridacchiando, come se fosse perfettamente a conoscenza della mia battaglia interiore. E forse era proprio così. Il marchio che mi aveva lasciato sulla coscia mi designava come sua, a prescindere dal mio cuore, o dalla mia mente. Il che significava che il nostro rituale di accoppiamento era iniziato. Ormai era solo questione di tempo. Prima o poi avrebbe posseduto ogni parte di me.

Mentre io non avrei posseduto assolutamente nulla di lui.

Come dimostrato dal suo comportamento nell'ultima settimana. Non sapevo dove avesse dormito, ma sicuramente non nel suo letto. Non che mi importasse. Anzi, era un sollievo.

Ma dipingeva il quadro di come sarebbe stata la mia vita nel clan Clemente.

Io, da sola, a crescere un cucciolo, mentre lui era in giro a governare e spassarsela.

Edon sfregò il naso sul mio. I suoi occhi di ossidiana brillavano di curiosità. Forse non era riuscito a infiltrarsi a fondo nella mia mente come temevo. Mi rotolò addosso. Il suo calore era come un bozzolo sicuro. Mi fece rizzare il pelo.

Non avevo bisogno della sua protezione.

Né della sua adorazione.

O della sua attenzione.

Non volevo niente di tutto ciò.

Ma la parte più animalesca di me era più che felice di

accettarlo. Si immerse nella sua energia, godendo del potere che emanava, della sua forza, della sua agilità.

L'acqua scorreva davanti a noi, infrangendosi sui massi, proseguendo verso l'oceano che si trovava a sud della regione. Prima di arrivare lì, avevo studiato a fondo la geografia del luogo. E avevo trascorso l'ultima settimana a girovagare per la tenuta, per familiarizzare con i suoi confini.

All'inizio, avevo etichettato il novellino come l'anello più debole. Solo che dopo aver assistito alla sua performance, quel giorno, non ne ero più così sicura.

Ma non avrei avuto problemi a gestirlo.

Era un semplice maschio, non un alfa. Il mio addestramento, la mia forza e gli anni trascorsi come una licantropa erano di gran lunga superiori ai suoi. Non sarebbe stato difficile. Dovevo solo trovare il momento giusto per prenderlo alla sprovvista, sopraffarlo e scappare.

Considerando quanta libertà mi era stata concessa dal branco, ci avrebbero messo almeno un'intera giornata ad accorgersi della mia scomparsa.

Edon ancora di più, se avesse continuato a trascorrere la notte fuori casa.

Si alzò e si stiracchiò, attirando la mia attenzione sul suo corpo atletico, sulla seducente mascolinità della sua pelliccia e sull'ampiezza delle sue spalle.

Era proprio un gran lupo. Sotto ogni punto di vista.

Il ricordo di lui nudo, in forma umana, mi balenò davanti agli occhi. L'immagine non richiesta mi fece pensare alla sua corporatura muscolosa e al modo in cui il suo torso si assottigliava in vita, creando una splendida V. Come una freccia che puntava verso l'apice della sua virilità. E sì, dovetti ammettere a malincuore che era perfettamente proporzionata col resto.

Mi diede un colpetto sul muso col suo, costringendomi

a incontrare il suo sguardo. Fame e divertimento scintillavano nelle sue profondità d'ebano. La promessa di una futura passione.

E mi implorerai di scoparti.

Era come se le sue parole vibrassero nell'aria, imprimendosi nell'istante, giurando di essere portate a compimento.

Era così arrogante.

Ma, d'altro canto, era un alfa. Erano *tutti* arroganti.

E se avessi dovuto dare retta al mio lupo, avrebbe probabilmente vinto.

Appoggiai di nuovo la testa sull'erba, il mio modo di mostrargli quanto fossi annoiata e disinteressata. Mi rispose con un suono basso e gutturale. Un ringhio ricolmo di desiderio.

Non succederà, pensai, convogliando il messaggio nella mia postura, nel mio rifiuto di guardarlo negli occhi.

Calò il silenzio.

Il mio pelo fremette con trepidazione, in attesa che provasse a mordermi di nuovo, che continuasse a giocare. Ma i secondi diventarono minuti. Finché non alzai lo sguardo e mi accorsi che non c'era più.

Se n'era andato senza dire una parola.

Un gesto appropriato, visto che avevo intenzione di fare lo stesso con lui. Molto, molto presto.

EDON

Beh, almeno al lupo di Luna piacevo.

Al suo lato umano, invece, chiaramente no.

Ma andava bene così. Dopo quella magnifica dimostrazione di velocità, potevo aspettare. Ne sarebbe valsa la pena.

Una qualche divinità aveva deciso di creare la mia donna ideale. Esuberante, sexy, atletica e feroce. Il solo percepirla mi aveva scaldato il sangue. E lo shock con cui aveva accolto il mio desiderio di giocare mi aveva profondamente divertito.

Non facevano nulla del genere nel clan Ernest? Nel nostro clan amavamo quelle piccole schermaglie. O almeno lo facevamo in passato.

Il modo di governare di mio padre era incentrato più sull'egoismo che sulla cura del branco. Da quello che mi aveva detto mio nonno, non era sempre stato così. E non avrebbe dovuto continuare a esserlo. La decisione spettava a me.

Trotterellai verso il cuore del nostro territorio, cercando di carpire qualsiasi odore sospetto lungo il tragitto. Le Prove dell'alfa erano ben avviate, e mio padre sembrava deciso a mettermi sotto pressione. Se avessi

49

fallito, avrebbe continuato a governare per un altro anno, finché non fosse stato possibile ricominciare il processo.

Ad alcuni alfa erano serviti quasi dieci anni per completare l'ascensione.

Io avevo intenzione di farcela in uno.

Quindi ero più che felice di affrontare qualsiasi ostacolo avesse messo sulla mia strada. Incluso un vampiro morto.

Ero certo che fosse un test, per vedere come avrei scelto di gestire la situazione.

Per quanto mi riguardava, avevo un'unica opzione. Il branco veniva prima. Sempre. E al diavolo la politica. Non avrei sacrificato la mia unica progenie per un cadavere. Soprattutto visto che la progenie in questione si stava dimostrando parecchio utile.

La maggior parte dei miei simili trattava con disprezzo quelli che non erano nati licantropi, definendoli dei mezzosangue. Ma io la vedevo da un'altra prospettiva: Silas era cresciuto lottando per la sua vita. Una condizione che aveva avuto un impatto notevole su di lui. Aveva rafforzato la sua determinazione, l'aveva reso più tenace, più veloce e più intelligente. Non gli era mai stato servito nulla su un piatto d'argento, a differenza di quei tre idioti che avevano messo in dubbio la mia autorità. Non erano altro che i figli delle più alte cariche del branco, accucciati ordinatamente ai piedi dell'alfa, in attesa di un futuro da pomposi scagnozzi.

Silas, invece, non aveva alcun ruolo.

Era unico nel suo genere, dato che tutti i precedenti umani trasformati in licantropi, nel nostro clan, erano morti. Principalmente perché a trasformarli era stato mio padre. L'ultimo risaliva a circa vent'anni prima. Io ero poco più che un cucciolo, ma abbastanza grande da poter assistere al trattamento della donna che aveva vinto il Torneo dell'immortalità.

Mio padre l'aveva trasformata.

Poi l'aveva regalata ai suoi amichetti.

Quando la vidi di nuovo, fu in occasione del funerale che mio nonno aveva organizzato in suo onore. Mi aveva costretto a partecipare, dicendomi che dovevo imparare a rispettare i morti. Quando gli chiesi dove fosse mio padre, stupito della sua mancata partecipazione all'evento, mi aveva risposto che i tempi erano cambiati.

Tuo padre governa in modo diverso da come facevo io. Lo dimostra il trattamento di questa povera ragazza.

Ripensai a lei mentre tornavo da Silas. Lo trovai tutto nudo, seduto su un tronco, con accanto i miei pantaloni accuratamente piegati. La puzza di morto era meno intensa, ma riuscii comunque a individuarne il luogo di sepoltura, a diversi metri di distanza. Silas si era probabilmente trasformato in lupo per scavare la tomba. Il che spiegava perché avesse i capelli bagnati. Completata l'opera, si era lavato nel ruscello.

Perché non aveva una casa.

Né una doccia.

Nessuno gli aveva fornito un riparo, eppure era richiesta la sua presenza nella tenuta. Sospettavo che mio padre volesse usarlo in qualche modo, nel corso delle Prove.

Andiamo a farci una corsa, dissi a Silas, incontrando il suo sguardo diffidente. Avrei recuperato i jeans più tardi. *Trasformati.*

Senza attendere che obbedisse, saltai sul tronco su cui era seduto e mi avviai verso un sentiero che portava all'esterno della tenuta, addentrandosi nelle paludi. Non c'erano lupi là fuori, principalmente perché preferivamo vivere insieme.

Ma c'erano dei momenti in cui sentivamo il bisogno di una fuga. Soprattutto io. Avevo trascorso le ultime notti aggirandomi in quei luoghi per schiarirmi la mente, lontano dalle aspettative di tutti. Era quello il motivo per cui mi trovavo così vicino a Silas, quando aveva ululato per dare l'allarme.

Avevo bisogno di spazio.

Dal resto del branco.

Da mio padre.

Dai test che mi attendevano.

Da Luna.

C'erano alcuni requisiti che dovevo ancora soddisfare, con gran disappunto di mio padre. Quando aveva scoperto che avevo lasciato Luna da sola, dopo il rituale di accoppiamento, mi aveva colpito. Forte. Ma non ero come lui. Non avrei mai preso una femmina con la forza. E piuttosto che colpirlo a mia volta, me ne ero andato, dicendogli di fare attenzione. Perché entrambi sapevamo che in un combattimento sarebbe stato lui a soccombere.

Mio nonno mi aveva raggiunto sul retro della casa, dove mi aveva suggerito di prendermi qualche giorno di riposo. Date le ansie crescenti del branco e il gelido benvenuto di Luna, avevo accettato.

Man mano che mi raggiungeva, l'odore di Silas si fece sempre più forte. La sua trasformazione in lupo aveva richiesto più tempo di quanto avrebbe dovuto. *Hai mangiato e dormito regolarmente?*, gli chiesi.

Non rispose subito, ma la sua mente mi mostrò la risposta in una serie di ricordi.

Le sue prime notti, da solo e al freddo.

Lui che dormiva sotto un albero in forma di lupo.

Lui che imparava a cacciare da solo, dopo svariati giorni senza del cibo vero e proprio.

Lui che si lavava nel ruscello, dopo aver capito che non gli avrebbero concesso di usare una doccia.

Lui che rubava un panino nel corso della cerimonia di accoppiamento, salvo poi vomitarlo subito, perché il suo stomaco non era abituato a cibi sofisticati.

Sospirai. *Ti ho trascurato di brutto.* Principalmente per proteggerlo. Mio padre voleva che lo uccidessi, non che lo trasformassi. Un'opzione che avevo considerato dopo aver visto la transizione iniziale di Silas. Ma lo sguardo da combattente che mi aveva rivolto quella fatidica notte mi aveva fatto cambiare idea. E vederlo alle prese con i tre idioti mi aveva confermato che avevo fatto la scelta giusta.

Ma se mi fossi mostrato benevolo con lui davanti al resto del branco, l'avrebbero sicuramente usato contro di me durante le Prove.

Quindi avremmo dovuto essere molto discreti.

Sto bene, disse Silas dopo qualche istante, restio a esprimere quello che pensava davvero. Che, sulla base delle immagini del suo pugno che si schiantava sulla mia mascella, tradussi con "grazie al cazzo".

Se fossi stato in forma umana, avrei riso. Il novellino mi piaceva. Era molto coraggioso, e anche il suo stile di combattimento non era niente male.

Le Prove sono un periodo molto difficile per un futuro alfa. Con mio padre a organizzarle, sospetto che saranno un massacro. Aumentai il ritmo fino a una corsa leggera, che Silas sostenne senza nessun problema. Almeno la sua forma fisica aveva resistito alla privazione di cibo. Un combattente, non c'era ombra di dubbio. *Penso che il vampiro fosse il primo test.*

Silas mi seguiva in silenzio, la sua mente era un susseguirsi di immagini del cadavere e di ciò che lo circondava. Aveva memorizzato ogni dettaglio, ogni odore e qualsiasi potenziale indizio.

Quel maschio continuava a stupirmi.

La maggior parte dei lupi della mia età era come Glenn e i suoi stupidi tirapiedi. Silas era diverso. Aveva un approccio scrupoloso, non impulsivo.

A mio nonno sarebbe piaciuto.

Se era davvero un test, allora hai fallito, disse Silas, cogliendomi di sorpresa. *L'Alleanza di sangue predilige l'ordine. Coprendo l'omicidio, hai infranto la regola principale della Dea.*

Le mie orecchie fremettero per l'irritazione. *Pensi che avrei dovuto denunciarlo?*

Sì. Mi guardò di sottecchi. *Voglio dire, ti sono grato per non averlo fatto. Ma non mi sorprenderebbe se il vampiro morto venisse alla luce nelle prossime settimane, forzandoti la mano.*

Allora forse è il caso di nasconderlo meglio, pensai.

Il fiume porterà i resti fino all'oceano, dove il corpo si decomporrà tra le onde.

Un buon piano, che avrebbe corrotto ogni prova. Avrebbe anche reso impossibile a qualsiasi membro del branco di incappare accidentalmente nel cadavere. Avrei dovuto suggerirlo fin da subito, invece di dire a Silas di seppellirlo, ma ero stato distratto dall'odore di Luna. Il mio desiderio di inseguirla aveva preso il sopravvento sulla ragione.

Me ne occupo io, gli dissi.

Silas inciampò. Il suo shock era palese. Si era aspettato che gli ordinassi ancora una volta di liberarsi del corpo. Ma avevo un altro compito in mente per lui.

Ho bisogno che tu tenga gli occhi aperti, che mi riferisca qualsiasi cosa attiri la tua attenzione. Se qualcosa ti sembra strano, voglio saperlo. Se vedi qualche membro del branco comportarsi in modo sospetto, devi dirmelo. Rallentai la corsa e mi infilai sotto le fronde di un salice piangente, dirigendomi verso un sentiero che nessuno aveva mai percorso. A parte me.

Eravamo a più di un chilometro di distanza dai confini

della tenuta. Pochissimi si avventuravano in quei luoghi. Il nostro territorio si estendeva per più di cinquanta chilometri di acri ben curati. In confronto, quel posto era una topaia.

Ma celava un segreto.

Un segreto di cui mio nonno mi aveva fatto dono una decina d'anni prima.

Una via di fuga.

Certo, rispose Silas, emozionato come un cucciolo al primo bagnetto.

Non è un compito da prendere alla leggera, omega. Potresti guadagnarti una grossa ricompensa. Ottenere il rispetto dell'alfa di un clan aveva un grosso peso. E considerando che avevo in mente una radicale riorganizzazione dello staff di mio padre, sarebbe stato saggio rimanere nelle mie grazie.

Certo, non avevo esattamente dato al novellino motivo per fidarsi di me.

Né io mi fidavo particolarmente di lui.

Ma il nostro legame ci forniva una opportunità unica. Che avevo tutte le intenzioni di sfruttare a mio beneficio.

Non che abbia di meglio da fare, borbottò Silas, con un tono che rasentava la mancanza di rispetto.

Mio padre lo avrebbe rimesso al suo posto con un violento morso alla nuca. O peggio. Credeva nel governare con il pugno di ferro, e la sua propensione alla crudeltà era ben nota nel clan Clemente. I suoi consiglieri approvavano, così come le famiglie più anziane del branco.

Famiglie come quella da cui proveniva Glenn.

Quelli erano i maschi con cui mio padre voleva che facessi amicizia, quelli che avrebbero dovuto influenzare la mia crescita e le mie opinioni.

Mio nonno la pensava in modo diverso.

Mi aveva insegnato tutte le vecchie usanze, che ormai erano state abbandonate da tempo, a causa delle leggi introdotte dall'Alleanza di sangue. E mi aveva insegnato il valore del rispetto.

Se mio padre l'avesse scoperto, avrebbe esiliato mio nonno e l'avrebbe costretto a vivere nelle terre di nessuno, abitate solo da reietti e vagabondi.

Fortunatamente, mio padre era troppo impegnato a governare per accorgersene. Anzi, mi era sempre sembrato felice di non doversi occupare di me.

Fino a quel momento.

Le regole lo avevano costretto a interagire con me per le Prove dell'alfa.

Ed era stato molto chiaro su quanto lo stessi deludendo.

Penso che Luna abbia in mente qualcosa, disse Silas, sorprendendomi ancora una volta.

Cosa vuoi dire?

Continua a perlustrare i confini, come se stesse cercando la migliore via di fuga. Silas sembrava nervoso. *L'ho vista attraversarli un paio di volte, per controllare se qualcuno l'avrebbe fermata.*

Sospirai. *Lo sapevo.* L'avevo sospettato fin dalla cerimonia di accoppiamento, e ne avevo avuto la conferma quel pomeriggio, quando l'avevo beccata a curiosare vicino al perimetro.

È una femmina alfa, aggiunsi. *L'indipendenza è radicata in lei. A dire la verità, mi stupisce che non abbia ancora tentato la fuga.*

Non sei arrabbiato. Non era una domanda, ma un'affermazione.

No. La situazione mi intriga. Spero che scappi. Perché così avrei potuto inseguirla. E sarebbe stato incredibilmente divertente. *Tienila d'occhio. Se ci prova, fammelo sapere.*

E cosa farai?

Rallentai fino a camminare, mutando in forma umana. Le mie ossa si allungarono, la magia della mia anima di lupo lasciò il posto all'uomo dentro di me. Poi roteai le spalle e scrocchiai il collo, rimettendo a posto le mie articolazioni. «Le correrò dietro» risposi ad alta voce, osservando la proprietà che spuntò davanti a noi.

Silas rimase nella sua forma di lupo, probabilmente perché tutte le trasformazioni della giornata lo avevano indebolito, e preferiva non farmelo notare.

Una mossa furba.

Mostrarsi deboli agli occhi dell'alfa era il modo più veloce per venire sottomessi.

«Questa casetta è mia» gli dissi, indicando con un cenno del mento la piccola costruzione in legno poco più avanti. «È un po' antiquata e sfrutta i pannelli solari per l'elettricità, ma la tengo ben rifornita di provviste». Abbassai lo sguardo su di lui. «E c'è anche un letto in più, che viene usato raramente».

Una nota di speranza ingentilì l'aria. Riuscii a coglierla soltanto perché la stavo aspettando. Silas la celò col respiro successivo. Assunse un atteggiamento annoiato e iniziò a esplorare l'area, annusando ovunque.

«Puoi dormire qui, ma non dirlo a nessuno». Non che mi aspettassi che qualcuno se ne accorgesse. Non avevo mai percepito l'odore di altri lupi, lì attorno. Era per quello che usavo la casetta come rifugio. Solo mio nonno sembrava esserne a conoscenza. «Usa pure qualsiasi cosa trovi all'interno. Cibo incluso, ovviamente». Che avrei cercato di fargli trovare sempre fresco, nei limiti del possibile. Visto che aveva intenzione di aiutarmi, era il caso di tenerlo in salute.

Ero anche curioso di vedere che tipo di licantropo sarebbe diventato, nelle giuste circostanze. Perché aveva già dimostrato di essere più forte e più veloce della metà dei purosangue del branco.

Perché stai facendo tutto questo?, mi chiese esitante.

Perché è la cosa giusta, ammisi. *In più, ho bisogno di un alleato durante le Prove. E nessuno sospetterebbe mai che sto collaborando con te.* Il clan pensava che avessi lasciato Silas a cavarsela da solo, proprio come avrebbe fatto mio padre.

E, a dirla tutta, era proprio così. Non perché non mi importasse di lui, ma perché ero preoccupato per l'imminente ascensione.

Ma quel giorno le cose erano cambiate.

Come fai a sapere che puoi fidarti di me?, chiese con un tono incredulo.

«Non lo so» risposi a voce alta.

Una mossa rischiosa.

«Lo è» concordai.

Rimase in silenzio per qualche secondo, poi si diede una scrollata al pelo. *C'è una doccia lì dentro?*

«Sì».

Bene, rispose. *Così siamo pari.*

Se voleva vederla così, per me non c'era alcun problema. «Fa' come fossi a casa tua. Nel frattempo, vado a recuperare i miei pantaloni e a occuparmi del nostro amico senza testa». Non mi preoccupai di salutarlo. Se avesse avuto bisogno di me, gli sarebbe bastato infilarsi nella mia testa.

Anche se ero abbastanza sicuro che non l'avrebbe mai fatto.

Avevo l'impressione che Silas contasse solo su se stesso. Una cosa che avevamo in comune.

Perché per quanto desiderassi il suo aiuto, non ne avrei dipeso.

L'unico che poteva superare le Prove ero io. Ma avrei sfruttato qualsiasi vantaggio possibile per vincere, incluso il legame con Silas.

LUNA

Non riuscivo a sfuggire all'odore di Edon.

Era tornato a casa due giorni prima, qualche ora dopo la nostra piccola lotta, e se n'era andato soltanto un paio di volte per occuparsi delle questioni del branco.

Era una sensazione che odiavo.

La sua presenza mi opprimeva, solleticava le mie parti intime e mi lasciava a contorcermi di desiderio tra le lenzuola.

E il bastardo lo sapeva.

Glielo lessi in faccia quando entrai in salotto. Aveva un'espressione divertita. Indossava soltanto un paio di jeans, mettendo così in mostra il torso nudo, gli addominali definiti, il pacco...

Basta, mi dissi, focalizzando la mia attenzione sulla cucina, e non sul lupo fin troppo virile stravaccato sul divano di pelle.

«C'è del caffè nella caffettiera» mi avvertì. «L'ho appena fatto».

Ovviamente. Perché mi aveva sentita svegliarmi dal sogno causato dalla sua vicinanza.

O forse le mie fantasie derivavano dal morso che mi aveva inflitto qualche giorno prima. Sì, era più verosimile. La mia pelle era guarita praticamente all'istante, ma il suo marchio era attecchito dentro di me, facendomi ribollire il sangue e costringendomi ad avviarmi verso il mio destino. Il mio lupo era in sintonia con lui. Curioso, affamato e affascinato.

La costringevo a stare a cuccia ogni volta che lui entrava nella stanza. Ma sapevamo entrambe che prima o poi lui avrebbe avuto la meglio. Probabilmente quando fossi andata in calore.

E d'un tratto fu dietro di me. I suoi movimenti furtivi erano appena percettibili, ma *sentii* il tepore emanato dal suo corpo. Come una carezza liquida lungo la schiena, che scese tra le mie cosce.

«Ti va di andare a fare una corsa?» chiese con una voce profonda, seducente e fin troppo dominante.

Mi concentrai sul versarmi una tazza di caffè. Che era esattamente ciò che ero venuta a fare, prima che i miei stupidi ormoni mi bloccassero nel bel mezzo del salotto come una dannata idiota.

Fui attraversata da un'ondata di odio verso la mia condizione, e l'ira prese il sopravvento sul desiderio.

Dopo la cerimonia, la mia famiglia non mi aveva nemmeno detto addio. Non che mi aspettassi che lo facessero. Ero stata cresciuta unicamente per quello scopo. Era mio fratello che mi aveva insegnato a combattere, che si era assicurato che fossi preparata per le prove che mi attendevano. A differenza di mio padre, a Logan importava davvero che sopravvivessi. Forse sarebbe importato anche a mia madre, se mio padre non l'avesse resa un'omega.

Avevo notato un simile trattamento delle femmine anche nel clan Clemente. La madre di Edon alzava a malapena gli occhi da terra. Un'alfa così disgustosamente sottomessa a Walter che riuscivo a stento a sopportare di guardarla.

E tutte le altre erano omega o beta, tutte con la coda tra le gambe.

Era sbagliato, eppure fin troppo normale. La nostra società vedeva i maschi come creature superiori. Le femmine servivano soltanto a fornire piacere e cuccioli.

Beh, per quanto mi riguardava, non avrei fatto nessuna delle due cose.

E Edon poteva baciarmi il mio culo da alfa.

Come se mi avesse sentita, premette l'inguine sul mio sedere e mi afferrò i fianchi. Le sue labbra si posarono sul mio orecchio. «Lo sai che resistermi non fa altro che renderti ancora più attraente ai miei occhi, vero?».

Un ringhio mi rimbombò nel petto. Cercai di buttarlo giù con una sorsata di caffè bollente, ma era troppo tardi. L'avevamo già udito entrambi.

Ridacchiò e mi premette un bacio sul collo. Un gesto seducente, ma con una sfumatura di prevaricazione che odiai. «Vieni a correre con me, più tardi».

Oh, così eravamo passati da una domanda a una richiesta. Posai la tazza sul ripiano della cucina e mi voltai verso di lui. Pessima mossa, visto che mi ritrovai bloccata contro il legno e gli diedi l'opportunità di ingabbiarmi tra le sue braccia muscolose. Lui afferrò il bancone, adagiando il corpo sul mio. Mi sentii soffocare.

«È solo una corsa» disse, prima ancora che potessi rispondergli. «Non ti sto chiedendo di scopare con me, anche se entrambi sappiamo che è ciò che desideri. Voglio solo…».

«Non voglio scopare con te!» sbottai.

Le sue labbra si incresparono in un sorriso. «No?». Si sporse verso di me e fece scorrere il naso sul mio zigomo, scendendo poi lungo il mio collo. Quella delicata carezza mi fece venire la pelle d'oca. Tremai, e non di freddo. «Mmm… il tuo odore mi dice che stai mentendo».

«È il mio lupo» ribattei con un tono profondo, intriso di desiderio e frustrazione. Odiai quanto suonasse torrido. «Mi hai imposto di essere la tua compagna. Mi hai marchiata. Il mio lupo sta semplicemente rispondendo».

«Imposto?» ripeté, indietreggiando appena e osservandomi con le sopracciglia inarcate. «Non ti ho imposto proprio un bel niente».

«Oh, davvero?». Mi finsi sorpresa. «Quindi non mi hai morsa, l'altra notte, durante la cerimonia? Ah. Devo aver sognato». Cercai di tornare al mio caffè, ma il suo ginocchio, infilato tra i miei, continuava a tenermi intrappolata.

«Eri già mia, che ti mordessi o meno. Sii grata che non ho fatto altro». Il suo tono minaccioso mi fece inviperire.

«Grata. Certo» sbuffai. «Okay. Grazie, Edon, per non avermi stuprata. *Finora*».

Mi fissò coi suoi occhi d'ossidiana. «La maggior parte delle femmine mi implora di scoparla».

«Io non sono una di loro».

«No, infatti. Tu sei la mia promessa. Ma c'è qualcosa che sembri ignorare, piccola. Neanch'io avevo scelta».

«Sicuramente più di me» replicai. «*Tu* avresti potuto rifiutarmi».

«E poi cosa sarebbe successo? Ti avrei lasciata in balia di Niko. Ti rendi conto che ti avrebbe uccisa, vero?».

«Sarebbe stato furioso, ma non abbastanza da uccidermi».

«No?». Emise una risatina priva di allegria. «Se ne sei convinta, chiaramente non hai idea di come funzioni la politica dei licantropi. Mio padre avrebbe preteso la tua vita per una tale mancanza di rispetto, e Niko gliel'avrebbe concessa, per onorare i legami tra i nostri clan. Anche perché, dopo il mio rifiuto, non avresti avuto più alcuna utilità per lui».

Aprii la bocca per ribattere ancora una volta, ma poi la chiusi. Sapevo che mio padre mi avrebbe picchiata per aver disobbedito ai suoi ordini. Non sarebbe stato niente di nuovo. Ma il commento di Edon su Walter mi fece esitare. Non avevo mai riflettuto sulla sua reazione. Considerando quel poco che avevo osservato di lui durante l'ultima settimana, fui incline a credere al riassunto di Edon.

Certo, avrei lottato. Ma non avrei avuto alcuna possibilità contro tutti quei maschi furibondi.

«Ah, te ne sei resa conto» mi schernì Edon. «Pensavi che scopare un altro lupo ti avrebbe salvata da una vita al mio fianco, invece non ha fatto altro che garantirtela». Si avvicinò così tanto al mio viso, che il suo respiro mi si infranse sulle labbra. «Non sei l'unica a cui piacciono le sfide, mia piccola compagna».

Rabbrividii sotto di lui, combattuta.

Non era minimamente come me lo aspettavo. Certo, era un alfa. Ma non esigeva la mia sottomissione nel modo in cui mio padre l'avrebbe imposta a mia madre. Avevo l'impressione che Edon volesse persuadermi a dargliela, come in una specie di gioco. Di cui però ignoravo totalmente le regole.

«Non sei stata l'unica a essere costretta a proseguire con la cerimonia» continuò, con la sua bocca che sfiorava la mia a ogni parola. «Certo, avrei potuto rifiutarti e rifare tutto da capo tra un anno con un'altra femmina. Ma il mio branco ha bisogno di un cambiamento, e io non ho nessuna intenzione di deluderli».

Le sue parole mi sorpresero quasi quanto il desiderio che mi stava crescendo nel ventre. La sua vicinanza, il suo tocco, le sue labbra così vicine alle mie… mi stavano dando alla testa.

Avevo bisogno di spazio.

Di respirare.

Di *correre*.

Diede un piccolo morso al mio labbro inferiore. Niente di violento. Solo un piccolo, dolce assaggio. Una provocazione. La promessa di ciò che sarebbe potuto succedere, se glielo avessi permesso.

Solo che il mio lupo era già stato soggiogato dal suo morso. Non sarebbe mai stato totalmente consensuale tra di noi, e lo sapevamo entrambi.

Deglutii e chiusi gli occhi.

Cosa intendeva, dicendo che il suo branco aveva bisogno di un cambiamento? Aveva intenzione di governare in modo diverso? Volevo chiedergli dei chiarimenti, ma la mia mascella rimase ostinatamente serrata. Se avessi ceduto e gli avessi posto quelle domande, avrei rischiato di cedere anche su tutto il resto. E mi rifiutavo di farlo. Avrei preferito vivere come una reietta che come il giocattolo di un alfa.

«Edon?» chiamò una voce femminile proveniente dall'ingresso, interrompendo il momento.

«Beh, visto che non hai voglia di correre, me ne andrò a giocare». Mi diede un bacio veloce sulle labbra, poi si allontanò verso l'intrusa. «Bianca» la salutò, con un tono lascivo che mi fece rivoltare lo stomaco. Non c'erano dubbi su come avrebbero trascorso la giornata.

E quando la vidi, capii perché.

La beta bionda e formosa trasudava sesso.

«Bianca, hai già conosciuto Luna?». Il modo in cui lo chiese mi fece capire che sapeva benissimo che non ci eravamo mai incontrate. Stava alzando la posta in gioco presentandomi la sua amante. Anzi, una delle sue amanti. Sicuramente ne aveva diverse nel clan. Tutti gli alfa avevano harem composti da lupi e umani. Edon non avrebbe fatto eccezione.

Era parte della tortura psicologica che spezzava le

femmine alfa. Eravamo creature possessive, condividere i nostri compagni andava contro ogni istinto.

Non avevo ancora rivendicato Edon come mio, e il mio lupo già voleva fare a pezzi Bianca. Soprattutto quando il suo braccio scivolò attorno alla vita di lui, in un gesto che denotava la loro intima familiarità. Poi Edon si chinò per baciarla sulla sua perfetta testolina bionda, facendomi infuriare ancora di più.

«L'ho vista in giro, mentre esplorava la tenuta» rispose Bianca, con una sfumatura di disinteresse nella voce. «Non è molto amichevole» aggiunse, in un sussurro perfettamente udibile.

Edon ridacchiò. «No, non lo è».

Andate al diavolo tutti e due, pensai, voltandomi per rovesciare il resto del mio caffè nel lavello.

Se Edon voleva provocarmi, che facesse pure. Non gliel'avrei data vinta.

Mi girai con un sorriso serafico, incontrando il suo sguardo senza nessuna esitazione. «Vado a farmi una corsa, così avrete un po' di privacy». Mi sfilai la maglia e mi tolsi i pantaloncini, senza mai distogliere gli occhi da quelli di Edon.

Il suo sorriso si incrinò alla vista del mio seno nudo, e il suo sguardo scese sulla peluria ben curata tra le mie cosce.

Sarebbe riuscito ad annusare la mia eccitazione, il modo in cui il mio corpo rispondeva naturalmente al suo. Forse avrebbe stimolato le sue prodezze con *Bianca*.

Mi rifiutai anche solo di pensarci.

«Buon divertimento» aggiunsi, ghignando alla sua espressione combattuta.

Il suo braccio si mise sul mio tragitto, bloccandomi e trascinandomi verso di lui. La sua bocca si avventò sulla mia.

Bianca ringhiò, infastidita. Una reazione che, per

qualche motivo, mi fece desiderare di baciarlo di nuovo solo per farla incazzare ancora di più.

Non conoscevo nemmeno la femmina, e già la odiavo.

Principalmente perché aveva avuto l'audacia di entrare in casa di Edon senza bussare, pur sapendo che c'ero lì anch'io. La sua sfrontatezza indicava quanto fosse sicura di sé, nonché il suo desiderio di sbilanciare il legame tra me ed Edon. Mi ritrovai di colpo a voler ricambiare il favore.

Perché anche se Edon avesse avuto un harem, non sarebbe stato neanche lontanamente paragonabile al nostro rapporto.

Così, lasciai che la sua lingua si insinuasse nella mia bocca e la esplorasse, mentre premevo il corpo sul suo. Lui espresse la sua approvazione con un suono gutturale, spingendo a sua volta il bacino contro il mio e baciandomi con più passione.

Non era la prima volta che condividevo un momento simile con un maschio, ma era la prima volta che *reagivo*.

Quello che era iniziato come un miscuglio di vendetta e divertimento mutò in qualcosa di primitivo. Sexy. Travolgente.

Il mio lupo si risvegliò, prendendo il sopravvento sul mio istinto. Avvolsi le braccia attorno al collo di Edon, schiacciando il seno sul suo petto nudo. Lui ringhiò in risposta, col calore del suo inguine che si mescolava al mio.

Cazzo. Era tutto troppo eccitante, troppo *giusto*. Volevo solo provocarlo, e invece non riuscivo più a lasciarlo andare. Volevo di più. Volevo provare la sua potenza, il suo dominio, la sua abilità in camera da letto.

Mi baciò con lo stesso vigore. La sua lingua riuscì a sottomettere abilmente la mia, mentre la sua mano si posò sul mio fondoschiena.

Volevo arrampicarmi su di lui come fosse il tronco di un albero, scoprire cos'altro avrebbe potuto offrirmi.

Finché le sue labbra non lasciarono le mie per posarsi sul mio orecchio. «Grazie, Luna. Bianca si prenderà cura del resto. Dopotutto, non vorrei mai *importi* qualcosa».

Il sangue mi si gelò nelle vene, le mie braccia si immobilizzarono attorno al suo collo.

La sua risatina divertita mi fece inacidire lo stomaco.

Bastardo, pensai, livida.

Gli conficcai le unghie nella nuca così a fondo da fargli uscire sangue, per marchiarlo come *mio*. Poi lo lasciai andare. Le sue narici fremettero, la sua ilarità svanì.

«A più tardi» dissi, odiandomi per il desiderio di cui era ancora intrisa la mia voce.

Bianca praticamente gli fece le fusa addosso. Le sue dita scivolarono lungo il petto di Edon, lo stesso petto da cui mi ero appena allontanata io, scendendo fino alla sua cintura.

Mi rifiutai di restare a vedere cosa sarebbe successo dopo, a sentire lui che la scopava nella casa che eravamo destinati a condividere.

Ma quello scambio mi fece capire chiaramente come sarebbe stata la mia nuova vita. E non potevo accettarlo.

Avevo passato gli ultimi giorni a controllare i confini. Sapevo dove andare. Come scappare. E Bianca mi aveva appena fornito la distrazione perfetta per Edon.

Voleva scopare con lei? Bene. Speravo gli sarebbe piaciuto, ma di certo non sarei tornata a scoprirlo.

Mi trasformai davanti a lui e sfrecciai all'esterno.

Niente più clan Clemente.

Niente più Edon.

Sarei stata io a dettare le mie regole, a decidere il mio destino. Io e nessun altro.

Andatevene tutti al diavolo.

SILAS

Q<small>UANDO MI SVEGLIAI</small>, mi ci volle qualche minuto per orientarmi.

La mia schiena era appoggiata su un materasso, non su un cumulo di foglie. Sopra di me c'era un soffitto decorato con delle travi di legno, non delle fronde. E una finestra aperta accanto a me allietò i miei sensi con l'aria frizzante della foresta.

Le lacrime mi pizzicarono gli occhi, frutto di un'emozione che non volevo riconoscere. *Sollievo.*

Non riuscivo a ricordare l'ultima volta che avevo dormito in un letto. Razionalmente, sapevo che erano passati solo alcuni mesi, da quando ero all'università. Ma sembrava fossero trascorse molte vite, tra la mia lotta per l'immortalità e la mia transizione come membro del clan Clemente.

Tutto dentro di me doleva. Non per lo sforzo fisico, ma per il peso di esistere. Avevo ucciso così tante persone durante un gioco il cui scopo era intrattenerne altre. La mia ricompensa? Essere trasformato in un licantropo e poi essere praticamente esiliato, solo perché ero ancora vivo.

Potresti essere al posto di Willow, mi sussurrò il mio subconscio, facendomi trasalire.

Essere costretto a scopare con altri umani o con dei

licantropi per il resto della mia breve esistenza sarebbe stato indubbiamente peggio. Così come tante altre strade disponibili per i mortali. Avrei potuto essere scelto per una caccia della luna.

Gemetti al solo pensiero, premendomi i palmi sugli occhi.

Cazzo. Prima o poi, avrei dovuto partecipare anch'io a una di quelle cacce. Sarei stato capace di inseguire e uccidere i miei vecchi simili? Ne dubitavo.

Rotolai su un fianco. Avevo lo stomaco sottosopra, sia per il movimento che per i pensieri che si rincorrevano nella mia mente.

Concedermi un intero pasto, la sera precedente, non era stata una grande idea. Ero riuscito a evitare di vomitarne meno della metà. Era tutto così ricco, così sofisticato. Nulla di simile a ciò a cui ero abituato nella mia vecchia vita. O anche nella nuova.

Non amavo particolarmente il pesce crudo pescato direttamente nel ruscello, ma almeno riuscivo a digerirlo. La carne che avevo trovato nel frigo di Edon era troppo saporita per le mie papille gustative.

Eppure, il mio lupo ne bramava di più.

Era assurdo avere quella strana creatura dentro di me, che dettava ogni mio bisogno e desiderio, sovrastando il mio buon senso.

Con un ringhio profondo, mi costrinsi ad abbandonare il soffice materasso. Non avevo idea di che ora fosse, né mi importava. Ma mi sembrava di aver dormito per giorni, non per ore.

Mi guardai allo specchio e aggrottai le sopracciglia. *Forse ho dormito davvero per giorni*. Perché avevo un aspetto decisamente migliore di quello del giorno precedente. O qualunque giorno fosse quello in cui mi ero messo a letto.

Le occhiaie erano sparite.

I miei capelli somigliavano ancora a un biondo ammasso di ricci. Le ciocche arruffate mi arrivavano sotto le orecchie. *Ho proprio bisogno di un taglio.*

Ci sono delle forbici in cucina, intervenne una voce maschile, che mi fece bloccare sul posto.

Sei sempre nella mia mente?, gli chiesi, sentendomi vagamente violato da quel dannato legame.

Sì. Non aggiunse altro. Non che mi aspettassi che lo facesse. L'alfa non si era dimostrato molto loquace, solo autoritario.

E forse appena appena comprensivo, un tratto che mi faceva sentire combattuto. Non volevo che mi piacesse. Ma non potevo negare di provare un accenno di gratitudine nei suoi confronti, per avermi concesso un luogo sicuro dove riposare.

Sospirai profondamente e mi consolai con una doccia calda. L'acqua mi scrosciava sulla schiena, donandomi un piccolo scorcio di paradiso.

La prima volta che avevo messo piede in quel cubicolo di marmo, mi ero completamente lasciato andare, chiudendo gli occhi sotto il getto senza pensare più a niente. Il mio corpo era grato di potersi dare una bella ripulita. In quel momento, invece, indugiai sotto l'acqua chiedendomi quando mi sarebbe stata concessa di nuovo l'opportunità di farmi una doccia. Edon avrebbe potuto cambiare idea sul nostro accordo in qualsiasi momento; d'altro canto, era chiaramente una soluzione temporanea.

Voleva che tenessi gli occhi aperti per lui.

Bene.

Me ne sarei occupato con piacere, visto che non c'era nient'altro da fare, là fuori. E anche perché adoravo la doccia.

Mi ci volle uno sforzo notevole per abbandonare l'acqua e il sapone, ma lo feci in favore delle forbici menzionate da Edon. Poi osservai ancora una volta il mio riflesso nello specchio. Non sapevo da dove iniziare, né avevo idea di come sarei riuscito a raggiungere anche la parte posteriore della testa.

«Al diavolo» dissi, cercando semplicemente di fare del mio meglio. Non è che avessi qualcuno su cui fare colpo.

Trenta minuti più tardi, sembravo di nuovo quasi umano. Fatta eccezione per il luccichio ferino nei miei occhi blu, da cui faceva capolino il mio lupo. Avevo visto molte volte la mia immagine riflessa nell'acqua, sapevo quale fosse il mio aspetto. Ma lì, davanti allo specchio, sembrava molto più reale.

Hai saltato due turni di guardia, omega, mi avvertì Edon, intromettendosi ancora una volta ne miei pensieri. *Hanno iniziato a girare delle voci. Fatti vedere e mettile a tacere, prima che qualcuno mi dica di venirti a cercare.*

Due giorni?

Avevi bisogno di dormire, fu la sua risposta.

Merda. Per forza che mi sentivo meglio.

Mi allontanai dal lavandino e mi diressi verso la cucina, per un altro po' di quella carne troppo saporita. Mentre masticavo e deglutivo, mi venne quasi da vomitare. Il mio lupo, al contrario, ghignò. Buttai giù con una smorfia anche un po' di uno strano liquido dolce e arancione, poi uscii a vagare sotto il sole pomeridiano.

I pannelli solari di cui aveva parlato Edon erano disposti sugli alberi, in alto, con i cavi che si snodavano lungo i tronchi come tralci di vite. Da quello che avevo capito, l'acqua proveniva da un pozzo lì vicino. Un qualche sistema la pompava nella casetta e attraverso un filtro. Mi piaceva il sapore che aveva.

Chiusi gli occhi e mi concentrai per chiamare il mio lupo in superficie, una cosa che aveva iniziato a venirmi sorprendentemente naturale. La trasformazione mi avvolse, modificando le mie ossa e facendomi finire a quattro zampe. Non era una mutazione fluida come quella di Edon. Neanche lontanamente. Ma mi sembrava giusta per me, ed era l'unica cosa che contava.

Mi diedi una scrollata e mi diressi verso la tenuta. Con un po' di fortuna, una fugace apparizione sarebbe stata sufficiente. Se qualcuno avesse preteso una spiegazione, avrei risposto che mi ero addormentato nelle paludi.

Ma qualcosa mi diceva che a nessuno sarebbe importato abbastanza da chiedere.

Ero l'omega del branco. Il novellino.

Esistevo soltanto per via di un gioco che mi aveva recapitato sulla porta del clan.

Molti avrebbero detto che ero fortunato a essere ancora vivo.

Quel giorno, per la prima volta, mi trovai quasi d'accordo.

Un odore rugginoso attirò il mio naso, facendomi bloccare a metà della corsa. Vampiro. Ma non aveva alcun senso. Eravamo a centinaia di chilometri dal più vicino territorio governato dai vampiri. Conoscevo la geografia e sapevo dove si trovava il clan Clemente. Non ci sarebbe dovuta essere traccia di vampiri nei dintorni.

Ma allora perché qualche giorno prima ne era comparso uno morto?

E adesso quello lì?

Mi misi ad annusare, cercando di individuare dove si trovasse. A differenza del primo visitatore, il nuovo vampiro permeava l'aria di vita, non di morte. Il suo odore non corrispondeva a nessuno degli ospiti presenti per la cerimonia di accoppiamento, e il sangue non aveva la fragranza tipica dei reali.

Che fosse un vagabondo? Un vampiro privo di un sovrano?

Seguendo la traccia olfattiva, mi addentrai ancor più in profondità nelle paludi, lontano dalla casetta di Edon e dal quartier generale del clan. Là fuori, non esistevano nient'altro che melma e fauna selvatica. Perché un vampiro avrebbe dovuto scegliere di…

Con la coda dell'occhio, scorsi un lampo bianco, che mi fece girare su me stesso.

Il mio istinto mi fece lanciare all'inseguimento, prima ancora che potessi rendermi conto di stare correndo. Le mie zampe sfrecciavano sul fango, verso qualsiasi cosa avesse attirato la mia attenzione.

Diversi metri più in là, un profumo di fiori d'arancio raggiunse le mie narici. *Luna*.

Lo sapevo che la lupacchiotta avrebbe cercato di fuggire!

A quanto sembrava, si stava dirigendo verso sud, verso l'oceano. Dove avesse avuto intenzione di andare poi, era un mistero. Ma non avevo intenzione di lasciare che si allontanasse così tanto.

Il mio istinto da predatore si concentrò su di lei, spingendomi a raggiungere una velocità che mi suscitò brividi di piacere lungo le zampe. Era bello correre così. Veramente bello.

Luna era velocissima.

Ma le mie falcate erano molto più ampie.

Catturai la sua zampa posteriore con la bocca e la strattonai di lato. Lei si girò di scatto ringhiando. Le sue zanne puntarono direttamente alla mia gola.

Cazzo.

La schivai, poi mi ritrovai in un ammasso di pelo che rotolava sul terreno, quando il mio lupo prese il sopravvento sulle mie reazioni. Sottometterla divenne il mio obiettivo primario, un obiettivo legato strettamente alla mia stessa sopravvivenza.

Era selvaggia.

Feroce.

Furiosa.

Ma per quanto si muovesse rapidamente e con agilità, non riuscì a gettarsi sulla mia gola. Mi rifiutai di permetterglielo. E quando vidi un'apertura per scagliarmi sulla *sua*, ne approfittai e la feci finire a terra, sotto di me.

Successe tutto nel giro di qualche secondo, ma ebbi l'impressione che fossero passati minuti interi.

Si bloccò ringhiando. La sua sconfitta era scritta ovunque sulla sua postura.

E poi iniziò a trasformarsi.

Feci un balzo all'indietro, confuso.

E lei mi attaccò di nuovo. Su due gambe.

Quella donna era completamente pazza!

Ma poi capii perché l'aveva fatto.

Se le avessi lasciato un segno con i denti, Edon mi avrebbe messo le palle in una morsa.

Dannazione. Ero quasi colpito dalla sua arguzia. Ma ero più concentrato a tornare anch'io in forma umana, cosa che avvenne più velocemente del solito.

Invece di colpirmi in un momento di vulnerabilità, Luna corse via.

E io la inseguii.

Correre su due gambe era la cosa più naturale per me. Il mio livello atletico in forma umana era superiore alla mia performance a quattro zampe. La raggiunsi nel giro di qualche secondo, facendola finire di nuovo sull'erba.

Lei cercò in tutti i modi di spingermi via, facendoci rotolare in ogni direzione, finché non la afferrai per la vita e la tirai sotto di me.

Il suo ringhio mi rimbombò sul petto, mentre il suo pugno si librò verso la mia mascella. Riuscii a bloccarlo appena in tempo, inchiodandolo sul terreno, poi feci lo stesso anche con l'altra mano. Il che la lasciò a dimenarsi sotto di me, nel tentativo di sbalzarmi via.

«Basta» ringhiai.

Mi ignorò.

Le sue gambe si agitavano nel tentativo di colpirmi all'inguine. Sapendo esattamente a cosa stesse mirando, premetti il bacino contro il suo, rendendomi conto solo troppo tardi di quanto fosse una pessima idea. Volevo solo evitare che mi desse una ginocchiata sui gioielli di famiglia.

Ciò che ottenni, invece, fu di premere la mia erezione sul suo sesso.

Luna si irrigidì immediatamente.

Mi presi un istante per fare un respiro profondo. Il cuore mi batteva forte nel petto.

I suoi occhi castani erano fissi sui miei, le sue pupille dilatate per un miscuglio di paura e di qualcosa d'altro. Qualcosa di oscuro.

«Fallo» mi esortò. «Dominami fino in fondo».

La sua sfida aveva una sfumatura implorante che non riuscii a capire.

«Non...». Deglutii. Il sangue mi ribolliva nelle vene in un modo che non mi piaceva. Quella posizione aveva scatenato il caos nella mia mente. La parte più primordiale di me, il lupo, voleva scoparla. *Di brutto*. Ma il mio lato umano sapeva che sarebbe stato sbagliato.

Eppure non riuscivo a lasciarla andare.

Si sarebbe messa a correre. Potevo vederlo nell'ostinazione con cui serrava i denti.

«Codardo» mi provocò.

Inarcai le sopracciglia. «Mi stai dando del codardo perché non voglio violentarti? Affascinante».

I suoi denti affondarono nel mio labbro inferiore prima ancora che potessi rendermi conto che si era mossa. Mi morse in profondità, facendomi sanguinare.

«*No*». Allontanai di scatto la bocca dalla sua, imprecando per il dolore causato dalla ferita aperta.

Lei mi guardò con un ghigno. Il mio sangue le macchiava le labbra.

«Sei completamente fuori di testa» la accusai, sentendomi anch'io sul punto di impazzire alla vista di quella femmina selvaggia. *Cosa c'è che non va in me?!* Era il mio lupo. L'istinto primordiale che soggiogava la ragione. Lo spinsi giù in fondo. Avevo bisogno di essere lucido.

Ma Luna sfregò il suo sesso umido sul mio. Nel suo petto riecheggiò un basso gemito di desiderio.

«Non sai nemmeno come mi chiamo» mormorai, meravigliato.

«Silas» rispose lei in un sibilo. «Novellino. Dominante. Maschio».

Rimasi confuso dal suo parlare frammentato. Poi capii che il lupo aveva preso completamente possesso di lei. Perché a fissarmi, in quel momento, c'erano due pozzi scuri, non gli occhi caramello che avevo notato in precedenza. «Luna...».

«Prendimi» mi implorò, inarcandosi verso di me.

«No». Rotolai via da lei e mi alzai rapidamente in piedi. Luna si avventò su di me in un vortice di capelli scuri e pelle candida.

Le sue unghie mi lacerarono il petto, il suo ginocchio puntò al mio inguine e il suo pugno cercò di nuovo di colpirmi il viso. Riuscii a bloccarla e la feci voltare tra le mie braccia, con la schiena posata sul mio petto. A quel punto, tentò di pestarmi i piedi e riuscii a rifilarmi un calcio sullo stinco.

Mi fece un male infernale.

«Luna, smettila».

«Mai». Aveva completamente perso la testa. Si dimenò

tra le mie braccia come se stesse lottando per la sua vita, cercando chiaramente di privarmi della mia.

Uccidermi sembrava il suo unico obiettivo, non lasciandomi altra scelta se non difendermi. Bloccai calci e pugni, schivai le sue unghie e provai a trovare un modo di sottometterla che non ci facesse finire di nuovo a terra.

Farle del male sarebbe stato un errore. A un livello basilare, lo capivo. Ma anni e anni di lotta per la sopravvivenza vennero alla luce.

Non avevo resistito così a lungo solo per essere fatto fuori da una piccola alfa infuriata.

E in battaglia avevo ucciso uomini grandi il doppio di lei.

«Luna» ringhiai, esigendo la sua sottomissione, imponendole di smetterla prima che iniziassi a lottare *sul serio*.

Lei ignorò il mio avvertimento. Il suo corpo agile continuava a danzarmi attorno, in un'ondata di violenza che richiamava l'attenzione del mio animale interiore.

«Arrenditi, piccola alfa» le ordinai, dandole l'ultima possibilità di fare la cosa giusta.

«Vaffanculo» rispose lei, fumante di rabbia. Le sue unghie corsero lungo la mia guancia, lasciando dietro di sé un dolore bruciante.

Un bisogno primordiale vibrò nelle mie vene, suscitando una reazione che non fui in grado di reprimere. La misi a tappeto in meno di un secondo. Aveva la schiena premuta sull'erba e le mani bloccate sopra la testa. E l'altra mia mano attorno alla gola. «*Arrenditi*» ringhiò il mio lupo.

E lei lo fece.

Oh, se lo fece.

Le sue narici fremettero, i suoi occhi erano pozzi oscuri ricolmi di lussuria, sulla sua bocca scintillavano gocce del mio sangue.

Lo leccai via istintivamente, guadagnandomi un ringhio di approvazione dalla femmina intrappolata sotto di me. Le sue labbra si schiusero, la sua lingua sfiorò la mia.

Il mio petto vibrò. *Di più.*

Una parte di me si rese conto di quanto assurda fosse la situazione. Ma la docilità mostrata dalla femmina di lupo prevalse sulla mia sanità mentale.

Avevo bisogno di *assaggiarla.*

Di dominarla.

Di *vincerla.*

La mia bocca si sigillò sulla sua. Fu un bacio brutale, dannato e perfetto. Lei fece eco ai miei movimenti, famelica. La sua eccitazione addolcì il suo naturale profumo aranciato. Fu come divorarsi l'un l'altra.

Sangue.

Ringhi.

Morsi.

Leccate.

Continuammo così, in quello che fu uno degli abbracci più erotici che avessi mai sperimentato. E non stavamo nemmeno scopando. Non realmente. Erano le nostre bocche ad accoppiarsi in un bacio proibito.

Le liberai le mani. Volevo e avevo bisogno di sentire ogni centimetro del suo corpo.

Le sue dita si insinuarono tra i miei capelli, stringendomi a lei. Ricambiò la mia passione, trascinando le unghie dell'altra mano lungo la mia schiena, marchiandomi.

Era così fottutamente primitivo.

Così fottutamente sbagliato.

Eppure così fottutamente giusto.

«Non possiamo» riuscì a mormorare una piccola parte di me. Ma non riuscivo a ricordare perché.

«Possiamo fare tutto quello che vogliamo» rispose Luna, con una voce così sensuale da gettarmi oltre il limite, in un mondo di sensazioni e di femmina alfa.

Mi teneva per le palle.

Avrei fatto qualsiasi cosa per lei, se significava continuare ad assaggiare il paradiso che mi offriva. La beatitudine. La meravigliosa fuga dalla realtà.

Era tutto ciò che desideravo.

E l'avevo trovato nella forma di una licantropa che non era mia...

EDON

Non riuscii a distogliere lo sguardo dalla scena che si svolgeva davanti a me. Le mie labbra erano schiuse per la meraviglia.

Luna e Silas emanavano un'energia primordiale. L'odore del loro momento erotico seduceva i miei sensi e accarezzava l'ira che ardeva dentro di me. Un'inebriante combinazione che mi lasciò impietrito accanto al tronco mozzato di un albero.

Silas aveva gridato mentalmente più volte il nome di Luna, spingendomi a raggiungerli. Li trovai impegnati in un combattimento tra i loro lupi. Ma in forma umana.

Non capii tutto, ma la natura predatoria del loro duello mi disse ciò che avevo bisogno di sapere.

Nessuno dei due stava usando la testa. Erano puro istinto.

Silas aveva catturato Luna.

E lei voleva sottomettersi al lupo più forte, voleva sentirsi dominata nel modo più basilare: attraverso il sesso.

Era il motivo per cui desideravo darle la caccia. Volevo essere io il lupo che la dominava. Ma Silas mi aveva preceduto.

Eppure, qualcosa lo tratteneva.

E piuttosto che approfittare della situazione per

sottometterli entrambi, mi appoggiai al ceppo e lo guardai scoparle la bocca con la lingua.

Avrei dovuto essere furibondo.

Non lo ero.

Beh, no, lo *ero*.

Ma era tutto così dannatamente *sexy*.

Erano entrambi nudi, sudati e sporchi del sangue di Silas. Fin dove si sarebbe spinta la mia progenie? Fino in fondo? O quell'accenno di esitazione avrebbe avuto la meglio su di lui?

Luna si era praticamente persa nel suo lupo. Il suo corpo fremeva sotto quello di Silas. Le sue lunghe gambe attraenti erano avvolte attorno alla vita di lui e cercavano di strappargli ciò che desiderava. Ma Silas non cedette. Era lui ad avere il controllo del bacio. Le sue mani si muovevano sul corpo di Luna in una serie di carezze ipnotiche che non fecero altro che eccitarla ancora di più.

La mente di Silas mi rivelò quanto la bramasse, quanto volesse affondare nel suo calore e perdersi nell'oblio. Nel profondo sapeva che era sbagliato; lo percepivo nei suoi pensieri. Ma il suo lupo si rifiutò di riconoscerlo, troppo ansioso di appropriarsi della femmina altrettanto vogliosa sotto di lui.

Silas mostrò una forza notevole nel reprimere il suo bisogno, accontentandosi di leccare Luna. Iniziò con il suo collo, indugiando sulla vena che le pulsava nella gola, per poi scendere verso i suoi seni.

Le dita di lei si intrecciarono tra i suoi folti capelli biondi, stringendolo a sé, gemendo di piacere sotto la sua bocca sapiente. Un'immagine di Silas che faceva lo stesso con me mi balenò davanti agli occhi, strappandomi un sospiro.

E mentre lui trascinò le labbra lungo il ventre di Luna,

immaginai che fosse il mio corpo quello che stava accarezzando con la lingua.

Wow, pensai, incredibilmente eccitato da quella deliziosa fantasia. Un'eccitazione che non fece che aumentare quando aggiunsi anche Luna, posizionandola dove mi trovavo io in quel momento. Stava osservando Silas che mi leccava, facendosi strada verso il mio cazzo. Le sue dita delicate sarebbero scomparse tra le sue cosce, i suoi gemiti sarebbero stati musica per le nostre orecchie.

Gemiti che potei udire chiaramente, visto che Silas la stava leccando sul punto destinato esclusivamente a me.

Ma non riuscivo ancora a muovermi, troppo incantato dallo spettacolo che si svolgeva sull'erba e dalle strane idee che popolavano la mia mente.

Silas in ginocchio davanti a me, che lo prendeva in gola, fino in fondo. E poi Luna, che attendeva impaziente che le scopassi la bocca.

Quando la visione svanì, fu sostituita da una di me dentro Luna, intento a riempirla del mio seme. Seme che Silas avrebbe leccato via da lei proprio come la stava leccando in quel momento, prima che lei ricambiasse il favore succhiandoglielo fino a farlo venire.

Rabbrividii. Non ce l'avevo mai avuto così duro.

Le grida soddisfatte di Luna si mescolarono ai gemiti di Silas. La faccia di lui era fradicia del piacere di lei. L'orgasmo di lei si tradusse in un urlo che riecheggiò tra gli alberi, facendo volare via tutti gli uccelli.

E lei sembrò librarsi con loro. Il suo corpo si contorceva splendidamente sotto la bocca di Silas.

Un altro maschio.

Uno che avevo creato io.

Uno che mi doveva la vita.

Uno che aveva infangato il nostro rapporto prendendo la *mia* femmina. E continuava a farlo con totale abbandono, portandola a un secondo orgasmo, altrettanto sconvolgente, che riuscii a sentire nelle ossa.

Volevo distruggerli entrambi. Farli a pezzi. Allo stesso tempo, però, volevo anche farli miei.

Quel tumulto di sensazioni, quella rabbia, quel *bisogno*... non avevano alcun senso. Non riuscivo a capire cosa desiderassi di più. Se la vendetta, o la bocca di Silas avvolta attorno al mio cazzo. E Luna... oh, la mia cara Luna. Volevo montarla più di quanto avessi mai sognato di montare un'altra donna.

Era trascorsa più di una settimana dal suo arrivo, e avevamo passato a malapena un po' di tempo insieme. Solo la prima notte, e la nostra piccola corsa nel bosco. L'avevo evitata, stando invece con mio nonno. Avevo bisogno di prepararmi per le Prove. E lui era l'unico disposto ad aiutarmi.

Ma finii col pentirmi di non essere andato da lei, costringendola ad arrendersi come stava facendo in quel momento con Silas.

Quando urlò una terza volta, fu il nome di lui a sfuggirle dalle labbra.

Ringhiai in risposta. Un suono basso e animalesco, che la fece irrigidire sotto Silas. Lui alzò la testa, cercando la sorgente di quel suono. Invece di farmi vedere, preferii accucciarmi dietro il tronco. Non ero ancora pronto a punirli per le loro azioni.

Perché avrei finito per ucciderli o scoparli entrambi.

Mi passai una mano sul viso, col cazzo che mi tendeva i pantaloni. *Cosa diavolo c'è che non va in me?!* Non avrei neanche dovuto rifletterci sopra. Silas doveva morire per avere tradito me, il suo sire, in un modo del genere. E Luna doveva essere messa in riga.

Eppure continuavo a non riuscire a muovermi.

Il sangue mi ribolliva nelle vene, il desiderio mi cingeva

l'inguine, il mio istinto mi esortava a correre là fuori e *unirmi* a loro, invece di punirli.

Scossi la testa. Ero stordito. Confuso. Fin troppo eccitato per il mio stesso bene.

Avrei dovuto accettare l'offerta di Bianca. Avrei dovuto lasciare che si mettesse in ginocchio come una brava lupacchiotta e me lo prendesse tra quelle labbra che chiedevano solo di essere scopate.

Ma non ci ero riuscito.

Mi sembrava sbagliato.

Oh, provocare Luna era stato divertente. Almeno finché non era scappata. Non che la biasimassi; ero stato un idiota. Ma i suoi commenti sullo stupro e sull'averle imposto il nostro legame mi avevano davvero fatto incazzare.

Di solito, le donne mi adoravano. Luna, invece, si comportava come se stare con me fosse un tormento, nonostante il suo corpo mi desiderasse.

Il suo atteggiamento mi aveva fatto infuriare e mi aveva riempito di frustrazione, e una parte perversa di me aveva voluto ferirla a sua volta.

Il che ovviamente mi si era ritorto contro, perché l'avevo lasciata irritata, eccitata e desiderosa di correre via. E ora tutte le mie minacce di non trovare un lupo che la scopasse erano state vanificate dalla mia dannata progenie.

Com'è potuto succedere?

Anzi, no.

Come ho potuto permettere *che succedesse?*

Feci un respiro profondo. Avevo bisogno di mettere fine a quella follia. Che li scopassi o li uccidessi era tutto da vedere. Ma di certo non potevo restare lì e permettere che continuassero.

Quando finalmente riemersi da dietro il ceppo, però, erano spariti.

L'odore di Silas andava in direzione della casetta che gli avevo così generosamente prestato, mentre quello di Luna verso la tenuta.

Si erano divisi, costringendomi a decidere chi avrei inseguito per primo.

Fu più facile di quanto pensassi. Scelsi Silas. Perché era mio. E stava per scoprire cosa significasse distruggere il legame di fiducia tra un sire e la sua progenie.

Forse, dopo essermi occupato di lui, il bisogno di dare la caccia a Luna e scoparla fino a sottometterla si sarebbe placato.

Forse. Ma non ci avrei giurato.

Ero io l'alfa. Non lei. Non Silas. *Io*.

Era ora che entrambi se ne rendessero conto.

Era ora che si *inginocchiassero*.

SILAS

Cazzo. Cos'avevo appena fatto? Come avevo potuto lasciare che accadesse?

Camminai avanti e indietro all'interno della casetta, sentendomi completamente sperduto.

Edon sapeva.

L'avevo *sentito* dentro, in profondità. Un'energia feroce e ardente, indirizzata a me. Ma non riuscivo a fuggire. Era come se mi avesse incatenato, costringendomi a restare lì ad aspettarlo.

Ero un lupo morto. Lo sapevo con ogni fibra del mio essere. Non c'era nessuna scusa o giustificazione al mondo che avrebbe potuto salvarmi. Non che l'avessi, comunque.

Il combattimento mi aveva lasciato in un vortice di eccitazione.

E Luna. *Cazzo*. Non potevo dire di no, non volevo negarle niente. Parte di me si domandò se mettermi in quella posizione fosse stato il suo scopo fin dall'inizio, per distrarre il suo compagno.

Ma quando il ringhio di Edon riecheggiò su di noi, colsi la paura nel suo sguardo. Luna aveva corso più in fretta di me, lasciandosi dietro un'acre scia di terrore.

Cosa le avrebbe fatto? Era là con lei in quel momento? Intento a punirla?

No.

No, non era con lei.

Perché potevo sentirlo lì con me.

Era in agguato nell'ombra, intento a decidere quale sarebbe stato il mio destino.

Rabbrividii, incerto su come procedere. Che fosse il caso di lottare? O di provare a dargli delle spiegazioni?

Mi avvolse nel suo dominio. Il suo potere era una presenza palpabile che pesava sulle mie spalle, imponendomi la sottomissione. Eppure le mie gambe rimasero immobili, bloccate da uno spirito di ribellione.

«Hai toccato qualcosa che non ti appartiene» disse. La sua voce, bassa e roca, mi fece correre un brivido gelido lungo la schiena.

Deglutii. «Lo so». Non era la risposta giusta. Avrei dovuto scusarmi, avrei dovuto promettergli che non sarebbe successo di nuovo.

Ma sarebbero state tutte bugie.

Non ero pentito di quello che avevo fatto, né avrei mai potuto giurargli che non si sarebbe ripetuto. Perché era successo qualcosa tra me e Luna, un qualche tipo di attrazione intensa, che era stata tutt'altro che soddisfatta. Volevo assaggiarla di nuovo. Volevo *possederla*.

Era completamente folle.

La conoscevo a malapena.

Eppure, il mio lupo la desiderava. Non come compagna, ma come premio. E rifiutava che potesse essergli negato.

Edon mi girò attorno. Le ombre della stanza celavano la sua presenza, ma lo *sentivo* muoversi, osservarmi come un predatore farebbe con la sua preda.

Il sole che stava tramontando fuori dalla finestra sembrava un presagio di quello che sarebbe successo. La fine di una giornata, la fine di una vita.

«Che sapore aveva?» chiese piano Edon. Nel suo tono c'era una sorta di letalità. Come se mi stesse sfidando a rispondere.

Se dovevo morire, l'avrei fatto a testa alta. «Di arance».

«Mmm». Edon era in piedi dietro di me. Il suo commento vibrò sulla mia nuca. «E ti è piaciuto?».

«Sì».

Rimasi in attesa di un pugno, di una minaccia, di *qualcosa*.

Il silenzio calò su di noi. Se il calore della sua pelle non avesse lambito la mia, avrei pensato che se ne fosse andato. Un nuovo odore solleticò i miei sensi.

No. Era stato lì fin dall'arrivo di Edon.

Un profumo oscuro e inebriante. La fragranza della foresta, un predatore all'apice del suo splendore che valutava il suo obiettivo. Me.

Solo che non irradiava violenza, ma qualcosa di più intenso. *Un bisogno selvaggio.*

Il mio cuore mancò un battito, poi iniziò a correre all'impazzata, irrorando di sangue l'unica parte di me a cui non potevo permettere di reagire.

Ma c'era qualcosa, nella mascolinità di Edon, che mi attraeva. Il suo potere era un tratto da venerare. Rispettare. Riconoscere.

Mi ci volle uno sforzo notevole a tenere la testa alta, quando l'unica cosa che volevo fare era inchinarmi. Mettermi in ginocchio davanti a lui. Riconoscere che era il lupo più forte.

«È chiaro che all'università sei stato addestrato per il sesso orale». Le sue parole mi accarezzarono l'orecchio, il suo petto era una fiammata minacciosa che mi sfiorava la schiena.

Mi si seccò la bocca. Il mio corpo stava reagendo alla sua vicinanza in un modo che non mi sarei mai aspettato.

È per via della lotta e di quello che è successo dopo, mi dissi. *Sei eccitato a causa di Luna.*

Sicuro?, mi provocò la voce mentale di Edon. «Hai imparato a far godere soltanto le femmine, durante il tuo addestramento?» mi chiese, afferrandomi il fianco. «O ti hanno spiegato anche come soddisfare i maschi?».

Ah. Non ero l'unico a essere eccitato. Non c'era da stupirsi che emanasse calore. Il suo cazzo era duro quanto il mio e mi stava sfiorando il sedere.

Mi leccai le labbra. Le parole mi si erano bloccate in gola.

Silas, ringhiò nella mia mente. *La mia pazienza ha un limite.*

Sì, ammisi tremando. *Sì, ho imparato a dare piacere anche ai maschi.* Volevo essere preparato per qualsiasi cosa mi avesse riservato il destino.

Certo, neanche nei miei sogni più folli mi aspettavo che sarebbe stato un alfa eccitato.

E non avrei mai nemmeno immaginato che la mia reazione istintiva sarebbe stata favorevole.

Ma la mia erezione non accennava a sparire. I miei muscoli erano tesi dal desiderio, tutto il mio corpo era pronto. Ed esigeva di essere soddisfatto.

Era iniziato tutto con Luna, ma una parte perversa di me voleva che fosse Edon a finire.

«In ginocchio» mi ordinò Edon.

Ne seguì una lotta interiore. Il mio orgoglio voleva che rimanessi in piedi, il mio lupo mi *implorò* di obbedire.

Cedetti al mio lupo, piegando le gambe.

Edon posò il palmo sulla mia testa. Le sue dita corsero delicatamente tra i miei capelli, mentre lui mi camminava attorno, fino a fermarsi davanti a me.

Mi ero già ritrovato in quella posizione, quando mi venne presentato il cazzo di un licantropo da succhiare. Gli umani imparavano ogni tipo di competenza all'università. Il sesso orale era uno dei miei punti di forza; avevo sempre i voti più alti, sia con gli uomini che con le donne.

Strinse la presa sui miei capelli, costringendomi ad alzare gli occhi su di lui.

Un vortice di furia ed eccitazione ricambiò il mio sguardo.

Non riuscivo a capire se volesse scoparmi o uccidermi, e probabilmente era in conflitto anche lui.

Mi afferrò il collo con la mano libera. «Dovrei ucciderti per la tua spudorata mancanza di rispetto».

La mia gola pulsò sotto il suo palmo, facendoglielo serrare con più forza. Riuscivo ancora a respirare, ma a stento. E invece di essere spaventato a morte, tutto ciò che sentii fu un formicolio nel profondo del mio essere. Un desiderio che mi stava crescendo tra le gambe.

Era una situazione folle.

Come facevo a essere attratto da quello stronzo?

Quando si trattava di sesso, non avevo mai avuto preferenze, ma non mi sarei mai aspettato di trovarmi in un tale gioco di potere.

«Dovrei ucciderti» ripeté. «Ma sono incuriosito dalle tue abilità orali. Luna sembrava apprezzarle. E ora mi chiedo che reazione avrebbero su di me. Pensi che mi piacerà abbastanza da risparmiarti la vita, Silas? O che mi faranno venire ancora più voglia di ucciderti?».

Le sue parole avrebbero dovuto disgustarmi, avrebbero dovuto riempirmi di paura. Ma tutto ciò che evocarono fu un senso di sfida, un desiderio di mostrargli le mie capacità, di farlo uscire di testa. Perché era qualcosa che riuscivo a fare. E bene. «Scopami la bocca e lo scoprirai».

Il sorriso con cui Edon accolse le mie parole era il ghigno di un lupo. Affamato e selvaggio. «Apri, Silas».

Il suo tono di sfida mi spinse ad afferrargli i fianchi e trascinarlo verso di me.

Voleva dominarmi? Avrebbe dovuto impegnarsi di più.

Perché sapevo come far cadere in ginocchio un uomo. L'avevo già fatto in passato e l'avrei rifatto con lui.

Lo presi in profondità, proprio come piaceva a me, e gemetti per il suo sapore mascolino. Dannazione, i miei sensi di lupo intensificavano tutto, com'era già successo con Luna. Nonostante i miei anni di addestramento, mi sembrava tutto nuovo.

Mi fece pensare alla foresta. Alle foglie verdi, intrise di vita. Così diverso da quello aranciato di Luna, eppure la combinazione dei loro sapori creò sulla mia lingua un mix perfetto. Volevo di più. Molto, molto di più.

E così lo presi, ingoiandolo fino in fondo alla gola e succhiandolo al tempo stesso.

«*Cazzo*» ansimò Edon, stringendo la presa sui miei capelli fino a farmi male.

Per tutta risposta, conficcai le unghie nella sua pelle, costringendolo a restare immobile mentre lo divoravo. Le sue cosce si tesero, il potere emanato dal suo corpo mi travolse in un'ondata violenta. Ero così eccitato da quelle che mi erano sembrate ore di preliminari con Luna, e poi con Edon.

Il desiderio era talmente intenso da farmi male.

Ma il suo sapore mi esortò a proseguire. Edon continuava a spingerlo in profondità, cercando di dettare il ritmo.

Non era gentile.

Non era facile.

Era una miscela inebriante di brutalità da alfa, pura lussuria e rabbia, il tutto avvolto da grugniti e movimenti impietosi.

Allungai la mano e gli diedi una stretta di avvertimento

ai testicoli, mentre lui cercava di infilarmelo tutto quanto in gola.

Il mio rimprovero silenzioso non fece che spronarlo a spingere ancora più a fondo. Il suo bisogno di sottomettermi aveva preso il sopravvento. Ma resistetti alle sue pressioni, accettando solo quello che ero in grado di prendere, al tempo stesso facendolo impazzire con la mia lingua.

Il suo respiro ansimante mi fece capire che stavo vincendo, che non sarebbe riuscito a resistere ancora per molto.

Lo voleva almeno quanto me, se non di più.

«Ingoialo tutto» ringhiò. Le sue parole mi fecero ribollire il sangue e inumidire il cazzo di desiderio, implorante di essere toccato.

Ma restai concentrato su di lui.

Sul sapore salato della sua eccitazione, che mi solleticava la lingua.

Sui suoni gutturali che emetteva avvicinandosi al tanto agognato orgasmo.

Su ogni movimento animalesco dei suoi fianchi, che mi portò al punto di non riuscire più a respirare.

Accettai tutto quanto, reagendo con la bocca nell'unico modo che conoscevo: trascinandolo verso l'orlo del baratro con ogni succhiata, ogni stretta, ogni leccata.

Edon imprecò. Il suo viso era contorto in una splendida smorfia di agonizzante beatitudine. Non voleva che gli piacesse, non voleva averne bisogno, ma non riusciva a trattenersi. Lo sentii pulsare tra le mie labbra, segnalando l'imminente sollievo, e finalmente esplodere nella mia gola.

«Silas» sibilò, conficcandomi le unghie nello scalpo. L'altra mano mi cinse la nuca, costringendomi a restare in posizione e prenderlo tutto, mentre continuava a venire.

Anche la mia stretta si intensificò, per dirgli che non riuscivo a respirare.

Ma non sembrava importagli. Era troppo perso nel suo oblio per accorgersene.

O forse lo stava facendo apposta.

Forse voleva che morissi così, in ginocchio, soffocato dal suo cazzo.

Quel pensiero mi fece infuriare. Lo spinsi via con una forza tale da strapparlo dal suo stato di estasi.

Mi lasciò andare abbastanza a lungo da riprendere fiato, poi mi avvolse una mano attorno alla gola, mi trascinò in piedi e mi spinse contro il muro. Il suo scatto improvviso mi fece trasalire, la mia schiena protestò per quel trattamento brutale.

I suoi occhi sembravano delle pozze nere e ardenti, la sua mascella era così serrata che pensai potesse rompersi. Ma poi la sua bocca si avventò sulla mia. Senza alcuna delicatezza. In un modo spietato, come se non avesse voluto baciarmi ma non potesse evitare di farlo.

E la mia lingua ricambiò con la stessa brutalità.

Perché anch'io non volevo baciarlo. Non volevo stargli vicino. Eppure il mio cazzo praticamente mi implorava di toccarlo, di accarezzarlo ancora una volta, di fare *qualcosa*.

Come se avesse potuto udirne la supplica, Edon posò il suo inguine sul mio. La sua pelle, umida della mia saliva, era una sensazione stupenda sulla mia carne smaniosa.

Non riuscii a evitare di premere il mio corpo sul suo, alla ricerca di contatto, di calore, di *sollievo*.

Affondò i denti nel mio labbro inferiore, facendomi sanguinare.

Allora lo morsi anch'io, guadagnandomi in risposta un ringhio bestiale.

Le mie mani lo afferravano con la stessa crudeltà, le mie unghie scavavano tanto quanto le sue, il mio bisogno di contrastarlo era intenso e palese. Ma continuammo a baciarci come due vecchi amanti arrabbiati, che lottavano in un confuso vortice di violenza.

Lo odiavo.

Lo volevo.

Lo disprezzavo.

Lo desideravo.

E i suoi ringhi mi dicevano che anche lui provava lo stesso.

Non era insolito per un alfa, o un reale, scegliere dei membri dell'harem dello stesso sesso. Principalmente perché apprezzavano una bella dose di umiliazione.

Ma quello che stava succedendo andava molto più in profondità.

Edon non voleva mortificarmi o sottomettermi. Lo percepivo nei suoi movimenti, nella sua mente, nei suoi ringhi, nelle sue carezze, nel suo bacio. Andava tutto al di là di un semplice gioco.

Eravamo connessi a uno strano livello. L'avermi trasformato in licantropo ci aveva trascinati in una danza proibita, che ci aveva lasciato affamati.

«Toccati» mi intimò, spostando la mano verso la mia gola. «Adesso».

Vaffanculo, avrei voluto dirgli, ma non ci riuscii. La mia mano si stava già abbassando. La prima carezza mi strappò un sospiro. Il mio corpo abbandonò il muro alle mie spalle per andare verso il muro di uomo che avevo davanti.

Non mi baciò di nuovo, ma osservò i miei movimenti con un luccichio famelico nello sguardo, che mi fece eccitare ancora di più.

Non avevo mai provato nulla del genere. Tutte le mie esperienze precedenti non erano nient'altro che banali esercizi. Non ci era permesso dedicarci ad attività sessuali al di fuori delle lezioni, e non avevo mai desiderato qualcuno abbastanza da provarci lo stesso. Rae e Willow erano le mie migliori amiche, ma niente di più. E nessuno dei maschi con cui andavo a scuola aveva mai suscitato il mio interesse, nonostante tutto quello che eravamo costretti a farci a vicenda in classe.

Ma Edon... mi faceva *bruciare* il sangue.

E Luna, cazzo, il suo odore mi faceva impazzire.

Doveva essere colpa del mio lupo. Tutte le nuove sensazioni suscitavano in me un tumulto di desiderio insaziabile.

Sentii la pressione crescermi nel ventre. Mi fece serrare la presa e aumentare la rapidità dei miei movimenti. Se mi avesse ordinato di fermarmi, l'avrei ucciso. O, peggio, gli avrei disobbedito.

Ne avevo bisogno. Me l'ero guadagnato. Lo *esigevo*, cazzo.

Lo sguardo di Edon cercò il mio, intrappolandomi. Strinse la presa attorno alla mia gola, bloccandomi il respiro.

E costringendomi a esplodere.

Il mio gemito vibrò sotto il suo palmo, uscendo come un rantolo soffocato. Mi ritrovai ad ansimare affannosamente appoggiato al muro, coperto da un velo di sudore freddo. Schizzi di sperma gli decoravano l'addome; la mia estasi lo aveva marchiato in un modo in cui non avrebbe dovuto.

Ma mi concesse un piccolo momento di gioia. Mi resi conto che avevo rivendicato qualcosa che non era mio. Che avevo rivendicato l'alfa.

E lui se ne accorse di certo. Doveva aver visto i miei occhi brillare di piacere, perché mi fece cadere in ginocchio con un unico comando: «Lecca via tutto».

Un brivido di fastidio mi corse lungo la schiena. Non

tanto per via del compito, che era comunque degradante, ma per l'idea di dover cancellare il mio odore dalla sua pelle.

È tutta una follia. Non avrebbe mai potuto essere mio, né *volevo* che lo fosse.

E lo dimostrai a me stesso facendo esattamente ciò che mi aveva ordinato, leccando ogni centimetro del suo torso per rimuovere dalla sua pelle ogni traccia del mio orgasmo.

Restò a torreggiare su di me così a lungo che pensai mi avrebbe chiesto di succhiarglielo di nuovo. Il suo cazzo puntava dritto alla mia bocca, come se fosse stato d'accordo. Edon era rovente, teso e chiaramente eccitato.

Non osai incontrare il suo sguardo. Se l'avessi fatto, ero certo che avremmo ricominciato da capo. E non ero sicuro di essere in grado di sopportare una seconda scopata alla gola da parte sua nello stesso giorno. La rabbia si irradiava da lui con prepotenza, mescolata a un istinto omicida.

Mi voleva morto per aver toccato Luna.

Non potevo biasimarlo. Gli alfa erano creature possessive.

Ma sembrava anche essere in conflitto con qualcosa di più profondo: la bizzarra connessione che ci legava.

E alla fine fu quella a prevalere.

Mi lasciò andare senza dire una parola e se ne andò silenziosamente com'era arrivato.

Io rimasi inginocchiato al suo passaggio, incapace di muovermi o parlare.

Perché il mio destino era ancora in bilico.

Mi aveva concesso di vivere un altro giorno, e si sarebbe occupato di me quando l'avrebbe ritenuto opportuno.

Da un certo punto di vista, era quasi peggio.

LUNA

La casa di Edon puzzava di beta. Serrai la mascella, e ogni più piccola traccia di senso di colpa svanì all'istante.

Non avrei dovuto sottomettermi a Silas. Era stato stupido da parte mia. Veramente, *veramente* stupido. Non che avessi avuto scelta. Era molto più forte di quanto mi aspettassi, il suo valore molto raro per un novellino. Di solito, dopo essere stati trasformati, gli umani sembravano dei cuccioli. O almeno così avevo sentito. Non ne avevo mai incontrato nessuno, trattandosi di una condizione piuttosto rara, ma Silas mi aveva dato l'impressione di essere ancora più straordinario del normale.

Purtroppo, grazie a me, Silas era un lupo morto. Probabilmente Edon lo stava punendo proprio in quel momento, e per quello non era ancora tornato.

Cazzo.

Okay, forse un po' di senso di colpa c'era ancora.

Seppellii il viso tra le mani, nascosta nella mia stanza, in attesa del ritorno di Edon.

Lui *sapeva*. Il suo ringhio aveva fatto scuotere il terreno sotto di me, là fuori nella palude, aumentando ciò che stavo provando a un livello pericoloso.

L'inseguimento mi aveva entusiasmata. Il mio corpo aveva reagito in modo indicibile all'adrenalina che mi inondava il sistema. Quello, unito al bacio violento con cui Edon mi aveva assalita nemmeno un'ora prima, non mi aveva lasciato scampo.

Oh, e la lingua di Silas. Santo cielo, la lingua di quell'uomo avrebbe potuto vincere una guerra. Mi aveva fatta venire più in fretta di quanto ci fossero mai riuscite le mie dita, rendendomi tutta smaniosa e desiderosa di averne di più.

Finché il ringhio di Edon non aveva fatto tremare la terra.

Era molto simile a quello che udii riecheggiare in tutta la casa proprio in quel momento.

Deglutii. *Merda.* Era tornato. Potevo percepire la sua rabbia nell'aria. Densa, inebriante, travolgente.

Non bussò alla mia porta. La aprì e basta.

Quasi annegai nelle oscure pozze di furia con cui mi guardò.

«Ti è piaciuta la corsa?» mi chiese. Il suo tono era ingannevolmente calmo.

«Tu ti sei divertito?» ribattei, notando il suo colorito luminoso.

Le sue labbra si incresparono. «Oh, non ne hai idea. Il miglior pompino della mia vita. Non ti sarà facile essere all'altezza».

Un ringhio mi risalì la gola. Le sue parole mi fecero ribollire il sangue. Come poteva sbattermi in faccia in quel modo l'aver scopato la bocca di un'altra donna?

Mi ritrovai quasi a sbuffare. Come se avessi avuto il diritto di essere arrabbiata. Avevo appena avuto la lingua di un altro lupo tra le cosce.

Ed Edon era appena tornato dopo averlo punito. Aveva l'odore di Silas dappertutto. Qualsiasi cosa gli avesse fatto, non doveva essere stata piacevole. Ed era tutta colpa mia.

Le mie spalle si afflosciarono, lasciandosi dietro una

sensazione di sconfitta. Odiavo sentirmi così; era da deboli. Ma non riuscii a evitarlo. Le mie azioni avevano condotto alla condanna a morte di un altro lupo. Un lupo che, a tutti gli effetti, non meritava un simile destino.

«Allora? Non ti offri di dimostrarmi che ho torto?» mi provocò Edon.

«Mi sembri già abbastanza soddisfatto» mormorai, indicando con un cenno del capo il suo inguine. «Se hai bisogno di qualcos'altro, puoi arrangiarti da solo».

Un suono feroce lasciò il suo petto, facendomi rabbrividire. «Attenta, Luna. O la prossima volta costringerò *te* a guardare mentre mi scopo qualcun altro».

Rabbrividii ancora una volta. Il modo in cui l'aveva detto somigliava più a una promessa che a una possibilità. Nel corso degli anni, mio padre aveva costretto mia madre ad assistere alle sue attività, spezzandola ogni volta un po' di più.

«Come? Nessuna replica tagliente?». Attese. «Non dirmi che la tua insolenza è già sparita».

Non dissi nulla. Voleva la mia sottomissione? Si sarebbe dovuto accontentare del mio silenzio.

«I tuoi privilegi sono ufficialmente revocati. La prossima volta che vuoi andare a correre, dovrai chiedermi il permesso. Se ti trovo al di fuori dei confini della tenuta senza la mia autorizzazione, verrai punita. Hai capito?».

Incontrai il suo sguardo. Se avevo capito? «Sì». Avrei obbedito? Assolutamente no.

Il modo in cui le sue labbra fremettero mi fece capire che lo sapeva anche lui.

E che non vedeva l'ora di infliggermi qualsiasi punizione avesse in mente.

Andava bene.

Non avevo paura di lui.

Non aveva idea del genere di punizioni che avevo

dovuto subire crescendo. Ero talmente esperta, che per impressionarmi avrebbe dovuto essere incredibilmente creativo.

Buona fortuna.

Edon se ne andò senza aggiungere altro, lasciandosi dietro una scia di sesso.

Volevo vomitare.

Avevo provato a fuggire e avevo fallito.

Il giorno dopo avrei tentato di nuovo.

E quello dopo ancora.

E così via, finché non ci fossi riuscita, o fossi morta provandoci.

Edon credeva davvero che mi sarei arresa? Non sarebbe mai successo. Quello era solo l'inizio.

———

Mi svegliai in un meraviglioso silenzio.

O Edon si aspettava che obbedissi ai suoi ordini, o mi stava tendendo una trappola.

In ogni caso, sarei andata a correre. Nessuno poteva mettermi in castigo. Soprattutto non lui.

Mentre indossavo un paio di jeans e una canottiera, decisi, come prima cosa, di fare due passi nel villaggio. Perché se Edon aveva informato gli altri membri del clan dei miei arresti domiciliari, avevo bisogno di sapere da chi tenermi alla larga.

La passeggiata mi avrebbe anche concesso un'ottima copertura, se mi avesse chiesto dove fossi stata. *Oh, in giro*.

Solo che, nell'istante in cui misi piede nel cuore del clan Clemente, me ne pentii.

Bianca era lì, con un gruppetto di amici. Il suo viso era raggiante mentre raccontava, a voce fin troppo alta, tutte le cose che le aveva fatto Edon la notte precedente.

Sei andato da lei? Ancora?, pensai, irritata. La mia rabbia era così illogica, così ingiusta, visto che avevo condiviso un momento di intimità con la sua progenie. Ma sapere che era andato da quella lì, nello stato in cui si trovava, mi fece incazzare oltre ogni limite.

Che fu il modo in cui giustificai l'incontro del mio pugno con la faccia di Bianca.

Due volte.

Successe tutto così in fretta. Sentirla vantarsi, davanti a me, di come aveva scopato il *mio* compagno, fu troppo da sopportare per il mio lupo. Non riuscii a trattenermi.

Il fatto che avesse addosso l'odore di Edon non fece che peggiorare le cose.

Mio, ringhiò il mio lupo, centrando con un terzo pugno il naso della mia rivale.

«*Basta così*» sbottò una voce maschile, intrisa di autorità.

La voce di un alfa.

Walter.

Le mie ginocchia si piegarono senza preavviso, la mia testa si chinò in una sottomissione che sentivo in ogni fibra del mio essere. *Sopravvivenza*, sussurrò il mio lupo. Con Edon non era mai successo. Perché da qualche parte, dentro di me, sapevo che non mi avrebbe mai fatto dal male. A differenza dell'alfa che stava venendo verso di me.

Walter avrebbe adorato fustigarmi, stuprarmi, picchiarmi fino a ridurmi in poltiglia. Percepivo le sue intenzioni in ogni passo che lo portava sempre più vicino a me, sentivo il suo desiderio di spezzare quella che vedeva come la femmina più forte del branco. Una femmina che doveva imparare a obbedire.

Il dorso della sua mano si abbatté sulla mia testa, facendomi cadere a terra gemente. «Non hai nessuna autorità qui, Luna del clan Ernest» disse con una voce fintamente calma.

Poi il suo piede colpì il mio torso. Mi raggomitolai su me stessa per proteggermi, mentre davanti agli occhi mi scorrevano le immagini di anni di trattamenti simili a opera di mio padre.

Posso farcela.

Fa male solo per un po'.

Pensa a qualche momento felice.

Pensa all'addestramento con Logan.

Non...

Il calcio successivo mi centrò nella schiena, sprigionando intense ondate di dolore lungo la mia spina dorsale.

«Signori, chi vuole aiutarmi a dare una lezione a questa piccola lupa?» domandò. Il suo tono lascivo mi fece raggelare.

Perché sapevo esattamente cosa stava suggerendo.

Avevo visto mio padre infliggere lo stesso trattamento a mia madre, come punizione per essersi comportata male. Avevo dovuto assistere di persona al suo stupro di gruppo. Non era ovviamente pensato per il piacere di mia madre, ma per quello di mio padre. E non gli importava che alcuni sfruttassero il corpo di lei per inseguire la propria estasi.

Si era persino messo a scopare un'altra donna accanto a lei.

Ero stata così male, e ne ero rimasta così sconvolta, che Logan aveva dovuto abbracciarmi per tutta la notte per tenermi al caldo. Mi aveva promesso che, quando fosse diventato lui l'alfa del clan, le cose sarebbero state diverse. Che non avrebbe trattato la nostra gente con una tale mancanza di rispetto.

Ma non ero più là con lui. Chissà quante cose ignobili mio padre avrebbe inculcato nella mente di Logan.

Si formò una piccola folla. L'odore di testosterone impregnava l'aria.

La violenza sembrò piovere su di me sotto forma di pugni, calci, tocchi che non volevo sentire.

Si mescolarono tutti insieme. Il caos mi offuscò la mente.

Tutto questo non può spezzarmi, mi dissi con un tono implorante. *Sei già stata picchiata. Hanno cercato di annegarti. Hai vissuto all'aperto sotto zero per giorni. Ce la puoi fare. Ce la puoi fare. Ce la puoi…*

Un ringhio furioso rimbombò nell'aria, un ringhio che sembrò scuotere le fondamenta stesse del mio cuore. Irruppe attraverso la nebbia crudele che circondava il mio corpo dolorante.

«*È mia*» disse la voce. «Non puoi toccare ciò che è *mio*».

«È solo una cagnetta disobbediente che ha bisogno di una bella lezione» rispose Walter, con in mano una cintura macchiata di sangue.

Il mio sangue.

Non ricordavo che mi avesse colpita, non riuscivo nemmeno a sentire le conseguenze delle sue frustate, ma fui in qualche modo certa che l'avesse fatto più di una volta.

«E non sarai tu a impartirgliela».

«Col cazzo che non sarò io» ringhiò l'alfa.

Edon catturò il polso di suo padre mentre questi lo stava alzando, e lo torse così brutalmente che l'osso minacciò di rompersi. «Non hai nessuna autorità sulla mia compagna. Se voglio che venga picchiata, verrà picchiata. Se voglio che venga stuprata, verrà stuprata. Ma non sarai tu a dettare la sua punizione. Sarò *io*».

Diede una spinta all'alfa con una forza tale da suscitare tutta una serie di sussulti dalla folla. Così tanto potere. Così tanto dominio.

Un alfa nel fiore degli anni.

L'erede in ascesa.

Fu in quel momento che lo vidi. Nella sua postura, nel modo in cui i suoi muscoli si tendevano sulla schiena nuda. Anche con addosso soltanto un paio di jeans, si ergeva con un'autorità che pochissimi avrebbero mai posseduto.

Quel maschio *esigeva* di essere obbedito.

E se non fossi stata già a terra, mi sarei inginocchiata ai suoi piedi, sotto l'aura di superiorità che sprigionava.

Edon si voltò. I suoi occhi d'ossidiana fecero cadere in ginocchio la maggior parte della folla con un unico sguardo.

Nessuno l'avrebbe mai sfidato.

Non lì.

«Luna è *mia*» disse, con un tono che riecheggiò probabilmente anche al di fuori dei confini della tenuta. «Se qualcuno vuole affrontarmi per ottenere il diritto di toccare la mia proprietà, sono pronto». Fissò tutti i maschi presenti, uno a uno, finché non abbassarono tutti la testa. E poi tornò a rivolgersi a Walter, che era rimasto in piedi avvolto in una coltre di rabbia che raggelava l'atmosfera. «Hai i giorni contati, alfa. Non mi inchinerò più al tuo cospetto. Non toccare mai più Luna senza il mio permesso, o te ne farò pentire, *vecchio*».

Edon non aspettò una risposta. Mi sollevò da terra e mi portò attraverso la folla di lupi col capo chino.

Nessuno ci fermò.

Nessuno disse una parola.

Nemmeno l'alfa furioso che ci eravamo lasciati alle spalle.

Seppellii il viso nel collo di Edon. Le mie guance erano rigate di lacrime che non mi ero accorta di aver versato. Il terrore che quegli uomini mi toccassero aveva distrutto la mia determinazione. Mi resi conto di quanto fossi impotente. Non sarei mai riuscita a batterli tutti.

Non mi avrebbero uccisa.

Mi avrebbero sottomessa e fatto molto di peggio.

Edon trascinò un dito lungo la mia schiena. Il suo tocco arse sotto il tessuto. Era solo una piccola carezza, un accenno di conforto, ma in qualche modo mi fece ancora più male.

Avevo perso la testa perché una femmina si stava vantando di essere stata con lui, un maschio che nemmeno mi apparteneva. Non veramente. Non osavo immaginare cosa aveva fatto lui a Silas.

La gelosia mi aveva consumata fino a trascinare il mio lupo in superficie. E quello era solo l'inizio.

Edon si sarebbe sempre intrattenuto con altre femmine, probabilmente anche davanti a me. Come avrei fatto a sopportarlo?

L'odore di casa sua mi fece alzare lo sguardo sulle familiari travi che decoravano il soffitto. Doveva aver camminato molto veloce, perché mi resi conto che eravamo arrivati solo quando chiuse la porta con un calcio.

Pensavo che mi avrebbe messa giù in camera mia o sul divano, invece mi portò nella sua stanza.

Punizione. Doveva fare qualcosa, doveva rimettermi al mio posto per come mi ero comportata. E quello era il luogo in cui aveva intenzione di farlo.

Mi avrebbe costretta a succhiarglielo? A fare sesso? Avrebbe usato una cintura come suo padre? Mi avrebbe strangolata? Bruciata?

I licantropi guarivano in fretta, soprattutto i purosangue come me. Il che significava che potevo sopportare qualsiasi genere di tortura, prima di svenire, e mi svegliavo quasi sempre come nuova e priva di cicatrici.

Aprii la bocca per dargli una spiegazione, per

scusarmi, per dire *qualcosa*, ma la mia gola si oppose. Era così stretta che riuscivo a stento a respirare.

Mi posò sul letto. «Alza le braccia» mi ordinò.

Obbedii solo perché non sapevo cos'altro fare. Gemetti quando mi liberò da ciò che restava della mia canottiera insanguinata. Mi fece voltare su un fianco, e le mie gambe si piegarono automaticamente per proteggere il mio addome.

Sarebbe stato doloroso.

Cercai di richiamare alla mente il ricordo di qualche momento felice, di quei brevi istanti in cui la mia infanzia non sembrava un incubo. Ripensai a Logan e Claudette, e alle nostre lezioni sul vecchio mondo. Finsi di vivere là, con loro. In armonia. Senza tiranni. In un luogo...

Un dolore lancinante mi trafisse le costole, strappandomi un urlo.

Edon mi tenne ferma. Le sue dita stavano tastando la mia pelle martoriata. Aveva un'espressione livida.

Mi ci volle un momento per capire che non mi stava facendo del male di proposito, ma stava cercando di esaminare le mie ferite.

«Lo ucciderò» mormorò a denti stretti. Mi fece rotolare lentamente dall'altro lato, per controllarmi la schiena. Faceva malissimo. Edon imprecò, con un tono talmente violento da farmi trasalire. «Non muoverti».

Come se avessi potuto.

Il mio corpo doleva per i due calci che mi aveva inflitto l'alfa. O forse erano stati più di due? *Sì*. Walter aveva una cintura sporca di sangue. Ma non riuscivo a ricordare come l'avesse usata. Mi ero rifugiata...

Del ghiaccio mi trafisse il braccio, facendomi gridare. Cercai di divincolarmi, ma una presa severa mi costrinse a restare immobile. La stanza iniziò a vorticare, offuscando la mia visione come se fossi stata ubriaca. Provai a schiarirmi la mente, concentrandomi su un punto del muro, ma fu tutto inutile.

Era quella la punizione di Edon?

Farmi delirare?

Farmi uscire di testa?

«Non ho intenzione di punirti, Luna» disse piano. Un panno caldo mi accarezzò la schiena. Un altro grido.

«*Cazzo*…». Pizzicava. No, *bruciava*.

E… avevo parlato a voce alta? O mi aveva letto nel pensiero?

«Ssh». Mi scostò i capelli dal viso, poi la sua mano scese sulla mia nuca. «L'antidolorifico dovrebbe fare effetto a breve, dandoti un po' di sollievo. Non durerà a lungo, considerando la velocità con cui i nostri corpi smaltiscono quel genere di sostanze, ma dovrebbe concederti un po' di conforto mentre il tuo corpo guarisce».

Un'altra passata del panno mi fece stritolare le lenzuola. Le mie labbra si schiusero in un gemito che diventò presto una supplica. Volevo che si fermasse.

Odiavo mostrarmi così debole davanti a lui.

E odiavo ancora di più quanto desiderassi il suo tocco.

«Devo pulire le ferite» mi spiegò. Il panno fece il suo ritorno. O forse era uno nuovo. Non ne avevo idea. La puzza di antibiotico mi diede la nausea. La mia pelle urlava sotto la pomata curativa.

Finché non fui colpita da un'altra ondata di vertigini.

Sbattei rapidamente le palpebre, cercando di liberare la mia visione dai fastidiosi puntini neri.

«Antidolorifico». La parola non fu che un sussurro accanto al mio orecchio. Il suo tocco divenne una carezza sulla mia schiena. I miei occhi si chiusero. Mi sentii avvolta da un bozzolo di calore in cui avrei voluto vivere per sempre.

Poi una seconda puntura mi fece aprire gli occhi di

scatto, preoccupata. Un basso ringhio di Edon mi rasserenò.

Compagno, riconobbe il mio lupo, in pace col suo tocco, col modo in cui si stava prendendo cura di me, in cui mi aveva protetta dagli altri.

Il suo corpo caldo si accoccolò attorno al mio, sul letto, stringendomi delicatamente a lui. *Dormi*, sussurrò la mia mente.

O forse era stato Edon.

Mmm, ma non volevo ancora mettermi a dormire.

C'era qualcosa che non andava con la mia lingua. Era spessa. Secca. Come se avessi leccato della carta vetrata.

Strano.

Arricciai il naso. Gli odori che aleggiavano nella stanza mi confondevano.

Riuscivo a percepire soltanto quello di Edon.

E un altro aroma mascolino, che mi ricordò gli alberi di cipresso. La sua natura rilassante mi piaceva, ma non riuscivo a capire da dove venisse.

«Mio nonno» sussurrò Edon. Perché in qualche modo mi aveva letto nella mente, o forse perché aveva decifrato il mio annusare. «Ecco dov'ero la notte scorsa, piccola. Bianca stava facendo quella sceneggiata perché l'ho rifiutata. È gelosa di te».

Corrugai la fronte. Forse l'aveva rifiutata la sera prima, ma aveva comunque passato la giornata con lei.

«Sicura?» chiese piano, accarezzandomi il collo con le labbra. «Ti ho detto che qualcuno mi ha fatto un pompino, ma non ho specificato chi».

Non capivo.

E non sapevo nemmeno come facesse a essere nella mia testa, come facesse ad ascoltare i miei pensieri. A meno che non li stessi esprimendo ad alta voce? Mi sentivo strana. Stordita. Come in una sorta di dormiveglia.

«Sono le medicine». Mi baciò la tempia. Mi avvolse un braccio attorno al petto, mentre l'altro si insinuò sotto la mia testa. «Riposati, ora. Quando ti sveglierai, ti sentirai come nuova. Te lo prometto».

Perché è così carino con me?, mi chiesi, sospettosa. Non era così che gli alfa trattavano le loro compagne. Almeno non ultimamente.

Claudette bisbigliava di un tempo diverso, in cui maschi e femmine si sceglievano e stavano insieme tutta la vita. In cui la fedeltà reciproca era il cuore del loro legame.

Non come nella società in cui vivevamo, in cui i maschi erano incoraggiati a tradire e le femmine costrette a sopportare.

Una volta, Logan aveva detto che avrebbe preferito vivere nel mondo narrato da Claudette.

La pensavo anch'io così.

Ma non sarei riuscita a trovare nulla del genere nel clan Clemente. O da nessun'altra parte, a essere sinceri. Il vecchio mondo non esisteva più. C'era solo quello controllato dall'Alleanza di sangue.

Chiusi gli occhi. Le parole di Claudette erano un dolce mormorio che mi accarezzava la mente.

Tutti meritano una scelta. Tutti meritano il loro Jolene Mason.

Un tempo, Claudette aveva amato.

Un maschio di nome Jolene. Parlava spesso di lui, e di quanto fosse importante poter scegliere. Alla fine, il cuore di Jolene se ne andò con un'altra, ma quello di Claudette sarebbe sempre appartenuto a lui. Per quel motivo, non si era mai accoppiata con nessuno.

«Cos'hai detto?» chiese Edon. Il suo respiro caldo mi sfiorò la pelle.

Scossi la testa, incerta di cosa intendesse. Non avevo detto nulla. O forse sì. Ma che importanza aveva?

Lì i sogni non esistevano.

E l'amore era solo un'invenzione del vecchio mondo.

«Dammi una possibilità, Luna» mormorò Edon. «Potrei sorprenderti».

«L'hai già fatto» biascicai, come se fossi stata ubriaca di sonno.

Mi accarezzò la gola col viso. Un gesto molto più rassicurante di quanto volessi ammettere.

Ma mi cullò in un falso senso di sicurezza.

Uno che mi seguì nei miei sogni, dove immaginai un mondo che non esisteva. Un futuro fantastico basato su un passato che avrei voluto conoscere.

EDON

Luna dormiva serenamente nel mio letto. La sua forma snella era raggomitolata attorno a uno dei miei cuscini. Non si era mossa molto nell'ultimo paio di giorni, ma il suo corpo sembrava completamente guarito. *Finalmente*.

Le tirai indietro i capelli per posarle un bacio sulla tempia. Poi me ne andai in soggiorno, dove Silas mi stava aspettando.

L'avevo convocato attraverso la nostra connessione mentale, suscitando la sua irritazione.

Era vestito come me, con addosso solo un paio di jeans. I suoi riccioli biondi erano umidi per la corsa, la sua pelle riluceva sotto un velo di sudore che sembrava definire ancora di più il suo corpo muscoloso.

Silas inarcò un sopracciglio. Il suo scetticismo era perfettamente convogliato da quell'unico gesto. Ma l'avevo sentito anche nei suoi pensieri. Avevo percepito la sua incertezza, sottolineata da una malcelata soddisfazione perché avevo richiesto la sua presenza.

Ha intenzione di uccidermi? O di scoparmi?, si domandò, strappandomi un sorrisetto.

«Non ho ancora deciso». Era una bugia, ovviamente. Se avessi voluto ucciderlo, sarebbe stato già morto. Era la parte sul sesso che non ero ancora riuscito a capire bene. Perché volevo farlo, ma non pensavo sarebbe stato giusto.

D'altro canto, avevo già approfittato della sua bocca. Perché non andare fino in fondo?

«Odio averti sempre nella testa» disse con tono piatto.

«Meglio che ti ci abitui». Sarei rimasto lì per sempre, finché uno di noi non fosse morto. E se si fosse impegnato un po', se avesse guardato in profondità, si sarebbe reso conto che la connessione andava in entrambi i sensi. «Ho bisogno che tu tenga d'occhio Luna per me».

Aprì la bocca, stupito, attirando la mia attenzione sulle sue labbra.

Che mi fecero ripensare a quanto fosse stato bravo a succhiarmelo.

Mmm, sì, volevo farlo di nuovo.

«*Cosa*?». Scoppiò a ridere. «Mi stai prendendo in giro».

«Assolutamente no» risposi, facendo un passo verso di lui. Silas non si mosse, un atteggiamento che mi intrigò ancora di più. «Sei l'unico di cui mi possa fidare, per quanto riguarda Luna». Perché tra noi esisteva una connessione permanente a cui avrei potuto accedere a prescindere dalla distanza. «Basta che non la tocchi».

Senza il mio permesso, avrei voluto aggiungere, con mia grande sorpresa. Un'immagine di Silas che la leccava a Luna balenò davanti ai miei occhi, facendomi ribollire il sangue. In senso buono. Cercai di scrollarmi di dosso quella sensazione. Dovevo concentrarmi sul compito da svolgere.

«Pensi di farcela, Silas? Pensi di riuscire a tenerla d'occhio senza toccarla?».

Le sue narici fremettero, sui suoi lineamenti lampeggiò un'espressione di sfida. «Vuoi che fallisce prima ancora di iniziare».

«Non è un test».

«Tutto in questo cazzo di mondo è un test» ribatté. La sua rabbia era sexy e rovente. Volevo giocarci, alimentarla, vedere fino a dove sarei potuto arrivare prima che esplodesse.

Se non lo fosse, avrebbe dato l'incarico a un amico, aggiunse Silas, riflettendo tra sé e sé.

«Non ho amici». E non ne avevo bisogno. «Il mio ultimo *amico*, termine che uso con molta approssimazione, morì poco dopo il mio tredicesimo compleanno. Mio padre lo considerava una distrazione. Disse che non ne avevo bisogno e fece a pezzi il ragazzino davanti a tutto il clan. Da quel giorno, non ho ricevuto molte offerte di amicizia».

Gli occhi di Silas si spalancarono appena, l'unico segno che le mie parole lo avevano spaventato.

«Ascolta, devo parlare con mio nonno» continuai. Ero incerto sul perché sentissi il bisogno di dargli delle spiegazioni, ma lo feci comunque. «E ho bisogno che qualcuno di cui mi fido, qualcuno di *mio*, badi a Luna. E tu sei quel qualcuno, Silas. Non ti sto chiedendo un favore. E non è un test. Ti sto dando un compito in quanto tuo alfa e sire. Dovrai restare qui e proteggere la mia compagna fino al mio ritorno. Se qualcuno dovesse avvicinarsi alla mia casa, a te o a Luna, dovrai avvertirmi immediatamente. Hai capito?».

Si strinse nelle spalle. «Okay».

Oh, la sua insolenza risvegliò il mio lupo. Volevo metterlo a novanta e scoparlo finché non si fosse sottomesso a me. Ma non avevo tempo.

E avremmo svegliato Luna.

«Più tardi dovremo fare un bel discorsetto sull'obbedienza» dissi, allontanandomi da lui. «Ed è probabile che finisce con te di nuovo in ginocchio».

Un lampo famelico gli illuminò lo sguardo prima che potesse celarlo. «Sei tu l'alfa».

«E tu il mio omega», replicai, divertito. «Comportati bene».

Silas mi abbaiò nella mente mentre uscivo di casa, facendomi ridacchiare. Mi diressi con una corsetta leggera verso la casa di mio nonno.

La follia di quello che era successo a Luna mi aveva lasciato con i nervi a fior di pelle, ma qualche minuto con Silas mi aveva calmato abbastanza da poter attraversare il villaggio senza cercare di uccidere nessuno. Certo, se qualcuno si fosse messo sulla mia strada, le cose sarebbero andate diversamente. Soprattutto se si trattava di uno degli imbecilli che si erano accodati a mio padre nel suo piccolo teatrino punitivo.

Uno dei membri più anziani del clan, il padre di Barry, era venuto a cercarmi nella foresta e mi aveva avvertito delle intenzioni di mio padre. Ero partito di corsa, prima ancora che finisse di parlare. Arrivai giusto in tempo per vedere due lupi, Glenn e quell'idiota di suo fratello, sbottonarsi i pantaloni.

Non ci voleva un genio per capire il loro piano.

Volevano violentare Luna tutti insieme per costringerla a sottomettersi.

Dovrete passare sul mio cadavere, pensai. Mi avvicinai a passo pesante, con il cuore che pompava forsennato, pieno di rabbia. Di nuovo.

Se si trattava di un altro dei piccoli test di mio padre, allora avevo fallito. Ma non me ne fregava niente. Luna era mia. Nessun altro poteva toccarla. Forse gli altri lupi apprezzavano condividere il letto con una femmina spezzata, ma io no. Il suo fuoco era una delle qualità che apprezzavo di più in lei. E il branco l'aveva spento, lasciandola fredda e distante tra le mie braccia.

Era chiaro che Luna avesse già subìto degli abusi in passato, visto che sapeva come rifugiarsi nella sua mente.

Avevo visto così tante volte quello sguardo sul viso di mia madre. Negli ultimi tempi, lo indossava continuamente. Quando andavo a trovarla non si accorgeva nemmeno di me, da tanto era sola e distrutta.

Non sarebbe successo anche a Luna.

Non l'avrei mai permesso.

L'incertezza di Silas si insinuò nella nostra connessione, rallentando la mia corsa. Frugai nella sua mente per capire a cosa fosse dovuta.

Fame. Quando l'avevo convocato, era sul punto di mangiare. Non volendo correre a stomaco pieno, aveva rimesso tutto in frigo e si era diretto al suo destino. Che, a quanto pareva, era convinto includesse un'esecuzione pubblica.

Era molto bravo a nascondere la paura, perché non me n'ero minimamente accorto. Tutto ciò che avevo visto era un maschio arrogante e scocciato. Ma la sua mente dipingeva un quadro completamente diverso.

Mangia quello che vuoi, gli dissi mentalmente. *E fammi sapere quando si sveglia Luna.*

L'irritazione oscurò il nostro legame. *Certo.*

Ridacchiai. *Non mostrarti troppo riconoscente, Silas. O potrei fare qualcosa di poco gentile, in futuro.*

Come scoparmi la bocca?, suggerì lui. *O dovrei considerare quello un atto gentile?*

Oh, le palle che aveva quel lupo rivaleggiavano con le mie. *Continua a parlare, progenie. Queste piccole schermaglie sono come dei preliminari.*

Forse è meglio che non flirti troppo con me, Sire. C'è una splendida alfa nell'altra stanza.

Smisi di correre.

Cioè, mi bloccai completamente.

E Silas doveva essersi accorto dell'interruzione improvvisa, perché aggiunse: *Non la sfiorerò neanche con un dito.*

Ti conviene. Solo che il mio interesse di prima fece capolino, spingendomi a pensare a cosa sarebbe successo se li avessi beccati di nuovo insieme. Il mio sangue si incendiò ancora una volta. Era un'immagine incredibilmente eccitante.

Sbrigati a rientrare, disse Silas con tono annoiato. *O ti finirò tutto il cibo.*

Ridacchiai. *Fa' pure.* Serviva più a lui che a me. Il suo corpo snello e muscoloso aveva bisogno di massa. Di tornare a com'era prima del Torneo e del reclutamento per il clan Clemente.

L'avrebbe recuperata.

Ripresi a correre e sorrisi quando vidi che mio nonno era già sul suo vecchio portico ad aspettarmi. Se ne stava in piedi, con la spalla appoggiata a un palo in cima alle scale. «Guai in paradiso?» esordì. Probabilmente aveva percepito la mia esitazione mentre parlavo con Silas.

«Progenie ribelle» risposi, salendo le scale e precedendolo dentro casa.

«Non vedo l'ora di conoscerlo».

«Lo so». Gli avevo già parlato di Silas, concentrandomi principalmente sulle sue abilità nel combattimento e sulla sua insolenza. «Sono abbastanza sicuro che mi rinnegherai in suo favore».

Mio nonno ridacchiò e si chiuse la porta alle spalle, per poi lasciarsi cadere sulla sua poltrona preferita. «Era ora che avessi un po' di competizione per il mio affetto».

Sbuffai e mi accomodai sul divano. «Stai scherzando? Non vedo l'ora di liberarmi di te, vecchio».

«Certo, certo. È per questo che sei venuto a trovarmi praticamente ogni giorno da quando è arrivata la tua compagna, giusto?». Mi lanciò uno sguardo d'intesa. «Cos'ha combinato stavolta?».

Niente di meglio che andare direttamente al punto. «Ha attaccato Bianca». E, stando al padre di Barry, Bianca se l'era meritato, per aver provocato un'alfa così pubblicamente. La reazione possessiva di Luna avrebbe dovuto rendermi felice, ma quello che era successo dopo aveva rovinato tutto. «Mio padre ha provato a sottomettere Luna a forza di botte».

Mio nonno fischiò. «Una mossa coraggiosa, mettere le mani addosso alla femmina di un altro alfa».

«Beh, sappiamo entrambi che mio padre non ha nessun rispetto per me, né per la mia imminente rivendicazione del suo territorio». Erano anni che la situazione tra me e mio padre era tesa, e sospettavo fortemente che mi volesse morto. Per fortuna, non era abbastanza forte da uccidermi. E non avrebbe potuto affrontare le ripercussioni politiche dell'omicidio del suo unico erede.

«Hai bisogno di alleati» disse mio nonno per la milionesima volta. «Walter ha fatto un ottimo lavoro nel farti terra bruciata attorno, al punto che è quasi certo che fallirai le Prove».

«Wow, grazie per la fiducia» borbottai, irritato.

«Hai bisogno di avere Luna dalla tua parte. E quel ragazzo, Silas. E chiunque altri possa aiutarti. Perché non so cosa abbia pianificato Walter, ma sicuramente sarà un inferno».

«Lo è già» lo corressi, pensando al vampiro che avevo dovuto fare a pezzi prima di gettarlo nel fiume. Mio nonno mi aveva confermato che quello era stato sicuramente l'inizio delle Prove e che Silas aveva avuto un'ottima idea su come liberarsi dei resti.

«Ed è solo l'inizio».

Lo so, pensai, chinandomi in avanti, con i gomiti posati sulle ginocchia. «Ma non sono venuto qui per discutere delle Prove, nonno. C'è un'altra cosa che ho bisogno di chiederti».

«Sì?». Inclinò la testa in quel modo bizzarro che tanto amava, quello che lo faceva assomigliare a un cucciolo, nonostante avesse quasi settecento anni, capelli bianchi e pelle rugosa. Era uno dei più vecchi licantropi esistenti, visto che la maggior parte moriva attorno ai seicento o settecento anni. Ma non mio nonno. Era un vecchio bastardo ostinato, con gran dispiacere di mio padre.

Il branco gli lasciava il suo spazio per rispetto, mentre mio padre lo evitava completamente.

«Beh?» mi esortò mio nonno. «Non sto certo diventando più giovane».

Sorrisi. Sembrava sempre sapere a cosa stessi pensando. Ma dubitavo che potesse anche solo lontanamente indovinare quello che stavo per chiedergli. «Chi è Claudette?».

Luna aveva biascicato qualcosa su di lei, nel suo stato confusionale dovuto alle medicine. Aveva parlato di lezioni e della storia del mondo. Conoscevo già la maggior parte di quelle informazioni, imparate dai racconti di mio nonno su come fossero le cose in passato, ma poi Luna aveva detto qualcosa di incredibilmente affascinante.

«Tutti meritano una scelta». Ripetei le sue parole, osservando la reazione di mio nonno. «Tutti meritano il loro Jolene Mason».

Una strana frase da pronunciare, per una donna che non aveva mai conosciuto mio nonno.

Ed era ancora più strano che avesse usato il suo nome completo, invece della designazione di alfa del branco con cui era noto da secoli.

Il velo di lacrime che gli offuscò lo sguardo mi disse che avevo colpito nel segno.

C'era una storia dietro.

Una lunga storia.

SILAS

Uova e spinaci.

La base della mia alimentazione, crescendo. Eppure ora mi sembravano fin troppo sofisticati.

Il mio palato da licantropo era troppo famelico e per nulla in sintonia con il mio stomaco. Tutto quello che mangiavo non faceva altro che agitarsi dentro di me. Anche in quel momento, la colazione era sul punto di abbandonare il mio ventre per finire sul bancone di granito di Edon.

Alla faccia della mia promessa di svuotargli la dispensa.

Mi costrinsi a ingurgitarne un altro boccone, deglutendo con una smorfia. «Ugh» gemetti, mettendo da parte la forchetta e chinando il capo. «Odio tutto questo».

I peli che mi coprivano la nuca si animarono, avvisandomi dell'arrivo imminente di qualcuno. Ma mi rilassai quando percepii il familiare profumo di fiori d'arancio. Luna.

È sveglia, dissi a Edon, visto che mi aveva ordinato di farglielo sapere.

Bene. E ricordati di tenere le mani a posto.

Alzai gli occhi al cielo e non gli risposi nemmeno. Mi voltai per ammirare il suo arrivo sonnolento. Si era messa addosso una camicia troppo grande per lei, che le arrivava fino alle ginocchia. *Ha addosso la tua camicia*, aggiornai Edon. Poi mi bloccai, confuso, non sapendo perché avessi sentito il bisogno di condividere quel dettaglio con lui.

Davvero? Che aspetto ha?

Sexy, ammisi, nuovamente sorpreso del mio candore nei confronti dell'alfa.

Probabilmente era il risultato di aver avuto il suo cazzo in gola. In qualche modo, aveva cancellato ogni traccia di formalità tra di noi. Sul fatto che volessi farlo di nuovo, beh... non sapevo come sentirmi al riguardo.

«Sei vivo» sussurrò Luna, spalancando appena gli occhi.

«Per ora» risposi, alzandomi in piedi. «Vuoi un po' di uova? Ne ho fatte troppe». Non era vero. Semplicemente non riuscivo a mangiarne più.

Il modo in cui le sue labbra si arricciarono, disgustate, mi diede la sua risposta prima ancora che la esprimesse ad alta voce. «No. Preparerò qualcosa di più appetitoso».

Aggrottai la fronte. «Sono uova e spinaci. Alimenti basilari».

«Noiosi e poco saporiti» ribatté lei, passando in rassegna gli armadietti con la disinvoltura di chi sa muoversi in cucina. Soprattutto *quella* cucina.

Il che, beh, aveva senso. Dopotutto, era la compagna di Edon.

Cosa sta facendo?, chiese lui.

Riporta qui il culo e lo scoprirai, replicai.

Il suo divertimento mi sfiorò la mente, fu come una carezza che mi incendiò il sangue. *Oh, Silas. Sei un esperto nell'arte di rispettare i superiori, vero?*

Sbuffai. *L'altro giorno mi sembravi soddisfatto del mio rispetto.*

Edon ringhiò. Era un ringhio affamato, eccitato. *Stai flirtando con me?*

No. È semplicemente un dato di fatto. Sappiamo entrambi che ti è piaciuto. Non negarlo.

Non mi sognerei mai di farlo, rispose, con una voce calda e vellutata. *Attento, o ti chiederò il bis.*

Lo spero. Mi pentii immediatamente di quel pensiero. Mi avvinghiai al bancone cercando di sigillare la mia mente. Non avrebbe dovuto sentirlo, ma il suo silenzio mi disse che l'aveva fatto. *Cazzo. Ignorami. Sono solo irritato.* L'eufemismo del secolo. Non ero soltanto irritato, ma anche frustrato. E confuso dal tumulto che infuriava nella mia testa.

Premetti la fronte sul marmo freddo, cercando di alleviare l'improvvisa emicrania.

E fallendo miseramente, perché Edon tornò di nuovo tra i miei pensieri.

Non toccare Luna finché non sarò tornato. Il suo ordine mi fece incazzare ancora di più.

«Ti ho già detto che non lo farò» borbottai, sia a voce alta che mentalmente.

«Non farai cosa?» chiese Luna, attirando la mia attenzione sul suo sedere. Era piegata in avanti per recuperare qualcosa in fondo al frigo, regalandomi una splendida visuale del suo fondoschiena. La camicia era salita fino a metterlo perfettamente in mostra.

Niente biancheria intima.

Dannazione.

Edon borbottò qualcosa, ma lo ignorai, concentrandomi invece sulla femmina che avevo davanti. «Edon non mi lascia in pace» dissi, cercando di dare una spiegazione alla mia apparente follia. «È questo maledetto legame tra sire e progenie».

«Ah, la psiche. Presumo che tu sia l'unico a cui lui possa avere accesso, a parte me. Non che con me ci abbia provato. Il che significa che probabilmente è più sveglio di quanto pensassi». Finalmente si alzò di nuovo, tenendo tra le braccia tutta una serie di ingredienti che mi fece aggrottare la fronte. «Non è comune come legame. Quello che condividete tu ed Edon, intendo. La maggior parte dei licantropi nascono così, non vengono trasformati». I suoi occhi incontrarono i miei. «È un qualcosa che non mi sarà mai concesso di sperimentare».

«Fidati, dovresti esserne grata. Edon è veramente una rottura».

Le sue labbra si incurvarono. «Non lo temi affatto, vero?».

Se lo temevo? «Non proprio». Non sapevo esattamente perché. Forse mi fidavo di lui a un livello molto ingenuo, per via del legame che avevamo. O forse perché non era mai stato particolarmente crudele con me. Anche il giorno in cui ero stato trasformato, aveva evitato di estendere il dolore, donandomi un po' di sollievo. Cosa che non era piaciuta a suo padre. La disapprovazione di Walter sembrava quasi impregnare l'aria.

«Neanch'io» rispose lei, rompendo un uovo in una ciotola. Poi ne aggiunse un secondo e un terzo, mordicchiandosi il labbro inferiore. «Dovrei avere paura di lui» continuò piano. «È più potente di Walter. Lo percepisco nella sua aura, nel modo in cui assume il comando. Ma una parte di me si rifiuta di sottomettersi come dovrebbe. Come dovrei».

«Forse perché tu sei la sua compagna». Mi appoggiai al bancone con le braccia conserte, sporgendomi per osservare gli ingredienti che stava mescolando. «Non può farti del male».

Luna sbuffò. «Chiaramente, non conosci molte coppie di licantropi. Voglio dire, hai visto la compagna di Walter, no? È completamente spezzata. È con quell'esempio che è cresciuto Edon, probabilmente vuole riservarmi lo stesso trattamento. Eppure…». La sua voce si spense, i suoi occhi cercarono i miei. «L'altro ieri mi ha salvata da Walter. O almeno penso che fosse l'altro ieri. Quelle medicine che mi ha dato hanno mandato completamente all'aria il mio senso del tempo».

«Di cosa stai parlando?» le domandai, confuso. «Cos'è successo?».

«Non c'eri?» mi chiese lei di rimando, poi scosse la testa. «Giusto. Probabilmente non ti è permesso entrare nel cuore della tenuta, col fatto che sei un novellino». Alzò il capo di scatto. «Aspetta, ma allora come fai a essere qui, adesso?».

«Edon mi ha ordinato di farti la guardia» ammisi. «È preoccupato che gli altri membri del branco possano usarti contro di lui durante le Prove dell'alfa». Il che, sospettai, doveva avere a che fare con quello di cui stava parlando. Cosa le era successo, mentre ero in giro a controllare il perimetro?

«E ha scelto *te* per proteggermi?». Suonò così sorpresa che mi ritrovai a ringhiare. La mia irritazione tornò, ancora più forte di prima.

«Sarò pure un *novellino*, ma non sono debole, Luna». Una caratteristica che aveva potuto sperimentare in prima persona. «Ti ho fatto il culo proprio l'altro giorno, ricordi?».

Lei si innervosì, il suo lupo era in agguato appena sotto la superficie. «Sì, è vero. E voglio la rivincita. Ma non era quello di cui parlavo, stronzo». Si gettò i capelli oltre le spalle e tornò al suo strano miscuglio di farina, uova e latte. L'aggiunta di cannella mi pizzicò le narici.

Quando non diede segno di voler continuare, la esortai con un: «Allora? Di cosa parlavi?».

«Intendevo semplicemente che è insolito che un alfa parli con un novellino, e lo è ancora di più che interagisca con lui. E convocarti in casa sua? Soprattutto dopo quello che è successo nella foresta? È decisamente fuori dal comune. Avresti dovuto essere morto per avermi toccata, non seduto tranquillamente nella cucina dell'alfa a sorvegliarmi mentre faccio i pancake».

«Sembri delusa» commentai, piegando la testa. «Speravi che mi uccidesse?» riflettei a voce alta, con un piccolo ghigno stampato in faccia. «Dovrei forse ricordarti che sei stata tu a implorarmi di scoparti, e non il contrario?».

Non sapevo perché l'avessi detto. Forse perché volevo parlare di quello che era successo tra di noi. O forse perché un'oscura parte di me voleva sapere come si sentisse lei al riguardo. Scoprire se le sarebbe piaciuto esplorare la danza proibita che avevamo cominciato e neanche lontanamente finito.

Un argomento pericoloso.

Uno da cui avrei dovuto girare alla larga.

Eppure non lo feci. Rimasi invece in silenzio a osservarla, in attesa. Qualche istante più tardi, smise di mescolare.

«Non ti ho implorato» disse. La sua dolce voce era venata d'acciaio.

«Invece sì».

«Invece no» ribadì a denti stretti. «Ero... la lotta... il mio lupo... non ti ho *implorato*».

Ridacchiai. «Come ti pare, Lulù». Il nomignolo mi sfuggì dalle labbra senza che me ne rendessi conto, un sussurro affettuoso dell'animale che si annidava sotto la mia pelle. Una volta pronunciato, non potevo rimangiarmelo. Non che volessi farlo. Le si addiceva, ed era la prima volta che davo un soprannome a qualcuno.

«*Lulù*?» ripeté con un ringhio. «Seriamente?».

«Tu continui a chiamarmi *novellino*» le feci notare.

«Non è un soprannome, *Silas*. È ciò che *sei*».

Sorrisi. «*Lulù*». Lo pronunciai di nuovo, scandendo con cura le sillabe, solo per il gusto di provocarla.

«Non è appropriato che qualcuno dia un soprannome alla compagna di un alfa».

«Avresti dovuto pensarci prima di implorarmi di scoparti». Avrei veramente dovuto smettere di stuzzicarla, ma il ringhio con cui mi rispose mi divertì infinitamente. Era passato troppo tempo dall'ultima volta che avevo avuto qualcuno con cui battibeccare, ed Edon non contava. Lui non *battibeccava*, lui comandava.

A differenza di Rae e Willow, che ricambiavano i miei insulti senza battere ciglio. Loro due erano il motivo per cui ero riuscito a resistere agli anni dell'università. In qualche modo, però, le schermaglie verbali con Luna non erano la stessa cosa. Avevo l'impressione fossero un qualcosa di più intimo.

E non per via del sesso orale.

Da quel lato, conoscevo Rae altrettanto bene, avendo assaggiato anche lei. Anche se la mia esperienza con Rae era puramente didattica. E il suo entusiasmo simulato. Mentre con Luna... beh, quello era stato un momento di passione, completamente diverso da qualsiasi cosa mi sarei mai aspettato. Quindi, forse, ciò che era successo nel bosco aveva alimentato le scintille che correvano tra di noi. Le stesse che mi fecero formicolare la pelle quando lei reagì alle mie provocazioni ringhiando.

Della poltiglia mi colpì sulla fronte, strappandomi ai miei pensieri. «Che diavolo?!».

«Questo è per aver detto che ti ho *implorato*, quando sappiamo entrambi che non è vero» rispose Luna, concentrata di nuovo sul suo impasto dall'aspetto ripugnante. «Ti ho ordinato di farlo. C'è una bella differenza».

Allungai una mano sul bancone per prendere un canovaccio e lo usai per ripulirmi la faccia. «Una battaglia col cibo? Sul serio?». Sospirai. «Non c'è da stupirsi che ti abbia battuta così facilmente».

«Devi sapere che avevo già corso più di venti chilometri ed ero stanca».

«Qualsiasi cosa ti aiuti a sentirti meglio». Sapevamo tutti e due che l'avrei dominata anche se fosse stata completamente riposata. Era più piccola, più veloce e sicuramente molto atletica, ma io avevo la spinta e la determinazione instillate da anni di lotta per la sopravvivenza. Al confronto, Luna aveva vissuto nella bambagia. Come dimostrato dalla facilità con cui iniziò a sistemare i pancake sulla piastra.

Prese a canticchiare una piccola melodia, mentre lavorava, dimenticandosi completamente della mia presenza.

Era stranamente rilassante. La conoscevo a malapena, ma c'era qualcosa, in quel momento così casalingo, che placò il mio lupo interiore. Mi diede un'idea di come sarebbe potuta essere una vita da licantropo.

Non con lei, ma con un lupo tutto mio.

Se mi fosse mai stato concesso di provare un'esperienza del genere. Non ero nemmeno certo che sarebbe mai stato possibile, in un posto come il clan Clemente.

Ma prima dovevo liberarmi del dominio di Edon. Insieme a un altro milione di compiti, come ad esempio capire quale fosse il mio posto nel branco.

«La tua inquietudine sta rovinando la mia esperienza culinaria» disse dolcemente Luna, aggiungendo un altro pancake fumante alla pila che cresceva. «È per quello che è successo l'altro giorno?».

Mi schiarii la voce. «No. È stato carino. Sono solo…».

«Carino?» ripeté, guardandomi con un sopracciglio

alzato. «Ti sembra il modo di definire la mia performance?».

Lottai per trattenere un sorrisetto. «Da quello che ricordo, non hai fatto assolutamente niente».

Mise giù la spatola e si voltò completamente verso di me, piantando i palmi sul bancone di granito. «Vuoi un altro assaggio, novellino? È per questo che sei così turbato?».

«Può darsi» risposi. Se Edon l'avesse saputo, probabilmente avrebbe preteso le mie palle su un piatto d'argento. Ma lui mi aveva ordinato di non toccarla. Non aveva detto nulla su un po' di sana provocazione.

In più, erano mesi che non parlavo così a lungo con qualcuno.

Non avrei smesso molto facilmente.

Luna mi scoccò un'occhiata diffidente. «Devi proprio aver voglia di morire, lupo».

«O non aver niente da perdere». Mi strinsi nelle spalle. «Non ho una famiglia, né degli amici». A parte Rae e Willow, ma non erano lì. E non ero nemmeno sicuro che Willow fosse ancora viva. Il pensiero di lei rovinò il momento, incupendo il mio umore e strappandomi il resto dalle labbra. «Non ho un vero clan. Sono soltanto un bastardo senza casa, proprietà di un alfa che avrà bisogno di me solo fino alla fine delle sue Prove. E poi mi ritroverò di nuovo da solo, senza alcun riguardo per i miei sentimenti e i miei bisogni. Un semplice licantropo appena trasformato che cerca di sopravvivere in questo inferno».

Qualsiasi allegria mi avesse suscitato lo scambio con Luna, morì di una morte atroce alla fine del mio riassunto. Era davvero deprimente. E il luccichio nei suoi occhi mi confermò che anche lei stava pensando la stessa cosa.

«Non è sempre stato così» sussurrò Luna. La sua voce era bassa, cauta. «Un tempo, i licantropi davano valore alla famiglia. La gerarchia del branco era basata sul rispetto, non sulla violenza. Le femmine alfa potevano scegliere, e i compagni erano riveriti, non trattati come giocattoli da sfruttare e buttare via». Deglutì e abbassò lo sguardo. «Siamo tutti all'inferno, Silas. Solo quelli in cima sembrano beneficiare di come vanno le cose nel nuovo mondo».

«Nuovo mondo» ripetei, confuso. «Siamo nell'anno centodiciassette». Lo sapevo perché avevo partecipato al centodiciassettesimo Torneo dell'immortalità.

«Sì. Il centodiciassettesimo anno del nuovo mondo» spiegò. «Voglio dire, lo sai che i vampiri e i licantropi sono molto più vecchi, vero?».

«Certo». Alcuni dei reali, come il compagno di Rae, Kylan, avevano più di tremila anni. «Ma non l'avevo mai sentito definire "il nuovo mondo"».

«Non ti sei mai chiesto come andassero le cose centodiciotto anni fa? O duecento anni fa?».

Mi acciglai. «Lo sanno tutti. Epidemie e carestie. L'Alleanza di sangue ha liberato le nazioni dalle loro guerre violente, instaurando l'ordine».

Sul volto le comparve un sorriso triste. «Questo è ciò che insegnano all'università. La società che sei stato costretto ad accettare. Ma dimmi, la vita da licantropo è ciò che sognavi, Silas? È tutto quello che volevi e anche di più?».

Fui sul punto di scoppiare a ridere, ma non ci riuscii. Avevo la gola stretta per l'emozione. Aveva toccato un tasto dolente. «No. Tutto quello che mi avevano promesso si è rivelato una bugia».

«Esattamente» rispose. «Indottrinano gli umani secondo la loro ideologia, alimentando false aspettative solo per tenerli buoni. E voi obbedite, nella speranza di vincere il Torneo. Ma, come puoi ben vedere, non è poi chissà quale onore, vero? E pensa che a te è andata meglio che a tanti altri».

Deglutii, riflettendo sulle sue parole. La seguii con lo sguardo mentre si voltava a controllare il cibo.

Ed eccomi là, seduto al bancone della cucina di un'alfa, sano e ben nutrito. Il che, secondo Luna, era una rarità. Eppure non mi ero mai sentito così solo come in quegli ultimi mesi. Non facevo che chiedermi per cosa avrei dovuto continuare a vivere.

Il mio scopo era sempre stato vincere il Torneo e ottenere l'immortalità. Adesso che c'ero riuscito, non sapevo più cosa sognare.

Perché tutte le mie fantasie sul futuro erano il frutto di anni di bugie.

Eppure, come mi aveva fatto notare Luna, mi era andata meglio che alla maggior parte dei miei simili.

«Sai per caso come se la stia passando Yao?» le domandai, riferendomi al maschio arrivato secondo al Torneo. Era andato nella regione di Jace per diventare un vampiro.

Ogni anno, i vampiri e i licantropi prendevano a turno gli ultimi due candidati rimasti e regalavano loro l'immortalità. Quell'anno era stata la volta di Walter e Jace.

Walter aveva potuto scegliere per primo, e la sua decisione era ricaduta su di me.

«No» disse in un tono quasi di scusa. «La maggior parte dei vincitori sparisce al termine del Torneo. Molti non sopravvivono al primo anno. Soprattutto se finiscono in un clan». Spense il fornello con un sospiro. «Ma penso stia bene. Ai vampiri piace accogliere nuovi membri tra le loro fila, mentre i licantropi preferiscono farlo nella vecchia maniera, visto che possono. Di conseguenza, i mezzosangue, senza offesa, tendono a essere più sacrificabili».

Ed era esattamente così che mi sentivo. *Sacrificabile.* «Beh, come hai detto, a me è andata bene».

«Penso che sia andata bene a entrambi» rispose Luna, posandomi davanti un piatto con una pila di pancake. «Edon non è…».

«Come tutti gli altri?» le suggerii.

«O almeno così sembra» mormorò, mettendosi di nuovo a rovistare nel frigo. «Voglio dire, ti ha lasciato vivere».

«Per adesso».

Sorrise, tornando con una bottiglia di sciroppo d'acero. «Non penso sia una decisione temporanea, se ti ha lasciato qui da solo con me».

«Forse». Mi massaggiai la nuca, sospirando. «In tutta onestà, faccio veramente fatica a capirlo».

«Anch'io». Prese il cibo che avevo avanzato e lo buttò nella spazzatura. «Va bene, basta parlare di Edon. Che ne dici di una lezione sull'essere un lupo?».

Inarcai un sopracciglio. «Grazie, ma credo di averlo padroneggiato bene».

Si mise a ridere. «Dolcezza, non ci sci ncanchc vagamente vicino. Fidati».

«Sbaglio o l'altro giorno ti ho messa al tappeto senza problemi?» ribattei. «E… *dolcezza?*».

«Preferisci che ti chiami "signore dei lupi"?». Sbatté innocentemente le ciglia. «O qualsiasi altro soprannome. Posso improvvisare. E forse l'altro giorno hai vinto perché te l'ho lasciato fare».

«Stavi cercando di uccidermi».

Alzò le spalle. «E adesso voglio nutrirti. Hai voglia di imparare qualcosa o no?».

Considerando che nessun altro mi aveva insegnato

nulla, né aveva intenzione di farlo, annuii. «Sono tutto orecchi, Lulù».

Lei ridacchiò. «Bene. Lezione numero uno: devi soddisfare le tue papille gustative. Poi, quando abbiamo finito, ti sistemo i capelli. Quella sarà la lezione numero due. Ma adesso apri la bocca, Silas».

Le sue parole mi incendiarono il sangue, ricordandomi quelle che mi aveva rivolto Edon per tutt'altro motivo.

Deglutii, incapace di dirle di no, nonostante il mal di stomaco che sapevo ne sarebbe seguito.

Perché volevo arrendermi a lei, arrendermi al provare qualcosa di nuovo. Volevo sperimentare, solo per qualche istante, la sensazione di essere accudito da qualcun altro. Soprattutto qualcuno bello come Luna.

Certo, non era mia.

Ma solo per un attimo, mi concessi di fingere che lo fosse, e schiusi le labbra per lei.

EDON

Sentii il tepore della soddisfazione di Silas correre lungo la nostra connessione. *Cosa stai facendo?*, gli domandai.

Sto mangiando un pancake, rispose. *È veramente buono.*

Hai preparato dei pancake?

No, li ha fatti Luna.

Cucina?

La novità mi strappò un sorriso.

«Silas?» chiese mio nonno con uno sguardo complice.

«Luna gli ha preparato i pancake». Avrebbe dovuto infastidirmi che cucinasse per lui e non per me. Stranamente, però, non mi importava. Anzi, mi piaceva l'idea di loro due che si prendevano cura l'uno dell'altra.

«Probabilmente gliel'ha insegnato Claudette» commentò mio nonno, sorridendo anche lui. «Era una cuoca spettacolare prima di... beh... prima che succedesse tutto quanto».

«E adesso è una mentore nel clan Ernest» dissi, richiamando alla mente i dettagli che mi aveva appena fornito mio nonno. «Il cui scopo principale è quello di addestrare e preparare la futura leadership per una rivolta». Solo che, stando a quello che mi aveva detto mio nonno, l'obiettivo primario di Claudette era il fratello di Luna, Logan. Ma, a quanto sembrava, si era occupata dell'educazione di entrambi. «E il tuo scopo è quello di fare da mentore a me» aggiunsi, inarcando un sopracciglio. «Giusto?».

«Non ti ho impartito tutte quelle lezioni di storia solo per divertimento, ragazzo» rispose con un piccolo ghigno.

«Non l'ho mai pensato» confermai, anche se non me n'ero mai reso completamente conto fino a quel momento. Mi aveva fornito il contesto storico per persuadermi a unirmi al lato della rivoluzione. Per mostrarmi che esistevano altri modi di vivere. Per reclutarmi in una nuova alleanza, composta da chi desiderava che le cose cambiassero. «Stavi solo aspettando la mia ascensione ad alfa per illustrarmi tutto nei minimi dettagli».

«Ed è ancora così» ammise. «Noi abbiamo appena cominciato, ma il piano è in moto da più di un secolo».

«Perché aspettare così a lungo? Perché non ribellarsi subito, fin dall'inizio?».

«Ci hanno provato in molti. E sono morti tutti». Rimase in silenzio per qualche istante, per lasciarmi digerire l'informazione. «Sospettiamo che quelli che ora sono al potere abbiano pianificato tutto per molto, molto tempo».

«E ora voi state facendo lo stesso». Come mentori per la nuova leadership, almeno in certi clan selezionati. Non sarebbe stato facile fare lo stesso nella società dei vampiri, visto che non procreavano né morivano. Noi licantropi, invece, affrontavamo regolarmente cambi di regime, non essendo immuni dall'invecchiamento. Io avrei presto rimpiazzato mio padre come nuovo alfa, e il mio futuro figlio avrebbe fatto lo stesso con me.

«Già. Stiamo muovendo tutte le pedine in posizione, ma abbiamo ancora almeno una decina d'anni prima di iniziare sul serio».

Emisi un basso fischio, scuotendo la testa. «E per quanto riguarda i vampiri?» riflettei ad alta voce.

«Ce ne sono alcuni, in posizioni di potere, che sono dalla nostra parte».

«Chi sono?».

Sorrise. «Non posso ancora darti quell'informazione, figliolo».

Lo guardai, inarcando un sopracciglio. «Non ti fidi di me, vecchio?». Sapevo che si fidava, altrimenti non avrebbe passato gli ultimi vent'anni a occuparsi di me e della mia educazione. Ma mi piaceva troppo prenderlo in giro.

«No, è solo che non spetta a me dirtelo. Ma lo scoprirai presto». Accavallò le gambe, posando una caviglia sul ginocchio opposto. «Ci saranno sempre delle differenze tra vampiri e licantropi sull'organizzazione della società, ma non sono l'unico a credere che la nostra superiorità sia accompagnata anche da grosse responsabilità. Abbiamo il dovere di proteggere quelli sotto di noi».

«Intendi gli umani».

«Intendo tutti quanti. Prendi Luna, per esempio. L'hai protetta da tuo padre e adesso lo stai facendo di nuovo, mettendo Silas a fare da sentinella a casa tua».

«È diverso». E dubitavo fortemente che Luna avrebbe apprezzato che mio nonno la ritenesse in una posizione di inferiorità rispetto a me, a prescindere dalla veridicità di tale affermazione.

«Dici? In quanto tua compagna, è affidata alle tue cure. E tu hai scelto di compiere il tuo dovere proteggendola. Senza di te, sarebbe nel letto di qualcuno a farsi strappare via la dignità e l'istinto da alfa a furia di sesso».

L'immagine mi fece trasalire.

Mio nonno sorrise di rimando. «Sei l'alfa di cui questo

135

clan ha bisogno, Edon. La tua reazione l'ha appena provato. Tuo padre avrebbe ridacchiato entusiasta all'idea di distruggere l'orgoglio di quella ragazza. Tu, invece, ne sei disgustato».

«Perché è sbagliato».

«Esattamente. Le femmine alfa sono una specie preziosa e molto rara. Senza di loro, non possono essere concepiti i maschi alfa. Ma invece di rispettare le poche che sono rimaste, i licantropi come tuo padre hanno deciso di svilirle, mancando di rispetto al sacro legame di accoppiamento. Il risultato è davanti ai tuoi occhi. Se decidi di seguire le orme di tuo padre, il futuro di Luna avrà il volto di tua madre».

Il solo pensiero mi fece rivoltare lo stomaco. «Non farò nulla del genere a Luna». Oh, sarei riuscito a farmi rispettare. Ma non in quel modo. Mai.

«Lo so. Ma altri cercheranno di pretendere che tu lo faccia comunque, perché questo è il mondo in cui viviamo». Il suo sorriso si intristì. «Tua nonna è stata uno dei grandi amori della mia vita. Quello che avevamo era molto speciale. Unico. E venerato. Te ne parlerò presto. Ma ti posso dire subito che se un altro lupo mi avesse guardato anche solo per un istante di troppo, tua nonna si sarebbe occupata del problema in modo rapido ed efficiente».

«Come Luna ha fatto con Bianca» commentai.

«Esatto. Le femmine alfa sono possessive quanto i maschi. O almeno lo erano».

«Non capisco perché quello sia cambiato». O perché i maschi volessero piegare le loro femmine. Io ero attratto dal fuoco di Luna, era ciò che la rendeva irresistibile per il mio lupo. Le sue sfide e la sua insolenza erano come dei preliminari.

Mio nonno si sfregò la barba argentea che gli copriva

la mascella. «Rompere i sacri legami di accoppiamento sconvolge la lealtà tipica dei lupi e ristruttura tutte le dinamiche interne del branco. Se l'alfa non è fedele alla sua compagna, allora i beta si sentono in diritto di fare lo stesso, e via di seguito».

«Okay, ma perché?» insistetti. «Perché i licantropi decisero di fare una cosa del genere?».

«La decisione è venuta dall'altro. Gli alfa che compongono l'Alleanza di sangue, o perlomeno la maggior parte di loro, crearono questo nuovo stile di vita per instillare dissenso all'interno dei branchi. Per scardinare la lealtà che era alla base dei nostri rapporti».

«Ma perché diavolo qualcuno dovrebbe volerlo?» lo incalzai, sbalordito.

«Controllo» rispose semplicemente. «Siamo animali da branco. Ci proteggiamo a vicenda, combattendo fianco a fianco. Ma se ci togli questa mentalità, infrangendo i legami che ci uniscono, iniziamo a lottare solo per noi stessi, non come unità. A quel punto, basta dare ai lupi qualcuno da proteggere e venerare, un alfa, e quell'alfa ne trarrà tutti i benefici. Per mantenere questo potere assoluto, però, l'alfa ha bisogno di rimanere sempre in cima, senza legami e senza essere fedele a nessun altro. Altrimenti, cosa succede?».

«Quello che è successo l'altro giorno» risposi, seguendo il suo ragionamento.

«Esatto. Scegli la tua compagna invece di seguire gli ordini dell'alfa del branco».

«Quindi è probabilmente furioso». L'avevo percepito, ovviamente. Solo che non mi importava. Luna era la mia unica preoccupazione. «Ho fallito la sua prova di lealtà».

«Ai suoi occhi? Assolutamente. Ai miei, invece, sei passato a pieni voti».

«Solo che non è su di te che devo fare colpo» gli feci

notare, passandomi le dita tra i capelli. Più facevo incazzare mio padre, più le prove sarebbero state difficili. «Userà sicuramente Luna contro di me».

«Ed è per questo che devi portarla dalla tua parte il più presto possibile».

Sospirai. «Più facile a dirsi che a farsi».

«È molto testarda?».

«Non ne hai idea». Ma adoravo quel lato di lei.

«Beh, ti conviene darti una mossa a entrare nelle sue grazie, perché ti assicuro che tuo padre sta facendo di testa sua con i test. Arrivati a questo punto, non mi sorprenderebbe nemmeno se cercasse di farti uccidere, in modo da restare al potere per un altro secolo o giù di lì».

Sbuffai, incredulo. «Neanche lui è così stupido». Sarebbe stata una palese violazione delle regole dei licantropi. «Il branco si rivolterebbe».

«Sicuro?» ribatté. «Per come la vedo io, ha creato un erede e lo ha isolato da tutti, assicurandosi così la fedeltà del clan». Si strinse nelle spalle, con aria fin troppo disinvolta. «È solo un'osservazione».

Le sue parole suonarono più come un avvertimento, accompagnato da un orrendo presagio.

Perché aveva ragione.

Mio padre mi aveva sempre trattato come un emarginato, spaventando chiunque pensasse di allearsi con me.

Il che significava che Silas era molto più in pericolo di quanto avessi immaginato, perché il nostro legame praticamente mi garantiva la sua lealtà.

E l'avevo lasciato a casa mia, con l'unica altra persona sotto la mia responsabilità, Luna.

Mi alzai in piedi. «Devo andare».

«Sei un brav'uomo, Edon» mi urlò dietro mio nonno, mentre stavo già uscendo dalla stanza.

«Vedremo» borbottai, precipitandomi giù dalle scale.

Mi insinuai nella mente di Silas e gli chiesi se andasse tutto bene.

Sì, rispose lui, ma aveva una voce strana.

Cosa state combinando?, lo incalzai, sfrecciando verso di loro.

Luna mi sta... ehm... tagliando i capelli.

Le mie sopracciglia si sollevarono. Luna l'aveva nutrito, e poi si era messa a dargli una sistemata? Non avrei mai pensato che una femmina alfa potesse avere un comportamento così materno. *Sto tornando.*

Okay.

Non abbassare la guardia.

Mi rispose con una risatina sardonica, praticamente mandandomi al diavolo. Perché probabilmente aveva passato tutta la vita senza mai abbassare la guardia. Gli umani non erano trattati bene nel nostro mondo. Eppure, mio nonno aveva detto che non era sempre stato così.

Più cose imparavo da lui, più mettevo in discussione le nostre ridicole usanze. Soprattutto quelle riguardanti le Prove dell'alfa. Era chiaro a tutti, incluso mio padre, che il lupo più forte del clan ero io. Perché cazzo avevo bisogno di dimostrarglielo?

Entrai nel cuore del villaggio, vedendolo sotto una luce nuova. Le casette lussuose, i maschi che oziavano come dei re. Mi chiesi come fosse la situazione nelle aree più periferiche del mio territorio. Oh, le avevo visitate, certo, ma solo con la cerchia di mio padre. E qualcosa mi diceva che gli abitanti avevano imbastito una bella messinscena.

Volevo scoprire come stessero davvero le cose.

E porre fine a qualsiasi dannata finzione.

Era quasi il mio momento. Dovevo solo sopravvivere al resto delle Prove. Poi avrei potuto finalmente cambiare le cose. Avrei iniziato rimpiazzando tutti quanti, nel villaggio.

Quei licantropi non erano né miei amici né miei alleati. Appartenevano al branco di mio padre. E lui aveva messo in chiaro fin dall'inizio che io non ne facevo parte. Aveva ucciso l'unico maschio abbastanza tenace da voler fare amicizia con me. Di conseguenza, gli altri mi avevano dato il benservito, timorosi di contraddire l'alfa in carica.

Quello era stato un errore.

A cui avrei rimediato molto, molto presto.

LUNA

«Non muoverti» gli ordinai. Le mie forbici erano troppo vicine alla fronte di Silas perché lui si dimenasse in quel modo.

«Sono capace di radermi da solo» borbottò.

«Ah sì?». Il suo aspetto da cavernicolo diceva tutto il contrario. «Il tuo taglio di capelli e quella roba che hai sulla faccia mi ricordano un cane randagio».

Sbuffò, stizzito. «Mi sono appena tagliato i capelli».

«Lo so». Ne avevo il risultato pietoso davanti agli occhi. «Smettila di muoverti». Mi misi a cavalcioni sulla sua coscia, per dare un'occhiata più da vicino al suo "taglio".

«Sai davvero cosa stai facendo?» mi domandò.

«Più di quanto lo sappia tu, a quanto pare». Gli avevo già bagnato i capelli con l'acqua del lavandino. Ma avevo bisogno che stesse seduto composto, come un bravo lupacchiotto, e mi lasciasse lavorare.

Solo che non era un lupacchiotto.

No, Silas era decisamente adulto. Ben oltre il metro e ottanta, con una corporatura da far impallidire la maggior parte dei purosangue. Tranne forse Edon. Sospettavo che fossero praticamente alla pari, ma Edon aveva un po' più di massa per il modo in cui era stato cresciuto. Silas l'avrebbe eguagliato in fretta, se si fosse nutrito correttamente.

E non sarebbero stati uno spettacolo? Due maschi incredibilmente sexy, entrambi con tendenze da alfa.

Silas sarà pure stato il più giovane, il novellino, ma emanava un odore dominante. Forte quasi quanto quello di Edon.

«Guardami» dissi piano. Avevo bisogno di controllargli la lunghezza dei capelli ai lati del viso.

Due luminosi occhi blu incontrarono i miei. *Che belli*, pensai, perdendomi per un attimo.

Mi schiarii la voce e mi sforzai di concentrarmi sul compito da svolgere.

Ammirare il fisico e lo splendido viso di Silas mi avrebbe fatta cacciare nei guai, e insieme ne avevamo già avuti abbastanza. Certo, se la nostra situazione fosse stata diversa, non avrei detto di no a un bis di quello che era successo nella foresta. Perché la lingua di quel lupo...

Fui sul punto di stringere le cosce. Un grosso problema, vista la mia posizione.

Smettila di pensarci.

Ma non ci riuscivo. Non avevo fatto altro fin dall'istante in cui l'avevo trovato in cucina. I pancake non avevano aiutato. E, a quanto sembrava, nemmeno quella nuova distrazione.

Anzi, non aveva fatto che peggiorare le cose.

«Luna» mormorò, inarcando un sopracciglio.

«Uhm...». Mi inumidii le labbra. «Sì, sembrano pari». O almeno speravo lo fossero, perché la mia concentrazione era altrove.

Okay, ora sistemagli la barba, mi dissi. *Ti aiuterà.*

E invece no.

Ritrovarmi così vicina alla sua bocca non fece che aumentare la mia eccitazione. Qualcosa che sicuramente aveva percepito anche lui. Era un lupo, dopotutto, e le mie gambe erano spalancate a mezzo metro dalla sua faccia.

Per fortuna, non lo diede a vedere in nessun modo. Si limitò a restare seduto immobile, con le braccia lungo i fianchi.

Ma sentivo il calore che emanava.

Anche lui non era completamente immune alla mia vicinanza.

Forse entrambi avremmo dovuto essere più vestiti. Lui con una maglietta, e io, beh… con un paio di pantaloni. Non avevo niente addosso, a parte la camicia di Edon. E Silas doveva saperlo di sicuro, visto che ero a cavalcioni sulla sua coscia muscolosa fasciata dai jeans.

Finisci e basta, intimai a me stessa. *In fretta.*

Mi voltai per prendere uno dei rasoi che avevo trovato nel bagno di Edon, ma persi l'equilibrio. Silas mi afferrò per i fianchi e mi tenne ferma, salvandomi da una caduta. «Scusami» dissi. «Il lavandino era più lontano di quanto pensassi».

«Nessun problema». La sua voce suonava un po' roca. Non c'era più alcuna traccia del maschio che mi stuzzicava in cucina. Quello lì si stava aggrappando con tutte le forze al suo autocontrollo. E la mia vicinanza non faceva che peggiorare la situazione.

«Ho quasi finito» mormorai, in un tentativo di tranquillizzare entrambi. Il suo viso non aveva bisogno di troppe cure, solo di una leggera rasatura. Probabilmente aveva usato una lama seghettata per radersi da solo, perché il suo mento era coperto da una peluria irregolare.

«Certo». Mi lasciò andare. Le sue mani si lasciarono dietro un calore che avrei voluto esplorare, ma non potevo.

Toccarlo era un qualcosa di proibito. Ed era come una droga. Le mie dita continuavano a posarsi dove non avrebbero dovuto, tutto con la scusa di dargli una rassettata. Lo sapeva anche lui. Glielo leggevo negli occhi, nelle sue iridi diventate dei pozzi infuocati. E nel modo in cui i suoi muscoli si tendevano ogni volta che lo sfioravo.

«Cos'è successo l'altro giorno?» si decise infine a domandarmi, con un tono esitante. «So che non dovremmo parlarne, ma…».

Ho bisogno di saperlo. Ero certa che il resto della frase sarebbe stato quello. Perché provavo anch'io lo stesso.

«Il mio lupo era in modalità "lotta o fuga". L'hai conquistata e si è sottomessa». Era un comportamento normale tra licantropi, ma a me non era mai successo. Nessuno dei maschi del clan Ernest mi desiderava, visto che il mio destino era stato promesso a un altro il giorno stesso della mia nascita. L'unico motivo per cui Volk mi aveva aiutata quando gliel'avevo chiesto era perché eravamo amici, ma non era piaciuto a nessuno dei due.

La mia esperienza con Silas era stata completamente diversa.

Era riuscito a farmi venire.

E l'avrebbe fatto di nuovo, se Edon non avesse interferito.

«È sempre così?». Silas si schiarì la voce. «Voglio dire, quella cosa della sottomissione e della voglia di scopare che ne consegue».

Almeno aveva smesso di dire che l'avevo implorato. Ma avrei quasi preferito ricominciare con le prese in giro, piuttosto che imbarcarmi in una discussione seria come quella.

Perché rifletterci sopra senza umorismo mi suscitò il desiderio di farlo di nuovo. Di finire ciò che avevamo iniziato.

«Capita» risposi, riferendomi alla sua domanda sulla sottomissione. «Ma i lupi coinvolti devono essere attratti l'uno dall'altra».

Si acciglio, rendendomi più difficile passargli il rasoio attorno alle labbra carnose. Anche parlare non aiutava.

«Ma i nostri lupi si erano appena incontrati» disse, alzando i suoi occhi luminosi sui miei.

«Ci siamo annusati parecchio, Silas». Poi gli premetti il pollice sulla bocca, per evitare che replicasse, e mi concentrai sui peli che gli contornavano le labbra. «So che mi hai seguita in giro per la tenuta. Ho percepito la tua curiosità». Non mi aveva dato fastidio, ma aveva messo un freno ai miei piani di fuga. «Sapevo che avremmo lottato. A dire la verità, ti avevo giudicato l'anello più debole, visto che sei un novellino». I miei occhi trovarono ancora una volta i suoi. «Chiaramente ti ho sottovalutato».

Per usare un eufemismo.

Mi aveva messa a tappeto senza battere ciglio. E facendo anche attenzione a non ferirmi.

«Sono rimasta colpita» ammisi piano. Terminai il lavoro attorno alla bocca e gliela liberai. «Il mio lupo è rimasto colpito».

«È stato... è stato intenso».

«Già». Sorrisi. «È normale, da quello che ho sentito. Ma tu sei stato il primo a... beh, ad assaggiarmi così». Feci una piccola smorfia. Suonavo fin troppo innocente. Gli orgasmi non erano un territorio inesplorato, per me. Riceverlo da qualcun altro, però, era una novità. «Hai... ehm... molto talento».

Silas ridacchiò. Era un suono basso e seducente. «Ah sì?».

Deglutii. «Sì. Tu... Sì». Scossi la testa, sentendomi avvampare. «Comunque... meglio se non ne parliamo più». O avrei ceduto alla tentazione di cominciare di nuovo, e sarebbe stata una catastrofe.

«Oh, non saprei. La trovo una conversazione affascinante» intervenne una voce maschile proveniente dal corridoio. «Ti prego, continua. Dicci cosa ti ha fatto provare Silas con la sua lingua».

Le mie mani si bloccarono sul mento di Silas. Avevo il cuore in gola. Silas, al contrario, non sembrava nemmeno sorpreso. O aveva percepito l'arrivo dell'alfa, o non gli importava. Non ne ero sicura, ma probabilmente era la prima.

Non avevo sentito arrivare Edon, né avevo colto il suo odore. Ne attribuii il motivo ai suoi movimenti furtivi da alfa e al fatto che il suo profumo fosse una presenza costante nella casa.

Varcò la soglia e si appoggiò allo stipite. «Allora, Luna. Raccontaci del suo talento. O preferisci che faccia un riassunto? Alla fin fine, ho visto tutto».

«Edon...». Mi sembrava di avere la gola rivestita di carta vetrata. Deglutii di nuovo e mi schiarii la voce, ma non servì a nulla. Quella sensazione fastidiosa non voleva saperne di andarsene. E nel mentre lui rimase lì, con un sopracciglio inarcato e un'espressione illeggibile. Aveva sicuramente annusato l'odore di eccitazione che permeava la piccola stanza.

Non potevo nasconderlo.

E nemmeno Silas.

«Gli stavo solo tagliando i capelli» dissi, spiegando così la nostra vicinanza. Appoggiai il rasoio sul ripiano lì accanto. Avevo comunque quasi finito. «Sembrava un cane randagio».

«Un cane randagio con una lingua piena di talento» ribatté Edon, rifiutandosi di lasciar perdere. «Ma non hai risposto alla mia domanda, mia piccola compagna. Voglio sapere come hai reagito e come ti ha fatta sentire. Se il tuo resoconto sarà abbastanza dettagliato, forse gli permetterò di farlo di nuovo. So che lo desiderate entrambi. Giusto, Silas?».

Al contrario di me, Silas non era neanche lontanamente scosso. Il suo sguardo incontrò quello dell'alfa furioso senza battere ciglio. «Sì».

La sua ammissione mi lasciò esterrefatta.

Così come il basso ringhio che gli rimbombò nel petto mentre fissava Edon.

«Mmm...» mormorò l'alfa. «Adesso è il tuo turno, Luna. Dimmi come ti sei sentita. Dimmi se vuoi farlo di nuovo». Parlò senza mai distogliere l'attenzione da Silas. Ma il suo tono somigliava più a un ordine, che a una richiesta.

Non riuscivo a esprimermi. L'atmosfera era così intensa che non ero nemmeno in grado di formulare un pensiero coerente, figuriamoci un'intera frase. L'energia era palpabile; mi fece rizzare i peli sulla nuca e stringere lo stomaco. Stava succedendo qualcosa. Una guerra di dominio, ma non riuscivo a capire quale fosse il premio.

Non ero io. Non esattamente. Ma in qualche modo mi riguardava, stimolando ogni mia terminazione nervosa e incendiandomi il sangue.

Sei più forte di così, sussurrai a me stessa. *Non lasciarti dominare da lui.*

Solo che non era quello il mio problema. Avrei potuto tenere testa a Edon anche dormendo. Ma in quel momento...

Già, in quel momento *non volevo* tenergli testa.

Ed era un problema fin troppo eloquente.

«Non credo che voglia una replica, Silas» disse lentamente Edon, con uno sguardo astuto. «Ma so che tu lo vuoi. Cosa dovremmo fare, allora?».

Si allontanò dallo stipite della porta per unirsi a noi. Era un bagno per gli ospiti abbastanza spazioso, in realtà, con una vasca da bagno e due lavandini. Ma con dentro due maschi e me, la stanza era diventata piuttosto affollata.

Feci un passo indietro, sperando di mettere un po' di distanza tra di noi. Ma le mani di Silas si posarono sui miei fianchi, tenendomi ferma sulla sua coscia. Non aveva smesso un istante di guardare Edon. Ebbi l'impressione che comunicassero su un livello completamente diverso.

Il legame, mi resi conto. Non avevo mai assistito a nulla di simile. Quando ero piccola, mio padre aveva ottenuto una vincitrice del Torneo, ma non l'avevo mai incontrata. Non era riuscita a sopravvivere alla trasformazione.

Ma Silas era più che sopravvissuto alla sua.

«Mmm... non hai ancora detto niente» commentò Edon. «Suppongo che possiamo contare sul tuo corpo per dirci cosa vuoi, mia piccola compagna». Si avvicinò ancora di più, posizionando il suo petto nudo a un soffio dal mio braccio, ingabbiandomi tra lui e Silas.

Mi sentii intrappolata.

Sopraffatta.

E incredibilmente *eccitata*.

Entrambi emanavano calore come se fossero dei radiatori, e io non facevo altro che assorbirlo da ogni poro. Quasi ansimai in risposta, col corpo in fiamme sotto le mani di Silas. I suoi pollici stavano disegnando dei piccoli cerchi sulla camicia, come a fornirmi un'illusione di calma.

Ma non servì a rallentare il mio cuore impazzito.

Né a placare il crescente bisogno che mi stava bagnando le cosce.

Possono annusarlo.

Lo sanno.

E il sorrisetto di Edon lo confermò.

«Voglio sapere quant'è bagnata» mormorò. «Silas?».

Il calore scese dal mio fianco, man mano che Silas mi accarezzava la coscia, per poi salire sotto la camicia. Quando infilò un dito dentro di me i suoi occhi blu si specchiarono nei miei. Fremetti e mi aggrappai alle sue spalle per restare in equilibrio.

Era tutto così inaspettato. Così folle. E così innegabilmente intrigante.

Perché Edon era d'accordo?

Come poteva permettere che un altro maschio, la sua progenie, tra l'altro, mi toccasse in quel modo?

Era tutto un trucco? Stava aspettando il momento giusto per punirci? Per punire Silas perché mi aveva toccata? Me per averlo permesso? Cosa…

Oh, wow… Quella piccola carezza sul clitoride mi aveva quasi fatto cedere le gambe.

«È completamente fradicia» rispose Silas. La sua voce, bassa e decisa, mi riportò alla realtà. Solo per poi ritrovarmi ancora una volta in un vortice di confusione, quando mi penetrò con due dita, a fondo, senza preavviso.

Gemetti, conficcandogli le unghie nella pelle nuda.

Ancora, fui sul punto di ordinargli.

E, come se mi avesse sentita, ripeté il movimento.

«Ha un odore fantastico». La voce di Edon era così vicina. Mi attirava verso entrambi, mi stordiva, mi inondava di gelo e calore. «Voglio assaggiarla».

Silas ritrasse le dita, strappandomi un mugolio frustrato.

E poi alzò la mano verso Edon.

Spalancai la bocca quando Edon accolse le dita di Silas tra le labbra, in profondità, e succhiò via la mia eccitazione.

Oh.

Mio.

Dio.

Era la cosa più sexy che avessi mai visto.

E il gemito che entrambi esalarono?

Santo cielo. Strinsi le gambe, cercando un po' di

sollievo, solo per essere ostacolata dalla coscia muscolosa di Silas.

«Deliziosa» mormorò Edon.

«Lo so» concordò Silas, studiando la mia espressione. I suoi occhi blu erano infiammati dal desiderio. «E urla meravigliosamente».

Era tutto così surreale.

Io e due maschi in un bagno pieno di testosterone e *bisogno*.

«Baciala per me, Silas» sussurrò Edon. «Scopale la bocca con la lingua».

Silas sorrise. «Volentieri».

Non mi diedero il tempo di accettare.

Non mi diedero nemmeno il tempo di capire.

Le dita di Silas erano già tra i miei capelli, tirandomi a sé con una ferocia che non mi lasciò altra scelta che obbedire.

E io mi sciolsi su di lui.

Perché la sua lingua era così dannatamente abile. Era veramente bravo a baciare. Lo sapevo già, fin dalla prima volta, ma mi fece comunque impazzire di nuovo. Il modo in cui mi mordicchiò il labbro inferiore, il modo in cui prese il controllo della situazione, il modo in cui mi strattonò i capelli per inclinare il mio viso esattamente dove mi voleva...

Gemetti, incapace di trattenermi.

E fu a quel punto che sentii Edon dietro di me.

Il suo calore era come un marchio sulla mia schiena. Mi fece scorrere lentamente le dita lungo i fianchi, fino a raggiungere l'orlo della camicia. Rabbrividii quando iniziò a sollevarla, esponendo a poco a poco il mio corpo alla vista di entrambi.

Silas mi lasciò andare, per permettere a Edon di sfilarmi la camicia da sopra la testa. Poi, nel giro di un attimo, la sua bocca fu di nuovo sulla mia. I loro movimenti erano così fluidi da darmi la certezza che stessero comunicando mentalmente, ma non riuscii a sentirmi esclusa. Non quando Edon posò un bacio sulla mia spalla, poi sulla mia nuca, mentre Silas possedeva le mie labbra.

Sto per morire, pensai. *E se è così che me ne andrò, mi va bene.*

Perché era l'esperienza più intensa che avessi mai provato nella mia breve vita.

Due maschi sexy e dominanti che si toccavano, accarezzavano, leccavano e mordevano.

E poi mi ritrovai a baciare Edon.

Era successo talmente in fretta... Le sua dita si sostituirono a quelle di Silas, stringendomi i capelli e strattonando la mia testa verso di lui. Il mio collo protestò per il movimento brusco, ma il mio corpo pianse di gratitudine. Soprattutto quando Silas iniziò a tracciare con la lingua un sentiero che lo condusse verso il mio seno.

Oh...

Catturò il mio capezzolo tra i denti, incendiandomi il sangue con un'altra ondata di lussuria. Volevo di più. Volevo che andasse più in basso.

Una supplica mi sfuggì dalle labbra, subito inghiottita da Edon, intento a dominare la mia bocca.

Era molto più aggressivo di Silas.

L'accenno di violenza nel bacio di Edon si mescolava alla perfezione con i piccoli morsi ai miei seni, con le carezze delicate sulle mie cosce.

Edon era indubbiamente l'alfa.

Ma Silas... non aveva problemi a tenergli testa. Quei morsi che mi stava lasciando sulla pelle non erano gentili. Erano il suo marchio.

Fremetti, accaldata, sovrastimolata e sopraffatta da entrambi.

Finché Edon non mi lasciò andare.

La sua bocca aleggiava sulla mia.

La sua stretta sui miei capelli non vacillò.

«So che Silas sa come succhiare un cazzo, ma tu ne sei capace?». Le parole di Edon, un sussurro sulle mie labbra, mi scossero nel profondo.

Intendeva…? Quando aveva menzionato di aver ricevuto il miglior pompino della sua vita, stava parlando di…?

Sbattei le palpebre svariate volte, confusa.

Per tutta risposta, Edon sorrise. «Dopo aver visto quanto ti era piaciuto avere a che fare con la sua bocca, ho deciso di provarla anch'io. È molto abile». Inclinò la testa di lato. Le sue pozze di ossidiana conservavano così tanti segreti… incluso quello che mi aveva appena rivelato. «Voglio vederti in ginocchio, Luna. Voglio vederti dare piacere a Silas come ha fatto lui con me. Ti inginocchierai per noi, piccola? Prenderai il suo cazzo tra queste splendide labbra e ingoierai il suo seme?».

Oh, cielo…

Solo il pensiero di loro due insieme mi fece quasi venire. E l'idea che Edon volesse guardarmi mentre lo succhiavo a Silas?

Santo, santissimo cielo.

Silas fece roteare la lingua attorno al mio capezzolo, attirando la mia attenzione su di lui. Lo guardai. Nei suoi occhi meravigliosi si rincorrevano desiderio e comprensione.

Sapevamo entrambi che era Edon a comandare.

Eravamo entrambi alla sua mercé.

Ma quello non ci avrebbe impedito di *goderci* gli ordini dell'alfa.

«Luna?» sussurrò Edon, con le labbra che mi

sfioravano l'orecchio. «Ti è piaciuto avere la sua lingua tra le cosce, vero?».

Annuii, ancora priva di voce, nonostante tutti i gemiti che continuavano a lasciare la mia bocca.

«Non ti piacerebbe assaggiarlo? Sentirlo venire nella tua bella gola?».

Le mie gambe si tesero, un altro mugolio riuscì a farsi strada tra le mie labbra.

Silas si staccò dal mio seno e mi osservò con un sopracciglio biondo inarcato. «È la tua occasione di dare sfoggio delle tue abilità».

Stava succedendo davvero. Non riuscivo a crederci.

Mi sembrava impossibile che Edon fosse d'accordo.

Ma certo che lo era. Aveva appena ammesso che Silas glielo aveva succhiato solo qualche giorno prima. E nonostante avessi voluto uccidere Bianca per aver detto una cosa del genere, l'immagine di Silas che faceva sesso orale con Edon mi suscitò una reazione completamente diversa. Altrettanto violenta e letale, ma in un modo del tutto erotico.

Il mio unico rimpianto era di non aver assistito.

Perché quei due insieme avrebbero incendiato la camera da letto.

Ne ero certa, perché il bagno dove ci trovavamo sembrava sul punto di essere avvolto dalle fiamme.

Le mie mani si posarono sul petto di Silas. I suoi muscoli d'acciaio si tesero sotto i miei palmi. Non avevo mai fatto nulla del genere con un maschio, visto che mio padre mi aveva obbligata alla castità. Ma sapevo come funzionasse… in generale.

E qualcosa mi diceva che Silas sarebbe stato molto più paziente di Edon.

Come se avesse sentito i miei pensieri, Edon mi mordicchiò la gola, per poi accarezzare con la lingua la mia pelle ferita. «Ma che brava» mi elogiò. «Mmm... potrei ricompensarti. Se saremo soddisfatti».

Le sue parole avrebbero dovuto farmi infuriare, invece ebbero l'effetto opposto. Le presi come una sfida. Volevo farli uscire di testa. Non per ricevere una ricompensa, ma il loro rispetto.

C'era un motivo se ero un'alfa.

Non subivo in silenzio.

Lottavo.

E vincevo.

Le mie dita seguirono i contorni degli addominali di Silas, mentre mi inginocchiavo davanti a lui. Il suo sguardo mi incoraggiò a procedere, dicendomi che lo voleva anche lui. E io gli permisi di vedere l'alfa che albergava in me, il lupo che stava per mandare all'aria il suo mondo nel miglior modo possibile.

L'eccitazione tinse i suoi occhi con le sfumature dell'oceano. «Continua a guardarmi così, Luna. E non fermarti. Nemmeno quando arriverò in fondo alla tua gola».

Non sarebbe stato un problema.

Perché volevo vederlo crollare, prendere il sopravvento e *dominarlo*.

Il sorrisetto che gli increspò le labbra mi confermò che lo sapeva anche lui. E che era d'accordo.

«Ora, piccola» disse Edon, premendo sulle mie spalle. «Assaggialo. Succhialo. Scopalo con quella bella bocca. E ingoia».

SILAS

Non farle del male, mi avvertì Edon.

Incontrai il suo sguardo rovente. *Disse il maschio che la sta costringendo a succhiarmelo.*

Ti sembra costretta?, mi chiese, con un tono da presa in giro. *Lo senti anche tu quant'è eccitata. Lo vuole anche lei.*

Quello che vuole è mangiarmi vivo, risposi, accorgendomi del lampo di sfida che le illuminò lo sguardo. *Dominarmi dal basso.*

Una vera e propria alfa, concordò lui, passandole le dita tra i capelli.

Luna iniziò lentamente ad aprirmi la cerniera dei pantaloni. Si era sistemata alla perfezione, in ginocchio tra le mie gambe divaricate. Si leccò le labbra; aveva un'espressione famelica. Con un brusco strattone, fece scendere il tessuto lungo le mie cosce. La mia erezione era finalmente libera. E desiderosa di incontrare la sua bocca. Luna non perse tempo. La sua lingua ne memorizzò ogni centimetro, ma non mi bastava. Bramavo continuamente un'altra carezza, un altro assaggio, un'altra leccata.

«Cazzo» ansimai, lasciando cadere la testa all'indietro, travolto dal piacere. Tutte le mie esperienze precedenti non erano nulla al confronto, e Luna aveva appena iniziato. Certo, aiutava molto che la desiderassi.

Tutto quello che facevo all'università era forzato. Di solito, Rae si offriva volontaria per farmi da partner, principalmente perché sapeva che ci sarei andato piano. A differenza di quello che succedeva durante le esercitazioni con gli altri maschi, che tendevano a essere un po' più violenti.

Anche se nemmeno lontanamente paragonabili a Edon.

Stava osservando l'operato di Luna. I suoi occhi scuri erano ricolmi di lussuria e le sue guance tinte di cremisi. Lo sguardo di lei, invece, era tutto per me. Il modo in cui si sforzava di prenderlo ancora più a fondo, fissandomi, era incredibilmente seducente.

Mi persi completamente in lei e ciò che mi stava facendo, incapace di concentrarmi su qualsiasi altra cosa.

Finché la bocca di Edon non si posò sulla mia.

Si era mosso così silenziosamente, così rapidamente, che non mi resi conto di quello che stava facendo finché non spinse la lingua tra le mie labbra.

I miei muscoli si tesero.

Le mie mani si strinsero a pugno.

Travolto da tutte quelle sensazioni, non seppi più cosa fare. Un incendio ardeva nelle profondità del mio essere, suscitando un tumulto che non fece che accrescere la mia erezione. Faceva quasi male. Riuscivo a malapena a respirare. Il mio cervello si stava frantumando sotto l'assalto di entrambi.

Mmm... riesco a percepire il tuo piacere attraverso il nostro legame, mi sussurrò Edon mentalmente. *Me lo sta facendo venire così fottutamente duro.*

Mi avvolse una mano attorno alla nuca, mentre l'altra rimase sulla testa di Luna, spingendola a prenderlo più a fondo. Sempre al comando. Sempre a dominare. E in quel momento non mi importava. Avrei fatto qualsiasi cosa volesse, purché tutto continuasse.

La mia spina dorsale formicolò, le mie cosce si tesero. Il solo pensiero che ordinasse a Luna di lasciarmi andare mi raggelò e mi rese inquieto.

E se fosse stato quello lo scopo?

E se...

Ssh, mormorò, mettendo a tacere le mie preoccupazioni. *Non mi sognerei mai di permettere che finisca troppo presto.*

Perché lo stai facendo?, gli chiesi, col corpo teso come una corda di violino.

«Perché posso» ringhiò sulla mia bocca. «Perché mi va. Perché adoro vedere Luna in ginocchio». Le diede un'occhiata, sfiorandomi la guancia con la sua. «Guardala, Silas. Guarda com'è bella con il tuo cazzo in bocca».

Rabbrividii. Le sue parole, combinate alla vista di Luna, mi spinsero al limite. Luna aveva le pupille dilatate e le guance arrossate.

«Ti è piaciuto guardarmi mentre lo baciavo, mia piccola compagna?» continuò Edon a bassa voce. Le passò le dita tra i capelli.

Lei deglutì, ancora avvolta attorno al mio sesso, mandando una scarica elettrica in tutto il mio corpo. Poi gemette in approvazione, un gemito a cui fece eco anche il mio. L'intensità della sua bocca e il tono di Edon acuirono i miei sensi, distruggendo la mia capacità di muovermi, di pensare, di respirare, di *esistere*.

Un'energia fusa, quasi fosse lava, mi accarezzò le vene, scuotendomi fin nelle profondità del mio essere. I piccoli mugolii di Luna non mi aiutarono a tornare alla realtà. Né lo fece la sua gola, che si strinse di riflesso quando cercò di prendermi troppo a fondo. Quel breve intoppo non la fece fermare. Anzi, sembrò esortarla a insistere, il tutto mentre mi guardava negli occhi con un'espressione che avrebbe distrutto anche la determinazione di un santo.

Le posai una mano sulla guancia. Le mie dita le sfiorarono un lato della testa, accanto al palmo di Edon. Lui accarezzò le punte delle mie unghie smussate, facendomi fremere ancora una volta.

Non mi sarei mai aspettato di vivere un'esperienza del genere.

Due alfa che mi fissavano con un luccichio predatorio nello sguardo.

Luna desiderosa del mio seme.

Edon della mia sottomissione.

Non riuscivo a resistere all'attrazione che provavo per loro, non riuscivo a rinunciare al modo in cui mi facevano sentire.

«Ci sono quasi» dissi con voce roca.

«Bene» mormorò Edon. Tra la bocca di Luna e le labbra di Edon che lambivano il mio orecchio, mi resi conto che mi si stava offuscando la vista. «Vieni per noi, Silas».

«*Cazzo*». Il suo ordine mi spinse oltre il limite. L'orgasmo mi travolse dalla testa ai piedi, in un assalto brutale. Fui sul punto di cadere, ma Edon era lì. Il suo corpo massiccio resse la mia schiena, le sue mani mi strinsero le spalle.

E Luna.

Wow, Luna.

Mi fissava con uno sguardo ardente e determinato, accettando il mio seme nella sua splendida gola. Fino all'ultimo goccia. E la sua bocca famelica continuò a succhiare per averne di più, mentre le sue unghie mi si conficcavano nelle cosce.

Tremavo, col cuore che mi batteva a mille, ansimando tra di loro.

Edon mi massaggiò i muscoli tesi. Le sue mani erano come un marchio sulla mia pelle nuda. E poi mi afferrò il mento, strattonandomi la testa all'indietro e avventandosi di nuovo sulla mia bocca.

Il suo ringhio mi scosse nel profondo dell'anima. Non capii il tono possessivo che lo impregnava. Mi morse il labbro fino a farmi uscire sangue, per poi divorarmi con la sua lingua.

Non riuscivo a reagire abbastanza in fretta, era come se ogni mio movimento fosse sempre in ritardo di un secondo. Mi lasciò sconvolto, eccitato e pronto a ricominciare.

Luna sembrava impaziente di accontentarmi. Le sue labbra continuavano a muoversi imperterrite sulla mia erezione. Le sue mani si erano fatte più audaci, correndo a esplorare il mio addome, i miei fianchi, le mie cosce.

Edon sorrise sulla mia bocca. Sul suo viso si dipinse un'espressione crudele. «Basta così, Luna». Allungò la mano e le strinse i capelli nel pugno, strattonandola via dal mio inguine.

Lei emise un mugolio di protesta. Le sue pupille erano talmente dilatate che non riuscii a vedere il castano chiaro delle sue iridi.

«Guardarvi mi ha fatto venire sete» mormorò Edon. «Luna, pulisci il disastro che hai fatto nel mio bagno degli ospiti. Quando hai finito, raggiungici in cucina. Se vuoi».

Lei era il ritratto della confusione. Una confusione che condividevo anch'io.

Fidati, mi sussurrò mentalmente Edon. *Ha bisogno di questa lezione.*

«Andiamo, Silas» disse ad alta voce, liberandomi dalla sua presa.

Si diresse verso la porta.

Mi schiarii la voce, incerto su come procedere. Luna

alzò lo sguardo su di me, con tutta una serie di emozioni che le si rincorrevano sul viso. Shock. Dolore. Fastidio.

Nessuna di loro mi piacque, ma un ringhio di Edon mi esortò a fare un passo verso di lui.

Cos'avrei dovuto fare? Esigere che dessimo piacere alla sua compagna? Esigere un altro orgasmo? Mettere Luna a quattro zampe e prenderla come avrei desiderato?

«Silas» sibilò Edon. L'alfa in lui mi strattonò attraverso il nostro legame.

Lasciai la stanza senza guardarmi indietro, senza guardare Luna. Ma potevo *sentire* la sua delusione, la sua furia. E soprattutto il suo desiderio inappagato.

Perché ti sei comportato così?, chiesi a Edon, seguendolo lungo il corridoio mentre mi riabbottonavo i jeans.

Mi condusse in cucina, restando completamente in silenzio. Poi aprì il frigo. *Qualche giorno fa ti ha lasciato nella stessa posizione, ricordi?*

Perché sei comparso tu, gli feci notare.

Può darsi. Prese due bottiglie e le posò sul bancone. *Ma ti ha comunque lasciato lì, duro come il marmo e insoddisfatto. Adesso anche lei sa come ci si sente.*

Sbuffai e presi posto su uno dei tre sgabelli che circondavano il bancone della cucina. *Quindi le stai dando una lezione sulla gratificazione ritardata?*

No, le sto insegnando come comportarsi. È una femmina alfa. Se vuole averne di più, può esigerlo. E quando si deciderà a farlo, scoprirà che sarò più che felice di ricambiare.

Riflettei sulle sue parole, mentre lui frugava in un cassetto alla ricerca di un apribottiglie. *Le stai dando il controllo.*

In un certo senso, sì.

Quel maschio non era assolutamente come gli alfa che avevo studiato. Prendevano sempre ciò che desideravano, alla faccia degli altri. Ma Edon voleva che la sua compagna avesse la possibilità di scegliere. E io, per non so quale motivo, ero stato incluso in quella scelta.

«Allora? Nessuna obiezione?» mi provocò, passandomi una delle due bottiglie.

«Non sono sicuro di averne» ammisi, annusando il liquido dall'odore pungente. *Birra*. Non l'avevo mai bevuta, ma sapevo di cosa si trattasse. Ai licantropi l'alcol piaceva, soprattutto mentre giocavano con gli umani.

«Ero convinto che ribattere fosse un tuo tratto distintivo» commentò, appoggiandosi al bancone di granito. «Pensi ancora che sia tutto un test?».

«Sì». Solo che non riuscivo a capire se l'avessi passato o meno.

Rimase a osservare la bottiglia per qualche istante, stringendone il collo tra due dita. Poi la mise da parte. «Mio padre non vuole che gli succeda. Per come la vedo, ho due persone di cui devo preoccuparmi. Due persone sotto la mia responsabilità». Inarcò un sopracciglio. «Indovina di chi si tratta».

Non mi fu difficile capirlo, ma non aveva molto senso. «Perché me? Sono solo un mezzosangue».

Mi fissò con uno sguardo intenso. «Forse. Ma sei il *mio* mezzosangue. E io proteggerò sempre chi si affida a me».

«Beh, non è di certo il mio caso» ribattei, ricambiando il suo sguardo. «Io conto solo su me stesso».

«Una caratteristica che ammiro, ma la situazione è al di fuori della tua portata, Silas. È per questo che voglio che tu stia a casa mia, in *questa* casa, fino a nuovo ordine». Afferrò di nuovo la birra. Ne bevve una sorsata senza staccarmi gli occhi di dosso. *E bevi. Non è roba da poco*, aggiunse mentalmente.

Ha un odore orribile, borbottai, costringendomi a berne un po'. *E anche il sapore non scherza*.

«Va bene». Si voltò verso il corridoio. «Luna!».

Un ringhio femminile precedette il suo arrivo. «*Cosa c'è?*» sbottò, con le mani sui fianchi. Si era rimessa la camicia di Edon, che però non celava i capezzoli che sporgevano da sotto il tessuto.

Era incazzata ed eccitata, e me lo fece venire duro di nuovo.

«Finisci la birra di Silas» disse, indicando la bottiglia. «Non voglio che vada sprecata».

«Perché non la finisci tu?» replicò. «Assaggiala, Edon. Succhiala tutta e ingoiala. Pare che sia divertente». E con quel commento impertinente girò i tacchi e se ne andò, lasciandosi dietro un alfa con un enorme sorriso stampato in faccia.

«Oh, la adoro». Finì la sua birra e prese la mia. «Se nessuno di voi due vuole accettare il mio regalo, allora me lo godrò da solo». Leccò il bordo della bottiglia guardandomi negli occhi. «Dovrai restare qui».

«Non mi pare di aver detto di no». Rifiutare un riparo e la sua protezione mi sembrava una cosa piuttosto stupida da discutere, anche se violava la mia indipendenza. Ma potevo comunque badare ai miei interessi, pur restando sotto il suo tetto.

«No, non l'hai fatto». Aveva un tono soddisfatto, un tono che stranamente mi fornì un senso di sollievo. Amavo compiacerlo. Il che era strano, perché normalmente non mi importava di nessuno, al di fuori di me stesso e delle poche persone che mi erano vicine. Mi resi conto che probabilmente faceva parte anche lui di quella categoria, essendo il mio sire.

Seguii con lo sguardo i movimenti della sua gola mentre beveva. La mia attenzione fu attirata dai muscoli spessi del collo e delle spalle. Nonostante fossimo più o meno alti uguali, sicuramente pesava più di me. Ciò spiegava perché i jeans che avevo trovato nella sua stanza mi stessero larghi in vita e sulle cosce. Ma li indossai comunque, visto che erano in condizioni migliori del mio unico paio. Se Edon se n'era accorto, non lo diede a vedere. Probabilmente non gli importava. Mi aveva assicurato che potevo usare qualsiasi cosa mi servisse, nella sua casetta nella foresta.

«Non voglio nemmeno che corri da solo» aggiunse, dopo qualche momento di silenzio. «Vale anche per Luna. Preferisco che stiate il più possibile insieme».

«È per questo che le hai fatto fare conoscenza col mio cazzo?» riflettei ad alta voce, sollevando un sopracciglio. «Per aiutarci a *legare*?».

Ridacchiò. «No. Quello era puramente per il mio piacere personale». Mise da parte la bottiglia mezza vuota e posò le mani sul bancone, sporgendosi in avanti. «Guardarla mentre te lo succhiava è stato incredibilmente eccitante. Magari la prossima volta puoi guardarla mentre lo fa a me, o può essere lei ad assistere, mentre ti vengo il gola. Cosa preferisci, Silas?». Il suo sguardo cadde sulle mie labbra. «Io non vedo l'ora di provare entrambe le cose».

E mi venne duro di nuovo.

Molto, *molto* duro.

Perché entrambi gli scenari mi sembravano allettanti. Il che era completamente folle, eppure... eccoci lì.

Luna scelse proprio quel momento per unirsi a noi, ancora avvolta in un'aura di furia e lussuria. «Il bagno è pulito» disse, con un tono freddo come il ghiaccio. Che non ebbe alcun impatto sulla temperatura della stanza. Il calore che ribolliva tra me ed Edon, infatti, era come un tornado di tentazione pronto a risucchiarci tutti all'inferno. «Devo fare altro, Vostra Fottuta Altezza?» chiese.

Non riuscii a guardarla, intrappolato com'ero dagli

occhi di Edon. Ma sospettai che lo stesse incenerendo con lo sguardo.

«Sì» disse lui, con un tono imperioso. «Sono affamato. E tu, Silas?».

Cogliendo l'allusione sottesa a quelle parole, sorrisi. Sembrava che stessimo passando alla fase successiva della sua *lezione*. «Lo sono anch'io».

Edon interruppe la nostra connessione per guardare Luna. «Vieni a nutrirci, piccola».

Le sue guance si tinsero di una deliziosa sfumatura di rosso. «Stai scherzando?». Il suo sguardo incredulo si alternò tra Edon e me. La sua rabbia era così seducente. «Okay, potete andare entrambi a farvi fottere».

Si voltò, salvo poi bloccarsi al ringhio di Edon. Era basso e minaccioso, e riecheggiò nella stanza come solo quello di un alfa avrebbe mai potuto fare.

«Vieni qui» le ordinò. «Adesso».

Luna si infuriò, ma non fece un passo in alcuna direzione.

«Se vuoi puoi provare a fuggire, ma ti prenderemo» la avvertì. «E sai benissimo cosa succederà quando lo faremo». Attese per qualche istante, osservandola inspirare profondamente per calmarsi. Sorrise. «Allora, Luna? Hai intenzione di comportarti bene, o preferisci farci sudare?».

LUNA

In trappola.

Ecco come mi sentivo.

Entrambi i maschi mi guardarono con un'espressione famelica, da predatori, in attesa della mia decisione. E qualcosa mi diceva che, a prescindere dalla mia decisione, mi avrebbero divorata. Entrambi.

Ero così arrabbiata quando Edon e Silas mi avevano lasciata in quel maledetto bagno, ancora tutta eccitata. Era la prima volta che lo succhiavo a un maschio, e non mi aveva nemmeno ringraziata. Si era limitato a seguire l'alfa che mi aveva ordinato di mettermi in ginocchio.

Non ero un giocattolo. Ero un licantropo. Un'*alfa*. Ed Edon mi stava trattando come un'omega in calore.

Probabilmente perché mi stavo comportando come se lo fossi.

Ma quei due mi stavano facendo uscire di testa. Non riuscivo a pensare attorno a così tanto testosterone. C'era qualcosa di profondamente incompiuto tra me e Silas. Un predominio ancora da stabilire.

Ed Edon... fin troppe cose, tra di noi, erano ancora incompiute.

L'alfa in questione sollevò un sopracciglio col suo solito fare arrogante. «Luna?».

Scappare o giocare a fare la cuoca.

Solo che qualcosa mi diceva che non erano interessati al cibo. Era con me che desideravano banchettare. Il che significava che mi stava dando la possibilità di scegliere se accettare o fare la difficile.

Dopo l'inferno che mi aveva fatto passare nel bagno degli ospiti, c'era solo un'opzione. «Venite a prendermi».

Pronunciai quelle parole dando loro le spalle, con le gambe già in movimento.

Un coro di ringhi risuonò dietro di me. Edon e Silas lasciarono gli sgabelli con un balzo e si lanciarono all'inseguimento.

La camicia mi volò sopra la testa, quando iniziai a trasformarmi. Il mio lupo era pronto, in attesa, e si precipitò fuori dalla casa, nel cortile circostante.

Sapevo esattamente dove volevo andare. Sulla riva del fiume dove Edon mi aveva già rincorsa. Era un posto tranquillo e appartato. Perfetto per quello che avevo in mente.

Perché mi ero stufata di sottomettermi a quei due.

Volevano che gli succhiassi il cazzo? Bene. Ma avrebbero dovuto ricambiare il favore.

Le mie zampe volavano sull'erba, ma il silenzio che accompagnava la mia corsa era snervante. Sapevo che erano vicini, sentivo la presenza del loro potere aleggiare sulla mia pelliccia. Ma si muovevano con una precisione e un'abilità che non fecero che sedurmi ancora di più.

Soprattutto Silas.

Non solo sarei dovuta riuscire a batterlo, ma avrei dovuto anche essere in grado di percepirlo. E invece era furtivo quanto il suo creatore.

Saperlo mi fece correre un brivido lungo la schiena. Nessun membro del clan Ernest mi aveva mai attratta in quel modo, neanche Volk. E lui era stato l'unico a cui avevo permesso di toccarmi.

Ma ormai desideravo molto più di un semplice contatto.

Diedi la colpa al legame di accoppiamento. Mi aveva cambiata, stimolando i miei ormoni e gettandomi in una smania che poteva essere placata solo da un alfa. Solo che ciò non spiegava come mi sentissi con Silas.

Mmm... forse il *loro* legame confondeva il mio lupo, costringendomi a desiderare entrambi.

O forse avevo finalmente trovato due maschi degni del mio interesse.

Uno di loro mi morse la zampa posteriore. Reagii aumentando la velocità. Avevo bisogno di raggiungere il fiume, una necessità che era come una presenza palpabile nella mia mente.

Là avrebbero potuto avermi.

Ma solo alle mie condizioni.

Un basso ringhio vibrò lungo la mia spina dorsale, e dei denti si serrarono attorno alla mia collottola, cercando di trascinarmi a terra. Decisi di stare al gioco, permettendo al corpo molto più grande del mio di arrivare quasi al punto di bloccarmi, salvo poi usare le mie zampe posteriori per spingerlo via.

Solo per ritrovarmi con un secondo maschio, ancora più grande, sopra di me.

Mi contorsi ed emisi dei versi di protesta. Il mio obiettivo, la riva del fiume, era così vicino, eppure così lontano.

Edon si limitò a inclinare il capo sopra di me. Aveva un muso molto più grosso del mio. Mi diede un colpetto alla testa, per costringermi a esporre il collo.

Arrenditi, mi stava dicendo.

Volevo farlo, ma non lì. Volevo l'acqua. La tranquillità. La pace.

E in qualche modo dovette capirlo, perché mi lasciò andare con un piccolo ringhio paziente. Diceva che sapeva che ero sua, che potevo correre dove volevo e mi avrebbe comunque posseduta. Quindi, se volevo giocare, lui ci sarebbe stato.

In un attimo mi alzai e sfrecciai via.

Edon mi permise di sentire la sua presenza mentre correva a fianco di Silas. Il loro inseguimento era un'ondata di calore che mi lambiva la schiena.

Mi avevano in pugno e lo sapevano. Quella corsa rappresentava i preliminari, un modo per prolungare la mia eventuale cattura. L'impazienza aumentava, i nostri respiri affannosi erano come musica portata dal vento. Finalmente, raggiunsi il luogo prescelto.

Edon mi camminò attorno da un lato, Silas nella direzione opposta. I loro movimenti erano così dannatamente sexy. Non c'era da stupirsi che fossero attratti l'uno dall'altro. Un'intensa energia sessuale trasudava dai loro corpi, riducendomi a una pozzanghera di desiderio.

Tornai in forma umana, con le cosce già umide al pensiero di quello che sarebbe successo. Sulle mie labbra si formarono parole d'assenso, nonché la preghiera di averli entrambi. Ma furono interrotte da degli ululati che si levarono in lontananza, e che costrinsero Edon a bloccarsi.

Ascoltò con attenzione, così come Silas, mentre un'ondata di ammonimenti impregnò l'atmosfera.

Il sangue mi si gelò nelle vene, compromettendo la mia eccitazione.

Erano gli ululati di un alfa furibondo, il padre di Edon. Ed esigevano sangue. Vendetta.

Da come si fissavano, ebbi l'impressione che Edon e Silas stessero comunicando mentalmente tra loro.

E poi il futuro alfa se ne andò, lasciandoci entrambi lì.

Silas tornò in forma umana, con un'espressione cupa. «Ha detto che dobbiamo restare qui».

«L'avevo intuito» risposi, notando la rapidità con cui scomparve tra gli alberi. «È così veloce». Molto, molto veloce. Capii che era stato al gioco, correndo al mio ritmo. Perché quel lupo era più rapido di un fulmine.

«Già». Silas si massaggiò la nuca. «Luna…».

Deglutii e lo guardai negli occhi. Aveva un'espressione preoccupata. «Sì?».

«C'è qualcosa che non va» disse con voce roca.

Mi venne la pelle d'oca, e il mio stomaco si agitò.

Non stava parlando di noi, né di quello che sarebbe dovuto succedere. No. Si riferiva al branco.

«Lo so» sussurrai. «Lo sento anch'io». Un qualcosa di perverso, una promessa di morte.

Di cui sospettavo uno di noi fosse il bersaglio.

EDON

Bianca.

I suoi occhi azzurri dallo sguardo vitreo erano fissi sull'albero che la sovrastava, mentre il resto del suo corpo giaceva qualche metro più in là.

Qualcuno l'aveva decapitata *masticandole* il collo. Un modo orrendo di essere uccisi, che doveva aver richiesto forza e abilità notevoli.

E l'odore di Luna permeava la scena.

Strinsi i denti. Restai in disparte, cercando di non farmi vedere né tantomeno annusare. Nemmeno mio padre era riuscito a percepire la mia presenza. Una prova di come le mie capacità stessero aumentando, e di come le sue si stessero indebolendo.

Il branco era un concentrato di furia; furono scambiate parole che mi fecero ribollire il sangue. Avevano già votato, fregandosene che il loro futuro alfa non fosse presente. Se avessi avuto ancora qualche dubbio sulla lealtà del resto del clan, in quel momento ogni incertezza sarebbe stata spazzata via. Tutti quelli presenti nella radura erano alleati di mio padre. E sarebbe stato nel mio interesse ricordarmelo.

«Dov'è tuo figlio?» chiese uno di loro.

Mio padre ululò di nuovo, un richiamo destinato solo alle mie orecchie

Ma non mi mossi, ero troppo arrabbiato per farlo.

Era una fottuta trappola. Ma non potevo dire nulla, visto che l'unico alibi di Luna ero io. Non esattamente un caso inattaccabile, anche con Silas dalla mia parte. Perché tutti avrebbero pensato che stessi semplicemente cercando di proteggere la mia compagna e la mia progenie. E andare contro il voto del branco avrebbe distrutto ogni possibilità di avere un rapporto con loro. Era l'ultima cosa di cui avevo bisogno.

Il branco esige una punizione, informai Silas dopo avergli descritto la scena.

Ma Luna è innocente.

Non è quello il punto, risposi. *Mio padre mi sta costringendo a scegliere tra la decisione del branco e la mia compagna. È il suo modo perverso di obbligarmi a provare la mia lealtà al clan Clemente.*

Fallire non era un'opzione. Se avessi scelto Luna, il branco avrebbe cercato di uccidermi, ne ero certo.

E non puoi scegliere Luna?, mi chiese Silas. La sua voce mentale era venata di incredulità.

Sospirai. Sarà pure stato un lupo notevole, ma era ancora un tale novellino, quando si trattava di politiche del branco. Luna avrebbe capito. O almeno speravo che l'avrebbe fatto.

Il branco ha già votato, spiegai. *Se ignoro la loro decisione, rischio un ammutinamento*. Il che, sospettai, era probabilmente lo scopo di mio padre.

Non ha senso, ringhiò Silas. *Sappiamo che non è stata lei.*

Mi posai una mano sulla nuca, osservando i lupi che si muovevano inquieti a qualche metro di distanza da me. Se non mi fossi fatto vedere al più presto, sarebbero andati a cercarmi. O, peggio, mi avrebbero accusato di essere complice. Non escludevo che anche quello fosse uno degli obiettivi di mio padre.

Lascia che te lo spieghi in un altro modo, ripresi, dividendo la mia concentrazione tra Silas e i lupi in preda all'agitazione. *Luna è nuova, qui. Non ha nessun alleato. Al contrario, Bianca ne aveva molti. Quelli che la conoscevano esigono vendetta, e a loro non interessa dell'innocenza di Luna. Non dopo averla vista picchiare Bianca.*

Quindi non si prenderanno nemmeno la briga di scoprire chi è stato.

Nella loro mente, Luna è già colpevole. E qualsiasi mia obiezione mi farebbe sembrare un maschio che protegge la sua compagna. Quella prova era stata concepita per colpire una delle mie presunte debolezze, Luna. Mio nonno mi aveva avvertito che sarebbe successo. Ma non mi aspettavo che sarebbe stato così palese.

Non ho scelta, Silas, sussurrai, entrando nella radura con un'espressione annoiata. Ero tornato in forma umana, di conseguenza ero tutto nudo. Ma chiunque avesse scambiato la mia nudità per vulnerabilità avrebbe avuto una bella sorpresa.

«Sembra che la mia femmina si sia data da fare» commentai, dando un'occhiata ai resti con scarso interesse. «Forse Bianca non avrebbe dovuto riempirsi la bocca di falsità». Perché l'ultima volta che l'avevo toccata, a parte un abbraccio qui e là o per provocare Luna, era stato ben prima della cerimonia di accoppiamento.

«Stai insinuando che Bianca meritasse una fine del genere?» chiese mio padre.

Alzai le spalle. «Sto solo dicendo che non è molto saggio provocare una femmina alfa proprio nel bel mezzo della cerimonia di accoppiamento. Stessa cosa per un maschio alfa». Solo che, nel mio caso, mi sentivo perfettamente a mio agio nel condividere la mia promessa con Silas. Ma avrei riflettuto sulla questione in un altro momento.

Alcuni dei membri del branco ringhiarono. Li ignorai, simulando una noncuranza che non provavo.

«Detto questo, presumo di dover fare una bella chiacchierata con Luna». Incrociai le braccia sul petto. «A meno che tu non metta in dubbio la mia capacità di punire la mia compagna».

«Considerando che l'ultima volta che ho provato a farlo io mi hai interrotto? Sì, ho dei seri dubbi al riguardo». Mio padre guardò i suoi compagni, uno per uno, e tutti emisero dei grugniti d'assenso. «O la punisci pubblicamente, o la ucciderò io stesso».

Sbuffai. «Non puoi uccidere la mia compagna».

«Ah no?» ribatté. «Ritarderà la tua ascensione di dieci o vent'anni, ma sono sicuro che presto ci saranno altre femmine alfa disponibili. Possiamo anche chiedere al clan Ernest di produrne un'altra. Sono sicuro che Niko sarebbe felice di farlo, dopo che lo avremo informato delle evidenti mancanze di sua figlia».

Certo, e nel frattempo avrebbe sfogato le sue frustrazioni sulla moglie. *No, grazie.* «Non ho nessuna intenzione di aspettare, vecchio». Scelsi le parole con attenzione, assicurandomi che sentisse anche il ringhio con cui sottolineai l'ultima. Che lo volesse ammettere o meno, aveva i giorni contati.

«Non c'è bisogno di fare le cose di fretta, Edon. Sono perfettamente in grado di continuare a governare» rispose, con lo stesso tono noncurante che avevo usato anch'io. «E sono sicuro che anche il branco è d'accordo».

Ovviamente. Perché si era già garantito il loro appoggio.

Non avevo scelta.

O punivo Luna pubblicamente, o sia la sua vita che la

mia posizione nel clan sarebbero state a rischio. Nessuna delle due possibilità mi allettava.

Prima fossi riuscito ad assumere il controllo di quel dannato inferno, prima avrei potuto cambiare la situazione.

E Luna non meritava di morire per qualcosa che chiaramente non aveva commesso.

Guardando i licantropi che circondavano il corpo di Bianca, però, sapevo che nessuno avrebbe creduto alla sua innocenza. Neanche se Silas avesse confermato il suo alibi. Anzi, probabilmente avrebbero ucciso anche lui.

Ti odio con tutto il cuore, dissi a mio padre con un'occhiata omicida. Fu troppo rapida perché qualcun altro potesse notarla, ma le sue labbra si incurvarono in un sorriso.

Era solo un'altra delle sue maledette prove.

Un test.

E io avevo un'unica opzione.

«Va bene». Mi ci volle uno sforzo immane per non pronunciare quelle parole ringhiando. «Tornate pure al villaggio. Io vado a cercare Luna».

Non diedi a mio padre la possibilità di ribattere e lasciai in fretta la radura. *Silas, ho un altro compito da affidarti...*

SILAS

«Assolutamente no» sbottai nell'attimo stesso in cui Edon fece la sua comparsa. Si era messo un paio di jeans, mentre io e Luna eravamo ancora nudi. Non che mi importasse. Ero troppo concentrato sul folle piano che mi aveva illustrato mentalmente una decina di minuti prima.

«Non era una richiesta, Silas». Non mi guardò nemmeno, i suoi occhi scuri erano puntati su Luna. «Vogliono la tua testa».

«Lo so» rispose Luna, con le braccia strette attorno a sé. Era da quando erano iniziati gli ululati che non aveva smesso di tremare. Prima ancora che avessi la possibilità di dire qualcosa, la sua mente aveva già elaborato cosa volesse il branco.

Le riferii comunque ogni parola di Edon, incluso il *compito* che mi aveva assegnato. Un compito a cui avevo già reagito mentalmente sbuffando e rifiutandomi di portarlo a termine. Ma l'alfa aveva preferito ignorarmi.

«Non ho nessuna intenzione di farlo» ripetei ancora una volta, mantenendo la mia posizione sulla questione. C'erano molte cose che potevo sopportare. Ma quella no.

Edon allora si voltò verso di me. In un attimo, la sua mano fu attorno alla mia gola, e mi spinse contro un albero. «L'alternativa è infinitamente peggiore, Silas. Se ti importa di lei, farai come ti ho detto».

«Stronzate» replicai, furibondo e per nulla spaventato da lui. «È innocente. Non farò...».

«Va tutto bene» si intromise Luna, con un sospiro sconfitto. «Accetto la punizione». Cercò lo sguardo di Edon. Nei suoi occhi caramello si annidava un accenno di lotta. «Ma *sono* innocente».

«Lo so» rispose lui. Allentò la presa sulla mia gola, senza lasciarmi andare. «Ma devo farlo comunque».

Luna annuì, con le braccia ancora strette attorno al corpo, come se avesse avuto freddo.

Li guardai entrambi a bocca aperta. «Perché diavolo state accettando tutto questo?». I licantropi e i vampiri avevano dei diritti. Erano le specie superiori. Le punizioni erano riservate agli umani.

«Hai ancora così tanto da imparare sulla nostra società». La mano di Edon si contrasse, la sua espressione si fece ancora più seria. «Farai quello che ti dico, Silas, o le cose si metteranno molto male per entrambi».

Accolsi la minaccia con una risatina di scherno. «Posso sopportare di essere punito». Non sarebbe stata la prima volta. Avevo subito svariati castighi nel corso della mia vita, e avevo sempre tenuto la testa alta. Anche in quel caso, non sarebbe stato diverso.

«Forse tu sì, ma Luna?» sbottò Edon. «Se ti rifiuti, qualcun altro prenderà il tuo posto. Forse più di qualcuno. E allora come ti sentirai, Silas? Perché la faranno a pezzi davanti ai tuoi occhi e ti costringeranno a guardare. E tu saprai che avresti potuto evitare tutto quanto, solo portando a termine quest'unico compito del cazzo».

«Quello che mi stai chiedendo di fare...».

«No, quello che ti sto *ordinando* di fare, Silas. Non è una fottuta richiesta. Ho bisogno che mi aiuti a salvaguardare quel poco di dignità che resterà a Luna quando sarà tutto finito». Mi liberò spingendomi via. «Dovrai farlo, Silas. Altrimenti morirà».

Luna rabbrividì visibilmente.

Edon le afferrò il braccio. «Andiamo».

Li fissai, sconvolto.

Per più di vent'anni avevo dovuto imparare tutto sulle vite entusiasmanti dei vampiri e dei licantropi. Soprattutto dei reali e degli alfa. Ma nessuno aveva mai parlato, neanche una volta, della loro voglia di elargire punizioni ai loro stessi simili, del bisogno di tenerli in riga, di come usassero la violenza per sottomettersi a vicenda.

Perché in fondo era di quello che si trattava: un modo per spezzare la psiche di Luna e costringerla a piegarsi al dominio dei maschi.

Il futuro alfa non voleva che ciò accadesse.

Eppure l'avrebbe fatto lo stesso.

Perché, nel suo mondo, era necessario.

Non esiste una vita migliore, mi resi conto, alzando lo sguardo sugli alberi che mi circondavano. *Era tutta una bugia.*

Abbiamo la possibilità di cambiare le cose, disse dolcemente Edon. *Ma non posso fare nulla, finché non sarò a capo del clan.*

Il che richiedeva che avesse una compagna. Luna.

E suo padre sembrava determinato a privarlo di quel requisito. Così domandai: *Pensi che sia stato lui a orchestrare la morte di Bianca e incastrare Luna?*

Assolutamente sì, rispose lui. *Questo è tutto un fottuto test. E se non punisco Luna, lui la ucciderà e rimanderà le Prove. Devo batterlo al suo stesso gioco.*

Sospirai, poi strinsi i pugni. *Quindi hai bisogno di me.*

Sì.

Non aggiunse altro. Solo quel monosillabo. Fu come una specie di concessione. Edon poteva darmi ordini quanto gli pareva, ma, alla fin fine, aveva bisogno della mia collaborazione. Rifiutarmi di obbedire avrebbe reso il suo lavoro più difficile. E avrebbe anche danneggiato Luna ancora di più.

«Cazzo» borbottai, passandomi le dita tra i capelli. «*Cazzo*». Sarebbe stato così facile correre via. Nascondermi da quello che stava per succedere. Ma non ci riuscivo. Una qualche stupida parte di me sentiva l'obbligo di restare. Non solo per Edon, ma anche per Luna.

La lealtà. Un sentimento pericoloso. Tra l'altro, era una follia, visto che li conoscevo a malapena. Ma mi sentivo in debito con loro. No, forse non proprio in debito. Era qualcos'altro. Qualcosa di più forte.

Mi ricordava ciò che provavo verso Rae e Willow, solo più intenso.

Il mio lupo, capii. *È il mio lupo*.

Hai meno di cinque minuti per decidere, mi avvertì Edon. *Non appena avremo raggiunto il villaggio, ti convocherò*.

Non intendeva mentalmente, ma ululando. E se non fossi andato da lui, mi avrebbe dato la caccia. Quello l'avevo capito. Scappare non era mai stata davvero un'opzione. Ignorare il richiamo di un alfa era inaccettabile, lo sentivo nel profondo. Il mio lupo non me l'avrebbe mai permesso.

Ed Edon lo sapeva.

Era sicuro che non lo avrei deluso, lo percepivo attraverso il nostro legame.

Qualsiasi cosa ci fosse tra noi, sembrava crescere di secondo in secondo, legandomi a lui in un modo che desideravo e odiavo al tempo stesso. Lo sfidavo perché potevo, ma a una parte di me sarebbe sempre piaciuto sottomettersi a lui.

Mi confondeva.

Mi affascinava.

Mi teneva ancorato a sé.

Non avevo mai avuto scelta, non davvero.

Avrei fatto quello che mi aveva chiesto perché era stato lui a farlo. E ciò che odiavo di più era il fatto che probabilmente mi sarebbe piaciuto, perché avrebbe fatto contento lui.

«Pazzesco» brontolai tra me e me, mentre i miei piedi si stavano già muovendo in direzione del villaggio. Potevo sentire il bisogno di Edon di avermi là con lui, a fare ciò che andava fatto. E la risposta del mio corpo, che si affrettava verso di lui.

Ma non era soltanto Edon.

Sentivo anche Luna.

Era riuscita in qualche modo a trovare una connessione con le mie vene, riscaldandomi il sangue come nessuno aveva mai fatto prima. Scossi la testa, rifiutando quel legame. Solo che lo sentii di nuovo. Mi attirava verso di lei, verso di loro, costringendomi a sottomettermi a entrambi.

Due alfa.

E io, un mezzosangue.

Non avevo idea di cosa stessimo facendo. Quando Edon si era lanciato all'inseguimento di Luna, io mi ero semplicemente unito alla corsa. Non perché mi aveva detto di farlo, ma perché *volevo* farlo. E ciò mi rendeva ancora più perplesso. Era come se fosse stato il mio lupo interiore, e non la mia mente, a controllare il mio istinto, senza lasciarmi nessuna alternativa se non unirmi a loro due.

Un ululato squarciò la notte.

Solo che non proveniva da Edon, ma da Luna. Aveva un tono agonizzante e suonava completamente sbagliato. Era un ululato sofferente, di qualcuno sul punto di essere fatto a pezzi. Fu seguito da grida di approvazione. *Il branco.*

Il caos serpeggiò lungo il nostro legame.

Cosa c'è che non va?, chiesi.

Nessuna risposta.

La mia camminata si trasformò in una corsa sfrenata. Ero ancora nudo, visto che avevo lasciato tutto a casa di Edon, prima del nostro piccolo inseguimento nel bosco. Ma non mi importava. Ignorai le fitte di dolore causate da sassi e radici. Ignorai i rami che mi graffiavano le braccia e le cosce.

Cosa sta succedendo?, chiesi di nuovo, correndo più veloce che potevo. Ero appena fuori dal villaggio principale. I ringhi del branco diventavano più forti a ogni passo. Erano vicini al luogo in cui si era svolta la cerimonia iniziale del legame di accoppiamento. A quanto sembrava, quello era il luogo in cui avvenivano tutti gli eventi importanti. Proprio nel cuore del territorio del clan Clemente, circondato dalle abitazioni delle cariche più alte.

Edon, dissi, in prossimità di una delle case più grandi.

Nessuna risposta.

Ignorai il richiamo del mio lupo, reprimendo l'impulso di trasformarmi. Avrebbe richiesto troppo tempo, troppe energie. E avevo bisogno di essere pronto per...

Rimasi impietrito.

Luna era raggomitolata in mezzo alla piazza principale del villaggio, circondata da un tumulto di violenza. Edon era lì, poco distante, ad assistere mentre il branco si avventava sulla sua compagna. Non mi degnò di uno sguardo. Aveva l'aria annoiata, e il suo linguaggio del corpo esprimeva un totale disinteresse. Ma riuscii a percepire la sua rabbia attraverso il nostro legame.

Perché non li fermi? La uccideranno!

Sta bene, rispose. La sua voce mentale era un basso ringhio. Ma alzò una mano, che fece bloccare una manciata di lupi. Un brontolio di avvertimento attirò l'attenzione degli altri e gli valse un'occhiata tagliente da parte di suo padre.

«Preferisci che muoia?» chiese Walter, al lato opposto della piazza. «In quel caso, sarò felice di occuparmene». Fece un passo in avanti, ma Edon scosse la testa.

«No. Voglio solo proporre un'alternativa». Nonostante la furia che ancora incendiava la nostra connessione, nella sua voce non c'era traccia di rabbia o di fastidio. Ma ero certo che, se avesse potuto, avrebbe ucciso suo padre seduta stante. Si limitò invece ad aggiungere: «Uno dei maggiori difetti di Luna è la sua incapacità di sottomettersi».

«Un difetto a cui ho cercato di porre rimedio l'altra sera, prima che tu mi fermassi» rispose suo padre. «Uno di cui il tuo branco è disposto a occuparsi in questo preciso momento, se solo li lasci continuare». Indicò con un cenno della mano i maschi con la bava alla bocca. I loro sguardi lascivi erano fissi sul corpo di Luna.

Doveva essere stato Walter a organizzare tutto, perché quella scena non era minimamente parte del piano di Edon. L'avevo capito, in qualche modo, come se fossi stato un tutt'uno con la mente del mio sire.

Edon non aveva fermato l'attacco iniziale, perché sapeva che l'avrebbe fatto apparire debole. E sapeva anche che i suoi lupi avevano bisogno di sfogare un po' di rabbia per sentirsi soddisfatti. Il che gli avrebbe permesso di intervenire per consigliare la punizione di Luna. E renderla più semplice da accettare.

Ero sconcertato da quella mole di informazioni. Non sapevo se me l'avesse trasmessa lui, o se ci fossi incappato per sbaglio. Ma ero certo che fosse la verità, me lo sentivo nelle ossa.

Edon aveva un piano.

Tutte le sue azioni avevano sempre uno scopo. La situazione in cui ci trovavamo non faceva eccezione.

«Non credo che il tuo metodo sia in grado di annientare la sua propensione al dominio» disse Edon, infilandosi le mani in tasca. «Ma ho un'idea su cosa potrebbe farlo». Lasciò che la frase rimanesse sospesa nell'aria, suscitando la curiosità del branco, che guardò alternativamente l'alfa in carica e il suo erede.

Walter incrociò le sue braccia robuste sul petto e sorrise. «Cosa suggerisci, *erede*?» domandò, con un tono di incredulità che era un palese insulto a Edon.

«Falla scopare dal mezzosangue». Edon mi indicò con un cenno della mano. «Non riesco a immaginare nulla di più degradante che avere il cazzo di un bastardo dentro di me. Non sei d'accordo, padre?».

Quando l'attenzione del branco si concentrò su di me, dovetti sforzarmi di abbassare lo sguardo. Volevo fissarli tutti in segno di sfida, ma la mia insolenza avrebbe peggiorato la situazione. E capii cosa stava facendo Edon. Voleva svilire la posizione di Luna nel branco, facendola prendere da un novellino.

«Sei sicuro che ne sia in grado?» insinuò Walter.

L'impulso di assalirlo mi colpì alla bocca dello stomaco, facendomi rizzare i peli sulla nuca.

Calma, sussurrò Edon. *Pensano che tu sia un debole. Voglio che continuino a restare aggrappati a questa convinzione, finché non sarà il momento giusto di attaccare.*

Lottai contro l'impulso di accigliarmi. Non erano quelle le parole che mi aspettavo da lui.

«C'è solo un modo di scoprirlo» disse Edon a voce alta, rispondendo alle preoccupazioni del padre riguardo le mie abilità. «E anche se non fosse in grado, sono sicuro che sottomettersi al mezzosangue metterà Luna al suo posto».

Suo padre si accarezzò il mento. Colsi il movimento

con la coda dell'occhio, visto che non avevo ancora alzato lo sguardo, per paura di sfidare accidentalmente uno di quegli idioti. Sarebbe stato impossibile battere il branco nella sua interezza. Ma avrei potuto affrontare senza problemi la maggior parte di loro, a patto che non avessero dei rinforzi. E mi sarebbe anche piaciuto.

«Riesco ad annusare la sua paura» annunciò uno dei licantropi, con un sorrisetto nella voce. «Propongo di far mettere su al bastardo un bello spettacolino, per vedere cosa sa fare».

«Scommetto che non durerà più di dieci secondi» intervenne un altro.

Qualcuno sbuffò. «No, io gliene do almeno trenta».

«Davvero? Secondo me, riuscirà a durare un minuto intero. Non ce l'ha ancora duro».

E le scommesse ebbero inizio.

La sete di sangue si era trasformata in un vortice di prese in giro e aspettative oscene sulle mie prestazioni.

«Ma gli umani non studiano questa roba?» chiese un maschio vagamente più intelligente degli altri. «Che voti aveva?».

«Che cazzo ne so» fu la risposta.

Edon rimase in silenzio, ma un'ondata di sollievo fluì lungo il nostro legame. Un sollievo che non condividevo. Non era lui a doversi esibire per quegli stronzi. Non mi stavano chiedendo soltanto di fare sesso con Luna, ma di violentarla. Lei lo sapeva, ovviamente. Mi aveva già detto che non era un problema.

Voglio dire… non è che non avessimo comunque intenzione di… beh…, aveva osservato, poco prima che Edon ci raggiungesse.

Ma non lo rendeva giusto.

Non lo rendeva nemmeno vagamente *accettabile.*

Lei era ancora rannicchiata nella stessa posizione, con

il corpo tremante e il viso celato. Aveva dei graffi lungo la schiena, opera degli artigli di qualche membro del branco, e alcuni segni sui fianchi, probabilmente frutto di calci. O pugni.

È tutto così fottutamente sbagliato, pensai per la milionesima volta.

Non c'è alternativa, fu la risposta di Edon.

La conversazione continuava a svolgersi attorno a me. Il branco stava diventando sempre più impaziente. Facevano ipotesi su quello che sarebbe successo, continuando a scommettere. La maggior parte puntò su qualche minuto al massimo, altri su una manciata di secondi.

Se proprio dovevo farlo, sarei durato a lungo, così nessuno di loro avrebbe vinto.

Solo che, in quel modo, avrei prolungato il tormento di Luna.

Resistetti all'impulso di strapparmi i capelli, costringendomi a mantenere lo sguardo fisso sul terreno. I licantropi avevano iniziato a girarmi attorno, prendendomi le misure, valutando le mie capacità in base al mio aspetto.

Era ridicolo.

Non riuscivo a credere di aver lottato nel Torneo dell'immortalità per ritrovarmi a subire un trattamento del genere. Mi consideravano una creatura inferiore solo perché non ero nato licantropo. Ma tutto ciò che avevo dovuto affrontare nel corso della vita mi collocava a un livello infinitamente superiore al loro. E un giorno gliel'avrei dimostrato.

«Okay, *erede*, proviamo a fare a modo tuo» concesse Walter, con malcelata riluttanza.

Fu in quel momento che capii perché Edon avesse scelto proprio quel metodo. Sapeva che il branco sarebbe stato d'accordo. In sostanza, aveva usato le tecniche di suo padre contro di lui, sfruttando il desiderio del clan di vedere qualcuno svilito.

Perché non era solo Luna che stavano umiliando, ma anche me.

«Ma voglio che le scopi il culo» aggiunse Walter. Ebbi l'impressione che il mondo si fermasse.

Luna raggelò, la sua tensione era palpabile.

Quello che aveva chiesto Walter era in qualche modo ancora più invasivo. Tra l'altro, non l'avevo mai fatto. Ed ero abbastanza sicuro che anche per Luna sarebbe stata una novità.

«No» ringhiò Edon. La sua risposta sembrò caricare l'aria di energia. «Non le ho ancora preso il culo. È mio».

Suo padre sorrise. «Ma sarebbe una punizione ancora migliore».

«Come ho già detto l'altro giorno, è la mia compagna e decido io qual è il modo migliore per punirla. E la mia decisione è questa». Si girò verso di me. «Se le tocchi il culo, sei morto».

«Ne prendo nota» sussurrai. Avevo la bocca secca, sconcertato dalla lotta di potere che si stava svolgendo davanti ai miei occhi.

Non avevo idea di come Edon si aspettasse che fossi in grado di fare qualsiasi cosa in quelle condizioni. E le risatine che si levarono dalla folla confermarono che non ero l'unico a pensarlo. Alcuni si misero addirittura a commentare la mia mancanza di un'erezione. A quanto pareva, non capivano perché non trovassi allettante l'idea di violentare una femmina.

Luna preferisce te a qualunque altro membro del branco, mormorò Edon, con una voce completamente diversa dal tono aspro con cui poco prima aveva minacciato di uccidermi. *Ricordatelo, quando scivolerai nel suo dolce calore. Pensa all'inseguimento nella foresta, a come ci ha condotti sulla riva del fiume per averci entrambi. Pensa al modo in cui si è arresa a te nella foresta. Il suo lupo ti desidera, Silas.*

«In ginocchio, Luna» disse Edon. Il suo tono di comando fu come uno schiaffo ai miei sensi. «Sembra che il mezzosangue abbia bisogno di un po' di motivazione».

EDON

Quando il branco assaltò Luna, non appena arrivammo al villaggio, fu incredibilmente difficile non reagire. Ma mi ci volle uno sforzo ancora più grande per non fare nulla guardandola tentare di alzarsi. Riusciva a muoversi a stento.

Il problema era che qualsiasi accenno di preoccupazione da parte mia non avrebbe che peggiorato le cose. Gli occhi di mio padre erano puntati su di me. La sua irritazione nei miei confronti per aver preso il controllo della situazione era evidente nei suoi lineamenti, nella linea sottile delle sue labbra serrate.

Ma c'erano dei piccoli accorgimenti con cui potevo aiutarla senza farmi scoprire, come prenderla per i capelli per metterla in ginocchio. Agli occhi dei presenti sembrava un gesto di impazienza. In realtà, le stavo prestando la mia forza, posizionandomi dietro di lei. Quando la sua schiena colpì le mie gambe si irrigidì, una reazione che piacque alla folla.

Passai delicatamente il pollice lungo la pelle sensibile dietro il suo orecchio, con le dita ancora intrecciate nei suoi capelli in quella che speravo somigliasse a una morsa dolorosa. Esteriormente non si rilassò, ma sentii il suo peso sulle mie cosce, confermandomi che stava sfruttando il supporto che le stavo offrendo.

Quella dimostrazione di fiducia intrinseca andò dritta alla mia erezione. Luna aveva capito quello che stavo cercando di fare senza che le dicessi nulla. E fu lo stesso con Silas. La sua approvazione avvolse il nostro legame in un piacevole tepore. La sua mente non perdeva un singolo dettaglio, nonostante i suoi occhi fossero ancora rivolti al terreno.

Ignora tutti quanti e concentrati solo sulla sua bocca, gli sussurrai. Il mio compito era quello di proteggerli, di concedere loro un pizzico di sollievo mascherato da punizione. E se Silas me l'avesse lasciato fare, ci sarei riuscito. Avrebbe solo dovuto ascoltarmi e abbandonarsi al piacere del momento.

Avvolsi le dita della mano libera attorno alla gola di Luna, dando così una dimostrazione del mio dominio. Quello che feci, però, fu inclinarle il viso in modo da nascondere i movimenti del mio pollice. Le sue pulsazioni rimbombarono sotto il mio tocco, qualcosa che cercai di alleviare con delle piccole carezze circolari, lente e ipnotiche.

Speravo che percepisse la somiglianza del momento con quello che avevamo condiviso solo qualche ora prima, quando ero dietro di lei mentre lo succhiava a Silas. Dovevo riportarla a quell'esperienza, ricordarle dell'inseguimento nella foresta, cancellando tutto quello che ci circondava.

Un'impresa difficile.

Fortunatamente, avevo il suo lupo dalla mia parte. Un lupo che avevo lasciato insoddisfatto, con la promessa di ottenere di più. E adesso gliel'avrei dato.

Sotto forma del cazzo di Silas.

«Dagli un po' di motivazione, Luna» le ordinai, con un

tono molto più crudele del mio tocco. «Fa' vedere ai presenti quanto sei desiderosa di sottometterti a chi ti è superiore».

Obbedì, seppur ringhiando. La sua lingua seguì la lunghezza della crescente erezione di Silas. Nel farlo, Luna alzò audacemente gli occhi su di lui.

Qualcosa passò tra loro.

Una sorta di intesa.

A cui mi sentii connesso anch'io.

«Non mi sembra un atteggiamento particolarmente remissivo» fece notare mio padre.

Non smisi di accarezzarle il collo con dei piccoli movimenti delicati, neanche mentre risposi duramente: «È in ginocchio davanti a un mezzosangue, con il cazzo di lui premuto sulle labbra. Non la definirei una posizione da alfa».

«Più da sgualdrina» si intromise Glenn.

«Adesso che Bianca non c'è più, ci manca qualcuno che faccia divertire il branco» aggiunse Barry. «Dovremmo considerarla un'audizione?».

«Stai scherzando? Dopo quello che sta per fare, la sua bocca non la voglio da nessuna parte».

Le prese in giro continuarono. Insulti rivolti alle azioni di Luna e alla posizione che Silas ricopriva nel branco si mescolarono in una nube di disgusto. Percepii la tensione della mia compagna e il disagio della mia progenie; dovevo aiutarli entrambi a dare spettacolo in condizioni tutt'altro che piacevoli.

Perché se Silas non fosse riuscito a prendere Luna, sarebbe intervenuto mio padre. Qualcosa che sentivo non vedeva l'ora di fare, anche in quel momento.

Dimmi della sua lingua, esortai Silas. *Dimmi com'è.*

Costretta, ringhiò di rimando.

Mi hai già accusato della stessa cosa, in mattinata. Eppure, da quello che mi ricordo, è stata contenta di succhiartelo, mormorai nella sua mente, con un tono basso e rilassante. *Dimmi com'è stato venirle in gola. Sentirla deglutire attorno al tuo cazzo, mentre le pulsava in bocca.*

Gemette, sia a voce alta che attraverso il nostro legame. *Edon...*

Pensa a come sarà averla tutta stretta attorno a te, Silas. Una sensazione paradisiaca, che io non ho ancora provato. Oh, voglio tutti i dettagli. Perché soltanto pensarci mi stava facendo eccitare? Sapere quello che avrebbe provato Silas scopando la donna destinata a essere mia avrebbe dovuto farmi arrabbiare, non provocarmi un'erezione.

Ma non vedevo l'ora di assistere.

Volevo udire i loro respiri affannosi, annusare la loro eccitazione e connettermi alla mia progenie mentre prendeva la mia compagna da dietro.

Silas doveva avermi sentito, perché gemette di nuovo, col sesso gonfio che spingeva sulle splendide labbra di Luna. Glielo spinse in bocca, a fondo, proprio come aveva fatto a casa mia qualche ora prima. L'intrusione la fece sussultare, ma un'altra carezza da parte mia sembrò rassicurarla ancora una volta. Luna lo accolse al meglio delle sue capacità. Capacità notevoli, dovetti ammettere, degne di ammirazione.

Dannazione. Potevo sentirlo sotto la mano. Era talmente a fondo nella gola di Luna che dubitai riuscisse a respirare. Silas fletté le mani, incerto; anche i muscoli del suo addome si tesero. I lupi pensarono che stesse già per venire, felici di rovinare il momento coi loro schiamazzi.

Ma io avevo capito perché fosse così teso.

Non era sul punto di esplodere.

No. Silas desiderava dominarla. Voleva afferrare la testa di Luna e costringerla a prenderlo ancora più a fondo, ma le mie mani gli erano di intralcio. E per quanto potesse sentirsi a suo agio nel dominare Luna, non aveva nessuna intenzione di sfidarmi. Non poteva.

Dovetti reprimere un sorriso.

Quei due rappresentavano la perfezione. La loro tacita lotta per il comando era come un afrodisiaco.

Strattonai Luna all'indietro. Il mio sguardo incontrò per un attimo quello di Silas, le cui labbra si piegarono in un accenno di ringhio che si costrinse a reprimere.

«Mettiti a quattro zampe per il bastardo» ordinai a Luna, spingendola a terra. Chiunque altro l'avrebbe visto come un atto violento, ma la mia mano, ancora attorno alla sua gola, la aiutò a mettersi carponi, dandole un sufficiente preavviso per appoggiarsi sui palmi.

Approfittai del fatto che mio padre fosse troppo impegnato a ridere sguaiatamente per il commento di qualcuno, per accorgersi dei miei movimenti.

Diedi una pacca sul sedere a Luna, posizionando la mano in modo che facesse il più rumore possibile senza causarle troppo dolore. «Apri» fu tutto quello che dissi.

E lei lo fece.

Spalancò le sue bellissime cosce; non solo per me, ma anche per Silas. E cazzo se quella scena non mi fece bruciare dentro, nel miglior modo possibile.

Ogni singolo dettaglio, ricordai a Silas, mentre si posizionava dietro di lei. «Sta' alla larga dal suo culo» mi assicurai poi di aggiungere a voce alta, a beneficio di mio padre e della sua richiesta. Non volevo proteggerla per il mio personale godimento. Doveva saperlo, visto che non l'avevo ancora presa in nessun modo. Ma non ero sicuro di come si sentisse riguardo il sesso anale. E non volevo certo scoprirlo davanti a quegli imbecilli.

«Capito» rispose Silas, con un tono carico di una varietà di emozioni che non mancai di sentire attraverso la nostra connessione.

Rabbia.

Eccitazione.

Sfida.

Disagio.

Lussuria.

È bagnata?, chiesi piano, osservandolo mentre si sistemava tra le gambe di lei.

Sì, ammise. *Cazzo. Sì.*

Bene. A quanto pareva, la mia tattica stava funzionando. Oppure il mio piccolo lupo amava l'esibizionismo. Forse entrambe le cose. *Scivola dentro lentamente. Fingi di essere nervoso.*

Non le farò del male.

Lo so. Era esattamente il motivo per cui gli avevo assegnato quel compito.

E forse, solo forse, un po' volevo vederli così. Altrimenti, perché gli avevo permesso di inseguirla con me, nel pomeriggio? Non era solo per scoparla davanti a lui.

No. Qualsiasi cosa ci legasse, c'eravamo dentro insieme. Tutti e tre. Impegnati in una strana danza erotica, una danza che avevo tutte le intenzioni di continuare.

Oh, è così stretta, Edon. Ho l'impressione di starci appena. Il sudore gli imperlava la fronte. Si morse il labbro inferiore. Attorno a noi, i lupi avevano iniziato a ridacchiare, convinti che sarebbe esploso con un'unica spinta. Li ignorai il più possibile, concentrandomi sulla mia compagna e sulla mia progenie.

Un gemito mentale di Silas, che mi raggiunse attraverso il nostro legame, stimolò la mia erezione fin quasi a farmi male. Si stava perdendo nella meravigliosa sensazione di essere dentro Luna. Le sue parole erano un groviglio confuso; l'intensità, il calore, il bisogno travolgente di spingere i fianchi in avanti per prenderla completamente. E alla fine cedette, affondando in lei con un ringhio che sentii fin nelle ossa.

È perfetta, mi disse.

Quel commento avrebbe dovuto riempirmi di invidia. E un po' lo fece, ma non perché avrei voluto essere al suo posto. No, avrei voluto unirmi a loro, leccare il dolce calore di Luna mentre Silas la scopava, poi costringerlo a ricambiare il favore. Volevo prendere il sedere di lei mentre lui faceva lo stesso davanti. Volevo baciarlo mentre gemeva, volevo graffiare coi denti la gola di Luna e rivendicarla come mia, per poi lasciare che lui le pulisse le ferite con la sua lingua esperta.

L'incendio che mi divampava nelle vene non faceva che intensificarsi di secondo in secondo. Un milione di idee mi turbinava nella mente, e non tutte erano mie.

Perché non ero l'unico che aveva voglia di giocare.

I desideri di Silas erano sempre più bollenti. La sua bocca bramava il mio cazzo, il suo sedere si fletteva come se si aspettasse che mi unissi anch'io. E i fremiti smaniosi di entrambi alimentavano le fiamme che mi ardevano dentro.

Com'è?, gli chiesi.

Bagnata. Rovente. Adoro come mi stringe. Si spinse più a fondo, andando a urtare un punto che la fece sussultare. Non per il dolore, ma per la sorpresa. Una piacevole sorpresa. Dubitavo che i miei simili conoscessero la differenza.

Silas iniziò a pensare ai suoi corsi universitari, spostandosi in modo da rendere l'esperienza ancora più piacevole per entrambi, pur aiutandolo a durare di più. Fui di nuovo sul punto di sorridere, eccitato dalla sua mente calcolatrice.

Come sarebbe stato essere dentro di lui, ascoltando i suoi pensieri? Ascoltando anche mentre Luna si univa a noi, in ginocchio, e glielo prendeva in bocca? Per poi succhiarglielo finché non fosse venuto e pulirglielo con la lingua?

Sentii la mia erezione pulsare sulla cerniera dei jeans. Mi implorava di unirmi a loro, cedendo ai miei impulsi e dimenticandomi di tutto il resto.

Ma contavano su di me per tenerli al sicuro, per proteggerli dal resto del branco. Il che significava che avevo un ruolo da svolgere. Anche se forse... forse avrei potuto trovare un modo per impersonare entrambi i ruoli: quello di alfa e quello di amante.

Camminai lentamente attorno a loro, fingendo di valutare il comportamento della mia compagna. Il viso di Luna era nascosto dai capelli, rendendo l'esperienza ancora più degradante. Mi accucciai accanto a lei e le infilai le dita tra le ciocche scure. Con uno strattone, la costrinsi ad alzare il capo, permettendomi così di guardarla in faccia.

Labbra rosso rubino, ancora gonfie dall'incontro ravvicinato con il cazzo di Silas.

Guance tinte di rosa.

Pupille dilatate.

Magnifica.

«Sembra proprio che tu ti stia divertendo» mormorai, con l'intento di farmi sentire solo da lei.

Ma mi udì anche mio padre. «Allora che razza di punizione è?» chiese.

Il suo commento placò l'entusiasmo della folla.

Ma sapevo di averli in pugno.

«Non riesco a immaginare nulla di più umiliante che godere con un mezzosangue». Le passai il pollice sulle labbra. «Falla venire, omega. Ammesso che tu riesca a resistere così a lungo».

Le mie parole risollevarono gli animi. Tutti presero a sghignazzare per il mio tono secco e i miei suggerimenti crudeli. L'espressione di Luna si tinse di imbarazzo abbastanza a lungo da permettere ai lupi di notarlo, lasciandoli con la convinzione che il mio metodo stesse funzionando.

Silas, tuttavia, prese il mio invito come una sfida. La sua determinazione sfrigolò lungo il nostro legame. Aveva letto tra le righe e capito che non volevo il piacere di Luna per intrattenere la folla.

Fornirle quel sollievo ci avrebbe permesso di darle anche un briciolo di forza, un qualcosa a cui aggrapparsi. La possibilità di scegliere di abbandonarsi alle sensazioni suscitate da Silas.

La lasciai andare e mi alzai in piedi, riprendendo la mia valutazione. L'atmosfera era impregnata di eccitazione; non solo quella della coppia che si dimenava sul terreno, ma anche quella del pubblico. Tra cui mio padre, il cui sguardo famelico si concentrò su Luna, che gemeva e ansimava.

Seguì una miriade di commenti volgari.

Usarono tutti i termini osceni che avevano in repertorio.

Svilirono la sua posizione nel branco.

Sostennero che amava la sensazione di essere riempita da maschi di rango inferiore e che non meritava lo status di alfa.

Rimasi in silenzio mentre ogni insulto la colpiva come uno schiaffo in faccia, rimasi in silenzio anche quando mi accorsi che il compito di Silas stava diventando sempre più difficile. Ma le discussioni su quello che sarebbe successo dopo mi forzarono la mano. I lupi si stavano lasciando prendere dalla foga del momento, facendo supposizioni su chi avrebbe potuto assaggiarla quando Silas avesse finito. Non mi lasciarono altra scelta che intervenire. Dovevo riportare indietro Luna e aiutarla a ignorare tutto quello che ci circondava, prima che il suo fuoco venisse soffocato per sempre.

E, soprattutto, dovevo assicurarmi che nessuno la toccasse.

Condividerla con Silas mi andava bene. Ma con gli altri assolutamente no.

«Mmm… mi piaci così, Luna». Mi accucciai davanti a lei, impedendo agli altri di vederla in viso. Le accarezzai le labbra con la punta delle dita. «A quattro zampe, mentre vieni scopata da un lupo scelto da me» continuai. «Mi sta venendo voglia di vedere come te la cavi col multitasking». Le afferrai il mento, costringendola a guardarmi negli occhi. «Voglio la tua bocca».

Quelle parole furono accolte da una serie di commenti divertiti da parte del branco. Ma li ignorai. La mia attenzione era tutta rivolta alla meravigliosa alfa davanti a me.

Fidati di me, le dissi con lo sguardo. *Lascia che ti aiuti, che ti dia un po' di potere.*

Avevo bisogno che capisse. Così tanti maschi usavano il sesso orale per dominare le loro femmine, ma io avevo sempre compreso il potere coinvolto nel far cadere in ginocchio una donna. Farmelo succhiare le avrebbe dato il controllo. E il modo il cui le sue narici fremettero mi confermò che lo sapeva anche lei.

Certo, anch'io ne avrei beneficiato.

Ma lei avrebbe avuto la consapevolezza di aver soggiogato un maschio con un colpo di lingua.

Avevo visto il fuoco che danzava nel suo sguardo quando l'aveva succhiato a Silas. Il modo in cui era determinata a farlo uscire di testa. E in quel momento le stavo dicendo che avrebbe potuto fare lo stesso con me.

Silas gemette, immerso dentro di lei, con le dita che le accarezzavano quel dolce fascio di nervi tra le cosce. *Si sta stringendo attorno a me. Cazzo, Edon, se continua così non riuscirò a resistere ancora per molto.*

Non azzardarti a venire, lo avvertii. *Continua a scoparla finché non ti dirò di fare altrimenti.*

Silas imprecò. Il mio ordine lo colpì in un punto che non poteva ignorare.

Sollevai un sopracciglio in direzione di Luna, chiedendole tacitamente il permesso. Se avesse detto di no, avrei liquidato la cosa con una battuta sprezzante e avrei trovato un altro modo per sfinirla. Non sarebbe stato facile, ma mi rifiutavo di permettere a qualcun altro di entrare dentro di lei.

Le sue guance diventarono di un rosa intenso.

Poi schiuse le labbra. «Sì». A malapena udibile, quasi un sospiro, ma per me fu sufficiente.

Mi sbottonai i jeans e abbassai la cerniera, liberando la mia erezione a qualche centimetro dalla splendida bocca di Luna. Leccò la punta, guardandomi negli occhi. E solo con quello sguardo fui quasi sul punto di venire.

Non c'era traccia di paura.

Né di vergogna.

Solo pura lussuria.

Le avvolsi una mano attorno alla nuca, mentre con l'altra le tenni la testa dove la volevo. Il suo desiderio era una presenza palpabile, che divorò anche gli ultimi rimasugli di dubbio.

Fallo, sembrava dicesse. *Ti sfido.*

Attenta a chi decidi di sfidare, pensai di rimando, con un minuscolo sorriso.

Non ho paura di te, mi informarono i suoi occhi, facendomelo venire ancora più duro.

Silas spostò la presa sui suoi fianchi, spingendosi in lei con un'angolazione che le strappò dei piccoli mugolii. La zittii immediatamente infilandoglielo in bocca. Lei deglutì attorno a me. Nel mio petto vibrò un ringhio compiaciuto, a cui Silas fece eco con un gemito.

Non era la prima volta che condividevo una donna con un altro. Eppure, mi sembrò che lo fosse. L'intensità di quello che stavamo facendo sfumò ciò che ci circondava in una nube di suoni e muschio. Gli altri licantropi ansiosi di unirsi a noi. Ma tenni tutti a bada.

Silas e Luna erano miei. Solo che ancora non lo sapevano.

Edon, gemette Silas. *Cazzo... Luna...* I suoi pensieri frammentati si aggiunsero ai miei, quando l'attraente femmina in questione trascinò i denti lungo la mia virilità.

Lo so, concordai. *Lo so.*

Era una dea. Era come se il suo corpo fosse fatto apposta per noi. E wow... se la cavava *molto* bene con il multitasking. La vidi spingersi indietro verso Silas, esortandolo a scoparla più forte, mentre mi puniva con la bocca.

Era così bello.

Così perfetto.

Così... cazzo...

I pensieri di Silas si fusero con i miei. Le nostre sensazioni si combinarono in un mix inebriante che ci portò al limite ancora più in fretta. E che sembrò spronare anche Luna. il suo corpo si irrigidì, il suo sguardo si offuscò. Le sue grida vennero soffocate dal mio cazzo.

Luna si dissolse tra di noi, travolta dall'orgasmo. Il suo viso brillava. Silas emise un suono gutturale, tendendo gli addominali, combattendo contro l'impulso di seguirla. Non gli avevo ancora dato il permesso di farlo, e quella piccola parte di lui che possedevo lo costringeva ad aspettare il mio comando.

Adesso, gli dissi. *E non trattenerti.*

Volevo vederlo bene, assistere alla sua esplosione, *sentirla* come fosse stata la mia.

Non mi deluse. Il ringhio con cui venne fu un suono primordiale, che cantò al mio lupo e mi indusse ad aumentare il ritmo tra le labbra di Luna. Lei mi accolse avidamente. Il suo sguardo non abbandonò il mio nemmeno per un istante, mentre succhiava, mordeva e leccava.

Chiunque le avesse insegnato il sesso orale meritava una medaglia.

Perché sapeva esattamente cosa mi sarebbe piaciuto. Riuscì a trascinarmi sull'orlo della follia, e al tempo stesso spremere fino all'ultima goccia di Silas.

Lui stava ancora venendo, con la fronte premuta sul mio palmo, in una posizione sottomessa che piacque molto al mio lupo. Averli entrambi con il viso vicino al mio inguine mi ispirò una fantasia completamente nuova. Immaginai di scopare le loro bocche a turno, mentre i due attendevano in ginocchio, entusiasti, per vedere chi avrebbe ricevuto il mio seme per primo.

Ma prima dovevo farla finita con quel dannato test.

E così Luna vinse quel round. Con un'ultima spinta, la mia estasi eruttò nella sua gola. Lo bevve tutto, chiudendo gli occhi, come se stesse assaporando qualcosa di delizioso.

Silas gemette di nuovo. Il mio orgasmo riempì la nostra connessione di un'energia bollente. Nella sua mente, il mio nome e quello di Luna danzavano insieme. La sua beatitudine era completa.

Finché una serie di urla entusiaste non gelarono l'atmosfera.

Mio padre aveva già iniziato a prepararsi. La sua mente perversa voleva trasformare la punizione di Luna in qualcosa di molto peggio.

No. Mi rifiuto.

Strinsi la presa sulla nuca di Luna, spingendomi ancora più a fondo nella sua gola.

Un paio di occhi spalancati si alzarono su di me. La nebbia del suo beato oblio si diradò, lasciando il posto all'incertezza.

Aveva inghiottito tutto.

Avrei dovuto lasciarla andare.

Invece feci l'esatto opposto, affondando ancora di più nella sua bocca, fingendo un secondo orgasmo. A Luna venne un conato di vomito, stava quasi per soffocare. Alzò le mani sulle mie cosce per spingermi via.

Fidati di me, avrei voluto dirle.

Cosa stai facendo?, chiese Silas, accorgendosi della tensione di lei. Cominciò a spostarsi, ma un mio comando mentale lo costrinse a fermarsi e restare dov'era. *Perché?*

Devo farla svenire, spiegai. Quando Luna cercò con più impegno di liberarsi di me, la strinsi in una morsa d'acciaio. *Non permetterle di muoversi.*

Silas non approvava, era chiaro. Ma obbedì.

Delle unghie affilate mi scavarono nella carne; Luna che tentava in tutti i modi di divincolarsi. Odiai doverle fare una cosa del genere, odiai l'occhiata ricolma di furia e smarrimento che mi rivolse. Si sentiva tradita. Ma non la lasciai andare lo stesso.

Ad alcuni lupi piaceva giocare con una femmina incosciente.

Ma alla maggior parte no, mio padre incluso.

Certo, avrebbero sempre potuto aspettare che si riprendesse, ma prima di allora l'avrei fatta sparire.

I lamenti soffocati di Luna mi fecero male al cuore, così come il suo sguardo, che stava diventando sempre più vacuo. Alla fine si afflosciò. Attesi qualche altro istante per assicurarmi che non stesse fingendo, ascoltai il suo battito lento e flebile, e mi ripresi dal mio finto orgasmo con un basso ringhio compiaciuto.

Fu solo allora che la lasciai andare.

Crollò a terra, immobile.

Silas si sedette sui talloni. Non alzò lo sguardo, rimasto fisso su Luna.

Io mi raddrizzai per sistemarmi i jeans, ignorando l'impulso di controllare come stesse la mia compagna. Il suo battito era già tornato alla normalità, dicendomi che stava bene. Il che, purtroppo, significava che non mi restava molto tempo. Se si fosse mossa troppo presto, il branco si sarebbe avventato su di lei.

E a quel punto sarei stato costretto a difenderla.

Roteai le spalle per sciogliere i muscoli, lanciando un'occhiata indifferente a Luna e Silas. «È brava a fare più di una cosa insieme». Guardai mio padre. «Più di quanto lo fosse Bianca».

«È crudele parlare male dei morti» rispose con un'espressione sprezzante.

Nonostante fossi d'accordo con lui, mi fu incredibilmente difficile non ribattere. *È crudele anche uccidere un licantropo solo per uno stupido test*, avrei voluto dirgli. Perché era esattamente ciò che era successo.

Non avevo idea di come mio padre avesse impregnato i resti di Bianca dell'odore di Luna, ma era evidente che fosse stato lui a orchestrare tutto quanto. Anche alcuni dei membri del branco lo sapevano. Lo capii dalle loro espressioni soddisfatte. A loro non importava nulla di Bianca. Volevano solo un buon motivo per chiedere vendetta, per vedere come mi sarei comportato.

O forse non lo sapevano, e avevano solo apprezzato lo spettacolo.

Il fatto che non riuscissi a cogliere la differenza mi mise a disagio.

«Porta la mia compagna a casa mia, omega» ordinai a Silas. Ma lo dissi guardando mio padre, non lui. *E aspettami lì con lei*, aggiunsi mentalmente.

Silas si chinò per prendere in braccio Luna, ma si bloccò quando mio padre ringhiò: «Non abbiamo ancora finito».

«Al contrario, abbiamo decisamente finito». Mi girai verso Silas. «Perché sei ancora qui? Tu prendi ordini da me, non da lui». *Sbrigati. Mi occupo io di lui.*

Mio padre ringhiò di nuovo. Era un suono basso, minaccioso. «Ti stai dimenticando quale sia il tuo posto, *figliolo*».

«No, me ne sto appropriando, *vecchio*» risposi, conscio che Silas stava facendo esattamente come gli avevo detto. Si era mosso in fretta. Aveva recuperato Luna e stava già andando verso casa mia.

Nessuno lo fermò. L'attenzione di tutti era rivolta ai due alfa che si fronteggiavano nel bel mezzo del villaggio.

Catturai e mantenni lo sguardo di mio padre, rifiutandomi di cedere anche solo di un millimetro. Se voleva battersi, ero pronto. Forse il branco l'avrebbe aiutato, forse no. Alla fin fine, avevo rispettato i termini della punizione, umiliando la mia compagna. Insomma, avevo fatto tutto ciò che avevano chiesto, guadagnandomi il loro favore. Almeno della gran parte di loro.

E l'espressione sul volto di mio padre mi rivelò che l'aveva capito anche lui.

Sorrisi. «Dovrai fare meglio di così per distruggermi, padre».

Serrò la mascella, valutando le sue opzioni. Che puntavano tutte ad andarsene, e lo sapevamo entrambi. Ma quando fece un minuscolo cenno d'assenso e si allontanò, un accenno di sollievo corse comunque lungo la mia spina dorsale.

Molti dei miei compagni di branco mi diedero una pacca sulla spalla. Il loro orgoglio era una malattia a cui non avrei permesso di infettarmi. Il fatto che si sentissero appagati dalle mie azioni nei confronti di Luna la diceva lunga.

Non era quello il mondo in cui volevo vivere. Volevo cambiarlo. E presto, *molto* presto, sarei stato nella posizione di farlo.

LUNA

Profonde voci maschili si infiltrarono nel mio torpore. Non riuscivo a capire cosa stessero dicendo. La mia mente continuava a vacillare tra il sonno e la veglia.

Qualcosa di caldo mi scivolò tra le gambe, facendomi formicolare la spina dorsale. Delle labbra mi accarezzarono il collo. Altre parole. Un panno umido sulla schiena. Un altro bacio sulla mascella. Le dita di qualcuno tra i capelli.

Ebbi il sogno più intenso e sensuale della mia intera esistenza, avvolta com'ero da calore, alfa e carezze rassicuranti.

Sospirai, abbandonandomi verso il maschio alle mie spalle e stiracchiandomi. Sorrisi quando mi baciò la tempia. «Sei al sicuro» sussurrò.

Lo so.

Ma un ricordo mi tormentava. Uno in cui non ero al sicuro, anzi. Era orribile. Rincorsi l'immagine nella mia mente, cercando di trovarne la fonte e capire se fosse stato tutto vero. Mi mancò il respiro e mi portai la mano alla gola.

«Va tutto bene, Luna». Riconobbi quella voce bassa e profonda, quell'odore, quel *maschio*.

Edon.

Aprii gli occhi di scatto e lo trovai steso accanto a me. I suoi occhi scuri brillavano nella luce fioca della sua camera da letto. Mi voltai. Il calore alle mie spalle era quello di Silas. Era stato lui a dirmi che ero al sicuro.

Bugiardo.

Edon mi aveva fatto perdere conoscenza, lasciandomi sola e vulnerabile. Mi strinsi il collo, sorpresa che non mi dolesse per il suo tentativo di uccidermi.

«*Perché*?» chiesi, incontrando lo sguardo dell'alfa. La mia voce uscì in un ringhio che mi fece vibrare il petto.

«Per tenere gli altri alla larga» rispose, posando la mano sulla mia e togliendomela delicatamente dal collo. «Mio padre aveva intenzione di prolungare la tua punizione a mie spese. Così gli ho portato via l'oggetto del suo desiderio. *Tu*».

Restai di stucco. Non solo per la sua spiegazione, ma anche per la mancanza di esitazione nell'illustrarmi il suo ragionamento. Le mie dita si chiusero a pugno. Il ricordo del suo tocco sulla mia gola era ancora troppo fresco, nonostante la mia mente avesse capito che aveva fatto la cosa giusta.

Beh, no. La cosa *giusta* sarebbe stata dichiarare la mia innocenza e non permettere che mi succedesse nulla. Ma a volte le circostanze impediscono anche alla persona più moralmente retta di compiere l'azione più appropriata.

E sapevo cosa sarebbe successo, se Edon si fosse rifiutato di punirmi. Sarebbe stato *lui* a ricevere un castigo ancora peggiore, probabilmente sotto forma della mia morte. Un atto che avrebbe permesso a suo padre di rimandare la procedura di ascensione.

Le mie spalle si afflosciarono con un sospiro. Odiavo quella vita. La odiavo più che mai.

Ma Edon non aveva reagito come avrebbe fatto un qualsiasi altro alfa. Per esempio, aveva cercato di proteggermi. La maggior parte degli alfa avrebbe semplicemente lasciato che il branco facesse quello che voleva, assicurandosi solo che la sua compagna non morisse. Edon, invece, aveva ordinato a Silas di prendermi, un gesto che agli spettatori sarebbe apparso orribile. Per me, però... Lanciai un'occhiata alle mie spalle, specchiandomi in quegli splendidi occhi blu.

Sì, beh... diciamo che non mi era dispiaciuto.

«Stai bene?» chiese piano, col pollice che mi accarezzava delicatamente il fianco.

Edon si sporse per darmi un altro bacio sul collo, sfiorandomi la mascella col naso.

«S... sì» balbettai. *Cosa sta succedendo? Perché sono...*

Sussultai quando Edon mi mordicchiò la gola, riportando la mia attenzione su di lui. Era solo a qualche centimetro da me, con un braccio sotto la testa e quello opposto lungo il fianco. «Di' a Silas che non lo odi».

Corrugai la fronte. «Cosa?».

«È preoccupato che lo odi per averti scopata. Digli che non è così».

«Invece forse sì». Non era vero, ma non era quello il punto.

Un sorrisetto fece capolino sulle labbra di Edon. «Dai, piccola. Metti fine alle sofferenze di Silas. Mi sta facendo venire il mal di testa». Il ringhio che provenne da dietro di me non fece che divertire Edon ancora di più. Dannati maschi alfa.

«L'unica persona che dovrei odiare, in questa situazione, sei tu» risposi, cercando di cancellargli quel piccolo ghigno arrogante dalla sua splendida bocca. Ma le mie parole ebbero l'effetto opposto.

«E se mi scusassi?». Il suo tono provocatorio mi disse che non aveva intenzione di farlo, stava solo giocando.

«Mi hai soffocata».

«È vero».

«E la cosa non ti fa sentire in colpa?» lo incalzai.

Si strinse nelle spalle. Nude. Perché ovviamente era tutto nudo. E a quanto pareva lo era anche Silas.

«Soffocarti era l'opzione migliore» rispose l'alfa, per nulla pentito. Le sue dita mi accarezzarono la gola, scendendo poi lungo il mio petto e ancora più giù, verso il mio ombelico. «Vuoi che proviamo a farti sentire meglio?». Il suo sguardo diventò più intenso. «Penso che a Silas farebbe piacere».

«Silas può parlare benissimo da solo» intervenne il maschio alle mie spalle.

«E allora perché non lo fai?» ribatté Edon, guardando la sua progenie. «Parla con Luna. È sveglia e decisamente vigile». Sottolineò le sue parole tornando con le dita verso il mio seno. Sentii un'ondata di energia sfrigolarmi nelle vene solo per quel tocco. Il mio corpo era iperconsapevole di essere premuto tra quello di due splendidi maschi. Sembrava quasi irradiassero calore. Il loro odore virile si mescolava al mio, immergendomi in un oceano di lussuria.

Fremetti. Edon lo prese come un invito ad accarezzarmi di nuovo. Solo che, invece di limitarsi a sfiorarmi il seno, mi pizzicò un capezzolo. Gemetti, inarcandomi verso Silas, per poi sussultare quando la bocca di Edon si abbassò per posare un bacio sul mio seno dolorante.

Cazzo... Questo... Non...

Chiusi gli occhi, ma poi li riaprii di nuovo. Ero combattuta.

«Mi dispiace» sussurrò Silas, con le labbra che lambivano il mio orecchio. «Non volevo... Spero di non averti fatto male».

Avermi fatto male? Mi venne quasi da ridere. Solo che nulla di ciò che era successo era anche lontanamente divertente. Ero stata soltanto con un altro lupo, e lui era durato pochissimo. Principalmente perché avevamo i minuti contati, ma l'esperienza di certo non mi era piaciuta.

Silas, d'altro canto, mi aveva fatto provare qualcosa. Sensazioni piacevoli. Erotiche. Mi aveva aiutata a dimenticare il branco e la sua crudeltà. Aveva cancellato il motivo della nostra unione.

Perché Edon gli aveva detto di farlo.

Oh...

«Non volevi...». Deglutii, chiudendo ancora una volta gli occhi.

«Certo che no» rispose. «Chi potrebbe mai volere una cosa del genere?».

Dannazione. La punizione era stata terribile anche per lui. Forse anche di più, con tutto quello che gli avevano urlato gli altri lupi, il modo in cui avevano scommesso sulle sue prestazioni, i commenti umilianti sul cazzo di un mezzosangue. E col fatto che Edon l'avesse costretto sfruttando il loro legame. Avevo capito il ragionamento di Edon, una parte di me gli era anche vagamente grata, ma non avevo minimamente considerato i desideri di Silas al riguardo.

A dire la verità, non avevo mai riflettuto sui suoi desideri in generale. Né quando gli avevo chiesto di scoparmi nella foresta, né quando mi ero messa in ginocchio davanti a lui nel bagno degli ospiti. Avevo dato per scontato che lo volesse.

«Dovrei essere io a scusarmi con te» mi resi conto ad alta voce, voltandomi per guardarlo in faccia. Era appoggiato su un gomito, l'altra mano era ancora sul mio fianco. «Mi dispiace, Silas. Non ho tenuto in considerazione i tuoi sentimenti, presa com'ero da quello che stava accadendo. Il che non è una scusa. È... beh, è la verità».

Aggrottò le sopracciglia. «Perché diavolo ti stai scusando con me? Ti ho appena violentata su ordine di Edon».

L'alfa emise un ringhio di avvertimento. «Attento».

«Cosa c'è?! Dovremmo almeno ammettere quello che le abbiamo fatto». Silas guardò Edon, irritato. «Non c'è stato niente di consensuale in quello che è accaduto al villaggio».

«Niente in questo cazzo di mondo è mai consensuale» ribatté Edon. «È tutto organizzato e gestito da chi è al comando».

Silas sbuffò. «Disse il futuro alfa del clan Clemente».

«Ne parli come se io avessi voce in capitolo».

«E pensi che io abbia scelto di diventare l'omega di un clan di licantropi? Che non vedessi l'ora di partecipare al Torneo dell'immortalità e uccidere tutta quella gente? Persone che conoscevo da una vita?».

Li guardai a bocca aperta, scioccata dalla furia di Silas e dalla facilità con cui vomitò addosso tutto quanto all'alfa che l'aveva trasformato. Ma ciò che mi sconvolse ancora di più fu la reazione di Edon. Mio padre si sarebbe scagliato contro il novellino e l'avrebbe rimesso al suo posto, forse addirittura ucciso.

Ma Edon no.

Edon si limitò a sospirare e a scuotere la testa. «No, Silas. Non lo penso. So che non è stata una tua scelta. Esattamente come io non ho scelto di farti diventare un licantropo. Eppure eccoci qui. Possiamo azzuffarci, ma in quel caso sappi che perderai, oppure collaborare e costruire un futuro migliore per il clan».

Silas lo fissò, confuso. «Come?».

«Ascoltando i nostri anziani» rispose Edon in modo

criptico. Il suo sguardo si posò su di me. «È stato tutto non consensuale? Ti abbiamo violentata, Luna?».

Mi si seccò la bocca, così non feci altro che scuotere lentamente la testa. Perché non mi ero sentita violentata. Silas era stato costretto a scoparmi? Tecnicamente, sì. Ma lo desideravo già, e non era stato esattamente un problema farlo con lui. Ed Edon mi aveva dato la possibilità di scegliere, quando con lo sguardo mi aveva chiesto se poteva prendere la mia bocca. Avevo capito che stava cercando di ridarmi un po' di potere, offrendomi una distrazione.

«Tuo padre mi avrebbe uccisa» aggiunsi a voce alta. «Il tuo metodo è stato di gran lunga migliore».

«Il che non lo rende comunque giusto» borbottò Silas.

«No» concordai, accarezzandogli la guancia. «Ma di certo non è stata una punizione così orribile. Almeno per quanto mi riguarda, non è stato *non* consensuale. Sarebbe successo comunque, giù al fiume. No?».

Solo che non sapevo se Silas avesse partecipato all'inseguimento volontariamente, o perché Edon l'aveva costretto. Non sapevo nemmeno se in quel momento era lì perché lo voleva, o perché stava obbedendo agli ordini del suo sire.

Mi acciglai. «Non volevi…? Voglio dire, non vuoi…?». Non riuscivo a concludere la domanda. Così mi rivolsi a Edon. «Lo stai costringendo a essere qui?».

L'alfa mi rispose con una risata sbalordita. Un suono profondo e sensuale, che mi fece venire la pelle d'oca. «No. Ho qualche influenza su di lui, certo, ma le sue reazioni sono del tutto spontanee».

Da quello che avevo osservato, non ne ero così sicura. «L'hai costretto a scoparmi».

Ci guardò entrambi, con una ruga che prese forma tra le sopracciglia. «State aspettando che mi scusi? Non succederà. Avrei preferito che le cose andassero diversamente? Sì. Mi pento di com'è andata a finire? Anche. Ma che alternative avevamo? Certo, avrei potuto lasciare che continuassero a picchiarti, Luna, e poi che ti scopassero». Lanciò un'occhiata irritata a Silas. «A proposito, *quello* sarebbe stato sicuramente stupro, visto che lei non sarebbe stata d'accordo. A differenza di come si sente nei tuoi confronti».

Edon si fermò. La sua espressione si stava facendo sempre più severa.

Non ero sicura di come rispondere a quella tirata. Stando al silenzio di Silas, sospettai che non lo sapesse nemmeno lui. Per fortuna, o purtroppo, Edon non aveva ancora finito.

«Potete sproloquiare sulla libertà di scelta per tutta la notte. Capisco cosa intendete, fidatevi. Ho un padre determinato a farmi fallire le Prove, e sono abbastanza sicuro che non avrebbe nessun problema a uccidermi pur di ottenere ciò che vuole. Ma, invece di lamentarmi, ho deciso di affrontarlo. Perché è l'unico modo in cui possiamo cambiare le cose». Mi rivolse uno sguardo complice. «Di certo lo capisci anche tu, Luna. Con tutti gli insegnamenti di Claudette…».

Spalancai la bocca. «Sai di Claudette?». *Come?* E perché non era fuori di sé? Lei non faceva altro che parlare dei vecchi tempi, esortandomi a non arrendermi e dandomi un motivo per continuare a vivere. Dicendo cose che le avrebbero procurato una condanna a morte, se solo fossero giunte alle orecchie di mio padre.

«Sì».

«Come?». Ne avevo parlato mentre dormivo? Quando ero sotto l'effetto di tutti quei farmaci?

E poi fui colpita da un pensiero ancora più inquietante. *E se ci fossero state delle spie nel clan Ernest? Forse qualcuno…*

«Jolene Mason» disse Edon, confondendomi ancora di più.

«Cosa c'entra?» chiesi, con la bocca secca. Non lo conoscevo personalmente, ma sapevo tutto di lui grazie a Claudette. Era una figura leggendaria tra i licantropi. Era il maschio che un tempo Claudette aveva amato, ma poi era finito con un'altra. Ed era uno degli alfa più forti della storia. Almeno fino all'avvento del nuovo mondo.

Un fuoco si accese nello sguardo di Edon, un fuoco alimentato dall'orgoglio. «Jolene è mio nonno».

SILAS

Dovevo chiaramente essermi perso una qualche lezione di storia, perché non avevo idea di cosa stessero parlando. Ma qualsiasi cosa Edon avesse appena rivelato a Luna, sembrò scioccarla all'inverosimile. La mia mano strinse automaticamente la presa sul suo fianco. Il mio bisogno di proteggerla era un impulso travolgente che non sapevo bene come eliminare.

Claudette era la sua mentore al clan Ernest, mi spiegò Edon, impietosito dalla mia confusione. *Ed è anche una vecchia amica di mio nonno. Da prima che tutto cambiasse.*

Cosa significa?, chiesi, ancora perplesso.

«Ricordano ancora com'era il mondo prima che il Giorno del sangue venisse istituito. Quando le Prove dell'alfa erano un momento di orgoglio per padri e figli, quando avere una compagna significava qualcosa. E quando gli umani avevano dei diritti». Edon mi guardò. «Parlare di queste cose è illegale. Ma mio nonno mi insegnato tutto quello che c'è da sapere su come fosse il mondo prima dell'Alleanza di sangue, e immagino che Claudette abbia fatto lo stesso con Luna».

«Sì» sussurrò lei. «Ne parlava ogni notte. Sia a me che a Logan».

Edon annuì. «Beh, allora forse mi conosci meglio di quanto pensi».

Luna sembrò vederlo sotto una luce nuova. Sorrise. «Ecco perché tratti così Silas. Interpreti il legame secondo le vecchie usanze».

Edon sbuffò. «Ci provo, ma lui non lo rende un compito facile».

Le mie sopracciglia schizzarono verso l'alto. «Sono qui, eh».

«Fidati, lo sappiamo». I suoi occhi d'ossidiana catturarono i miei. «Sei qui perché te l'ho ordinato o perché lo desideri?».

«Lo sai benissimo».

«Ma Luna no». La indicò con un cenno del mento. «Pensa che ti stia costringendo. È così?».

Conosceva già la risposta, quindi guardai Luna e le dissi: «No. Gli ho chiesto io di restare qui con voi, per assicurarmi che stessi bene». Le presi il viso tra le mani; avevo bisogno che sapesse che ero sincero. «*Voglio* essere qui, Luna».

«Ma ti ha fatto...?». La sua voce si spense, e lei si morse il labbro.

Ah. Quello. «Come ha detto, non c'era una soluzione migliore». Le accarezzai il labbro col pollice, sottraendolo ai suoi denti. «Avrei preferito uno scenario completamente diverso, ma è andata così. E ora voglio solo essere sicuro che tu stia bene».

«Sto bene».

«Ottimo». Mi sporsi verso di lei e le baciai delicatamente la bocca. «La prossima volta andrà meglio. Te lo prometto».

«La prossima volta?» ripeté Luna, speranzosa.

Sorrisi sulle sue labbra. «Ammesso che Edon sia d'accordo».

Il lupo in questione avvolse la mano attorno alla mia nuca e strinse. Lo guardai negli occhi, per nulla dispiaciuto. Per quanto rispettassi che Luna era la sua compagna, era stato lui a trascinarmi in quella follia. E non avrei rifiutato la possibilità di giocare ancora con lei. Né avrei permesso che lei pensasse che era stato Edon a costringermi a toccarla. Come se avessi mai potuto considerarlo un tormento.

Edon sorrise e mi trascinò verso di lui, catturandomi la bocca. Trasalii, sorpreso, poi mi abbandonai a lui. Sapeva proprio come baciare. Trasudava dominio, esperienza e puro desiderio maschile. Era così diverso dalla femminilità del tocco di Luna. Molto più virile, ma altrettanto coinvolgente.

La sua lingua stava possedendo la mia, esigendo la mia sottomissione. Ma non gliela diedi. Ricambiai il suo bacio, adattandomi al suo ritmo, e gli infilai le dita tra i capelli. Luna si contorse tra i nostri corpi. Il suo piccolo rantolo, stupito ed eccitato, non fece che rendere l'atmosfera ancora più erotica. E quando il suo desiderio profumò l'aria, interrompemmo entrambi il bacio per abbassare lo sguardo su di lei, affamati.

«Mmm… penso le piaccia guardarci» mormorò Edon, sistemandosi accanto a lei, appoggiato al gomito, mentre con l'altra mano mi accarezzò il braccio e raggiunse la mia. «Ma voglio concentrarmi su di lei. Silas?». Posò il mio palmo sulla coscia di lei, senza smettere per un attimo di guardarla.

«Penso che si sia indubbiamente guadagnata le nostre attenzioni» concordai, assumendo la stessa posizione di Edon.

Assecondare i loro desideri mi veniva così naturale… I miei movimenti erano frutto dell'istinto. E mi sembravano così giusti. Mi sporsi per baciarla di nuovo, ma infilandole la lingua tra le labbra.

Lei si aggrappò alla mia spalla, come se si stesse preparando. E forse era proprio quello che stava facendo. Perché non appena finii di baciarla, Edon mi sostituì e mi disse mentalmente di toccarla tra le gambe. Quando lo feci, lei sussultò, ma poi prese a gemere tra le labbra di Edon.

Un lago di piacere accolse le mie dita, facilitandomi l'ingresso. Lei mi strinse come aveva fatto col mio cazzo, e solo il ricordo mi fece quasi venire.

Ma quel momento non era per me.

Era per Luna.

E, per una volta, le intenzioni di Edon mi trovarono completamente d'accordo. Lui trascinò le labbra lungo il collo di lei, raggiungendo il seno e lasciandomi la possibilità di baciarla di nuovo. La mia lingua assunse un ritmo lento e rilassato. Mi godetti quel bacio, assaporando il gusto seducente e inebriante di Luna. «Potrei continuare così per ore» ammisi ansimando.

Era ancora aggrappata alla mia spalla, mentre l'altra mano si era insinuata tra i capelli di Edon, intento a succhiare i suoi capezzoli rosati. Il reciproco apprezzamento che provavamo gli uni nei confronti degli altri permeava l'aria. I nostri odori, intrisi di sesso, sembravano mescolarsi e legarsi tra loro. Crearono una miscela travolgente, in cui avrei voluto rotolarmi e indossarla sulla pelliccia fino alla fine dei miei giorni.

Edon ringhiò in approvazione.

Luna sospirò.

E io cedetti all'impulso di baciarla più intensamente, per eccitarla ancora di più.

Lei esaudì il mio desiderio, e così fece anche Edon. Gemetti, così incredibilmente duro a causa di entrambi che mi si offuscò la vista. Ma il pensiero di darle piacere mi riportò alla realtà. Affondai le dita in profondità, accarezzandola sul punto che sapevo piacere alle femmine. Per tutta risposta, inarcò il bacino, riversando tra le mie labbra dei teneri gemiti soddisfatti.

La sua pelle era coperta da un velo di sudore. Le accarezzai la guancia e la gola col naso, adorando il suo profumo, adorando la sensazione del suo cuore che batteva all'impazzata sotto le mie labbra.

«Di più» sussurrò. «Ti prego. Di più».

«Che cosina vogliosa» la prese in giro Edon, tracciandole un sentiero di baci lungo l'addome e verso le mie dita. Spostai appena la mano per permettergli di accedere al suo piccolo, dolce fascio di nervi. Sorrisi quando Luna inarcò di nuovo la schiena, abbandonando il materasso.

Le mie labbra catturarono le sue grida mentre tutto attorno a lei si dissolveva. Si strinse così tanto attorno alle mie dita, che temetti potesse spezzarle. Il ricordo dello stesso trattamento che aveva riservato al mio cazzo mi fece gemere nella sua bocca.

Mi stai facendo impazzire, sussurrò Edon. *Voglio che tutto questo riguardi lei.*

Anch'io, risposi. *Ma tra le cosce ha il paradiso.*

Mmm… lo so. Voglio leccare ogni centimetro del suo corpo. E confermò quello che stava dicendo trascinando la lingua verso le mie dita, per poi tornare su di nuovo. Il suo gemito di approvazione fu un suono intensamente tangibile.

Le unghie di Luna mi graffiarono il collo e i suoi denti fecero lo stesso con le mie labbra, in una muta richiesta di rendere più intenso il nostro amplesso. *E ancora comanda dal basso*, commentai, arrendendomi al suo volere perché non desideravo altro. E forse perché un po' mi piaceva essere dominato da lei.

Il divertimento di Edon corse lungo il nostro legame. La sua mente era tutta concentrata sul farla gridare di nuovo. Tolsi la mano, concedendogli il controllo della situazione. Il mio palmo lasciò una scia umida lungo l'addome e il seno di Luna. Le accarezzai i capezzoli, impregnando la sua pelle con il suo stesso piacere, poi chinai la testa per pulirla.

Non lasciò andare la mia nuca. I suoi artigli penetrarono ancora più a fondo nella mia carne, tenendomi là dove mi voleva. Ringhiai appena. Era un ringhio di avvertimento, opera del mio lupo, che risalì in superficie per rispondere alla sua sfida.

E i miei denti affondarono nel suo seno.

«Cazzo» ansimò, inarcandosi sotto di me.

Hai appena marchiato la mia compagna?, chiese Edon, con una sfumatura sinistra nella voce.

Mi bloccai. *Io... sì.* Era stato un gesto così naturale, nient'altro che la mia bestia interiore che rispondeva alla femmina sotto di me. Luna rabbrividì. Il suo petto si alzava e si abbassava rapidamente. Il tremore che la scuoteva era dovuto all'estasi, non al dolore.

I miei canini erano conficcati nella sua pelle, immobili. Perché il commento di Edon mi aveva lasciato impietrito. Il nostro legame si riempì di tensione, l'alfa si stava risvegliando.

Mi ero spinto troppo in là?

Cercai di scusarmi, ma le parole si rifiutarono di disporsi in una frase di senso compiuto, perfino mentalmente.

Perché avevo *voluto* morderla. E la sua reazione diceva che le era piaciuto. Forse, però, era troppo persa in ciò che stava provando per capire la gravità di quello che avevo appena fatto.

Edon alzò la testa, strappando una protesta dalle labbra schiuse di Luna.

Ma poi lei si accorse del bagliore oscuro che illuminava lo sguardo di lui.

Con uno sforzo enorme, la lasciai andare. Poi indietreggiai abbastanza per riuscire a inchinarmi. I miei occhi si abbassarono automaticamente; il mio lupo si stava sottomettendo al suo alfa.

Deglutii, incerto e ancora incapace di dire ciò che avrei dovuto dire.

«Edon» mormorò Luna, con la mano ancora sul mio collo.

Lui rimase in silenzio. La sua superiorità era una presenza pesante e tangibile. Passarono i secondi. Il mio cuore minacciò di fermarsi. Non sapevo se scappare o implorare il suo perdono. Tutto ciò che ero in grado di fare era rimanere là, immobile, con la mano sul ventre di Luna e il capo chinato a qualche centimetro dal suo seno.

Edon si sporse per assaggiare le ferite che le avevo lasciato sul petto, chiudendo la bocca sulla sua pelle.

Luna praticamente si sollevò dal letto. Un grido di sorpresa riecheggiò nella stanza, quando Edon infilò i canini esattamente dove li avevo messi io. Non mi mossi, troppo combattuto ed eccitato alla vista di ciò che aveva fatto. Edon si alzò ancora una volta, mi afferrò la gola e mi tirò a sé ringhiando.

Sussultai quando i suoi denti affondarono nel mio labbro inferiore. Il morso fu tanto una punizione quanto una rivendicazione. Il mio sangue si incendiò, il mio ventre si contrasse. *Cazzo.*

Miei, gemette nella mia mente. *Siete entrambi miei.*

LUNA

Non riuscivo a sentire nulla, ogni suono era coperto dal martellare nelle mie orecchie. Il modo in cui Edon aveva afferrato Silas… Non capivo se volesse ucciderlo, divorarlo o scoparlo.

Mi ci era voluto qualche secondo per rendermi conto di cosa fosse appena successo, stordita com'ero dall'estasi che mi avvolgeva. Silas mi aveva morsa. Aveva preteso che mi sottomettessi a lui come un maschio alfa fa con la sua compagna. Un gesto che Edon doveva aver interpretato come una sfida.

Tutta la situazione mi confondeva. Soprattutto il modo in cui mi ero sentita quando Silas aveva affondato i denti nella mia pelle. Pace, sicurezza e una buona dose di desiderio mi avevano fatta precipitare in un vortice di bisogno. Volevo arrendermi a lui; il mio lupo si era già sottomesso prima ancora che il vero alfa ringhiasse. A quel punto, al mio lupo erano cedute le gambe, lasciandomi senza fiato tra Edon e Silas.

Erano sul punto di combattere o di scopare?

Continuavo a non esserne certa.

Nemmeno quando Edon morse Silas, strappando a entrambi un verso tagliente.

E poi iniziarono a baciarsi. Le loro lingue lottarono

l'una contro l'altra in una battaglia per il dominio. Fu Edon a vincere, mordendo Silas fino a farlo sanguinare. Sangue che leccò via e ingoiò, per poi scagliarsi di nuovo su di lui per averne di più.

Era tutto così violento, eppure così sensuale. E incredibilmente eccitante.

Lasciai andare Silas. Abbassai la mano tra le cosce, accarezzandomi il seno con l'altra. Era tutto troppo intenso. Avevo bisogno di sollievo.

Solo che, in un attimo, Edon fu sopra di me, bloccandomi i polsi sopra la testa. Trasalii. Ma subito presi a gemere, quando la lingua di Silas scivolò sul mio calore.

Oh, wow…

Come avevano fatto? Si erano mossi così in fretta e… *Cazzo!* La bocca di Silas si sigillò sul mio clitoride con un'intensità tale da farmi gridare.

Edon si avventò sulla mia bocca, catturandola in un bacio violento quasi quanto il precedente. «Dicci cosa vuoi, piccola» sussurrò. «Le nostre mani? Le nostre bocche? I nostri cazzi? Come vuoi che ti facciamo godere?».

Sentii l'energia crepitare nelle vene, incendiandomi lo spirito con un bisogno che soltanto loro due avrebbero potuto soddisfare. Com'ero finita in quella situazione? Come avevo fatto a diventare un ammasso di carne fremente e mugolante, desideroso di sottomettersi ai due maschi che mi sovrastavano? Non avevo nemmeno voluto unirmi al clan Clemente, e ora avevo due buoni motivi per rimanervi.

«Luna» mi esortò Edon, sussurrando sulle mie labbra. «Cosa vuoi, tesoro?».

Tutto.

Piacere.

Sesso.

Inarcai il bacino alla ricerca della bocca di Silas,

mentre i miei capezzoli divennero di marmo. Non mi ero mai sentita così, nemmeno da sola. Ed ero già venuta più di una volta. Quei due giocavano con il mio corpo con una facilità tanto sconcertante quanto coinvolgente.

Edon mi rivolse un altro ringhio di avvertimento. L'alfa esigeva una risposta.

Ma non sapevo cosa dirgli.

Non sapevo come articolare il mio desiderio. Era tutto troppo nuovo, troppo travolgente. Il mio lupo si preparò, assorbendo la tensione sessuale e immergendosi nel calore che inondava la stanza.

Dei denti mi catturarono il labbro inferiore, mordendolo dolcemente in segno di rimprovero per aver ignorato l'alfa. I suoi occhi scuri trattennero i miei, mentre Silas infilava due dita dentro di me, muovendole in un modo che mi fece tremare le gambe.

Se possibile, mi ritrovai ancora più eccitata di qualche istante prima. Il mio corpo fremette, sopraffatto da una bramosia a cui non riuscivo a dare voce. Non potevo...

«Quanti amanti hai avuto?» chiese piano Edon, cingendomi il collo con la mano. «Cosa avete fatto?».

Deglutii, con la vista annebbiata per l'assalto della lingua e delle dita di Silas. Le pupille di Edon ingoiarono le sue iridi, il suo viso stupendo era a un respiro dal mio. Voleva sapere che esperienze avessi avuto, ma non ne capivo il motivo. Forse per assicurarsi di non spingersi troppo in là? No. A un alfa non sarebbe mai importato. Saccheggiavano e violentavano senza pensarci due volte.

Ma lui è diverso, sussurrò il mio lupo.

Già, Edon si stava dimostrando un'anomalia. Ma non ero ancora sicura di potermi fidare di lui, dopo tutto quello che avevo scoperto. Anche se avevamo avuto dei mentori con la stessa visione della società.

«Luna». Mi mordicchiò di nuovo, schiarendomi la vista

abbastanza da notare le linee severe disegnate sulla sua fronte, il bagliore consapevole nei suoi occhi e il sorriso appena accennato che gli danzava sulle labbra. «Ho bisogno di sapere cosa possiamo farti».

Mi sta chiedendo il permesso, tradussi, colpita. L'alfa voleva che stabilissi delle regole, in modo che potessero giocare all'interno dei limiti fissati da me.

«Sei così diverso da quello che mi aspettavo» ammisi, posandogli la mano sulla guancia e trascinandolo in un altro bacio. «La mia esperienza è limitata, ma sono disposta a… ehm… esplorare».

Un altro bacio. Più intenso. Più dominante. Intriso di desiderio. «Ho bisogno di qualche informazione in più, Luna. Quanti sono stati dentro di te? E dove?».

Esitai. Mi mancava il fiato, per via di qualcosa di molto peccaminoso che Silas stava facendo con la sua lingua. Se avesse continuato, sarei…

Si fermò. Il suo respiro, caldo e altrettanto affannoso, si infrangeva sulla mia pelle umida. «Diglielo» mi esortò. Non sapevo se volesse sentire anche lui la risposta, o se fosse stato Edon a insistere attraverso il legame. Ma tra il suo tono imperioso e lo sguardo dell'alfa, non potei evitare di rispondere.

«Solo due, Silas incluso» sussurrai. «E col primo è successo una volta sola, il giorno della cerimonia di accoppiamento».

Un luccichio divertito illuminò lo sguardo di Edon. «Per dissuadermi dal prenderti».

«S… sì».

«Non ha funzionato molto bene, eh?» commentò, mentre Silas ridacchiava sulla mia carne rovente. Boccheggiai quando i suoi denti mi sfiorarono il clitoride, per poi assaltarlo con rinnovato vigore, inondandomi di piacere fin nelle più remote profondità del mio essere.

«Cazzo» rantolai, artigliando le coperte con una mano e avvolgendo l'altra attorno al collo di Edon. «È così bello...». Cercai di trascinarlo verso di me per un bacio, ma lui non cedette, rimanendo invece fermo a osservarmi.

«Questo significa che non disapprovi la mia decisione di tenerti?» rifletté ad alta voce, con un sorriso oscuro negli occhi. «O preferiresti ancora che ti rispedissi a casa? Per essere punita da tuo padre?».

«Edon...».

«No. Voglio una risposta. Dimmi come la pensi ora, con Silas che te la lecca e la mia mano sul tuo seno. Rinunceresti a tutto questo? Desideri un altro? Magari quello che ti ha scopata per primo?».

Mi venne quasi da ridere all'idea di preferire Volk a Edon e Silas, ma colsi il bagliore predatorio nello sguardo del mio compagno. Mi resi conto che le domande provenivano dal suo lupo; sapere cosa desiderassi era un dettaglio chiave per soddisfare l'alfa che torreggiava su di me.

Gli conficcai le unghie nel collo e gli rivolsi un'occhiata di sfida. «Scopami e ti saprò dire chi preferisco».

La mia risposta mi fece guadagnare un ringhio. «Oh, Luna, ti stai lanciando in un gioco pericoloso».

«Hai paura di non essere all'altezza?» gli chiesi, sentendomi più audace di quanto avrei dovuto. Soprattutto stando sotto a un potente maschio alfa. Ma non riuscivo a evitare di provocarlo. Mi rifiutavo di sopprimere il mio istinto a combattere.

Silas risalì il mio ventre con le sue carezze, disegnandomi un sentiero di baci fin sul seno, per poi sistemarsi accanto a me. I suoi occhi blu brillavano di approvazione. Le sue labbra, scintillanti del mio piacere, si incurvarono in un sorriso. «La tua propensione al dominare dal basso è ammirevole, Lulù». Mi baciò la guancia e alzò lo sguardo sull'alfa. «È pronta».

«Lulù?!» ripeté Edon. Poi si chinò per catturare la bocca di Silas in un bacio profondo e devastante. «Mmm... hai un sapore meraviglioso».

«È il sapore di Luna».

«Lo so». Lo baciò di nuovo, facendomi mancare un battito. O forse di più. Erano così vicini. La loro eccitazione era una combinazione inebriante. Accentuò anche la mia, fino a renderla quasi insopportabile. Strinsi le cosce, cercando un po' di soddisfazione. Ma Edon le spalancò di nuovo, e vi si sistemò in mezzo. Scivolò dentro di me con facilità, continuando a baciare Silas. Le loro lingue duellavano, l'erezione di Edon cresceva, e io mi ritrovai in un oceano di desiderio incontrollato.

Strinsi la presa sul collo di Edon e avvolsi il braccio libero attorno a Silas, in uno strano abbraccio estatico. Edon mi afferrò i fianchi, ancorandosi in profondità dentro di me. Aveva una dimensione incredibile e così... da alfa.

Gemetti, lasciando cadere la testa all'indietro. Cercai di accoglierlo tutto dentro di me, ma mi ritrovai a sussultare quando iniziò a muoversi.

A muoversi *davvero*.

Con forza.

Con violenza.

Una spinta dietro l'altra.

La sua presa sui miei fianchi si intensificò al punto di farmi male. La bocca di Edon si gettò sul mio collo, mentre quella di Silas si spostò sulla mia. Mi baciò appassionatamente, ingoiano i gemiti strappati dal ritmo brutale di Edon.

Un lupo che sta prendendo la sua compagna.

Non c'era altra scelta che accettarlo.

E io *volevo* accettarlo.

Il mio istinto prese il sopravvento. Il mio bacino si inarcò per incontrare il suo, mentre il mio bacio con Silas mutò da qualcosa di confortevole a uno scambio feroce. Mi afferrò il seno, torcendomi un capezzolo. Poi fu Edon a baciarmi; la sua lingua potente e vigorosa emulò ciò che mi stava facendo tra le gambe. Silas si mosse. La sua bocca scivolò lungo la mia spalla, verso Edon, per poi tornare su di me.

Così tante sensazioni.

Intense.

Bollenti.

Erotiche all'inverosimile.

La mia bocca continuò a subire l'assalto di entrambi, alternativamente. E, per tutto il tempo, un inferno mi stava crescendo nel ventre, esigendo di essere sprigionato.

Il loro tocco era come lava. Edon continuava a muoversi in un modo che gli permetteva di sfregare sul mio clitoride, pur riuscendo a colpire quel punto incredibilmente sensibile dentro di me.

E Silas.

Silas era dappertutto. Le sue mani, le due dita, la sua lingua, le sue labbra. Baciò anche Edon. Lo leccò. Lo mordicchiò. Amplificando così la follia del momento, in cui tutto si mescolò insieme in un tornado di sensazioni.

Non mi sarei mai aspettata nulla di simile.

Denti che mi graffiavano la pelle, ringhi che risuonavano nella stanza; un'atmosfera bollente, un calore che non avevo mai provato.

Gemetti i loro nomi, incerta di chi stessi toccando, ma sicura di essere aggrappata a entrambi.

E poi stavo baciando ancora una volta Silas. La sua bocca mi ancorò al momento, mentre Edon mi trascinava verso altezze inimmaginabili. Oh, se sapeva come muoversi. Così tanta forza, così tanto potere. Il suo lupo stava risalendo in superficie, dominandomi nel più antico dei modi.

Trascinai le unghie sulla sua schiena, reclamandolo come mio.

«Di più» pretesi, inarcandomi verso di lui, prossima a un'esplosione che mi avrebbe probabilmente distrutta. Ma non mi importava. Lo volevo. Li volevo. Anche se solo per una notte.

O forse più a lungo.

Qualcosa su cui riflettere in seguito.

Perché… santo cielo, si stavano baciando di nuovo.

E l'orgasmo mi squarciò, tingendo per un istante la stanza di nero, strappandomi dalla gola un suono intenso e intriso di sesso. Tremai in maniera incontrollabile, contorcendomi, ansimando. Il tutto continuando a sentirli leccare, succhiare, accarezzare.

Edon si spostò, lasciandomi con un senso di vuoto. Ma durò solo per un attimo, perché Silas prese subito il suo posto.

Fremetti sotto di lui, gemendo quando impostò un ritmo più lento, baciandomi profondamente. Edon si inginocchiò accanto a noi, accarezzandosi pigramente con una mano mentre trascinava le dita dell'altra lungo la schiena di Silas.

Quando capii le sue intenzioni, mi mancò il respiro.

Silas sorrise, voltandosi verso Edon. «Non ho paura di te».

«E invece dovresti» rispose l'alfa.

«Forse» concordò Silas. «Ma non ce l'ho».

«Mmm… un'altra sfida». Sospirò. «Cosa devo fare con voi due?».

«Scoparci?» suggerii con voce roca.

«Oh, quello di sicuro. E presto, mia piccola compagna, in mezzo ci sarai tu. Ma visto che Silas ha più esperienza, prenderò il suo sedere per primo». Sottolineò la sua affermazione facendo qualcosa per cui Silas sussultò.

Lo sta preparando, sospettai. *Oh, santo cielo...*

L'avevo già visto fare, ma mai per piacere. I maschi lo facevano per nuocere, o per umiliare. Eppure Silas sembrò essere d'accordo. Aveva un'espressione affamata, non spaventata.

La sua bocca si sigillò sulla mia, riportando la mia attenzione su di lui, sul suo cazzo, sui suoi movimenti, sul suo tocco esperto. Ma il mio corpo si stava ancora riprendendo dall'estasi di qualche minuto prima, non sarei mai potuta venire di nuovo. O almeno così pensavo. Le sue spinte sapienti erano determinate a dimostrare quanto mi sbagliassi.

Cazzo.

Era una follia.

Com'era possibile che crollassi di nuovo? I lupi erano noti per la loro resistenza e la loro abilità sessuale, ma quello era troppo.

Anche se ne ero stata testimone innumerevoli volte. Non l'avevo mai visto accadere alle femmine, ma ai maschi sì. Erano insaziabili, le loro pulsioni travolgenti e inarrestabili.

Eppure, ero stata io a venire così tante volte. Non Edon. Aveva avuto un unico orgasmo, nella mia gola, poi ne aveva simulato un secondo.

Silas gemette quando Edon si posizionò dietro di lui. Si unirono in un modo che non potei vedere, ma che sentii sotto il loro peso.

«Cazzo» sussurrò Silas. Il suo viso ricadde sul mio collo. Dato che il suono che seguì non fu uno di agonia, immaginai che Edon avesse usato una qualche forma di lubrificante. Ma di certo non fu delicato. Entrò con forza, e

Silas lo ricevette con un grugnito, mentre il suo cazzo spingeva dentro di me con la stessa intensità.

Rimasi incantata da quella danza intima, dal modo in cui i nostri corpi erano incatenati insieme, garantendo a tutti un piacere indescrivibile.

Le parole di Edon mi risuonarono nella mente.

E presto, mia piccola compagna, in mezzo ci sarai tu.

«Oh» gemetti ad alta voce. Il solo pensiero mi incendiò dalla testa ai piedi.

Era un'esperienza che volevo assolutamente provare. E stando all'espressione sul volto di Silas, ne avrei goduto immensamente. Mi baciò di nuovo, esprimendo con la lingua tutto ciò che provava.

Edon impostò il ritmo, spostandosi in modo da non schiacciare Silas dentro di me, nonostante avesse iniziato a cedere ai suoi impulsi più violenti. Ringhi, gemiti e grida di approvazione turbinavano tra di noi.

Era tutto così diverso da ciò a cui avevo assistito in passato.

Non riguardava il dominio. Non completamente, se non altro. Lo scopo era la gratificazione reciproca. Edon trascinò le labbra sul collo di Silas, catturando e trattenendo il mio sguardo. Allungai la mano per accarezzargli la guancia, poi tornai al bacio di Silas e mi abbandonai di nuovo all'estasi

Silas gemette. L'intensità del momento sembrò spezzarlo a metà. Edon ci trascinò in un ritmo frenetico. Inarcai i fianchi, toccai entrambi, mordicchiai Silas, ammirai l'espressione di Edon... e sentii una massa di fuoco liquido agitarsi di nuovo nel mio ventre. Finché non riuscii più a muovermi, a vedere, a pensare.

Fu a quel punto che iniziai a precipitare.

Cadendo in una voragine di oscuro piacere.

Sentii Silas irrigidirsi, udii i suoi mugolii soddisfatti.

Aveva oltrepassato il limite anche lui. I suoi denti mi si conficcarono nel collo. O forse era stato Edon a mordermi. Non riuscivo a capirlo, troppo sopraffatta e immersa nel mio paradiso liquido. Ma *percepii* l'orgasmo di Edon, che venne con un ruggito che fu probabilmente udito in tutto il territorio. Vibrò attraverso Silas e raggiunse direttamente il mio cuore, avvolgendomi in uno strato protettivo che accettai senza pensare.

Sembrava tutto così giusto.

Completo.

Intero.

Mi rifiutai di lottare. Mi rifiutai di pensare.

Chiusi gli occhi, ubriaca dalle sensazioni che fluttuavano attraverso il mio corpo; il formicolio nelle membra, la soddisfazione che mi scaldava le viscere.

Era una vita che avrebbe potuto piacermi. Almeno per un po'.

Permisi a quella consapevolezza di seguirmi nei miei sogni, facendomi entrare in uno stato che non avevo mai provato prima.

Uno stato di pure felicità.

Di pace.

Di armonia.

Di casa.

EDON

Luna dormiva serenamente accanto a me. Aveva le guance arrossate, i capelli arruffati e le labbra gonfie. Silas riposava dall'altro lato, con la mano sul fianco di Luna e il petto premuto sulla sua schiena.

Emanava un'aura protettiva. Aveva gli occhi chiusi, ma il corpo all'erta.

Non avevo mai passato molto tempo con un umano trasformato in licantropo. La maggior parte era troppo debole per sopravvivere. Silas, invece, era andato contro ogni previsione. Prosperava nella sua nuova forma; la sua forza già rivaleggiava con lupi che avevano tre volte la sua età. Un combattente nato, me lo sentivo.

Ed era mio.

Tutti gli altri membri del branco lo consideravano un comune mezzosangue, senza chissà quali capacità. Mi andava bene che lo pensassero, almeno per il momento. Non solo avrei avuto una carta da giocare al momento opportuno, ma così Silas avrebbe potuto continuare a crescere e a padroneggiare le sue abilità.

E mi avrebbe fornito anche un'ulteriore sicurezza per Luna.

Quello che stava accadendo tra noi tre sfidava l'ordine naturale delle cose. Gli alfa si accoppiavano solo con altri alfa. Eppure, Silas era riuscito in qualche modo a inserirsi in un legame concepito solo per me e Luna. Percepivo la sua presenza nel profondo. Aveva marchiato Luna nonostante l'avessi già rivendicata come mia.

E quando l'avevo morso, nella nostra connessione era scattato qualcos'altro, come se il pezzo di un puzzle fosse andato al suo posto.

Dovevo andare da mio nonno e chiedergli cosa diavolo stesse succedendo. Non solo tra noi tre, ma nel branco.

Per esempio, come diavolo avesse fatto mio padre a incastrare Luna per l'omicidio di Bianca.

Non sarebbe dovuto essere possibile.

«E il vampiro?» chiese piano Silas. Aveva ancora con gli occhi chiusi, ma la sua mente era in sintonia con la mia. A quanto sembrava, si era finalmente reso conto che il legame funzionava in entrambi i sensi. O forse lo stavo involontariamente rendendo partecipe delle mie riflessioni. In qualsiasi caso, era sveglio, mi stava ascoltando e ci stava ragionando sopra. «Il vampiro che abbiamo trovato nella foresta, quello che puzzava di branco, non di qualcuno in particolare. Che tuo padre abbia orchestrato anche quello?».

Sollevò pigramente le palpebre, e i suoi occhi blu si posarono su di me. Aveva un'espressione rilassata e soddisfatta, di certo frutto della nostra scopata di gruppo di qualche ora prima.

Quando gli avevo detto che volevo prenderlo da dietro, non aveva fatto una piega. I suoi studi includevano anche quella attività, ma la sua mente mi aveva rivelato che ero stato molto attento, nonostante le mie spinte brutali. L'avevo reso molto piacevole, qualcosa che aveva scioccato entrambi.

Perché l'intera esperienza era una novità per me.

Avevo scopato innumerevoli femmine, in vari modi, ma

mai un maschio. E dubitavo di aver mai desiderato qualcuno in quel modo. Ma con Silas... beh, avevo tutte le intenzioni di farlo ancora. E ancora. E ancora.

E alla fine avrei preso così anche Luna.

«Aspetta che abbia un po' più di esperienza» commentò Silas, confermandomi di essere dentro la mia testa. Sorrise. «E che luogo affascinante è la tua mente».

Sbuffai. «Posso tagliarti fuori». Mio nonno mi aveva insegnato come creare delle mura mentali. Aveva detto che sarebbero state indispensabili, una volta che avessi avuto accesso alla psiche del branco. Il che sarebbe stata una conseguenza della mia ascensione. Ma nessuno sarebbe mai stato capace di entrare nella mia testa. Non come Silas, quantomeno. O come Luna, una volta che avessimo completato la cerimonia. Quelle connessioni sarebbero sempre state un qualcosa di unico.

«Può darsi, ma non lo farai» rispose Silas, riferendosi alla mia minaccia di impedirgli l'accesso alla mia mente.

«Ma potrei».

Sorrise di nuovo. «Certo».

La sua arroganza avrebbe dovuto irritarmi. Invece mi divertì e basta. Probabilmente perché ero troppo rilassato per arrabbiarmi. «Per quanto riguarda il vampiro, penso tu abbia ragione» dissi, tornando all'argomento su cui stavo rimuginando prima che il mio cervello decidesse di focalizzarsi sul mio cazzo.

«Ti ho detto che ho sentito ancora puzza di vampiro, l'altro giorno?» mi chiese Silas, aggrottando la fronte. «O comunque puzza di qualcosa. È successo poco prima che beccassi Luna nel bel mezzo del suo tentativo di fuga. Come puoi immagine, poi mi sono distratto».

«No, non me ne hai parlato». Mi accigliai. «Dov'era?».

«Vicino ai confini, nelle paludi».

Il che significava che era comunque nel territorio dei

Clemente, ma all'esterno della tenuta principale, dove risiedevano i membri più importanti del branco. C'erano centinaia di lupi nel nostro territorio, ma solo una manciata viveva nel quartier generale del clan. Tutti gli altri abitavano al di là delle paludi, in città fatiscenti o in altre zone impervie. «Hai sentito odore di vampiro da qualche altra parte?».

«Prima di quello morto? No. Ma è un po' che non vado là fuori».

Luna iniziò a rigirarsi tra di noi. Le sue labbra si schiusero in una piccola protesta, che spiegava come il suo corpo non fosse ancora pronto per svegliarsi. Considerando gli eventi della giornata, non ne fui per nulla sorpreso. Si era già ripresa dalle botte, soprattutto perché il branco non aveva avuto abbastanza tempo per fare troppi danni. Sessualmente, però, io e Silas l'avevamo sfinita.

Qualcosa per cui non mi sarei affatto scusato.

Non quando indossava così bene i risultati del nostro affetto.

È meglio che in mattinata andiamo a controllare il perimetro, suggerì Silas, passando alla comunicazione mentale per non disturbare Luna.

Prima devo andare da mio nonno.

Jolene. Sembrò riflettere sul nome, che ricordava dalla conversazione con Luna. *Perché non l'ho ancora incontrato?*

Non frequenta spesso la cerchia di mio padre. Ma vive qua vicino. Te lo presenterò presto.

Lo sguardo di Silas si illuminò di sorpresa. Non commentò ad alta voce, ma percepii la sua gioia per quella potenziale opportunità. Nulla di quello che stavamo facendo era normale. Io, il futuro alfa, che volevo presentare un mezzosangue al precedente alfa del branco? Nella nostra società non era ammissibile.

Ma qualcosa mi diceva che mio nonno avrebbe approvato.

Puoi stare con Luna, domani, finché vado a trovare mio nonno?, gli chiesi.

Silas mi sorrise. *Una richiesta e non un ordine? Devo lasciare che mi scopi più spesso.*

Gli risposi con una risatina di scherno. *Non ho certo bisogno che me lo "lasci fare". Mi basta un semplice comando per farti mettere a quattro zampe come un bravo lupacchiotto.*

Inarcò un sopracciglio. *Ah sì? Chi è quello arrogante, adesso?*

Fui sul punto di scoppiare a ridere. *Sappiamo entrambi che è così. Così come sappiamo entrambi che domani farai la guardia alla* nostra *Lulù.*

«È la *mia* Lulù» sussurrò, avvolgendole un braccio attorno alla vita con fare possessivo. «E la tua piccola compagna».

«Quali soprannomi dovremmo darci noi due?» riflettei ad alta voce, ma non abbastanza alta da disturbare il sonno della nostra bella addormentata.

Alfa, mi provocò.

Omega, ribattei io.

Non molto originali, ma probabilmente non ne avevamo bisogno.

«Domani io e Luna potremmo perlustrare il perimetro insieme e vedere se riusciamo a trovare qualcosa, mentre tu vai da Jolene» suggerì a bassa voce, dimostrandomi ancora una volta il suo valore come alleato.

La capacità di concentrazione di Silas mi piaceva. Riusciva a mantenere la mente lucida anche nei momenti di intimità. Considerando tutto quello a cui era sopravvissuto nel corso degli anni, doveva essere abituato ad analizzare costantemente qualsiasi situazione.

«La metterò al corrente di tutto quanto» aggiunse. «In

modo da essere tutti e tre preparati per qualsiasi prova ci aspetti».

Annuii. «Sì». Ci stavamo avvicinando alla luna piena. Qualunque test avesse organizzato mio padre, sarebbe stato il più duro. Non gli rimaneva molto tempo per impedirmi di rimpiazzarlo. Quindi o sarebbe stato qualcosa che mi avrebbe messo fuori gioco, oppure...

«Cercherà di uccidere Luna» finì Silas per me.

Perché non potevo ascendere senza una compagna.

E mio padre aveva chiarito, negli ultimi giorni, come la considerasse sacrificabile.

«Non succederà» dissi.

«Lo so» concordò Silas.

Trattenni il suo sguardo per un lungo istante, notando la possessività che ardeva nei suoi occhi. Annuii di nuovo. «Già» confermai. «Perché dovrà affrontarci entrambi». Un aspetto che mio padre non avrebbe mai preso in considerazione.

Oh, forse avrebbe tentato di fare fuori me.

Ma Silas? Non gli sarebbe passato nemmeno per l'anticamera del cervello.

E quello sarebbe stato un errore fatale, che l'avrebbe condotto al fallimento.

Riposati un po', sussurrò Silas. *Ne hai più bisogno di me. Sto io di guardia.*

Mi sembrava strano affidarmi a un'altra persona, dopo aver trascorso tutta la mia esistenza a dovermela sempre cavare da solo. Per una volta, però, decisi di obbedire a qualcun altro e permisi alle mie palpebre di chiudersi.

D'altro canto, aveva ragione. Avevo bisogno di riposare.

Buonanotte, Edon.

Buonanotte, Silas.

LUNA

CALORE. Mi raggomitolai accanto alla fonte della mia felicità, contenta di come il tepore mi avvolgesse la pelle. Una risatina riempì l'aria. Bassa, profonda e intenerita. A cui seguì un bacio sulla fronte.

«Sembra che tu abbia dormito bene, Lulù» commentò Silas, accarezzandomi la schiena.

Mi stiracchiai contro di lui sospirando. «Sì...».

Aprii gli occhi. I raggi del sole fecero capolino tra le tende, illuminando il viso di Silas. Mi sorrise, era il ritratto della serenità. «Buongiorno, splendore». Lanciò un'occhiata verso la finestra. Il suo sorriso si allargò. «Beh, buon pomeriggio».

«Che ore sono?» gli domandai, cercando con lo sguardo un orologio.

«È ora di pranzare e fare una corsa» rispose, accarezzandomi la guancia col naso. «Edon vuole che controlliamo il perimetro».

«Perché?».

«Dobbiamo verificare che non ci siano odori estranei» rispose, scostandosi da me, pronto ad alzarsi. «Ti spiego tutto mentre mangiamo».

Gli afferrai la nuca e lo trascinai verso di me per un lungo bacio. Mmm... sapeva di menta e profumava di sapone. I suoi capelli umidi mi confermarono che si era fatto una doccia mentre dormivo. Ma non si era preoccupato di rivestirsi, guadagnandosi la gratitudine delle mie mani, intente a esplorare il suo torso caldo e muscoloso.

Al diavolo il cibo.

Preferivo assaggiare lui.

Al solo pensiero, il mio lupo si risvegliò. Cedetti all'impulso di conficcargli le unghie nella nuca, mentre con l'altra mano scivolai molto più in basso.

Silas sorrise sulle mie labbra.

«Attenta, o farai ingelosire Edon» mi avvertì, mentre le mie dita già lambivano la sua erezione.

Duro. Rovente. Liscio. Perfetto.

«A proposito, dov'è?» chiesi, riferendomi all'alfa che aveva scatenato nella mia mente un vortice di idee proibite. Se era tutta una tecnica per prepararmi a diventare la sua compagna, beh, aveva indubbiamente funzionato. Perché volevo di più. *Molto* di più.

«Edon è andato da suo nonno» rispose Silas, sistemandosi sopra di me. «È uscito un'ora fa».

Gli accarezzai il labbro inferiore con la lingua e spalancai le gambe attorno ai suoi fianchi. «Sa che siamo svegli?».

«Sì».

«Vi state parlando in questo momento?» domandai, abbracciando col mio sesso umido l'erezione di Silas.

Gemette, lasciando cadere la fronte sulla mia. «Sì».

«Mmm». Lo baciai di nuovo. Entrò lentamente dentro di me, fino in fondo. Sospirai. Non avevo nemmeno avuto bisogno di preliminari; il mio corpo era già pronto, solo per essersi svegliato accanto a lui. Il che era folle, considerando tutto quello che avevamo fatto la notte prima, tutti gli orgasmi che mi avevano strappato.

Ma ormai ne ero dipendente. E non avevo nessuna intenzione di smettere.

Silas mi diede un bacio appassionato. Si muoveva pigramente, stimolando i miei sensi. Gli avvolsi le gambe attorno alla vita, cercando di esortarlo ad andare più veloce. Ma lui mantenne lo stesso ritmo. Quasi come se stesse cercando di provocarmi.

Trascinai le unghie lungo la sua schiena, strappandogli un gemito di protesta. Mi morse il labbro inferiore in segno di rimprovero, poi sorrise. «Come sei impaziente, Lulù».

«Scopami».

«È quello che sto facendo».

Fui quasi sul punto di ringhiare. «No, stai giocando».

«Beh, sì» concordò. «Ma tecnicamente ti sto comunque scopando». Sottolineò la risposta con delle spinte più profonde.

«Edon sa che sei dentro di me?» chiesi, aggrappandomi alle sue spalle quando ripeté lo stesso movimento di prima.

«Sì». Mi mordicchiò la mascella e premette un bacio sulla mia gola. «Ha detto che te lo devi guadagnare». La sua lingua risalì fino al mio orecchio, i suoi denti indugiarono sul lobo. «E che abbiamo un compito da portare a termine».

«Digli che non sono molto brava a obbedire agli ordini» ansimai, stringendo le cosce attorno alla vita di Silas.

«Oh, lo sa» rispose Silas in un sussurro che si infranse sul mio orecchio. «Ma non gli importa. Vuoi sapere perché?».

Il tono con cui me lo chiese, sinistro e provocante, mi fece correre un delizioso brivido lungo la schiena. «Sì» ammisi.

«Perché gli piacciono le punizioni carnali». Silas uscì di

scatto, costringendo le mie gambe a lasciarlo libero. Poi mi girò sulla pancia prima ancora che potessi reagire.

Così veloce.

Così forte.

Così... oh... mio.

Tornò dentro di me con una violenza tale da farmi gridare, per poi ritrovarmi a gemere sotto l'assalto di piacere che ne seguì. «*Cazzo*» rantolai, scioccata e incredibilmente eccitata.

«È questo che vuoi, no?» ringhiò sulla mia nuca. Il suo corpo copriva completamente il mio. Si spinse dentro di me con molta più forza della notte precedente. Il suo lupo bramava il dominio. E il mio adorava essere sottomesso, qualcosa che solo una settimana prima avrei giurato sarebbe stato impossibile.

«Silas» mugolai, tremando sotto di lui. Il mio corpo era diviso tra il tormento e l'estasi. *Quella* era già una punizione di per sé, nonché uno splendido modo di svegliarsi.

«Edon mi ha detto di riferirti che ha in mente di prenderti il culo, più tardi» mormorò. «Ti vuole tutta bagnata e implorante. Per questo mi sta dicendo di fermarmi. Dovrei ascoltarlo, Lulù? O anch'io dovrei giocare a fare il ribelle?».

Non si fermò, anzi, aumentò il ritmo.

«Non farlo» dissi, riferendomi alla sua minaccia di fermarsi. «Continua». Non mi importava di sembrare disperata, perché lo ero. Il modo in cui il suo cazzo sbatteva dentro di me... Pensai di essere sul punto di prendere fuoco. E sarebbe successo di sicuro, se fosse uscito di nuovo. «Silas...». Il suo nome lasciò le mie labbra in un gemito, suscitando in lui un mugolio compiaciuto.

«Già, proprio come pensavo» rispose, infilando le dita tra i miei capelli e torcendomi la testa all'indietro, in un'angolazione quasi dolorosa. Mi baciò.

Appassionatamente. Il suo dominio era completo, con la lingua che emulava le spinte del suo bacino.

Dominante, totalizzante, coinvolgente.

Non mi riconoscevo più.

Non avevo idea di cosa stessi diventando.

Ma vivevo per quell'unico momento.

Per il desiderio che mi agitava nel profondo, facendomi scorrere lava nelle vene e tingendo la mia visione di stelle.

Il mio orgasmo crebbe, ma senza raggiungere il punto di rottura.

Mi tremavano le gambe.

Ansimavo.

Ero così vicina.

Proprio lì.

«Oh» gemetti, andando in frantumi con un'intensa ondata di energia che mi scosse fin nel profondo dell'anima.

Silas mi seguì a ruota, ringhiando, con i denti conficcati nel mio collo. Mi lasciò un morso in cui entrambi non avremmo dovuto indulgere. Eppure lo accettai. Il mio lupo si inchinò, riconoscendo la forza superiore del maschio e godendo della sua rivendicazione.

Rimasi a tremare sotto di lui; il mio corpo era un turbinio di fremiti estatici e agonizzante beatitudine.

«Wow». Il commento di Silas fu uno sbuffo d'aria calda sul mio collo. La sua massa pesante stava fremendo a tempo con la mia.

Mi venne quasi da ridere. I nostri corpi avevano assunto una posizione talmente intricata che avremmo dovuto fare attenzione a scioglierci. Eravamo venuti insieme, in preda alla frenesia. All'ultimo momento, i nostri lupi avevano preso il sopravvento e avevano guidato il nostro amplesso.

Proprio come la notte prima.

Solo leggermente meno travolgente, senza Edon.

Ma molto meglio di qualsiasi cosa mi sarei mai aspettata.

Cosa stiamo facendo?, avrei voluto chiedergli. Ma dubitavo che Silas lo sapesse. O anche Edon.

Eravamo in un territorio inesplorato.

Gli alfa erano destinati ad accoppiarsi con altri alfa. Un maschio e una femmina. Non un trio. Eppure, non mi sembrava giusto. Edon e Silas erano troppo connessi, troppo... *qualcosa*. Non riuscivo a capire esattamente di cosa si trattasse, ma l'idea di stare con uno e non con l'altro mi sembrava sbagliata.

Forse il tempo avrebbe risolto le cose.

Anche se ne dubitavo.

Anzi, il tempo avrebbe probabilmente reso questo strano legame ancora più profondo.

Silas mi fece voltare e mi strinse a sé, baciandomi intensamente. «È ora di farci una doccia. Più tardi possiamo giocare ancora. Con Edon».

Si alzò e sollevò anche me, apparentemente senza alcuna fatica. «È arrabbiato?».

Sorrise. «Hai paura?».

«No».

«Neanch'io». Mi portò nello spazioso bagno di marmo e mi sistemò sul bancone. Afferrò la pietra ai lati delle mie cosce, ingabbiandomi così tra le sue braccia. «Comunque è divertito, non arrabbiato. Sapeva che l'avremmo sfidato. E adesso non vede l'ora di punirci entrambi. Grazie mille».

Ridacchiai. «Non è stata colpa mia».

«Oh, è stata assolutamente colpa tua. Ero pronto per mangiare e andare a correre, e adesso mi tocca farmi un'altra doccia». Si staccò da me per aprire l'acqua, poi mi lanciò un'occhiata da dietro la spalla. «Adesso vieni qui, così posso scoparti ancora prima di pranzo».

«Colpa mia, eh?» ripetei con un ghigno. «Sembra che tu sia altrettanto *affamato*».

«O forse mi sto solo assicurando che valga la pena essere punito». Sollevò e riabbassò velocemente le sopracciglia un paio di volte, rivolgendomi un sorriso giocoso che mi scaldò il cuore.

Era un nuovo lato di Silas. Non l'avevo mai visto così rilassato.

Mi piaceva.

«Sesso, cibo e una corsa» ricapitolai ad alta voce. «Il mio genere di giornata». Non che avessi molta esperienza con la parte relativa al sesso. Ma tra Edon e Silas, ero certa che avrei recuperato molto, molto presto.

———

Mi aspettavo che Edon arrivasse da un momento all'altro e pretendesse di unirsi a noi, ma non lo fece. Si limitò invece a restare mentalmente in contatto con Silas, spronandoci con oscure promesse di quello che ci avrebbe fatto. Una volta finito, eravamo già pronti a ripartire di nuovo, ma Silas insistette per mangiare e uscire.

Non appena me ne spiegò il motivo, fui subito d'accordo.

Preparai velocemente un paio di panini, poi ci avviammo verso il perimetro esterno per vedere cosa sarebbero riusciti a rilevare i nostri nasi.

Andammo in forma di lupo. Sia perché era più veloce, sia perché, a quattro zampe, il mio senso dell'olfatto era migliore.

Silas correva dietro di me. La sua taglia era

impressionante. Dargli del "mezzosangue" era un termine troppo degradante. E "novellino" era troppo blando.

Forse "mutaforma" avrebbe funzionato.

Il mio naso si arricciò, strappandomi dalle mie considerazioni. Silas stava già seguendo la direzione da cui proveniva l'odore. Doveva averlo percepito prima di me.

Un altro segno di quanto fosse speciale.

Si lanciò verso la fonte con me alle calcagna. La puzza di morte aumentava a ogni passo, man mano che ci avvicinavamo al perimetro.

Mi aspettavo quasi di trovare un altro cadavere, com'era successo a loro la settimana prima.

Ma non c'era niente.

Silas fece un giro con il muso in aria, attento, concentrato. Poi grugnì.

Avevamo trovato il punto in cui l'odore era più intenso, ma non c'era traccia di vampiri.

Fece qualche passo all'esterno del perimetro, poi si voltò e andò nella direzione opposta, solo per grugnire di nuovo e guardarmi.

Diedi una scrollata alla pelliccia e tentai anch'io di cogliere qualcosa. Mi avviai lungo il confine, ma l'odore diminuì fino a sparire, riportandomi di nuovo nello stesso punto.

Non ha alcun senso.

Iniziai a trasformarmi, gesto che spinse Silas a fare lo stesso. Quando fu anche lui in forma umana, cosa che gli richiese un po' più di tempo che a me, ripetei a voce alta: «Non ha alcun senso». Poi aggiunsi: «Qualcuno, in qualche modo, sta giocando con gli odori del branco e dei vampiri».

«Come hanno fatto col tuo sul luogo dell'omicidio di Bianca». Si guardò attorno, con la mano sulla nuca. «E il corpo che abbiamo trovato sapeva di branco, non di un singolo individuo».

«Dev'essere opera di suo padre, o di qualcuno altrettanto in alto. Ma non so come facciano».

«Neanche Edon» aggiunse, serio. «Doveva chiedere a suo nonno chiarimenti al riguardo. Spero stia scoprendo qualcosa di utile, perché è rimasto in silenzio per almeno un'ora».

Mi accigliai. «Completamente in silenzio?».

«Già».

«È normale?».

Si strinse nelle spalle. «Edon mi parla solo quando ha qualcosa da dire. Il che avviene abbastanza spesso. Ma penso che adesso sia impegnato».

Ha senso. Diedi un'occhiata al circondario e al terreno che riportava al villaggio principale. Arricciai le labbra di lato, dubbiosa. «Perché un vampiro dovrebbe trovarsi così vicino al quartier generale del clan? Se fossimo al confine con la regione di Silvano o di Lilith capirei, ma siamo a centinaia di chilometri dai territori occupati dai vampiri. Essere qui vuol dire andare in cerca di guai».

I vampiri e i licantropi si tolleravano a vicenda per il bene dell'Alleanza di sangue, ma non erano esattamente alleati. Si limitavano a dividere tutto a metà e a governare come ritenevano più opportuno, ovviamente entro i confini del diritto internazionale. Oltre a quello, non erano tenuti a essere amici o a fare affari insieme. I vampiri tendevano a stringere accordi tra succhiasangue, mentre i licantropi preferivano commerciare all'interno del branco.

«È strano» confermò Silas, camminando lungo il perimetro. «Ti mostro dove abbiamo trovato il cadavere. Potresti notare qualcosa che a noi è sfuggito».

Ne dubitavo, ma acconsentii.

Corremmo in forma umana fino al luogo del

ritrovamento, un paio di chilometri più in là. Ma non c'era più odore di morte.

«Edon si è liberato dei resti» mi spiegò Silas.

«Ha fatto un ottimo lavoro, perché non riesco a coglierne neanche il più piccolo accenno».

Silas annuì. «Sì, lo scopo era quello».

Ci aggirammo nei dintorni per un po', ma non scoprimmo nulla di nuovo.

Alla fine, scossi la testa. «Sembra tutto a posto. Normale, addirittura».

«Già» sospirò. «A questo punto, non ci resta che...».

Gli cedettero le gambe. Cadde a terra con un lamento agonizzante che mi riecheggiò nelle orecchie.

«Silas!». Mi accucciai subito accanto a lui; lo ressi per le spalle e lo esaminai per capire quale fosse l'origine del suo dolore. Ma sembrava intatto. La sua pelle era perfetta e abbronzata come qualche istante prima.

Ma si teneva la mano sul petto, come se qualcuno gli avesse sparato al cuore. Cadde di lato, con le gambe piegate verso l'addome, in posizione fetale.

«*Cazzo*...» rantolò, con le lacrime che gli rigavano le guance. «Edon» riuscì finalmente a dire. Aveva la voce roca, tremava violentemente. «Qualcosa... c'è qualcosa che non va... con Edon...».

SILAS

Mɪ cɪ vᴏʟʟᴇ fin troppo tempo per scrollarmi di dosso il bruciore al petto.

Poi presi a correre in forma di lupo.

Il mio corpo doleva, le mie orecchie vibravano per il martellare intenso del cuore e avevo la vista offuscata. Ma dovevo raggiungerlo, dovevo aiutarlo, dovevo salv...

No!, mi gridò nella mente.

Lo ignorai. Il mio istinto continuava a spingermi a correre. La sagoma esile di Luna mi rimase incollata, le nostre zampe si muovevano all'unisono. Raggiungemmo in fretta il limitare del villaggio principale.

Vi uccideranno, Silas, abbaiò Edon nei miei pensieri. *Dovete fermarvi!*

Cercai ancora una volta di ignorarlo, ma qualcosa nel suo tono mi fece inciampare dietro una delle abitazioni. Luna mi finì addosso, confusa e ansimante.

È un'altra prova, mi spiegò Edon velocemente. *Se tu e Luna doveste interferire, la userebbero come scusa per uccidervi entrambi. Questa prova riguarda i propri alleati. Non posso... avere... alleati.*

Il modo in cui si interruppe alla fine accelerò ulteriormente il mio battito. Era chiaro quanto si fosse sforzato di urlarmi quell'avvertimento. Dovevo ascoltarlo.

«Cos'è successo?» chiese Luna, tornata in forma umana.

Mi costrinsi anch'io a mutare. Tra la corsa e le trasformazioni, ero senza fiato.

Il collegamento con Edon vacillò. Probabilmente stava perdendo conoscenza.

«Non vuole che ci mettiamo in mezzo» sussurrai. «Ha detto che è un test sulle alleanze».

«Che diavolo…?». Luna si girò di scatto verso gli alberi. Mi affiancò, assumendo una posizione difensiva.

Corrugai la fronte. Avevo tutti i sensi all'erta, concentrati a cercare qualsiasi cosa avesse attirato la sua attenzione. *Là*, mi avvertì il mio lupo. Un minuscolo guizzo tra le fronde.

Luna emise un basso ringhio. Non l'avevo mai sentita produrre un suono così minaccioso.

A cui l'intruso rispose con una risatina. «Claudette si è superata» disse una voce profonda, mentre un maschio dai capelli d'argento e gli occhi scuri fece la sua comparsa sul sentiero. «Ed Edon ha ragione, Silas. Questa prova riguarda le alleanze. Se vai da lui, si aspetteranno che ti unisca a loro. O, peggio, verificheranno quanto sarai in grado di resistere».

«Resistere a cosa?» domandai. Non ebbi bisogno di chiedergli chi fosse. La sua somiglianza col mio sire mi aveva già rivelato la sua identità. Era il nonno di Edon.

«È una prova di forza» disse Luna.

«Sì» confermò il vecchio.

«Cosa diavolo è una prova di forza? Cioè, cosa comporta?».

«Picchiano l'alfa fino a fargli perdere i sensi, solo per vedere quanto riesce a sopportare» mormorò Luna.

Il licantropo annuì. «E, conoscendo mio figlio, se vi becca metterà in mezzo anche voi, giusto per divertirsi».

«Per eliminare dalla scacchiera ogni alleato di Edon» aggiunse Luna. «Forse anche in modo permanente». Piegò il capo di lato, con uno sguardo astuto. «Tu devi essere Jolene».

Lui sorrise. «Nessuno mi chiama con quel nome da molte lune, bambina. Però sì, sono io». Lanciò un'occhiata alla sua sinistra, e ogni traccia di divertimento sparì dal suo viso. «Dovete andarvene, prima che vi trovino».

Luna seguì il suo sguardo e sbiancò. «Mi daranno la caccia».

«Silas sa dove andare». Inarcò un sopracciglio verso di me. «Giusto?».

La casetta nella foresta. «Ma Edon?».

«Non farti ingannare dal mio aspetto, ragazzo». Il suo sorriso era tutto denti, richiamando l'immagine del lupo che si annidava in lui. «Sono comunque un alfa. E quello è mio nipote».

Una serie di ululati rimbombò tra le case, facendo indietreggiare Luna. «Stanno arrivando».

«Andate» ci esortò Jolene. «Li distraggo io».

Si sbottonò la camicia, rivelando un torso che dimostrava la sua potenza, e si abbassò i pantaloni, iniziando a trasformarsi.

Luna mi afferrò il braccio prima che potessi assistere alla trasformazione. Il potere del vecchio alfa riempì l'aria.

Santo cielo.

«Silas!» sibilò Luna, strattonandomi. «Se mi trovano…».

Un altro ululato, fin troppo vicino.

E non proveniva da Jolene.

Caddi in ginocchio, mutando il più velocemente possibile. Ma non abbastanza. Tre lupi svoltarono l'angolo. I loro sguardi famelici si posarono su Luna, anche lei nel bel mezzo della sua trasformazione. Ringhiò, ma poi

Jolene le si parò davanti. La sua stazza era uno spettacolo impressionante.

Il suo ringhio costrinse gli altri lupi ad accucciarsi. Abbassarono tutti e tre lo sguardo, riconoscendo il suo status di alfa.

Rimasi affascinato da quella dimostrazione di forza.

Questo è il futuro di Edon. Ciò di cui è capace perfino ora.

Eppure, il suo branco lo stava massacrando di botte. Perché? Per testare i suoi limiti?

Riuscivo a *sentire* la sua sofferenza attraverso il nostro legame. Era come una forza che mi chiamava, esortandomi a trovarlo e aiutarlo. Ma percepii anche la sua riluttanza, il suo ammonimento a stare alla larga. A proteggere Luna a qualsiasi costo. A lasciare che sopportasse la prova da solo.

Perché se l'avessimo raggiunto, suo padre avrebbe picchiato anche noi.

E, a differenza di Edon, non saremmo sopravvissuti.

Un piccolo morso all'orecchio attirò la mia attenzione verso Luna, che mi fissava con un'espressione implorante. Aveva paura. Altri ululati riecheggiarono tra le case; qualcuno stava segnalando la nostra posizione al resto del branco.

La vita da licantropo non era granché meglio di quella da umano.

Non erano nient'altro che bestie, che godevano del dolore degli altri e usavano i modi più crudeli per sottometterli.

Anche il più forte tra loro stava subendo una punizione solo per via del suo ruolo. Pestato dai suoi simili per dimostrare il suo valore.

Perché cazzo qualcuno avrebbe dovuto permetterlo?

Per lo stesso motivo per cui avevo combattuto nel Torneo dell'immortalità. Edon stava sopportando quelle stronzate per assicurarsi di ascendere, in modo da poter cambiare le cose.

Quelle prove andavano ben oltre il suo destino. C'era in gioco il futuro del clan Clemente. E se Edon fosse stato costretto a farlo, l'avrebbe messo davanti a chiunque altro, inclusi me e Luna.

Era quello il motivo per cui aveva bisogno che ce ne andassimo.

Non poteva proteggerci, non in quel momento. Dovevamo arrangiarci da soli. Ma mi aveva dato la chiave per la salvezza. Era così intelligente, sempre un passo avanti.

Il mio cuore si scaldò di un rispetto che non avrei mai pensato di provare. Mi spinse a ricambiare l'occhiata di Luna e inclinare il muso in un gesto che significava semplicemente: *seguimi*.

Quando sfrecciai verso la foresta, il suo sollievo fu palpabile. Le mie zampe seguirono un percorso contorto, destinato a confondere chiunque ci stesse correndo dietro. Perché non avrei mai e poi mai condotto quegli idioti al rifugio di Edon.

L'approvazione del mio sire fu come un canto che mi scaldò il sangue. La sua mente era colma di gratitudine, anche mentre il suo tormento violava il nostro legame. *Non lasciare che ti uccidano*, gli dissi.

Ci vuole ben più di un pestaggio, omega, sussurrò. La sua voce mentale mi preoccupò; era decisamente troppo debole.

Dico sul serio, alfa. Abbiamo ancora molto in sospeso.

Le mie parole furono accolte da un silenzio divertito. Non disse più nulla, probabilmente stava conservando la sua energia. Finché avessi percepito la sua presenza, avrei cercato di non preoccuparmi.

Un'ora più tardi, giungemmo finalmente alla casetta di

Edon. Luna ansimava. I suoi occhi brillavano di meraviglia. La corsa doveva esserle piaciuta, o forse era tutto frutto dell'adrenalina suscitata dalla fuga.

Tornai in forma umana accanto alla porta e la aprii. «Non è bella quanto la casa nel villaggio, ma è confortevole».

Stranamente, l'ambiente familiare mi cullò in un'atmosfera nostalgica. Non ero stato lì molto, ed erano passati solo alcuni giorni dalla mia ultima visita. Eppure, erano successe così tante cose, nel frattempo, che mi sembrò di non aver messo piede in quella casetta da anni.

Comunque, la cucina era ancora ben fornita e tutti gli elettrodomestici funzionavano alla perfezione.

Luna si avventurò nella camera principale, probabilmente seguendo l'odore di Edon, e ne uscì qualche minuto più tardi con addosso una vecchia maglietta. Mi lanciò un paio di pantaloncini, che indossai mentre lei frugava nella dispensa.

Poi si bloccò. Le sue spalle si irrigidirono.

«Luna?». Mi avvicinai lentamente a lei, posandole una mano sulla schiena. Tremò sotto il mio tocco e si voltò verso di me. Qualsiasi entusiasmo avesse provato durante la corsa era morto orribilmente in fretta. Aveva un'espressione sconfitta.

«Siamo corsi via» sussurrò.

«Sì».

Deglutì e alzò lo sguardo su di me. «Siamo corsi via come dei codardi».

«No, abbiamo fatto quello che voleva Edon». Le accarezzai la guancia. «Ci avrebbero fatto del male, Luna».

«Avremmo potuto lottare» ribatté. «Ma non ci abbiamo nemmeno provato. Cazzo, non ho nemmeno pensato di provarci. Sono solo... scappata via». Sbatté le palpebre. «Io... E se...?».

La strinsi tra le braccia, sistemandole la testa sotto il mio mento. «Non è il nostro momento di lottare». *Non ancora*, aggiunsi mentalmente. Perché un giorno, e sospettavo che quel giorno sarebbe arrivato molto presto, saremmo stati costretti a farlo. «Andandocene, abbiamo aiutato Edon». O almeno quello era ciò che avevo capito attraverso il nostro legame.

«E se avesse torto?». Si sciolse dal mio abbraccio per guardarmi negli occhi. «E se suo padre esagerasse?».

«Ci penserà Jolene» risposi, innervosito all'idea di fare affidamento su qualcun altro.

«Riesci…?». Esitò e si schiarì due volte la voce prima di continuare. «Riesci a sentirlo?».

«Sì». La mia connessione con Edon era ancora presente, seppure invasa dalla sofferenza. «Sta conservando le sue energie». Un piano si era formato nella mente dell'alfa. Un piano che non riuscivo a definire. Ma sapevo che stava bene. «Credo che i lupi ci stiano cercando». Avevo l'impressione che il test fosse stato temporaneamente sospeso, ed Edon stesse sfruttando quella pausa per riprendersi.

Luna raddrizzò la schiena. Un lampo di sfida spodestò l'incertezza che le incupiva lo sguardo. «Se ci troveranno, combatterò».

«Non riusciranno mai a trovarci qui». Ne ero sicuro. E non solo per il mio tentativo di depistarli, ma anche perché mi fidavo di Edon. Si era tenuto quel posto per un motivo. Era una casa sicura, da sfruttare quando avesse avuto bisogno di nascondersi. Come ne avevamo bisogno noi in quel momento. «Ma è meglio se ci prepariamo anche a quella eventualità. Non si sa mai».

Annuì. «Trappole».

«Trappole?» ripetei.

Un altro cenno del capo. «Sì. Così potremo sentirli,

oltre che percepire il loro odore. E avremo più tempo per organizzarci».

Mi sembrò un'ottima idea. «Okay. Ti aiuto».

«No». Mi guardò. «Devi trovare medicine, garze… qualsiasi cosa possa servirci a riportare in salute Edon. Resta in contatto con lui, poi fallo venire qui. Nel frattempo, io mi occuperò del terreno».

Fui sul punto di sorridere per come aveva preso il controllo della situazione, affascinato dall'alfa riemersa dall'ombra. Ma una risposta divertita non sarebbe stata molto appropriata, data la nostra situazione. Così mi limitai a mormorare: «Okay. Continuerò a parlargli».

«Bene». Sembrava tornata in sé grazie a quella specie di piano. «Digli che lo stiamo aspettando».

«Lo farò».

«E che non cadremo senza lottare».

«Lo sa, Luna».

«Non è vero» replicò, incontrando il mio sguardo. «Ma se ne renderà conto». Qualcosa sembrò scattare dentro di lei, una sorta di determinazione che prima era assente. Non mi ero accorto che mancasse, perché non sapevo dove guardare, ma in quel momento la colsi.

Non voleva più fuggire.

Luna aveva finalmente accettato il suo compagno.

E avrebbe fatto qualsiasi cosa per stare con lui.

Il mio cuore ne soffrì. Continuavo a trovarmi all'esterno del loro legame, che stava diventando sempre più forte. Ma non era il momento di preoccuparmi della mia posizione, né dei miei sentimenti.

Dovevo salvare il mio sire. Che, non so per quale motivo, mi aveva anche affidato la sua compagna. Non avrei deluso nessuno dei due.

Lo so, sussurrò. Le sue parole furono come una carezza. *A presto*.

LUNA

D<small>IEDI</small> un calcio a un cumulo di terra e sbuffai quando sollevò una nube di polvere. Era tutto così diverso dal luogo da cui provenivo. Tanto per cominciare, era una regione molto più calda rispetto alla mia. E secca.

Anche se sospettavo che quello fosse causato dalla mancanza di pioggia.

Non che mi importasse del tempo.

O della scarsità di acqua.

No, la mia mente era tutta concentrata su Edon. E sul fatto che ero corsa via. Era stata una reazione automatica: il terrore di ricevere lo stesso trattamento aveva preso il sopravvento.

E mi aveva trasformata in una fottuta codarda.

Ringhiai. Fuggire non era da me. Ero una combattente. Avevo lottato, a modo mio, anche in previsione della dannata cerimonia di accoppiamento.

Ma l'idea che la mia forza fosse messa alla prova da Walter e dai suoi uomini mi aveva bloccata in un modo a cui non ero abituata. Le immagini di come mi avevano assalita dopo che avevo preso a pugni Bianca, e tutti i loro disgustosi commenti nel corso della punizione che mi avevano inflitto… tremai di nuovo solo al pensiero.

C'era davvero da meravigliarsi che volessi scappare?

Non era stato quello il mio scopo, fin da quando Edon mi aveva marchiata come sua?

Ma raggiungere la casa sicura con Silas aveva risvegliato tutto un altro filone di pensieri. Ero fuggita per salvarmi, un qualcosa che una settimana prima avrei rispettato. Ma lasciare Edon a soffrire mi sembrava sbagliato. Avevo colto troppo del maschio celato dalla facciata da alfa. Avevo sentito le sue vere intenzioni, quando parlava del passato e del futuro.

Mi ricordava Logan.

E non avrei mai abbandonato Logan al suo destino.

Un altro ringhio mi sfuggì dalle fauci. Molto più feroce di quanto mi sentissi.

Era cambiato tutto così in fretta. Il mio progetto iniziale di rifugiarmi tra i vagabondi, dove avrei potuto badare solo a me stessa, era svanito in un istante. E mi ero ritrovata a sentirmi legata a un maschio che ero nata per odiare.

Ero stata promessa a un futuro alfa che avrebbe avuto due scopi soltanto: accoppiarsi con una femmina alfa e costringerla a dargli un erede.

Fine della discussione.

Nessuna scelta.

Una vita finita prima ancora di cominciare.

Ma Edon non era il maschio che mi aspettavo. Non mi aveva costretta a fare nulla. Si preoccupava dei miei desideri e dei miei bisogni, e chiaramente voleva proteggermi.

Di conseguenza, mi aveva affidata a Silas.

Il che aveva aggiunto un altro livello di complessità alla situazione. Perché Silas mi piaceva quanto Edon, anche se in modo diverso.

Erano entrambi dominanti. Su quello non c'era alcun dubbio. Desideravano la mia sottomissione e avrebbero fatto tutto il necessario per ottenerla. Da Edon me lo aspettavo, ma da Silas no. Quella era stata una sorpresa. Tra le mie inclinazioni da alfa e il fatto che fossi una purosangue, avrei dovuto batterlo facilmente. Eppure, non solo mi aveva tenuto testa, ma aveva anche *vinto*.

E non perché fossi debole.

Ero in grado di affrontare lupi grandi il doppio di me.

No, Silas aveva una forza che pochissimi possedevano. E sospettavo fosse la conseguenza di anni e anni di lotta per la sopravvivenza. Ciò lo rendeva diverso da Edon, nonostante la loro potenza li accomunasse.

Silas aveva anche una sensibilità che a Edon mancava. Era leggermente più intuitivo. Analizzava costantemente le situazioni in cui si trovava e le scelte che aveva a disposizione. Anche Edon rifletteva sulle sue azioni, ma non esitava mai a prendere una decisione. E la sua parola era legge. Piuttosto che discutere con lui, Silas tendeva a cedere, rimettendosi al più forte.

La loro dinamica era molto interessante, e bollente come l'inferno.

Mi spingeva a desiderarli entrambi, rendendomi incapace di scegliere. Con tutti i problemi che ne derivavano. Perché, alla fine, qualsiasi gioco Edon stesse giocando, sarebbe finito. Mi aveva detto fin dall'inizio che nessuno dei suoi lupi avrebbe mai scopato con me. Eppure, Silas l'aveva già fatto più di una volta, senza conseguenze.

Certo, Edon gli aveva dato il permesso. Due volte. Ma non c'era modo che continuasse ad accettarlo. A meno che non glielo lasciasse fare per imparare a tenere a bada la sua possessività? Un alfa geloso non era visto di buon occhio. Forse Edon si stava preparando per i suoi futuri impegni in società, che avrebbero richiesto la condivisione della propria compagna.

Mi accigliai.

No. Era un qualcosa di molto più profondo. Me lo sentivo nelle ossa. Tra l'altro, Edon non mi sembrava così entusiasta di sottostare al normale protocollo. Aveva già impedito più di una volta agli altri lupi di toccarmi. Tranne Silas. Anzi, mi sembrava desideroso che Silas si unisse a noi.

Forse *troppo* desideroso.

E se Edon preferisse Silas? Mi bloccai, restando immobile sotto il chiarore lunare. *Edon non ha forse detto che Silas gli ha fatto il miglior pompino della sua vita?* Dopo la mia performance in mezzo al villaggio non aveva detto niente. Aveva anche finto di venire una seconda volta.

Era perché non ero stata brava?

Era stata la mia seconda volta, visto che Silas era stato il primo, quindi aveva senso che non fosse chissà cosa.

Rabbrividii. Di solito, la competizione mi faceva ribollire il sangue. In quel caso, però, mi sentii raggelare. Perché non volevo competere con Silas per l'affetto di Edon. Se fosse stato chiunque altro, assolutamente, avrei lottato fino all'ultimo sangue. Ma non con Silas.

Diedi una scrollata alla pelliccia e ripresi a camminare. Avevo bisogno di pensare a qualcos'altro. Avrei dovuto essere preoccupata per la salute di Edon, chiedermi se sarebbe riuscito a sopravvivere a quella trappola mortale. Non riflettere sulle mie abilità sessuali e paragonarmi a Silas.

Egoista, mi dissi. *E stupida.*

Gli stessi attributi che mi avevano spinta a correre via.

Uff. Una parte di me si sentiva ancora in colpa e voleva precipitarsi di nuovo al villaggio, ma sapevo che sarebbe stato un suicidio. A quel punto, Edon era probabilmente troppo malmesso per combattere, quindi avrei dovuto lottare da sola contro un branco di lupi assetati di sangue.

Che stavano massacrando il loro futuro leader.

Perché era considerato un comportamento accettabile?
Era così degradante e…

Le mie orecchie fremettero. Il suono di un rametto spezzato mi avvertì della presenza di qualcun altro. Qualcuno di forte. La sua aura si scontrò con la mia. Mi resi conto con un secondo di ritardo che l'aveva fatto apposta per attirare la mia attenzione.

Jolene era a circa tre metri da me e reggeva tra le braccia un Edon privo di sensi.

Trasalii, scioccata da come fosse riuscito ad avvicinarsi così tanto a me senza che me ne accorgessi. In forma umana, tra l'altro. D'altro canto, c'era un motivo se era un alfa. E aveva vissuto una vita molto, molto lunga.

«Respira, ma a malapena» disse con un tono cupo. «Walter stava per ucciderlo».

Se fossi stata in forma umana, sarei rimasta a bocca aperta. Uccidere un alfa, nello specifico il proprio erede, non era insolito. Ma era molto raro. La maggior parte degli alfa era restia a cedere il proprio ruolo alla prole, ma il nostro ciclo vitale lo richiedeva.

Walter doveva aver pensato di poter generare un altro maschio. Dato lo stato mentale della sua attuale compagna, però, sarebbe stato impossibile. Sempre che non avesse trovato un'altra alfa da scopare.

Qualcuno come… me. Spalancai gli occhi. Oh. Cazzo. No.

L'espressione che comparve sul viso di Jolene suggerì che mi aveva letto nel pensiero. «Vieni» mi esortò. «Ha bisogno delle cure che solo una compagna può dargli».

Claudette me ne aveva parlato. Si trattava di un tipo di connessione molto rara, con cui era possibile scambiare la propria forza vitale per aiutare l'altro a guarire. Sospettavo che Edon ne avesse fatto uso l'altra notte, dopo che Walter e i suoi uomini mi avevano picchiata.

Ed era giunto il momento che ricambiassi il favore.

Per quello non ha voluto che lo raggiungessimo, capii, mentre seguivo Jolene. *Edon sapeva che avrebbe avuto bisogno di me.*

Ma dovevo essere d'accordo. Quindi si trattava di qualcosa di più di preservare la sua unica probabilità di salvezza. Che avesse deciso di affidarsi a me nel momento del bisogno era una questione di fiducia. Avrei potuto facilmente andarmene e lasciare che morisse. Ma si fidava che non l'avrei fatto. E, in qualche modo, saperlo mi spinse a camminare ancora più in fretta.

Volevo dimostrargli che non si era sbagliato.

Volevo renderlo orgoglioso.

Assisterlo nell'unico modo possibile.

Essendo la sua compagna sotto ogni punto di vista.

«Gli hanno chiesto di rivelare dove ti trovassi» mi informò Jolene mentre ci avvicinavamo alla casetta di legno. «Ma lui ha rifiutato. Walter ha affermato che, in quel modo, ti ha messa davanti al branco. E loro gliel'hanno fatta pagare». Scosse la testa, ringhiando. «Mio figlio ha trasformato il clan in un branco di selvaggi».

Espressi il mio accordo con un grugnito, nonostante il mio cuore avesse smesso per un attimo di battere. Oh, mi aveva nascosta a Walter per tutelare entrambi. Quello lo capivo. Ma era la terza volta che mi proteggeva dagli orrori del suo branco.

Silas ci accolse sulla porta, consapevole del nostro arrivo. Tornai in forma umana sotto il suo sguardo tetro. Mi passò la camicia che avevo abbandonato sul portico e spostò la sua attenzione sul maschio accanto a me. «Edon mi ha detto di ringraziarti per il tuo intervento».

Jolene restò stupito per circa mezzo secondo, poi si diresse verso la camera di Edon. «Puoi ancora sentirlo». Non era una domanda, ma un'affermazione.

«Sì» confermò. Tirai un sospiro di sollievo.

«Allora sta meno male di quanto temessi» commentò Jolene, stendendo Edon sul letto.

«Sopravvive grazie a delle riserve di energia» continuò Silas. «Riesco a… uhm… percepirlo».

Jolene sembrò colpito. «Il vostro legame è insolitamente profondo».

Silas si schiarì la voce. «Già. Forse». Si avviò verso il bagno. «Ho preparato un po' di garze, medicine e altre cose che possono esserci utili. Vado a prenderle».

Scambiai un'occhiata con Jolene. «Non ti dà fastidio?» mi domandò. «Qualsiasi cosa stia succedendo tra quei due?».

«Perché dovrebbe?» gli chiesi di rimando. Non ero dell'umore di fare giochetti, né di parlare della nostra relazione.

«Già, perché…» rifletté ad alta voce, con un luccichio divertito nello sguardo. «Beh, immagino tu sappia cosa fare».

Annuii.

«Bene». Intercettò Silas, di ritorno dal bagno, gli tolse di mano il kit di pronto soccorso e me lo passò. «Silas mi aiuterà a trovare una branda su cui passare la notte. Tu occupati del mio ragazzo».

Silas mi lanciò un'occhiata come per chiedermi se andasse tutto bene.

Annuii di nuovo. *Ci penso io.*

Non c'era altra scelta. Avrei dovuto riportare in salute Edon. L'alternativa sarebbe stata la fuga… per il resto dei miei giorni. Perché sottomettermi a Walter, ammesso che fosse quello il suo piano, era fuori questione. Avrei preferito morire.

Silas e Jolene mi lasciarono sola. Le loro voci si ridussero a un mormorio, con Jolene che gli spiegava cosa avrei dovuto fare. Di norma, sentire un alfa illustrare pazientemente qualcosa a un nuovo licantropo mi avrebbe scioccata. Stranamente, però, non fece che rafforzare la mia determinazione a svolgere al meglio il mio compito.

Jolene aveva reso Edon l'uomo che era. I principi del lupo più anziano erano profondamente radicati nel maschio che avevo rivendicato come mio compagno.

Scostai delicatamente i capelli dal viso tumefatto di Edon e mi chinai per sfiorargli le labbra con un bacio. «Sono qui» sussurrai. «Prendi tutto ciò di cui hai bisogno».

Chiusi gli occhi e mi concentrai sul suo odore. Lo inalai profondamente. Era intenso, sensuale, impregnato di foresta e di maschio, punteggiato da un accenno di spezie.

Lo accettai.

Riconobbi la sua pretesa su di me.

E gli permisi di accedere al mio lupo.

Non successe nulla. L'aria era fredda, il suo respiro debole.

Presi un asciugamano, già caldo e umido, e lo usai per pulirgli il sangue dalla bocca, dalle guance, dalla fronte. Poi lo baciai di nuovo.

Le sue labbra formicolarono sotto le mie ma non ci fu nessun'altra reazione; il suo respiro era ancora così flebile.

Ripetei il movimento con l'asciugamano, tamponandogli il busto, le braccia, le cosce massicce e i polpacci. Mi ci volle quasi un'ora. Andai avanti e indietro dal bagno per cambiare gli asciugamani, lo spostai a destra e a sinistra per lavarlo accuratamente. Aveva ancora bisogno di una doccia, ma almeno le sue ferite erano tutte accessibili.

Spalmai su ciascuna l'unguento trovato da Silas e fasciai quelle più profonde, scendendo ogni gesto con un bacio. Sulla mascella, sulla bocca, sul collo, sulla tempia. E con ogni tocco gli permisi di sentire quanto fossi d'accordo.

Non avevamo ancora finalizzato la cerimonia di

accoppiamento, e non sarebbe accaduto fino alla successiva luna piena. Mi aveva solo rivendicata come sua. Ma, in quel momento, mi ritrovai a fare lo stesso con lui, dando il mio consenso alla nostra relazione e concedendogli l'accesso alla mia anima.

Il suo lupo sembrò sbadigliare sotto la sua pelle, solo ed esausto dopo il pestaggio a opera del branco. Ma sapevo che poteva sentirmi, lo percepii annusare la nostra connessione con un rinnovato interesse.

Mi stesi accanto a lui, reggendomi la testa con una mano e posandogli l'altra sull'addome. Iniziai a canticchiare per lui. Era una melodia inquietante, che Claudette mi aveva insegnato molto tempo prima. Ma mi faceva sempre sentire meglio.

Il suo respiro si era stabilizzato, la sua guarigione era ben avviata. Eppure, sembrava restio a servirsi di me. «Edon» mormorai, risalendo col palmo lungo il suo torso, raggiungendo il suo cuore. «Lo so che sono scappata, ma non sono debole. Puoi prendere tutto ciò di cui hai bisogno».

Niente.

Testardo di un lupo.

Ma percepii il suo interesse. Lo immaginai aggirarsi furtivamente attorno a me, annusandomi e ringhiando piano. Il mio lupo non si mosse. La sua postura trasudava forza, non sottomissione. A Edon serviva una sua pari. Una femmina degna di soddisfare le sue necessità.

Il ringhio che ne seguì non fu un parto della mia mente, ma un suono reale. Un suono spezzato, frutto della sua gola ferita.

Mi sporsi verso di lui. Gli accarezzai il collo col naso, poi accostai la bocca al suo orecchio. «Ti senti minacciato?» sussurrai. «È per questo che non vuoi prendere quello che ti serve?». Gli mordicchiai il lobo, poi vi conficcai i denti in profondità, fino a farlo sanguinare. «Non ho paura di te, alfa».

Un basso ringhio gli vibrò nel petto. Il suo lupo era sul punto di emergere.

«Prendi ciò che vuoi» lo esortai ancora una volta, dolcemente. «Sono qui».

Si zittì di nuovo, ricominciando a camminarmi attorno. Almeno nella mia mente.

Sospirai sul suo collo. «Se continui così, sarà una notte infinitamente lunga».

Nessuna risposta.

«Meno male che sono testarda anch'io» commentai, posandogli un bacio sul collo.

EDON

GLENN.

Barry.

Oscar.

George.

Mio padre.

Un ringhio mi scaldò il petto. Un giuramento destinato a coloro che fluttuavano nella mia mente. Avevo una lunga lista di licantropi da uccidere.

Avevano esagerato con quella dannata prova di forza.

E mio padre che voleva sapere dove si trovasse la mia compagna? Quella era stata la ciliegina sulla torta. Sapevo perché la volesse. E la lealtà verso il branco non c'entrava assolutamente nulla.

Dopo tutto quello che le aveva inflitto, mia madre era rimasta sterile. Ormai, apriva a malapena gli occhi. Generare un nuovo erede con lei sarebbe stato impossibile. Ma non con Luna.

Fottuto mostro.

Avevo trascorso così tanti anni a cercare di guadagnarmi la sua approvazione, fallendo miseramente. Beh, quel capitolo della mia vita era concluso. Non desideravo più il suo supporto, né i suoi consigli. Sarei diventato l'alfa che volevo essere e, non appena fosse successo, mio padre sarebbe stato il primo licantropo a essere bandito. E i suoi scagnozzi lo avrebbero seguito a ruota.

Tutto il mio corpo doleva. Soprattutto la cassa toracica, dove le ossa si stavano lentamente ricomponendo. Mi avevano fatto a pezzi con un milione di calci. Era un miracolo che fossi sopravvissuto.

No.

Non un miracolo.

Mio nonno. Era intervenuto e aveva minacciato mio padre che l'avrebbe denunciato all'Alleanza di sangue. Uccidere un erede senza motivo non era un comportamento ben visto, e mio padre non poteva usare la prova di forza come scusa. A meno che non avessi cercato di reagire, cosa che non avevo fatto. Avevo accettato le loro botte, come richiesto dal rituale, e mio padre aveva deciso di esagerare.

Beh, lui e quegli altri imbecilli.

Di lì, la mia lista.

Un altro ringhio mi vibrò nel petto. Sentivo la rabbia scorrermi nelle vene. Volevo spaccargli...

I miei sensi si animarono di colpo. Qualcuno aveva risposto al mio sfogo d'ira.

Non vocalmente, ma con un altro ringhio. Molto più sexy.

Luna.

Il suo corpo snello era steso accanto al mio. La sua mano mi pesava dolcemente sul cuore. Mi ci volle uno sforzo notevole per aprire le palpebre, ma fui grato di averci provato. Perché trovai ad attendermi uno spettacolo meraviglioso. Aveva la testa appoggiata sulla mano, ciocche scure che le ricadevano sulla spalla e occhi caramello che mi guardavano con una ferocia da togliermi il fiato.

«Era ora, cazzo» disse. Inarcai le sopracciglia, confuso.

Le mie labbra si schiusero per risponderle, ma non ne uscì alcun suono. Perché la sua bocca si posò sulla mia prima ancora che potessi provarci.

Fui attraversato da un'ondata di shock, presto sostituita dal calore e da un desiderio intenso.

Luna mi stava baciando. Avidamente. Mi ci volle qualche istante per capire perché avesse agito così di impulso. Voleva che attivassi il nostro legame e assorbissi la sua forza.

Non sarebbe mai successo.

Mi rifiutavo di usarla in quel modo. E non ne avevo nemmeno bisogno. Le mie riserve di energia mi stavano già facendo guarire senza problemi.

Ma la sua compagnia?

Quella sì che la accettavo con gioia.

Solo che non riuscivo a muovermi senza sussultare. E la mia bocca non stava funzionando come avrebbe dovuto.

Mi appoggiò il palmo sulla mascella, strappandomi una smorfia di dolore. «È rotta» mi spiegò in un sussurro, col naso che sfiorava il mio. «Lascia che ti aiuti, Edon. Ti prego». Un altro bacio, seguito da un morso al labbro inferiore come punizione per non averle obbedito. «Perché ti ostini a ribellarti?».

Oh, i modi in cui avrei potuto risponderle, se solo la mia bocca avesse funzionato. Le avrei detto: *Hai iniziato tu, tesoro. Sono tutti preliminari. Gratificazione ritardata, piccola.*

Ma la verità è che non volevo farle del male. In più, non conoscevo le sue vere intenzioni. Per quanto apprezzassi che fosse lì per me, sapevo anche che era obbligata a farlo. Era ciò che la società si aspettava da lei. E non avevo nessuna intenzione di costringerla. Soprattutto quando non avevo nemmeno bisogno della sua forza per guarire. Certo, mi avrebbe aiutato a riprendermi più in fretta. Ma non volevo succhiare la sua energia vitale come un vampiro qualsiasi.

Luna si tirò indietro. La sua espressione si incupì. «Perché mi stai rifiutando?».

Spalancai gli occhi. *Cosa?* Non si trattava di un rifiuto.

«È… voglio dire, vuoi che…?». Si morse il labbro, distogliendo lo sguardo. Poi lo riportò su di me, con una tristezza negli occhi che mi fece più male delle costole rotte. «Vuoi che chiami Silas?» chiese piano. La sua espressione era impregnata di un'emozione a cui non seppi dare un nome. Non era esattamente tristezza, ma c'era indubbiamente del dolore. «Non so se il vostro legame ti possa aiutare… ma se preferisci che sia lui ad assisterti, capisco perfettamente».

Dove sei?, chiesi a Silas, sfruttando la nostra connessione.

Sto perlustrando i dintorni con Jolene prima che vada a dormire, rispose. *Perché? C'è qualcosa che non va?*

Sì. A quanto pare, Luna è convinta che vorrei te come infermiere. Per quanto non mi sarebbe dispiaciuto avere Silas steso al mio fianco, in quel momento, non preferivo lui a Luna. *Qualcosa mi dice che il suo tocco sarà un po' più delicato, esattamente ciò di cui ho bisogno ora.*

Mi sbuffò nella mente. *Non mi sembri un tipo che ama la delicatezza, Edon.*

Non mi dispiacerebbe riceverne da una certa licantropa, pensai, alzando lo sguardo su di lei. *Solo che sembra veramente turbata.*

Perché pensa che preferiresti avere me lì? Sembrava altrettanto confuso. *Cosa le hai detto?*

Niente. Ho la mandibola rotta.

Non è ancora guarita? Potevo quasi vederlo grattarsi la testa. *Jolene ha detto che ti saresti ripreso più in fretta grazie al legame con Luna.*

Sì, se prendessi la sua energia. Ma non ho alcuna intenzione di farlo.

Perché no?!

Perché non voglio costringerla.

Non vuoi...? Poi iniziò a ridere, facendomi accigliare.

Non era una battuta, omega.

Oh, ma c'è dell'ironia, alfa, ribatté. *Mi hai ordinato di scoparla, ma non vuoi accettare ciò che lei stessa ti sta offrendo? Seriamente?*

Non avrai intenzione di ricominciare... non dirmi che non ti è piaciuto...

«Edon?» sussurrò Luna. L'irritazione di cui era intriso inizialmente il suo tono era sparita, rimpiazzata da qualcosa di simile alla delusione. «Mi rendo conto che probabilmente non riesci a parlare, ma puoi annuire?».

Sollevai il mento di un centimetro, per testare i movimenti del collo. Faceva un male infernale, ma funzionava.

Se permettessi a Luna di aiutarti e assorbissi un po' della sua forza, forse non ti farebbe così male, mi punzecchiò mentalmente Silas.

Vaffanculo.

Per tutta risposta, quell'idiota mi mandò dei baci. Si stava divertendo. Ma l'espressione sul viso di Luna mi tolse ogni voglia di provare a sorridere.

«Vuoi che vada a chiamare Silas?» mi chiese dolcemente.

Rimasi immobile, senza annuire.

Lei corrugò la fronte. «Non... non so cosa vuoi, Edon. Sto cercando di aiutarti, ma non mi vuoi. È chiaro. Quindi ora vado a cercare Silas, okay? Forse da lui ti lascerai aiutare, o... non lo so». Scosse la testa, ma colsi qualcosa nei suoi occhi, prima che li serrasse.

Si sente rifiutata, capii. *Pensa che stia rifiutando il nostro legame.*

Perché è quello che stai facendo, sottolineò Silas.

No, non è vero. È solo che non voglio succhiarle via la sua linfa vitale, ribattei mentalmente, irritato.

Lei lo sa?

A quanto pare no, conclusi, notando il modo in cui le tremava il labbro inferiore. *Oh, mia piccola compagna...*

Era stata così forte, sdraiata accanto a me, desiderosa che sfruttassi la sua energia per guarire. La mancanza di sangue sulla mia pelle mi rivelò che mi aveva anche lavato.

Sta accettando di stare al tuo fianco, mormorò Silas. *Gliel'ho letto negli occhi.*

E in quel momento lo sentii.

Luna iniziò a scendere dal letto. Allungai una mano verso di lei. Il movimento improvviso mi strappò una smorfia e un gemito, che la fece voltare con uno sguardo inorridito.

«Scusami, non volevo farti ancora più male. Stavo solo cercando di... ehm... spostarmi». Aveva un'espressione desolata. «Hai bisogno di antidolorifici».

No, quello di cui avevo bisogno era un corpo nuovo di zecca. Con cui poter uccidere mio padre e i suoi stupidi amichetti.

«Visto che non mi vuoi, non posso aiutarti» disse, ritrovando un accenno del suo temperamento. «Quindi adesso mi alzo e vado a cercare Silas. Dal momento che siete... beh, più legati».

Merda. Non era assolutamente così.

Ringhiai. L'unico suono che, apparentemente, ero in grado di emettere. Lei si bloccò di nuovo.

Poi mi rivolse un'occhiata diffidente. «Mi hai appena ringhiato contro?».

Annuii.

«Perché?».

Perché mi hai appena accusato di aver rifiutato il nostro legame, pensai.

Ovviamente fu Silas a rispondere. *Allora forse dovresti fare qualsiasi cosa sia prevista per accettarla come compagna.*

La fai facile, omega.

Perché lo è, alfa.

Volevo discutere, ma non potevo. Perché mi fu immediatamente chiaro che avevo accettato il legame con lui senza alcuna esitazione. Ma la situazione con Luna era più complessa. Avevo iniziato la cerimonia contro il suo volere. Se avessi anche assorbito la sua energia, il nostro destino sarebbe stato segnato.

Certo, lei non aveva mai avuto scelta, fin dall'inizio. E, a dirla tutta, nemmeno io.

Luna sospirò, frustrata. «Sei un lupo veramente testardo».

Le mie labbra si piegarono in un sorriso. O almeno ci provarono. Quel piccolo movimento mi causò un dolore lancinante, che rovinò il momento.

Lo sguardo di Luna virò dal diffidente all'irritato. «Era un sorriso?».

Sollevai il mento per annuire, guadagnandomi un'occhiata omicida.

«Respingermi ti diverte?». L'atmosfera gelò in un istante. «Wow. Okay. So che all'inizio non ero esattamente entusiasta di diventare la tua compagna, ma pensavo che la scorsa notte avesse cambiato le cose. È stato davvero ingenuo da parte mia, ora me ne rendo conto».

No, aspetta. Non è…

«Sai che ero genuinamente preoccupata per te?». Scoppiò a ridere, ma il suono che ne uscì era intriso di tristezza. «Non importa. Goditi pure il tuo *divertimento*. Da solo. Perché col cazzo che me ne starò seduta qui a lasciare che te la spassi a mie spese».

Scese dal letto. Le ringhiai dietro, ma mi ignorò.

Come *osava* mollarmi lì, così, quando non avevo voce per difendermi!

Torna qui, le ordinai.

Ma non poteva sentirmi. Né obbedì al comando che si irradiava dal mio petto. Continuò a camminare, con le spalle dritte e la testa alta, nonostante il suo avvilimento inasprisse l'aria.

Tipico comportamento da alfa, rifiutare che gli altri potessero vedere il suo dolore. Ma il suo odore la tradiva.

Quando raggiunse la porta, qualcosa scattò dentro di me.

Non le avrei mai permesso di allontanarsi da me in quel modo.

Vacillò sotto il peso della nostra improvvisa connessione. Il respiro le uscì in un rantolo quando affondai i miei artigli mentali in lei, costringendola a restare. Il mio lupo non aveva nessuna voglia di giocare. Voleva dominarla.

Quella femmina mi apparteneva.

E aveva pensato che volessi rifiutarla?

Ogni muro costruito tra noi crollò. Strattonai il nostro legame, quella connessione che aveva iniziato a formarsi la prima volta che l'avevo morsa. Nessuno dei due l'aveva ancora esplorata, principalmente perché si era trattato più di una formalità che un desiderio. Ma non era più così. Volevo sapere tutto.

Perché se Luna aveva creduto anche solo per un attimo che non la volessi, le avrei fatto cambiare idea.

Tu. Sei. La. Mia. Compagna. Parole pronunciate mentalmente dal mio lupo in un ringhio che le riecheggiò nella testa e nel cuore. Prese a camminarle attorno come fosse una preda. *Non ti allontanerai da me.*

Luna si voltò, con gli occhi sgranati. «Io… Io…».

Torna qui, le dissi. *Ora.*

Ma non lo fece. Anzi, quella piccola insolente mi fulminò con lo sguardo. «No. Stavi ridendo di me, Edon. Solo perché hai deciso di rispolverare la nostra connessione, non significa che adesso io debba accettarla».

E fece l'impensabile. La sua mente ricostruì i blocchi che avevo appena abbattuto.

Era già abbastanza grave che il nostro legame non fosse completo e che avessi un accesso limitato alla sua mente. Con la connessione aperta, potevo comunicarle parole, sentimenti… e prendere qualsiasi cosa lei mi offrisse volontariamente. Niente di più.

E adesso voleva tagliarmi fuori?

Assolutamente no.

Non stavo ridendo di te, Luna, dissi in fretta. Avevo bisogno che mi sentisse prima di finire quel dannato muro. *Ero divertito dal fatto che mi dessi del testardo. E non ho rifiutato il nostro legame. Semplicemente, non volevo usarti.*

Si bloccò, con le labbra piegate verso il basso. «Spiega».

Invece di farlo, ripercorsi l'intera conversazione dal mio punto di vista, incluso lo scambio con Silas. Non appena finii, ogni traccia di dolore era svanita dai suoi lineamenti.

«È la cosa più stupida che abbia mai sentito» mi accusò. «Lo scopo del legame di accoppiamento è aiutarsi a vicenda, Edon. Non sei l'unico ad avere riserve di forza. E, onestamente, mi offende che pensi che non possa sopportare un po' di vampirismo. Non sono una beta o un'omega. Sono un'alfa. Ce l'ho nel sangue, cretino».

Inarcai le sopracciglia. *Attenta. Sarai pure un'alfa purosangue, ma io sono il* tuo *alfa.*

«Ah sì?» mi schernì. «Perché tutto quello che vedo è un lupo ferito che si rifiuta di fare quello che deve, solo per proteggere la sua femmina. Una femmina perfettamente in grado di tenergli testa». I suoi splendidi occhi lampeggiarono ancora una volta. «Come ti sentiresti, se rifiutassi la tua forza? Se ti ritenessi troppo debole per aiutarmi?».

Non è...

«No, è *esattamente* così. Credi che non sia abbastanza forte da aiutarti». Incrociò le braccia sul petto, e la mia camicia le si alzò lungo le cosce. Le stava così bene. Ma quello non era il momento di pensarci. «Perché mi vuoi come compagna, Edon? Per fare dei cuccioli? Per scopare la tua progenie? A cosa ti servo, se non ritieni la mia forza degna di un alfa?».

Le sue accuse mi fecero ribollire il sangue. Il cuore mi batteva all'impazzata. *Vieni. Subito. Qui.*

«No».

Chi sta facendo il testardo, adesso?, le chiesi, furibondo. *Vuoi dimostrarmi quanto sei forte? Allora porta il tuo bel culetto qui e stenditi.*

«Non devo stend...». Si appoggiò al muro per un po' di supporto. Le sue gambe stavano cedendo sotto le richieste del mio lupo. Mi era bastato assorbire un briciolo delle sue riserve e già la mia gabbia toracica sospirava di sollievo. Il resto del mio corpo mi implorò di averne di più, ma lo scopo era darle una dimostrazione.

Eppure, non volevo più fermarmi.

Adesso, Luna, le ordinai, reprimendo il desiderio di rubarle altra energia. *A meno che tu non abbia paura.*

Un verso poco lusinghiero le sfuggì dalla gola, rivelandomi esattamente come si sentisse al riguardo. «Ti odio» disse, tornando verso il letto.

Bugiarda, sussurrai.

Sbuffò, ma si stese comunque accanto a me. «Non significa che ti perdono».

Mi concessi un altro assaggio della sua vitalità. Il mio lupo si stiracchiò, felice. Luna sospirò. Il suo piacere scaldò il nostro legame, incoraggiandomi ad assorbire ancora un po' di energia. Lo feci, permettendo alla sua forza di sfrigolare nelle mie vene, lungo i miei arti, nelle mie ossa, nel profondo della mia anima.

Wow, era così eccitante e incredibilmente intimo. Il mio antidolorifico personale, sotto forma di uno splendido corpo femminile.

Avrei dovuto farmi male più spesso.

«Non pensarci neanche» mi ammonì. Forse avevo pronunciato quelle parole attraverso il nostro legame, o forse le aveva colte lei stessa. Non ne ero sicuro.

Grazie, mormorai in tutta sincerità.

Per un po' non risposte, apparentemente troppo concentrata a fissare il soffitto. Ma poi si girò, rotolando sul fianco e guardandomi in faccia. «Prego».

LUNA

Il mio corpo formicolava per l'intrusione di Edon. Ma non era una brutta sensazione, anzi. Mi lasciò senza fiato, ricolma di desiderio.

Lui era immobile, con gli occhi chiusi, come se stesse dormendo. Ma sapevo che era sveglio. La nostra connessione non era ancora completa, ma c'era. Il suo lupo chiamava il mio, con la promessa che alla successiva luna piena la cerimonia sarebbe stata finalizzata.

Mancava solo un morso. Le mie zanne nella sua carne.

Non tutti gli alfa lo richiedevano; il marchio iniziale era sufficiente a costringere la femmina a diventare la loro compagna. Ma sapevo che Edon voleva di più. E da quando mi aveva permesso di accedere alla sua mente, lo sentivo chiaramente.

Potevo esplorare liberamente ogni parte di lui, mentre le mie emozioni e i miei pensieri erano ancora rinchiusi dietro un muro d'acciaio, che avrebbe potuto superare solo quando il nostro legame fosse stato completo.

Nel frattempo, però, la sua mente era mia. Ed era un luogo incredibilmente affascinante.

Vi avevo percepito la presenza di Silas; la loro connessione era forte e attiva.

Colsi anche tracce della confusione che albergava nel

suo cuore. Ci desiderava entrambi nello stesso doloroso modo. Edon continuava a interrogarsi al riguardo, cercando di capire come far funzionare tutto quanto. La mia reazione esagerata non aveva fatto altro che aggiungersi al caos generale.

Pensava che fossi gelosa di Silas. Il che, in un certo senso, era vero. Ma solo in parte. Quando avevo pensato che preferisse la sua progenie, mi ero sentita tagliata fuori. Priva di valore.

Poi, finalmente, mi aveva spiegato le sue ragioni.

Che spreco di tempo ed energia.

In una mezz'ora scarsa, il suo corpo sembrava già perfettamente guarito, almeno esteriormente, grazie al nostro legame. *Alla faccia tua, testardo di un lupo. E tu che pensavi che non fossi in grado di sopportarlo, o che non volessi aiutarti. Idiota.*

Sorrise. «Anche se non riesco a udire i tuoi pensieri, posso percepire le tue emozioni». La sua voce suonava forte e chiara, la sua gola e la sua mandibola erano tornate a posto. Quando mi guardò, notai anche la mancanza di lividi e gonfiore; il suo bel viso era di nuovo intatto. «Sei compiaciuta di te stessa».

«E a buon diritto». Mi sollevai appena, appoggiando la guancia sul palmo della mano. «Come ti senti, Edon?».

«Rilassato». Girò la testa sul cuscino e mi guardò negli occhi. «Caldo».

Rimanemmo a fissarci per un lungo momento. Un momento perfetto, in cui tutto sembrava al suo posto. In cui tutto sembrava così *giusto*. Il modo in cui la mia energia vitale fluiva da me a lui senza alcuna fatica, cullandoci in uno stato di pace.

«Baciami» sussurrò.

Non tanto una richiesta, quanto un ordine.

Dopotutto, era pur sempre un alfa.

Sorrisi. «Mi vuoi? Allora vieni a prendermi».

I suoi occhi si illuminarono di interesse. «Hai intenzione di farmi correre?».

Fui sul punto di scoppiare a ridere. «Magari un altro giorno. Per adesso, mi basta che sollevi la schiena». Mi sembrava un buon punto di partenza, visto che non si muoveva da ore.

«Stai mettendo in dubbio le mie capacità di scoparti, Luna?» chiese, inarcando un sopracciglio. «Perché ti posso assicurare che non sarà un problema».

«Chi ha parlato di scopare? Hai detto che vuoi un bacio».

«Se hai intenzione di farmi faticare, sappi che ricambierò il favore». Si mosse prima ancora che potessi rispondergli. Il suo corpo possente era immobile l'attimo prima e sopra di me quello dopo.

Mi mancò il respiro. Non solo per la sua dimostrazione di forza, ma anche per la velocità con cui reagì. «*Oh*» ansimai.

«Già» mormorò, sistemandosi tra le mie cosce spalancate. «E adesso baciami».

Le sue labbra erano a un soffio dalle mie. Il calore irradiato dal suo corpo mi immerse in un oceano di desiderio che non potevo ignorare.

E infatti non lo feci.

Lo baciai. Non dolcemente, ma appassionatamente. E adorai il ringhio con cui ricambiò il mio entusiasmo. Vibrò dal suo petto al mio, un suono possessivo che mi fece bagnare immediatamente.

Il mio lupo si sottomise istintivamente. L'alfa, più forte e potente, prese il controllo della mia bocca. Gemetti, ogni mio pensiero era inondato di piacere.

Mi abbandonai completamente a lui.

Al suo tocco.

Alla sua presenza.

Alla sua stessa esistenza.

L'inevitabile destino su cui avevo rimuginato tutta la vita lasciò il posto a un fervore che non mi sarei mai aspettata.

Volevo Edon. *Di brutto.*

E gli permisi di sentirlo, premendo il mio calore sulla sua erezione. Accolse il mio movimento con un gemito gutturale, che non fece che acuire il mio bisogno. «Edon» sussurrai, inarcandomi ancora una volta verso di lui.

«Pensavo volessi soltanto un bacio» mi provocò, mordicchiandomi il labbro inferiore e coprendomi il viso di baci. «Sei preoccupata che non sia in grado di scoparti?».

«Considerando quanto ce l'hai duro, assolutamente no» risposi, deglutendo a fatica.

«Mmm… non so». Trascinò lentamente la lingua sulla mia gola, lasciandomi fremente sotto di lui. «Forse dovresti stare tu sopra».

L'idea di montarlo a modo mio distrusse la mia capacità di rispondere, anzi, addirittura di pensare.

Perché sì. *Cazzo*, sì. Volevo farlo più di quanto volessi respirare.

E in qualche modo lui lo sapeva.

Rotolò sulla schiena, trascinandomi con sé. Mi misi istintivamente a cavalcioni su di lui, rabbrividendo di desiderio.

«Prendimi» mi incoraggiò. Poi strattonò la camicia che avevo ancora addosso. «Ma prima togliti questa. Voglio guardarti mentre mi scopi, Luna. Ogni movimento, ogni gemito, ogni sussulto. Saranno tutti miei».

Oh, mi farà impazzire.

Mi sfilai lentamente la camicia e la gettai sul pavimento. Il suo ghigno predatorio mi fece correre un

279

brivido lungo la schiena. Nel suo sguardo c'era una promessa che avevo tutte le intenzioni di mantenere.

«Hai paura?» scherzò.

«Sono terrorizzata» mormorai. Non era una bugia, però era la sensazione che mi si agitava nel petto a spaventarmi. Ma non mi trattenne dal sollevarmi appena e prenderlo dentro di me, dal muovere il bacino sul suo, dal ringhiare il suo nome.

Mi aveva fatto un regalo.

Un regalo che apprezzai più di quanto avrebbe mai potuto immaginare. E più di quanto avrebbe mai saputo.

Mi aveva dato la libertà di esprimere il mio istinto da alfa e prendere tutto ciò che volevo dal maschio che giaceva sotto di me.

Alla maggior parte delle femmine nella mia posizione non veniva mai offerta una possibilità del genere. I maschi preferivano dominare sotto ogni punto di vista. Ma Edon rimase immobile, con i muscoli tesi dallo sforzo di lasciare che fosse qualcun altro a dettare il ritmo e a scoparlo.

Una lacrima mi sfuggì lungo la guancia. La catturò col pollice, poi mi cinse la nuca, attirandomi a sé per un bacio. Ebbi l'impressione che capisse davvero la serietà del suo dono, il che non fece che renderlo ancora più attraente ai miei occhi.

«Edon» sussurrai.

«Ssh». Leccò il punto in cui le mie labbra si congiungevano. «Divorami, piccola. Fammi tuo».

E fu così che andò. Lo rivendicai con ogni leccata, ogni carezza e ogni bacio. Era *mio*. L'unica cosa che non feci fu morderlo; avrei conservato quel gesto per la prossima luna piena, quando avrebbe contato davvero.

Il mio ventre ardeva, le mie cosce tremavano.

Un orgasmo si stava affacciando all'orizzonte, uno di

quelli che demoliscono l'abilità di pensare e probabilmente anche di respirare.

Ma lo inseguii lo stesso, alzandomi e abbassandomi su Edon, prendendolo in profondità, gemendo ogni volta che il mio clitoride sfregava su di lui nel modo giusto.

Oh, se ne volevo di più.

Aumentai il ritmo, col sudore che luccicava sulla pelle di entrambi, ma non era ancora abbastanza. Mugolai, crollando su di lui. Gli baciai la mascella. Il mio corpo si contorceva in un modo quasi doloroso. L'estasi sembrava così vicina, eppure così lontana.

Edon mi infilò le dita tra i capelli e mi trascinò di nuovo in un bacio, con la mano opposta premuta sul mio fondoschiena. Si inarcò verso di me, facendomi gemere sulla sua bocca. Non era nemmeno nel pieno delle sue forze, ma sapeva come muoversi.

Cedetti alla sua potenza, godendo della sua abilità.

Essere in cima mi forniva la sicurezza associata al controllo, ma con ogni spinta che mi infliggeva ridefiniva il concetto di *alfa*. Un tale equilibrio, un tale vigore, una tale *perfezione*.

Una delle sue mani rimase tra i miei capelli, mentre l'altra scivolò lungo il mio fianco, poi sul ventre e ancora più in basso.

Il suo dito mi massaggiò il clitoride esattamente come desideravo, facendomi precipitare in un vortice di beatitudine. Il suo nome lasciò la mia bocca, solo per essere inghiottito dalla sua. Fui travolta da intense ondate di piacere. Ciascuna si increspava su di me, trascinandomi fino alla fine del mondo e poi di nuovo lì, con lui. Ansimai, mugolai, rantolai. Ogni suono veniva soffocato da Edon, mentre la sua lingua mi scopava abilmente la bocca.

Mi accorsi a malapena che la mia schiena aveva colpito

il materasso, o che Edon aveva di nuovo preso posto tra le mie cosce.

Questo è il paradiso. Non riuscivo a pensare a nient'altro. Volevo solo restare avvolta nel calore primordiale di Edon, senza muovermi mai più. Solo che il mio bacino continuava a sollevarsi per incontrare le sue spinte, e le mie membra fremevano per la pressione che mi cresceva nel ventre. Un'altra spirale mi condusse nell'oblio, annichilendo i miei sensi e facendomi venire la pelle d'oca.

Wow...

Non era stato nemmeno il mio orgasmo a travolgermi, ma quello di Edon. Aveva lasciato il collegamento aperto, inondandomi delle sue sensazioni e trascinandomi con lui nel buco nero dell'estasi. Ed era così dannatamente eccitante. Sensuale. Meraviglioso.

Mi diede tutto se stesso.

La sua esaltazione.

Il suo dominio.

La sua voglia irrefrenabile di prendermi di nuovo, non appena avesse finito di tremare.

La sua smania di esplorare piaceri più oscuri.

Rabbrividii, incuriosita dalle idee che si rincorrevano nella sua mente. Immagini che non voleva tenermi nascoste. Voleva prendermi in ogni modo possibile, marchiarmi come sua, così che nessuno potesse più toccarmi.

Tranne Silas.

C'era anche lui in quelle fantasie. A Edon piaceva quando eravamo tutti e tre insieme. No, non è che gli piacesse e basta. Lo desiderava ardentemente. Anche in quel momento, sapevo che stava comunicando con Silas. Ma non potevo sentirli; il loro collegamento era separato da quello che condividevo con Edon. Però riuscivo a percepire i mormorii di Silas tra i pensieri dell'alfa, mormorii che Edon sembrava ricambiare.

«Cosa sta dicendo?» chiesi, con le gambe ancora avvolte attorno alla vita di Edon.

«Che vuole dormire sul divano» rispose Edon, sfiorandomi il collo con le labbra. Si alzò sui gomiti e studiò la mia espressione. «Pensa che saresti a disagio, se si unisse a noi. Quindi sta ignorando il mio ordine».

Una parte di me voleva ridacchiare per come aveva terminato la frase, ma l'inizio aveva catturato il mio interesse. «Perché dovrei sentirmi a disagio?».

«Dimmelo tu». Mi passò le dita tra i capelli. «Ti va bene se Silas si unisce a noi?».

«Cosa faresti se dicessi di no?» riflettei ad alta voce. «Lo manderesti via?».

Deglutì, alzando gli occhi verso la testiera del letto, per poi abbassarli di nuovo su di me. «Se è ciò che desidera la mia compagna, allora sì. Penso proprio che dovrei».

Inarcai le sopracciglia. «Sceglieresti me?». Per qualche motivo, la sua risposta non mi esaltò quanto mi ero aspettata. Anzi, ebbe l'effetto opposto. «Non puoi fare una cosa del genere a Silas».

Ridacchiò. «Non ho detto che voglio farlo, Luna. Non ho intenzione di mentirti. Lo voglio tanto quanto voglio te, ma il tuo benessere è molto importante per me. E lo è anche per lui. Se non vuoi che condivida il nostro letto, allora lui stesso non vorrebbe unirsi a noi. Il che mi lascerebbe poca scelta, se non rispettare i desideri di entrambi».

Lo fissai a bocca aperta. «Sei così diverso da come mi aspettavo».

«Considerando che ti aspettavi un maschio come tuo padre o il mio, lo prendo come un complimento». Trascinò il pollice lungo la mia mascella, seguendo il movimento con gli occhi. «Cosa devo dire a Silas?».

«Di portare qua il culo» risposi senza esitare. «Perché diavolo dovrebbe dormire sul divano?».

Le sue labbra si incresparono in un sorriso. «È come se potessi leggermi nel pensiero, mia cara Luna. Perché è esattamente quello che gli ho detto». Mi baciò appassionatamente, uscendo a poco a poco dal mio corpo. «Mmm... scoparti potrebbe diventare il mio nuovo passatempo preferito, ma Silas ha bisogno di un po' di sollievo».

«Sto bene» rispose lui dall'altro lato della stanza, dov'era appoggiato allo stipite della porta, con addosso solo un paio di jeans. Goccioline d'acqua gli imperlavano il torso, e aveva i capelli bagnati per quella che immaginai fosse una doccia recente. Doveva averla fatta dopo aver perlustrato il perimetro.

«Provalo» mormorò Edon, stendendosi a fianco a me. Mi strinse a sé, col petto appoggiato alla mia schiena, in modo che entrambi potessimo vedere l'entrata della camera. Edon si sollevò su un gomito, mentre con l'altra mano mi accarezzò il ventre, sempre più giù, fino al risultato del nostro amplesso. «Vieni qui, Silas».

L'altro maschio gli rivolse un'occhiata diffidente, ma entrò comunque nella stanza e si chiuse la porta alle spalle. Doveva aver detto qualcosa a Edon, perché l'alfa si mise a ridere. La vibrazione della sua risata, unita al dito che mi stava infilando tra le cosce, mi fecero seccare la bocca al punto da non riuscire più a parlare.

Non che sapessi cosa dire.

Un gemito sembrava il commento più appropriato, soprattutto considerando il modo in cui lo sguardo di Silas seguiva la mano di Edon. Mi strinse la coscia e guidò la mia gamba all'indietro, fino ad appoggiarla sulle sue, esponendomi così alla vista di Silas.

«Non è meravigliosa?» chiese dolcemente l'alfa, con le labbra accanto al mio orecchio e la mano di nuovo nel centro del mio piacere.

Silas deglutì visibilmente. «Sì».

«Ma tu stai *bene*, no?». Edon infilò due dita dentro di me, penetrandomi in profondità. «Togliti i jeans, Silas. Mostraci quanto stai *bene*».

Il suo sguardo si incupì ancora di più, assumendo il colore del cielo al crepuscolo. Si sbottonò i pantaloni e abbassò la cerniera.

Entrambi i maschi erano ben dotati e splendidi a modo loro, ma il cazzo di Silas era più lungo e sottile, mentre quello di Edon più grosso e robusto. Ebbi l'impressione che, in qualche modo, fossero entrambi adatti ai rispettivi proprietari.

E mi ritrovai affamata di entrambi, nonostante avessi appena fatto sesso con Edon.

Silas scalciò via i jeans e si posò le mani sui fianchi. «Contento?».

«Io? Molto». Edon accarezzò il mio clitoride col pollice, tracciando dei placidi movimenti circolari, mentre il resto della sua mano esplorava il mio intimo. «Ma sembri a disagio, Silas. Forse possiamo aiutarti a rilassarti. Sempre che tu non stia già *bene*».

Fremetti quando Silas si inginocchiò sul letto. Il suo calore e la sua presenza erano un afrodisiaco per i miei sensi. *Sì, ti prego*, mormorò il mio lupo.

«Stenditi vicino a Luna» gli disse Edon. Il suo tono autoritario non lasciò spazio a discussioni. Non sembrava minimamente che fosse appena sopravvissuto a un pestaggio quasi letale, dal quale si stava ancora riprendendo. Anche se lo sentivo assorbire un po' delle mie riserve di energia; non molta, solo il necessario per favorire la sua guarigione. Sarà pure stato di nuovo al comando, ma non era al massimo delle forze. Era solo un alfa con un ego smisurato.

A buon diritto, pensai. Sorrisi a Silas, che stava prendendo posto accanto a me. «Ciao» sussurrai.

«Ciao» rispose lui, rivolgendomi un'occhiata molto più dolce di quella che aveva riservato a Edon. Sospirai quando si sporse per baciarmi. Le sue labbra erano calde e morbide. Fu un bacio lento, tipico di Silas. Esplorò la mia bocca con un ritmo ipnotico.

Edon tolse la mano da me, strappandomi un mugolio frustrato, che però venne sovrastato dal ringhio di Silas.

«*Cazzo*, Edon» gemette, inarcandosi in un modo che gli fece abbandonare le mie labbra.

Mi accorsi del motivo.

Edon aveva afferrato il sesso di Silas e glielo stava accarezzando, usando il frutto della nostra eccitazione come lubrificante.

Ecco perché mi aveva toccata in quel modo: per ricoprirsi il palmo con i postumi del nostro rapporto.

Le mie cosce si contrassero, un calore ormai familiare si stava raccogliendo nel mio ventre. Perché wow, quell'immagine era così sexy. E anche Silas sembrava approvare. Quando Edon strinse ancora di più la presa, chiuse gli occhi emettendo un suono gutturale.

Chi l'avrebbe mai detto che vedere un uomo toccarne un altro sarebbe stato così eccitante?

O forse era l'essere in mezzo a loro che rendeva il mio sangue lava bollente.

Ma non era importante.

Mi persi in quell'istante, con gli occhi incollati alla mano di Edon e al ritmo che aveva impostato. Non era brutale né troppo veloce, ma deciso e consapevole. I muscoli di Silas si tesero; il suo addome era un mosaico di rilievi e insenature che volevo esplorare con la lingua.

«È vicino» mormorò Edon. «Vuoi abbassarti, in modo che possa venirti in bocca? O dovrei lasciare che lo faccia tra le tue belle cosce e poi ti pulisca con la lingua?».

Silas rispose con un rumore incomprensibile. Le sue palpebre fremettero e il suo corpo iniziò a contorcersi.

«Mmm... a quanto pare, ha deciso lui per te». Edon mi mordicchiò il collo. Il suo calore era come una coperta che mi avvolgeva la schiena. Nel giro di qualche istante, Silas esplose sul mio intimo, inondandomi col suo seme. «Non è bellissimo?».

Annuii. «Sì». Lo era davvero, con i suoi capelli d'oro, il collo contratto, la mascella tesa, il corpo forte e atletico.

Ma fu il ringhio che gli uscì dalle labbra ciò che adorai di più. Così mascolino, primordiale e incredibilmente affascinante.

Alzò le palpebre, rivelando i suoi meravigliosi occhi blu, offuscati dal piacere. «Luna, se continui a guardarmi così vengo di nuovo».

Edon ridacchiò. Le sue labbra mi accarezzarono la gola. «Penso che prima sia meglio che tu le dia una pulita. Con la lingua». Silas rabbrividì, poi si sporse per sfiorarmi la bocca con la sua. La sua mano si posò sul mio fianco. «Abbiamo fatto un disastro, eh, Lulù?». Il suo respiro caldo si infranse sulle mie labbra schiuse. «Vuoi che lecchi via tutto? O preferisci che te lo massaggi sulla pelle e ti marchi come nostra?».

Parole audaci.

Ma furono accolte con approvazione dall'alfa alle mie spalle. Lo percepii attraverso il nostro legame. Gli piaceva che Silas volesse rivendicarmi. Così come gli piaceva condividerci entrambi.

«Digli cosa vuoi» mi incoraggiò Edon. «*Dicci* come servirti, mia piccola compagna».

Mi baciò il collo, mentre Silas si dedicò di nuovo alla mia bocca, rendendomi incapace di rispondere. Non che sapessi cosa dire. Non riuscivo a scegliere. Volevo entrambe le cose.

E quando finalmente ebbi la possibilità di spiegarglielo, ridacchiarono tutti e due. Edon mi posò la mano tra le gambe. Le sue dita si insinuarono dentro di me, mescolando il frutto combinato del nostro piacere, poi le alzò verso me e Silas, per farcele leccare.

Non fu scambiata nemmeno una parola.

Solo emozioni.

I nostri corpi si muovevano all'unisono, spinti dall'istinto.

Non seppi più chi stesse toccando chi, mi abbandonai semplicemente alle sensazioni. Nel mentre, continuavo a percepire il delicato strattone con cui Edon assorbiva la mia forza vitale. Nonostante la sua prestanza esteriore, il suo corpo stava ancora guarendo.

E alla fine, dopo un tempo infinito di coccole e piacere, ci addormentammo.

Sognai un futuro in cui tre lupi avrebbero potuto vivere per sempre felici e contenti.

Ma furono mangiati vivi dalle regole della società…

SILAS

Gli ospiti stanno arrivando, dissi a Edon, osservandoli dal perimetro.

Una fila di auto percorreva il sentiero di ghiaia che conduceva al cuore del territorio del clan Clemente. All'interno c'erano membri dell'alta società, sia vampiri che licantropi, tutti lì per assistere alla cerimonia della luna piena.

L'elettricità danzava sulla mia pelliccia. Ogni parte di me era in allerta.

Perché era l'ultima possibilità, per Walter, di bloccare l'ascensione di Edon.

E le ultime due settimane e mezzo erano state troppo tranquille per i miei gusti.

Suo padre doveva avere in mente qualcosa; era impossibile che si fosse arreso dopo la prova di forza. Non dopo tutto quello che aveva fatto. Nel frattempo, però, ci aveva costretti a essere continuamente vigili, in attesa di un attacco che non era mai arrivato.

Il che significava che eravamo completamente esausti.

Sospettavo che fosse proprio quello il suo scopo.

Noti qualcosa fuori dall'ordinario?, chiese Edon.

A parte il fatto che sono l'unico di guardia? No, niente di che.

Edon rimase in silenzio per qualche istante. *Stanno tramando qualcosa.*

Lo so. Perché il mese prima eravamo in una ventina a controllare il perimetro. Quella notte, invece, nessuno. Tecnicamente, nemmeno io avrei dovuto essere lì. Ma la mia lealtà verso Edon e Luna mi aveva messo esattamente dove dovevo stare.

La cerimonia comincia tra un'ora. Voglio averti vicino, quando inizierà tutto quanto.

Ci sarò. La mia conferma non era necessaria, e non lo era neppure il suo ordine. Ma mi sembrarono in linea con la formalità di quella giornata speciale.

Nelle ultime settimane, eravamo caduti in un ritmo pericoloso, in cui avevo iniziato a occupare un posto molto più importante nella vita di Edon. Quella notte, però, mi aveva ridotto ancora una volta al ruolo di sua progenie.

Anzi, no, non era esattamente così. Avevo impersonato quel ruolo durante l'ultima cerimonia. Nessuno mi aveva rivolto la parola né dato segno di notarmi, fatta eccezione per la mia vecchia amica Rae, con cui avevo parlato in segreto nel corso del ricevimento di apertura. Ed Edon mi aveva trattato come se non esistessi.

Era stata un'esperienza completamente diversa da quella che mi aspettava.

Perché avevo Edon nella testa. Nel sangue. Nella mia stessa anima.

E non mi aveva messo di guardia solo per proteggere lui, ma anche Luna.

Quindi no, non era assolutamente come il primo rituale.

Avevo molto di più da perdere.

Anche se di lì a poco avrei perso tutto a prescindere. Perché Edon e Luna stavano per finalizzare il loro legame. Non appena Luna avesse morso Edon sotto la luna piena, sarebbe diventato irrevocabilmente suo, completando la cerimonia iniziata un mese prima.

E così mi sarei ritrovato solo, ad assistere dall'esterno alle vite degli altri.

Di nuovo.

La mia coda fremette, le mie orecchie si appiattirono. Una parte di me voleva festeggiare con loro, mentre l'altra si sentiva terribilmente sola. Sapevo che quello che era successo tra di noi sarebbe stata una cosa temporanea, ma le ultime settimane erano state le più belle della mia vita. E ciò la diceva lunga, considerando tutto quello che avevo passato di recente.

Mi piaceva stare con Edon e Luna. Veramente tanto. E non solo da un punto di vista sessuale. Mi sentivo perfettamente a mio agio, come se loro fossero la mia casa.

Il che era completamente folle.

Non avevo una casa.

Solo letti temporanei.

Ma, tra tutti, preferivo quello in cui avevo trascorso la notte. Con la testa di Luna appoggiata alla mia spalla e il braccio di Edon che le cingeva la vita, mi sembrava di essere in paradiso. Purtroppo, però, quando mi svegliai fui costretto a fare i conti con la realtà, sotto forma dell'imminente luna piena.

Edon mi aveva regalato una distrazione temporanea, facendomelo succhiare da Luna mentre lui la scopava da dietro. Non aveva ancora preso il suo sedere, nessuno dei due l'aveva fatto, ma sapevo che sarebbe accaduto presto. Dopo aver scoperto la sua mancanza di esperienza al riguardo, Edon aveva deciso di fare le cose a poco a poco, servendosi anche del mio aiuto. E per quanto adorassi essere coinvolto, qualcosa mi diceva che non sarei stato presente al momento fatale.

Era solo un istinto.

Un sussurro del destino.

Che aveva la faccia della luna piena che brillava su di me.

Alzai lo sguardo verso di lei, arricciando il naso per la puzza dei non morti che brulicavano nella nostra proprietà. Invece che rimuginare, sarebbe stato meglio che controllassi ancora una volta il confine, alla ricerca di qualcosa di strano.

Edon e Luna contavano su di me, e non avevo nessuna intenzione di deluderli.

Il problema era che non avevo idea di cosa cercare. Con tutti quegli odori estranei e l'innalzamento dell'energia in…

L'istinto mi strappò ai miei pensieri. Il suono di un rametto spezzato attirò la mia attenzione verso sinistra. Uno dei veicoli si era fermato sul ciglio della strada, mentre tutti gli altri avevano proseguito verso il villaggio, lasciandomi solo con l'entità misteriosa all'interno dell'auto.

Non poteva essere una coincidenza.

I miei sospetti furono confermati nell'istante in cui la portiera si aprì, e un maschio in abito scuro uscì sul sentiero.

I suoi occhi neri scintillarono sotto il chiarore lunare, individuandomi subito tra gli alberi. «Silas» disse il reale, la cui voce mi giunse senza problemi alle orecchie.

Rabbrividii.

Il fatto che mi avesse riconosciuto anche in forma di lupo, dopo un unico incontro, era l'ennesima conferma di quanto fosse potente. Non che ne avessi mai dubitato.

Dopotutto, la fama di Kylan lo precedeva.

Violento. Spietato. Crudele.

Nonché il compagno di uno dei miei pochissimi amici.

Si spostò di lato, tenendo aperta la porta dell'auto nera,

e inarcò un sopracciglio. Apparentemente, lo considerava un invito. D'un tratto vidi spuntare la testa di Rae, che si guardò attorno con un'espressione accigliata. «Dov'è?» chiese.

Quanto mi era mancata quella voce. Quanto mi era mancata *lei*.

E Willow.

Eravamo così uniti, ma sembrava fossero passati secoli dai giorni dell'università. Giorni ricolmi di sogni e false speranze, annientati dalla realtà in cui ci trovavamo.

Kylan mi indicò con un cenno del capo. «Al momento, sta giocando in forma di lupo. Pensi che dovremmo abbaiargli contro? Forse così lo spingeremmo a darsi una mossa».

Stronzo.

Scusa?, rispose Edon.

Era indirizzato a Kylan, non a te.

Kylan?, ripeté. *Il vampiro più pericoloso del mondo? Quel Kylan?*

Proprio lui. Mi ha appena convocato, risposi, tornando in forma umana.

Cosa? La sua preoccupazione inondò il nostro collegamento. Mi guardai intorno, alla ricerca dei pantaloni che mi ero portato dietro nel caso avessi avuto bisogno di trasformarmi. Anche se quello non era uno degli scenari che avevo previsto. Non che mi dispiacesse.

Va tutto bene. Gli raccontai di come Kylan avesse fatto in modo di farmi incontrare Rae durante l'ultima luna piena. La preoccupazione di Edon fu scalzata via dallo shock.

Per una volta, l'alfa era rimasto senza parole. Il che fu un bene. Potevo gestire una sola personalità dominante per volta, e avevo bisogno di tutta la mia concentrazione per affrontare il reale ancora in piedi accanto all'auto.

Aveva addosso un abito da sera; tipico abbigliamento

da vampiro, da quello che avevo potuto notare. Nonostante la sua posizione rilassata accanto alla portiera non sembrasse particolarmente minacciosa, non mi lasciai ingannare.

Rae sbirciò verso di me, man mano che mi avvicinavo. Il suo bel viso si illuminò di sollievo. Praticamente saltò fuori dall'auto e si lanciò direttamente tra le mie braccia. Se il reale ne fu infastidito, non lo diede a vedere. Si limitò a guardarci con un'espressione stoica. La sua noia era palpabile.

«Stai bene» sussurrò Rae, con le mani che mi correvano lungo le braccia. Sembrava una madre che volesse assicurarsi del benessere del figlio. Controllò ogni centimetro del mio petto, come se avesse avuto bisogno di convincersi che non fossi ferito.

Ridacchiai. «Come sei diventata espansiva, Rae. Il professore del corso di socializzazione sarebbe orgoglioso di te».

Lei scoppiò a ridere. «Ehi, quel corso l'ho superato a pieni voti».

«Con il mio aiuto» le ricordai.

«Certo, certo». Sbuffò, poi sorrise. «Mi sei mancato».

«Anche tu». La abbracciai di nuovo, soffocando un sospiro sui suoi capelli. «Che bello rivederti». Non avevo idea di quanto avessi bisogno di quell'abbraccio, di quanto mi mancasse la mia amica, finché non fu davanti a me.

Fui travolto da una valanga di emozioni, risvegliate dalla presenza di Rae.

Abbandono.

Confusione.

Lealtà.

Adorazione.

Solitudine.

«Cosa c'è che non va?» sussurrò Rae, indietreggiando

appena per studiarmi il viso. Mi posò la mano sulla guancia, guardandomi negli occhi. «Cosa ti hanno fatto?».

«Posso suggerire di tornare in macchina?» intervenne Kylan, scrutando la strada deserta. «Preferirei evitare di attirare attenzioni indesiderate».

Un tenue fascio di luce seguì le sue parole, segnalando l'arrivo di un altro veicolo.

Rae tornò dentro per prima.

Kylan mi indicò con un cenno di seguirla.

Obbedii al suo muto comando. Quando anche lui si unì a noi, mi si gelò il sangue. All'interno dell'auto dalla forma allungata, simile a una limousine, c'erano due file di sedili. Rae e Kylan presero posto su una, io su quella di fronte.

Un colpetto sul tettuccio fece partire il veicolo, che si diresse verso il cuore del territorio.

«Arrivare insieme a voi susciterà un bel po' di domande» feci notare ai due in tono asciutto.

Dovevo averlo detto in qualche modo anche a Edon, perché mi rispose subito. *Oh, io ne ho già parecchie.*

Più tardi, replicai. *Quando non sarò seduto di fronte a un reale.*

Il nostro legame formicolò di apprensione. La preoccupazione di Edon per la mia sicurezza mi avvolse in una piacevole sensazione di calore.

Sto bene, sul serio, lo rassicurai. *Concentrati su Luna e sulla cerimonia.*

«Stai parlando con il tuo nuovo alfa?» chiese Kylan, incuriosito. Mise un braccio attorno a Rae. Le dita del vampiro danzarono sulle spalline del suo abito rosso, un colore che si abbinava perfettamente ai suoi straordinari capelli ramati.

Incontrai lo sguardo di Kylan e decisi che mentirgli sarebbe stata una pessima idea. «Sì».

Annuì. La sua approvazione era quasi tangibile. «Che

sviluppo interessante. Non è comune che un alfa si preoccupi della sua progenie. Almeno, non più».

«Cosa vuoi dire?» si intromise Rae.

«In passato, gli alfa si prendevano cura dei licantropi che avevano creato. Nella società odierna, invece, a chi è al potere non interessa il benessere dei più giovani. I licantropi, tra l'altro, preferiscono riprodursi scopando, invece che trasformando un umano adulto».

Parlò con totale distacco, come se le sue parole non significassero nulla. E forse era così, *per lui*. Ma per me significavano tutto.

«Edon è diverso» affermai, capendo di aver sbagliato ad aprir bocca quando ormai era troppo tardi. «Voglio dire, non è male come alfa. E mi ha chiesto degli aggiornamenti sulla sicurezza». Non era esattamente una bugia. Solo che era sulla *mia* sicurezza che voleva essere aggiornato.

Kylan sorrise. «Certo». Il suo sguardo scintillò nella luce fioca dell'abitacolo. «A quanto pare, si sta prendendo cura di te in modo eccellente. In base all'aumento della tua massa muscolare e del tuo stato di salute, dico».

Deglutii. La sua perspicacia e il suo candore mi innervosivano. E non sapevo come rispondere.

Per fortuna, Rae sì. «Non dovrebbe avere un aspetto più sano? Adesso è un licantropo».

«Al giorno d'oggi, la maggior parte non sopravvive alla trasformazione» rispose Kylan, senza staccare gli occhi dai miei. «E nessuno si occupa di loro, una volta mutati».

Rae sospirò. «Perché non mi sorprende?».

Kylan spostò lo sguardo su di lei, dandomi finalmente un po' di tregua, e le sorrise. «Perché stai imparando, Raelyn». La baciò prima che potesse rispondere. Fu un movimento talmente rapido, che istintivamente strinsi i pugni.

Troppo veloce.

Troppo violento.

E l'ultima cosa che volevo era percepire l'eccitazione con cui lo accolse la mia amica. Ma ero intrappolato in quello spazio minuscolo, con lui che le divorava la bocca come se non fossi seduto di fronte a loro.

Una protesta scivolò dalle labbra di Rae, quando Kylan prese a baciarla lungo il collo, per poi conficcarle le zanne nella carne. «Kylan...». Il nome di lui uscì in un gemito di rimprovero.

Avevo visto Rae fingere un'infinità di volte.

Quel piacere non era simulato. Proprio per nulla.

Mi si strinse lo stomaco, il mio cuore mancò un battito. Non avrei mai voluto vedere la mia amica di infanzia in quel modo.

Hai un sacco di spiegazioni da darmi, mi ringhiò Edon nella mente.

Già. Anche se non è che il mio passato tendesse a spuntare nelle nostre conversazioni. Edon era più concentrato sul presente e sul futuro, non sui miei anni dell'università.

Kylan liberò Rae dal suo morso con una risatina sinistra, lasciandola confusa e senza fiato. «Questo dovrebbe darvi una ventina di minuti di privacy» disse, accarezzandole la guancia e mordicchiandole il labbro inferiore.

«C... cosa?» chiese lei, col petto che si alzava e si abbassava in fretta.

Kylan si voltò verso di me, allungando la mano verso la maniglia della portiera. «Venti minuti, Silas. Poi tornerò a prendere la mia consorte. Sappi che non mi piace per nulla lasciarla in uno spazio ristretto con un altro maschio. Ti suggerisco di non darmi nessuna ragione per essere ancora più a disagio. Hai capito?».

L'auto si fermò accanto a un altro reale, Jace. Con lui c'era una femmina dai capelli scuri che indossava un abito molto simile a un capo di lingerie.

«Il silenzio non è la risposta che sto cercando, Silas» insistette Kylan. «E odio ripetermi».

«È una delle mie migliori amiche» sbottai. L'irritazione stava prendendo il sopravvento. «Vostra Altezza» aggiunsi, sperando di mitigare un po' la mia reazione.

Kylan ghignò. «Edon ti fa bene, giovane lupo. E anche Luna». Aprì la portiera senza darmi il tempo di rispondere, poi si voltò verso Rae. «Datti una sistemata e raggiungimi fuori». Il suo tono gelido sferzò l'aria, ma il vampiro le fece l'occhiolino prima di uscire nella notte. Si sbatté la portiera alle spalle, poi prese un fazzoletto dalla tasca e si tamponò le labbra. Alla fine, si rivolse all'altro reale. «È un lavoro in corso».

«Lo vedo» rispose Jace. Le sue labbra si avvicinarono al collo della splendida donna accanto a lui. «Come d'altro canto lo è anche Juliet. Non è vero, tesoro?».

Lei non alzò gli occhi, ma annuì, rigida. «Sì, Vostra Altezza».

«La sua presenza implica che anche Darius è nei dintorni?» chiese Kylan, mentre i due reali iniziarono ad allontanarsi.

«Sì, è da qualche parte a chiacchierare con Luka e Mira».

«Ah, ma certo» mormorò Kylan, la cui voce mi giungeva ancora forte e chiara.

Uno dei vantaggi di essere un lupo? Un udito fantastico.

Riuscivo a sentire benissimo anche il cuore di Rae, che batteva a un ritmo forsennato. «Tutto a posto?» le domandai.

Lei annuì. «Sì. Diciamo di sì». Si schiarì la voce. «È solo… Kylan che si comporta da Kylan».

«Ti sta trattando bene?». Abbassai lo sguardo sul suo collo ferito. «Sembra doloroso».

Rae scoppiò a ridere. «Fidati, non lo è. È solo che mi ha… beh, non importa. Era solo il suo modo di creare una storia di copertura per la mia assenza, per darci la possibilità di parlare. E stiamo perdendo tempo prezioso. Come stai, sul serio?».

«Potrei chiederti la stessa cosa. Una storia di copertura, eh?».

«Come dicevo, Kylan che si comporta da Kylan. L'unica cosa di cui è colpevole è avermi fatto desiderare che continuasse. Il che, probabilmente, era esattamente il suo scopo. È molto territoriale, e per lui tu sei un tasto dolente».

«Io?». Mi venne quasi da ridere. «Perché?».

«Sa che… ehm… che eravamo molto intimi, sai, per le lezioni. E, per un po' di tempo, mi ha minacciata di farti uccidere, perché era convinto che per me fossi più di un amico».

Le mie sopracciglia schizzarono in alto. «*Cosa?*».

«Non è importante, e tu stai sviando» mi accusò. «Parlami, Silas. Cosa sta succedendo?».

Sospirai e mi sfregai la guancia, scuotendo il capo. «Non c'è abbastanza tempo per raccontarti tutto».

«Fammi un riassunto».

«Non è niente, sul serio. Sono solo felice di vederti, Rae. Tutto qui».

I suoi occhi di ghiaccio mi fissarono con sospetto. «So che stai mentendo. Riesco a percepirlo. Così come sento che hai addosso l'odore di Edon e Luna».

«Davvero?». Corrugai la fronte. *Da quando i vampiri riuscivano ad annusare le bugie?* «Ero convinto che i vampiri

299

più giovani non potessero sentire quasi nulla. E come fai a sapere che si tratta di Edon e Luna?».

«Perché la mia connessione con Kylan è... come dire... atipica».

Sapevo che le circostanze in cui era stata trasformata non erano esattamente normali, ma pensavo che avesse più a che fare con la politica che con il cambiamento fisico. «In che senso?».

«Adesso non stiamo parlando di me, Silas. Stiamo parlando di te. Perché hai addosso l'odore del futuro alfa e della sua compagna? E da dove salta fuori quell'aria tetra? Non è da te».

Ah, tipico di Rae. Sospirai di nuovo. Evitare di risponderle l'avrebbe resa ancora più sospettosa. E insistente. Non mi avrebbe più lasciato in pace, e non avevo le energie per opporre resistenza. Tra l'altro, se c'era qualcuno con cui potevo parlare onestamente, quella era proprio Rae. Mi conosceva meglio di chiunque altro, con l'eccezione forse di Willow.

Ripensare alla nostra amica perduta mi provocò una fitta al cuore. O era già morta, o desiderava di esserlo. Speravo fosse la prima, perché l'alternativa era ancora più dolorosa.

Scuotendo ancora una volta il capo, incontrai lo sguardo di Rae e le riassunsi tutto quello che era successo da quando mi ero trasformato. Se non altro, non sarebbe stato male avere un altro alleato dalla nostra parte. Qualcuno che tenesse d'occhio i dintorni e magari mi desse qualche indizio su qualsiasi cosa fossero in grado di rilevare i suoi nuovi sensi da vampiro.

Rimase completamente immobile mentre parlavo. La sua espressione non lasciò trasparire nulla, nemmeno quando le raccontai di come avevo passato le ultime notti.

Con due alfa. Non entrai nei dettagli, ma senza dubbio lesse tra le righe.

Terminai il mio resoconto con le bravate di Walter.

Quello la fece avvampare. «Che stronzo» commentò.

Scoppiai a ridere. «Oh, Rae, la tua assenza di filtri mi è proprio mancata».

«Cosa c'è?! È così che mi sembra».

«Non hai tutti i torti» ammisi. «E grazie a lui abbiamo i nervi a fior di pelle».

Annuì, pensierosa. «E non sei minimamente agitato per il fatto che i due lupi di cui sei innamorato stanno per completare la loro cerimonia di accoppiamento. Senza di te».

Rimasi di sasso. «Non è così... cioè, ci tengo a loro, certo... ma sono destinati a stare insieme. Qualsiasi cosa stia succedendo con me, è solo temporanea».

«Quello che hai descritto non mi sembra per nulla temporaneo». Piegò la testa di lato. «Sono sicura che Kylan ti direbbe che è una situazione insolita».

«Si potrebbe dire lo stesso del membro di un harem che viene trasformato in vampiro».

«Touché. Ma, di nuovo, stiamo parlando di te, non di me». Un po' del suo temperamento focoso emerse con quel commento. «Puoi dirmi come ti senti, Silas. Non ti giudicherei mai».

«Non ho paura che mi giudichi, Rae. È solo qualcosa che devo accettare. Edon e Luna sono due alfa. Non c'entro nulla con loro».

«A parte il fatto che stavi pattugliando il perimetro alla ricerca di possibili minacce. Per proteggerli».

«È il mio compito, in quanto progenie di Edon».

«E loro amante» aggiunse. «Non sminuire ciò che sei solo perché non c'è un termine ufficiale per definirlo». Mi rivolse un sorriso triste. «Sarò pure un vampiro, ma ti conosco, Silas. Sei sempre stato bravissimo a nascondere i tuoi sentimenti. Quella piccola incrinatura nella tua facciata mi rivela quanto tu sia esausto».

Lasciai ricadere il capo sul poggiatesta alle mie spalle, con la gola che mi si stringeva. «Sono state delle settimane illuminanti, Rae».

«Mesi» mi corresse. «E sono d'accordo».

«Erano tutte bugie» continuai, permettendo alla mia rabbia di trovare un po' di sfogo. «La grandezza, le promesse. Tutte *stronzate*». Quante persone avevo ucciso durante il Torneo dell'immortalità? Sei? E il problema era che li avrei uccisi tutti, pur di ottenere il futuro che pensavo mi attendesse dall'altro lato. Gente che conoscevo. «Sono così arrabbiato, Rae. Così dannatamente furibondo».

Allungò una mano per prendere la mia e la strinse. «So come ti senti».

«Davvero?» le chiesi, con una risatina sarcastica. «Beh, immagino di sì. Kylan, eh?».

Le sue labbra si sollevarono. «Non è così male come pensi».

Sbuffai. «Le ferite che hai sul collo dicono tutto il contrario».

«Non preoccuparti. Più tardi ricambierò il favore».

«Come funziona?» le chiesi, incuriosito. «Siete entrambi vampiri. Non avete bisogno di sangue umano?».

Un po' del suo divertimento sfumò in un'espressione reticente. «Come dicevo, la mia trasformazione non è stata esattamente normale».

Aprii la bocca per insistere, quando un odore mi solleticò il naso. *Morte*. Non la stessa fragranza di Kylan e Rae, ma qualcosa di simile alla puzza che continuavo a percepire lungo i confini nel corso dell'ultimo mese.

Solo che non eravamo nei pressi dei confini.

Eravamo nel cuore del territorio del clan Clemente.

Diedi un'occhiata fuori dai finestrini, cercando di capire quale potesse esserne la fonte. Il silenzio calò nell'abitacolo. Rae doveva essersi resa conto di quanto fossi allarmato, perché, senza dire nulla, iniziò a guardarsi attorno anche lei.

«Vampiri» sussurrò. «Un sacco di vampiri».

«Già» concordai, frugando nell'oscurità con la mia visione da lupo.

La portiera si spalancò, facendomi trasalire. Kylan. «Andiamo, Raelyn». Le tese la mano. «Ora».

Lei non esitò, un'energia palpabile corse tra di loro.

«Avverti il tuo alfa, Silas» disse Kylan in tono di comando. «C'è una guerra in arrivo. Gli uomini di Silvano sono in cerca di sangue».

LUNA

Avevo l'impressione che fosse tutto sbagliato. La luna. L'aria. Il vestito ridicolo che mi aveva portato mia madre per la cerimonia. Edon che continuava a camminare avanti e indietro. I peli sulla nuca che non volevano saperne di mettersi tranquilli.

Il fatto che Silas non sia qui..., Chiusi gli occhi. *Dovrebbe essere qui con noi.*

Nessuno poteva udirmi, eppure sapevo che anche Edon si sentiva così. I suoi pensieri riecheggiavano nei miei.

Da quando avevamo aperto la connessione tra le nostre menti, qualche settimana prima, nessuno dei due aveva cercato di chiuderlo. Anzi, Edon era andato anche oltre, dandomi accesso illimitato in qualsiasi momento. Era il suo modo per stabilire un legame di fiducia. Un gesto che apprezzai, visto che così non dovevo più indovinare le sue intenzioni.

L'irritazione si irradiava da lui a ondate, insieme alla preoccupazione e a un leggero accenno di timore.

Non per noi, ma per Silas.

Rae, la celeberrima consorte divenuta vampiro, era una sua vecchia amica. Non lo aveva menzionato né a me né a Edon.

Il che mi fece dubitare di quanto Silas si fidasse di noi.

Un pensiero ridicolo, a dire la verità. Sapevo cosa provava, lo percepivo in ogni tocco. Edon poteva addirittura *sentire* le sue emozioni.

No, la fiducia non c'entrava. Semplicemente, Silas non ce ne aveva parlato. Non parlava molto del suo passato in generale. Eravamo tutti così concentrati sul presente, su cosa avrebbe fatto Walter.

Aprii gli occhi e mi specchiai in quelli di Edon, che mi guardava con un'espressione illeggibile. «È quasi ora» disse piano.

«Lo so». L'energia della luna mi danzava sulla pelle. Ero grata a Edon per aver scelto proprio quel luogo per prepararci. Eravamo sul patio di suo nonno, completamente soli, lontani dal trambusto. Jolene era andato avanti, dicendo che voleva fare due parole con una vecchia conoscenza. Sospettavamo che si riferisse a qualche membro della resistenza, ma eravamo troppo preoccupati per quello che ci aspettava, per insistere sull'argomento.

Edon mi posò una mano sulla guancia, mentre l'altra scese sul mio fianco, dove il suo pollice accarezzò il mio abito di seta. «Dopo stanotte, potremo ricominciare da capo».

Mi abbandonai al suo tocco. «Sì». Avrei solo voluto sapere cosa avrebbe comportato. Era stato tutto così perfetto nelle ultime settimane, con Edon e Silas. Ma quella notte avrebbe cambiato tutto. Un oscuro presentimento mi fece innervosire.

«Lo senti anche tu» sussurrò. «Manca qualcosa».

«Silas» dissi.

Annuì. «Già».

«Dovrebbe essere qui».

Un altro cenno d'assenso. «Vuoi che lo chiami?».

«Non lo so». Avrebbe migliorato la situazione? O sarebbe stato come un addio? Perché non ero assolutamente pronta per quello. In qualche modo, quel lupo mi era entrato dentro. Quasi quanto Edon. Quasi come se quel morso fosse stato una reale rivendicazione. Ma sapevo che era impossibile: solo i morsi dati sotto la luna piena si concludevano con un accoppiamento.

Edon mi diede un bacio leggero sulle labbra, poi premette la fronte sulla mia. «Questa non è la fine».

«Allora perché sembra che lo sia?» gli chiesi di rimando. «Perché ho la sensazione che stia per cambiare tutto?».

Edon sospirò. Il suo respiro al sapore di menta si mescolò al mio. «Perché è così. Ma non significa che sia la fine di tutto, quanto un nuovo inizio».

«Senza Silas».

«Questo non lo sappiamo».

«No. Penso proprio che lo sappiamo entrambi» ribattei, tirandomi indietro per guardarlo negli occhi. «Il mio morso ci unirà irrevocabilmente. Per sempre. Scavalcherà il vostro legame».

«Ma non lo cancellerà».

Vero. «Lo sostituirà» chiarii. «Il che non è giusto nei confronti di Silas».

A quello non ebbe nulla da ribattere. Glielo lessi nello sguardo.

«Costringerlo a restare con noi sarebbe una crudeltà» aggiunsi. «Lo sai benissimo anche tu. Non sarà mai un nostro pari».

«Non è mai stato destinato a essere nostro pari, Luna». Spostò il palmo dal mio fianco al mio viso, cingendolo così con entrambe le mani. «Siamo alfa. Siamo destinati ad accoppiarci. Silas...». Gli morì la voce. Aveva un'espressione sofferente.

«Non è un omega» sussurrai.

«Lo so».

«Ma non è nemmeno un alfa» ammisi. Mi si rivoltò lo stomaco. «Restare con lui… Edon, gli farà male».

«Lo so» ripeté, abbassando lo sguardo.

«Non voglio ferirlo».

Premette di nuovo le labbra sulle mie, dove indugiò per qualche istante, come se avesse avuto bisogno di un po' di tempo per raccogliere i pensieri. Ma quando incontrò di nuovo i miei occhi, sapevo esattamente cosa stesse per dire.

Dobbiamo lasciarlo andare.

È per il suo stesso bene.

Anche se farlo ci ucciderà.

Ma nessuna di quelle frasi lasciò le sue labbra. Si bloccò, e le sue mani si irrigidirono sulla mia pelle.

In un attimo lo sentii anch'io.

Il fetore rancido della morte. Dappertutto.

Mi stringeva troppo forte, di conseguenza non potevo girare la testa e controllare i dintorni. Ma percepii chiaramente l'ondata di potere che ci stava venendo incontro.

Non si trattava solo di qualche reale con i rispettivi sovrani.

C'era un esercito in avvicinamento.

Edon mi spinse attraverso la soglia della casa di suo nonno, facendomi inciampare su una sedia lì accanto. E poi si trasformò.

Ringhiando, si lanciò verso la linea di alberi che ci separava dal villaggio principale, lasciandosi dietro un ordine nella mia mente. *Resta qui.*

Col cazzo, gli risposi. Non che potesse sentirmi. Nessuno avrebbe potuto sentire nulla, con il rumore della battaglia che infuriava poco lontano.

Mi precipitai dietro di lui, abbandonando l'abito sul patio e trasformandomi anch'io.

Le mie zampe correvano sul terreno, i miei sensi si acuirono ogni istante di più.

Così tanti vampiri. Rabbia. Sangue. Il bisogno di combattere.

Mi riecheggiò tutto lungo la spina dorsale, in un fremito. Il terrore iniziò a crescermi nel ventre.

Era l'ultimo test, quello che Walter aveva organizzato per far fallire Edon. Lo sentivo nelle ossa. Sapevo cosa desiderava.

La morte del mio compagno.

Dovrà passare sul mio cadavere, pensai, seguendo le tracce di Edon con una velocità a cui non mi ero mai spinta.

Grida di guerra riempivano l'aria, mescolandosi agli ululati del branco.

Mi fermai appena fuori dal villaggio, guardando con gli occhi sgranati il caos che era sul punto di scatenarsi.

Centinaia di vampiri avevano circondato il villaggio. L'attacco era imminente.

Walter era in piedi in mezzo a loro, a fronteggiare il loro leader. Silvano, un vampiro vecchissimo e noto per il suo brutto carattere.

Merda…

«Non ho autorizzato nulla del genere» ringhiò Walter. I lupi gli camminavano attorno, inferociti, ma l'esercito di non morti era molto più numeroso.

Edon si unì a lui, su due gambe, abbottonandosi un paio di jeans trovati lì da qualche parte. Mi avvicinai di soppiatto, rimanendo accostata a una delle case, per vedere cosa sarebbe successo. La mia pelliccia tremava sotto l'ondata di violenza che si agitava nell'aria.

«Cosa cazzo sta succedendo?» chiese Edon.

«Silvano è convinto che stiamo cacciando e

massacrando vampiri nel suo territorio» spiegò Walter, incrociando le braccia. «Qualcosa che sappiamo benissimo che non permetterei mai».

Oh, no...

Si ricollegava tutto al primo test.

Quello col cadavere del vampiro.

Cadavere di cui si era liberato Edon.

«Capisco». Silvano fece un cenno a due dei suoi uomini, vestiti in giacca e cravatta. Uno aveva una borsa in mano e ne rovesciò il contenuto sull'erba. Teste. Una sfilza di teste. «Ma queste dicono il contrario, Walter. Annusale, su. Puzzano dei tuoi bastardi».

Le mie orecchie si appiattirono. Lo shock si impossessò di me.

Edon si limitò a incrociare le braccia, imitando la postura di suo padre. «Allora abbiamo un problema nel nostro clan. Un problema che risolverò non appena sarò asceso».

Suo padre rispose con una risatina di scherno. «Ma guarda un po'...». Si voltò verso il figlio con un'espressione tagliente. «Che coincidenza».

«Mi hai tolto le parole di bocca» rispose Edon, per nulla turbato. «Se non ti conoscessi, direi che tutto questo è un altro dei tuoi fottuti test. Beh, sei arrivato troppo tardi, vecchio. Sono pronto e prenderò il tuo posto, con o senza la tua approvazione».

«Quindi? Hai orchestrato tutto questo per svilire la mia eredità? Per macchiare la mia reputazione?».

Le labbra di Edon si contrassero. «Sappiamo entrambi che in questo clan non ho abbastanza supporto per fare una cosa del genere».

«Davvero?». Walter finse di esserne sorpreso. «Forse dovremmo mettere alla prova questa teoria». Si guardò attorno, mentre Silvano osservava la scena in silenzio. I suoi vampiri erano pronti per attaccare; un suo segnale avrebbe scatenato il caos, ma non fece nulla.

Perché era tutta una messinscena.

Me ne resi conto nel momento in cui Walter chiese: «Chi di voi è coinvolto?». Si guardò nuovamente attorno, con un lampo di astuzia negli occhi crudeli. «La mia ipotesi è che mio figlio vi abbia promesso qualcosa, purché lo aiutaste a incastrarmi per questa follia. Ma sarà difficile che possa mantenere le sue promesse, se non diventerà alfa. Vi imploro di farvi avanti con la verità, o rischierete un futuro incerto. Come quello di mio figlio».

Bastardo.

Aveva pianificato tutto.

E ne ebbi la conferma quando due maschi fecero qualche passo verso di lui. Avevano un atteggiamento esitante, tenevano lo sguardo abbassato.

«Perdonateci, signore» disse uno di loro a voce bassa. «Ma Edon... Edon ha detto che... che erano attacchi autorizzati, che stavamo... che stavamo ripagando un debito».

«Ha detto... ha detto che avevamo l'approvazione di Silvano» sussurrò l'altro.

Il silenzio calò sulla radura.

Un'ondata di rabbia mi fece fremere la pelliccia.

E poi Edon scoppiò a ridere. «Non ci credo. Non potete esservi lasciati manipolare così». Scosse la testa, ancora col sorriso stampato in faccia. «Siete due imbecilli».

Walter era chiaramente un esperto nell'arte di fingersi stupito. «Non potevi ascendere normalmente, eh? Dovevi proprio cercare anche di rovinarmi la reputazione?». Scosse il capo e sospirò. Poi guardò Silvano. «È sempre stato un ragazzo problematico, fin dall'inizio. Io ci ho provato, ma è dura, con una madre completamente inutile».

La donna in questione non si vedeva da nessuna parte.

Ma le sue parole appiccarono un incendio negli occhi di Edon. «E perché è inutile?» domandò. «Oh, giusto, perché l'hai distrutta». Si rivolse anche lui a Silvano. «Non ho mai dato il permesso di fare una cosa del genere, né ho complottato contro di te in nessun modo. Cosa diavolo avrei da guadagnarci?».

«Parecchio» si intromise Walter. «Incastrarmi e infangare la mia reputazione dimostrerebbe al branco che non sono più in grado di governare, permettendoti così di diventare il loro salvatore. Una cosa di cui sappiamo entrambi hai molto bisogno, visto che non sei particolarmente rispettato dai tuoi pari».

Spalancò le braccia e indicò i lupi schierati attorno a lui; la maggior parte rispose con un grugnito di approvazione.

Walter sfoggiò un altro sospiro teatrale e si concentrò su Silvano. «Dimmi come posso rimediare, mio vecchio amico. Dimmi cosa vuoi».

«La mia morte, immagino» commentò Edon. «Affascinante. D'altro canto, è quello che cercavi di assicurarti con le Prove, giusto?».

Walter si premette la mano sul petto. «Io? Tutto quello che ho fatto è stato tentare di renderti più forte». Guardò di nuovo il branco in cerca di approvazione, che ovviamente ottenne, perché erano delle fottute pecore.

«È per questo che hai incastrato la mia compagna per omicidio?» chiese Edon. «È per questo che hai deciso di essere tu a punirla, organizzando uno stupro di gruppo? È per questo che mi hai picchiato fino a ridurmi in fin di vita durante la tua cosiddetta prova di forza?». Sorrise. «Certo, *papà*. Sono sicuro che fosse tutto per il mio bene».

«Ti sei affezionato troppo a lei e al tuo mezzosangue per pensare chiaramente, figliolo. Un affetto da cui ti avevo messo in guardia». Suonava così triste e contrito che mi venne quasi voglia di applaudire.

Il problema era che tutti credevano alle sue stronzate, o almeno così mi sembrò.

Diversi alfa si erano uniti alla folla al centro del villaggio, inclusi i miei genitori. E anche una manciata di reali. Avevano tutti la stessa espressione impassibile, ma percepii la loro approvazione.

Avrebbero lasciato che Walter uccidesse suo figlio.

Per sistemare le cose con Silvano e...

«C'è solo un problema con le tue accuse» intervenne una voce profonda che emerse da dietro la folla, facendomi trasalire. Silas si unì al gruppetto al centro del villaggio con addosso soltanto un paio di jeans e si mise a fianco del suo sire. La mancanza di una reazione nell'espressione di Edon poteva essere il risultato dell'aver previsto l'arrivo di Silas, o di un'ottima recitazione.

«Sono stato io a trovare il corpo del vampiro» disse Silas, strappando qualche esclamazione di sorpresa. «E quei due idioti mi stavano alle costole. Quando ho contattato Edon, è rimasto scioccato dal cadavere tanto quanto me».

Walter sbuffò. «Questo non prova niente. Sei solo un bastardo, non hai nessuna reputazione in questa comunità».

Silas sorrise. «Eppure, è il mio sire che stai accusando. Dato che ho accesso alla sua mente, direi che il mio contributo è utile alla discussione».

«Secondo me, invece, è inammissibile, vista l'influenza che ha su di te» rispose Walter senza fare una piega. «Proprio come le parole della sua compagna sarebbero prive di valore. Ma non la vedo qui a cercare di difenderti, Edon. Interessante».

«Ti piacerebbe, eh?» disse Edon, con le labbra tese in

una linea sdegnata. «Perché così potresti reclamarla sotto la luna. Dopo la mia morte, naturalmente».

«Beh, avrò bisogno di un nuovo erede. Tanto vale usare l'unica femmina alfa del territorio che possa partorire il tipo di figlio di cui ho bisogno». Walter fece spallucce. «Anche se dovrò addestrarla un po', visto il tuo spettacolare fallimento».

Mi si gelò il sangue nelle vene.

Neanche morta, pensai. Fui sul punto di ringhiare, ma riuscii a reprimere l'impulso.

«Puoi provarci» rispose Edon, inclinando la testa di lato. «Ma qualcosa mi dice che sarà più dura di quanto pensi».

Silas sbuffò. «Di' pure impossibile». Incrociò anche lui le braccia sul petto. «Sai, c'è una cosa che mi incuriosisce».

Walter inarcò un sopracciglio. «Perché dovrebbe importarmene qualcosa?».

Silas si strinse nelle spalle. «Perché sei l'alfa in carica. Io sono uno dei tuoi lupi. Oh, e tuo figlio è il mio sire».

Parole coraggiose, pensai.

Ma sapevo che non era quello il punto.

Stava prendendo tempo.

Solo che non sapevo perché.

«Nessuno di questi mi sembra un buon motivo per dare ascolto a un bastardo». Walter si voltò verso il figlio. «Cosa diavolo hai fatto con questa feccia, per renderlo così sicuro di sé?».

«Abbiamo legato» rispose Edon con un sorriso ferino.

«Bene, è stato abbastanza divertente,» intervenne Silvano «ma ora sono stanco dei vostri problemi familiari. Il clan Clemente ha attraversato i confini senza permesso e ha ucciso molti dei miei fratelli. Dodici, stando al numero di teste. Voglio che le loro morti siano vendicate con la vita di altrettanti licantropi. L'erede è uno, ne esigo altri undici».

«Non ti sembra strano essere riuscito a entrare nel nostro territorio così facilmente e con così tanti vampiri?» chiese Silas. Aveva un tono sorprendentemente calmo, considerando che si stava rivolgendo a un reale. Per non parlare del fatto che stava sostenendo il suo sguardo. «Stasera ero l'unico di pattuglia, nonostante fossimo più di una ventina durante l'ultima luna piena. Sembra tutto un po'... come dire... organizzato».

«Stai forse insinuando che stia collaborando con Walter? Per far uccidere i miei stessi uomini?» chiese Silvano, le cui sopracciglia canute si sollevarono fin quasi all'attaccatura dei capelli dello stesso colore.

«Sto solo suggerendo che forse il vostro arrivo era già stato previsto. In più, Edon non ha ancora l'autorità per ordinare agli altri membri del branco di oltrepassare i confini». Silas lasciò cadere le braccia lungo i fianchi. «Trai le tue conclusioni».

Una trappola.

Che avevo già capito.

Ma a quel punto mi chiesi se Walter e Silvano avessero organizzato tutto insieme. Forse il vampiro aveva sempre saputo che l'alfa voleva restare al comando.

Forse aveva qualche tirapiedi da sacrificare.

Non era insolito disfarsi di qualche immortale in quel modo. Meno scartoffie.

E se avessero stipulato un accordo? Walter aiutava Silvano a sbarazzarsi di qualche vampiro indisciplinato, mentre Silvano aiutava Walter a mantenere la sua posizione. Dato che condividevano un confine, sarebbe stato nel loro interesse rimanere leali l'uno all'altro.

«Interessante» commentò Kylan dalle retrovie.

«Già» concordò Jace. «Mi chiedo perché non ci fosse

nessun lupo lungo il perimetro. Potresti spiegarcelo, Walter?».

L'alfa ridacchiò. «Beh, stanotte ci sarebbe dovuta essere una cerimonia. Immagino che i miei lupi volessero assistere».

«Ce n'è stata un'altra il mese scorso, e hai relegato la maggior parte dei tuoi uomini a presidiare il confine» disse Silas. «Me incluso».

«Perché sei un mezzosangue indegno di partecipare alle nostre cerimonie» ringhiò Walter, la cui facciata si incrinò leggermente. «Sei fortunato che ti abbia lasciato entrare nel cuore del territorio, cosa che rettificherò rapidamente, non appena sarà finito questo casino».

«Ma ciò non spiega l'assenza degli altri» insistette Jace. «Perché costringerli a fare la guardia durante l'ultimo rituale, ma non questo?».

«La cerimonia di stanotte era molto più importante, visto che prevedeva l'ascesa del loro nuovo alfa» rispose Walter, guardando il reale con sospetto. «Di cosa mi stai accusando, Jace?».

«Io?». Si toccò il petto, inarcando le sopracciglia. «Di nulla. Sono solo curioso».

Tipico della politica. Nessuno intendeva davvero quello che stava dicendo, eppure tutti lanciavano accuse. Tacitamente.

«A prescindere da chi abbia autorizzato gli attacchi, mi spetta la mia vendetta» dichiarò Silvano.

Poche, semplici parole.

Seguite da un movimento che mi fece raggelare.

Il rumore di uno sparo riecheggiò nella notte, penetrando nelle mie orecchie e facendomi schizzare il battito alle stelle.

Non era autorizzato.

La discussione non era ancora terminata.

Ma Silvano aveva preso la decisione nelle sue mani, con Edon come bersaglio.

Un grido squarciò l'aria, dicendomi che il proiettile era d'argento. L'unico nemico dei licantropi, oltre allo scorrere del tempo. E fu con mio assoluto orrore che vidi Silas cadere.

Si era lanciato davanti alla pistola, la cui canna era ancora puntata verso Edon.

Scoppiò il caos. Edon si lanciò sull'aggressore e gli torse la testa in un modo che avrebbe richiesto molti giorni per tornare al suo posto. Silas si stava contorcendo in mezzo alla radura, con il sangue che gli sgorgava dalla ferita.

Urlai. Il mio istinto mi fece tornare in forma umana, costringendomi a correre da lui su due gambe.

Ma qualcuno lo raggiunse per primo. Un vampiro in abito da sera. Non lo riconobbi; la mia mente era lacerata dalla follia del momento.

Provai a inseguirlo, a chiamare Silas, ma delle braccia di cemento si strinsero attorno alla mia vita, trascinandomi indietro.

«Eccoti qui» disse una voce profonda.

Rabbrividii. La sua energia minacciosa, unita alla sensazione del suo petto che premeva sulla mia schiena, mi fece rivoltare lo stomaco. «Walter» esalai.

«Preferisco "signore"» rispose. «Ma ci lavoreremo su, piccola sgualdrina. Lavoreremo su molte cose».

EDON

SILAS!, ruggii. Il mio corpo continuava a contorcersi a destra e a sinistra, parando i colpi dei vampiri che si erano avventati sulla radura e dandogliene altrettanti. *Ti conviene sopravvivere, Silas. O giuro che verrò nell'oltretomba solo per picchiarti.*

Nessuna risposta.

Cazzo!

Gli avevo detto di non intervenire.

Gli avevo detto di stare fermo.

Gli avevo detto di non parlare.

Ma ovviamente non mi aveva dato retta. E come cazzo aveva fatto a muoversi così in fretta? Non avevo nemmeno visto la pistola. L'avevo solo sentita un attimo prima che il proiettile finisse nel petto di Silas. E non sapevo dove fosse finito o chi l'avesse preso. Era semplicemente sparito, senza che avessi il tempo di reagire.

Il mio pugno incontrò la faccia di un altro succhiasangue. Il mio istinto di trasformarmi mi offuscava la mente, ma non potevo permettermi di perdere anche solo un secondo. C'erano troppi dannati vampiri e troppo pochi licantropi.

Ringhiai, sferrando una gomitata a un altro assalitore e una ginocchiata allo stronzo davanti a me. Crollò a terra con un grugnito, e con lui il suo pugnale. Lo raccolsi velocemente e lo usai per tagliare la gola del maschio dietro di me.

Poi mi dedicai al successivo.

Il tutto cercando di contattare Silas.

Senza fortuna.

Sentivo la sua energia abbandonare questo piano dell'esistenza. L'argento me lo stava portando via troppo presto. E l'unica cosa che riuscivo a provare era una rabbia infinita.

Walter avrebbe pagato.

E anche tutti i suoi fottuti tirapiedi.

Un ululato lasciò le mie labbra, richiamando il branco a riunirsi e combattere. Con mia grande sorpresa, furono in molti a rispondere.

Era anche ora.

E quelli che si erano nascosti? Beh, sarebbero stati i primi a essere abbattuti. Perché non avrei mai permesso a un esercito di vampiri di farmi fuori.

Non quel giorno.

Non per qualcosa che non avevo fatto.

Mio padre era sparito, lasciandomi a cavarmela da solo. *Vigliacco*. Silvano era rimasto, ma non per combattere. Si limitò a osservare, come se si stesse godendo la carneficina.

Uccidere un vampiro richiedeva uno sforzo notevole.

I licantropi erano più facili da far fuori, perché non avevamo il genere dell'immortalità. Ma ciò non ci rendeva deboli. Lo dimostrai abbattendo altri tre dei suoi uomini, mentre lui assisteva in silenzio.

Dove diavolo era mio nonno? Avrebbe potuto porre fine a quella follia.

E Luna… L'avevo sentita qualche attimo prima. Dov'era finita?

Una botta al fianco attirò la mia attenzione sull'idiota che aveva osato colpirmi. Lo misi a tappeto con un pugno sul mento, per poi girarmi e avventarmi sul vampiro che mi stava attaccando alle spalle.

Erano tutti così giovani, non dovevano avere più di cento anni.

Il che significava che Silvano si era portato dietro le riserve.

Pessima scelta. Ma giocava a mio favore, quindi non avevo nessuna intenzione di lamentarmi.

Silas, tentai di nuovo.

Silenzio.

Mi faceva male il cuore, la mia anima piangeva per l'ingiustizia che aveva subito. Perché si era messo davanti alla pistola? Come...

Un'esplosione di stelle lampeggiò davanti ai miei occhi, quando qualcosa di duro mi piombò sulla testa. Sbattei più volte le palpebre e scossi il capo, cercando di rimettermi a combattere. Ma la mia vista iniziò a dissolversi in macchie di luce.

No. Non mi sarei arreso. Non ancora. Non quando... *E quello cos'è?* Un grido acuto mi riecheggiò nelle orecchie, mandando il mio cuore a mille. *Luna!*

LUNA

«Vaffanculo» ringhiai, cercando inutilmente di liberarmi dalla presa di Walter. Mi aveva trascinata dietro una delle case di legno, tenendomi una mano attorno al collo e l'altra a bloccarmi i polsi.

«Non appena Edon morirà, ti insegnerò come ci si comporta in presenza di un alfa» rispose. Le sue labbra erano troppo vicine al mio collo per i miei gusti.

Sapevo benissimo quale fosse il suo piano. Il mio legame con Edon sarebbe morto con lui, permettendo a Walter di rivendicarmi come sua sotto la luna piena.

E a quel punto sarei stata completamente fottuta. Sia in modo figurato che letterale.

Non accadrà.

Scalciai all'indietro, verso di lui. Reagì sbattendomi contro la parete esterna della casa, strappandomi un grido di dolore.

Mio padre osservava la scena da poco distante con un'espressione di disgusto. Nei *miei* confronti, non quelli di Walter.

Anche mia madre era lì, con gli occhi pieni di lacrime.

Logan, al contrario, sembrava pronto a uccidere qualcuno. Aveva già provato una volta a intervenire; ne portava il risultato sul viso, su sui spiccava un occhio nero.

Nostro padre era un fottuto bastardo.

Ma mio fratello voleva provarci di nuovo. Aveva le mani strette a pugno. I suoi occhi azzurri catturarono i miei, nel tentativo di trasmettermi una sorta di piano. Fissò con insistenza i miei polsi, che Walter mi teneva bloccati dietro la schiena. Poi alzò bruscamente il mento.

Non capii quale fosse il suo obiettivo finché non si lanciò in avanti, dritto verso Walter. Si schiantò sull'alfa, che, in preda allo shock, allentò la presa. Potei così liberarmi le mani.

Ma la sua stretta sul mio collo si accentuò.

Mi bloccai, quasi sul punto di soffocare. Nel giro di un istante, però, ripresi a respirare, finalmente libera, quando il pugno di Logan incontrò la mascella di Walter.

Mio padre ruggì, furioso, e fece per lanciarsi verso di noi, ma venne spinto via da mia madre. «Corri!» riuscì a urlarmi, prima che mio padre la sbattesse a terra.

Non volevo sentire le sue grida di dolore.

Non volevo correre via.

Ma non avrei permesso che la loro ribellione fosse stata vana.

Le mie gambe presero il volo, ignorando la sofferenza causata dalla violenza di Walter. Se fossi riuscita a nascondermi fino all'alba, sarei stata al sicuro per un altro mese. Dovevo solo andare via, dovevo…

Una mano mi coprì la bocca, trascinandomi verso il corpo di qualcuno che sapeva di morte. Cercai di divincolarmi, ma un braccio mi strinse attorno alla vita. Ero furiosa. Ero riuscita a scappare solo per ritrovarmi ancora una volta prigioniera.

Che cazzo?!

Non sono quel tipo di donna.

Non sono debole.

Lasciami andare!

Lottai con tutta me stessa, guadagnandomi un'imprecazione e un grugnito dal mio nuovo carceriere. Che mi sbatté brutalmente contro una superficie dura.

Un'altra dannata casa.

Ringhiai, stufa di essere maltrattata e gettata a destra e a sinistra. Non era...

L'uomo mi fece voltare su me stessa; ad attendermi c'erano due occhi di un impressionante azzurro argenteo. «Adoro i lupi grintosi, tesoro, ma in questo momento abbiamo bisogno del tuo aiuto per capire una cosa».

Spalancai la bocca. *Jace.*

E cosa diavolo intendeva con "abbiamo"?

Mi spinse dentro la casa e si chiuse la porta alle spalle con un calcio. «Abbiamo i minuti contati, quindi ti suggerisco di fare la brava e ascoltarci».

«Te l'ho già detto, è troppo presto» si intromise un altro maschio, appoggiato al muro con aria disinvolta. «Abbiamo bisogno di più tempo, prima di mostrare le nostre carte».

«Quindi lasciamo morire Edon e ricominciamo da capo?» rispose Jolene, con le mani in tasca. «Non posso garantirvi che sopravviverò abbastanza a lungo da portare a termine il piano, signori. Ho dato a quel ragazzo tutto quello che avevo, e lui è esattamente ciò di cui abbiamo bisogno in questa regione».

«E Silvano?» chiese il vampiro coi capelli corvini. Il suo tono era rilassato quanto la sua posa. «Solleverà una miriade di domande, soprattutto considerando che è successo subito dopo la questione con Robyn».

«Quella storia non c'entrava niente» commentò una quarta voce, con uno sbuffo ironico. *Luka.*

In cosa diavolo mi aveva appena trascinata Jace?

«Che lo fosse o meno non ha alcuna importanza. Tutto questo scompiglio metterà in allerta Lilith». Il vampiro si staccò dal muro. «Non sto ignorando né minimizzando tutto l'impegno che ci hai messo, Jolene. Sto solo facendo notare la montagna di scartoffie in cui saremo coinvolti nel caso intervenissimo. Ci porterebbe indietro di anni, costringendoci anche a mantenere un basso profilo».

«Se non interveniamo, perderemo due clan» ribatté piano Jace. «Il che ci porterà indietro di decenni».

«Due?» chiese Luka.

«Logan ha appena attaccato Walter». Jace si voltò verso di me. «Per salvare sua sorella».

Era per quello che voleva il mio contributo? Perché onestamente non sapevo cosa dire.

«Beh, merda». Luka si passò una mano sul viso, scuotendo la testa. «A Niko non piacerà».

«No, temo proprio di no». Jace mi stava ancora guardando. «Dicci della tua relazione con Edon e Silas».

Inarcai le sopracciglia. «Scusa?».

«Stai scopando entrambi. È perché Edon ti sta costringendo a farlo?». Il suo tono piatto era in contrasto con la gravità della domanda.

«Vaffanculo» ringhiai. «Vaffanculo te e le tue supposizioni».

Le sue labbra si incurvarono verso l'alto. «Oh, vedo che Claudette ti ha cresciuta alla perfezione». Spostò l'attenzione su Luka. «Se Logan è come lei, c'è speranza per la tua adorata figlioletta».

«Considerando che ha appena attaccato Walter, direi che è il candidato perfetto».

«Vero». Poi si rivolse di nuovo a me. «La tua relazione con Edon e Silas non è accettata dalle attuali norme sociali. Come ti senti al riguardo?».

«Sento che non sono affari tuoi» risposi con un tono gelido. «Cosa diavolo è tutto questo? C'è una guerra là fuori, e voi siete tutti qui a spettegolare sulla mia vita sessuale? A parlare di mio fratello come fosse una pedina sulla vostra scacchiera? Vaffanculo. Mi state facendo perdere tempo». Feci un passo per allontanarmi, solo per ritrovarmi il vampiro dai capelli neri improvvisamente alle spalle.

Aveva un'aura potente, che mi fece venire la pelle d'oca. Ricordandomi così che ero completamente nuda in una stanza piena di maschi.

Male.

Soprattutto considerando quanto Jace amasse giocare coi lupi.

Deglutii. «Edon è innocente. Non ha attaccato i vampiri di Silvano né ha autorizzato i suoi lupi a farlo. È tutta opera di suo padre, perché vuole mantenere il potere». Mi rivolsi a Jolene con uno sguardo implorante. «Diglielo».

«Lo sanno già, tesoro» rispose, togliendosi la giacca e porgendomela. «Stanno cercando di capire se sia il caso di intervenire o meno».

«Beh, secondo me dovreste» dichiarò una nuova voce. Kylan stava entrando dalla porta sul retro. «Voglio dire, cos'è una rivoluzione senza una piccola festa di apertura?».

Le spalle di Luka si irrigidirono appena; quello fu l'unico segnale che il suo arrivo li aveva sorpresi.

«Devo aver perso il mio invito alla riunione» riprese Kylan, con un'espressione divertita. «Ma è da un po' che avevo intuito le vostre intenzioni. Cosa stiamo aspettando? Voto di far fuori Silvano. È uno dei motivi per cui siamo finiti in questo casino. Giuro che non mancherà a nessuno di quelli che contano».

La sua affermazione fu accolta da un silenzio pesante.

Ma una piccola contrazione della mascella di Jace rivelò che il reale aveva toccato un nervo scoperto.

«Posso occuparmene io» continuò Kylan. «Ho un certo

talento nel far incazzare Lilith. Forse mi rinchiuderà nello stesso posto in cui ha nascosto Cam».

Tutti gli uomini si scambiarono un'occhiata.

«Dai, su. Non posso essere l'unico a sospettare che sia ancora vivo». Si rivolse a Luka. «La sua *erosita* vive con il tuo clan, giusto?». Ancora silenzio. Sospirò. «Capisco. Beh, se avete bisogno di me, sapete dove trovarmi».

Jace lo fermò, posandogli una mano sulla spalla. Si guardarono per un lungo istante in un muto duello. All'esterno, le grida di lupi e vampiri squarciavano la notte.

Ero in pena per tutti loro, soprattutto per Edon. L'unica cosa che mi teneva in piedi era la forza che si irradiava attraverso il nostro legame.

Era vivo. Stava lottando e piangendo Silas.

Che non riusciva più a sentire.

Una lacrima mi scivolò lungo la guancia. «Non possiamo restare qui» mormorai. «Non so perché siate qui a discutere dei vostri piani, quando potreste essere là fuori ad aiutare. Ma una cosa la so per certa: non intervenire vi rende un branco di codardi». Guardai negli occhi Jolene. «Tuo nipote sta lottando per la sua vita. Mi unirò a lui, con o senza il tuo aiuto».

Diedi una gomitata all'indietro, aspettandomi di colpire il vampiro che era alle mie spalle, ma trovai soltanto aria. Era in piedi accanto alla porta, con un'espressione divertita. «Dovremmo presentarla a Juliet» disse, guardando Jace. «Potrebbe instillarle un po' di quell'energia combattiva».

«Fidati, D. Mira ci sta già lavorando» intervenne Luka.

"D" sorrise. «Fantastico». Poi aprì la porta. «Dopo di te, lupacchiotta».

Lupacchiotta.

Piccola compagna.

Lulù.

Ero veramente, *veramente* stanca di tutti quei diminutivi.

Non ero piccola.

Non ero debole.

Ero semplicemente più esile e meno muscolosa dei maschi attorno a me. Ma c'era un motivo se ero un'alfa. E l'avrebbero scoperto molto presto.

EDON

Rosso.

Tutto attorno a me era tinto di *rosso*. I vampiri. I lupi. Silvano e il suo sorrisetto del cazzo. La luna. L'erba. Il maschio che stava cercando di mordermi.

Tutto. Fottutamente. Rosso.

Non riuscivo a sentire Silas. Non riuscivo a trovare Luna. Non riuscivo a concentrarmi su nient'altro che gli stronzi che cercavano di farmi fuori.

Non sarei caduto. Non così. Non finché non avessi conosciuto il destino di Silas e Luna.

Un ringhio mi uscì dalla gola mentre abbattevo l'ennesimo succhiasangue. Continuavano ad arrivare. Per fortuna, la maggior parte non sembrava armata.

Ma allora cos'è successo con la pistola?, mi chiesi per la milionesima volta. Qualcuno ne aveva una. Eppure era sparito, lasciandosi dietro solo dei vampiri armati di pugnale.

Il che mi portò a pensare che non fosse stato un vampiro a cercare di spararmi, ma un lupo.

Come faceva a saperlo Silas?

No. Non c'era tempo di rifletterci sopra, ci avrei pensato in seguito.

Silvano. Era lui la chiave per porre fine a quel massacro.

Se fossi riuscito ad avvicinarmi abbastanza da metterlo fuori combattimento, i suoi uomini avrebbero…

Merda!

Una lama affilata mi colpì la gabbia toracica, facendomi cadere in ginocchio e rotolare lontano, con il fuoco che mi scorreva nelle vene.

Un altro dannato coltello.

Beh, sempre meglio di una pistola.

Ignorando il dolore lacerante provocato dalla ferita, mi alzai e mi scagliai verso il mio aggressore. Solo che l'aria che lasciò i miei polmoni si rifiutò di riempirli di nuovo.

Mi ha perforato un polmone.

Okay, era peggio di un graffio.

Una fitta mi rese inutile per mezzo secondo, un tempo sufficiente al mio avversario per gettarmi di nuovo a terra, con la lama puntata verso la mia gola.

Gli catturai il polso e lo torsi, ma delle macchie scure danzarono davanti ai miei occhi, lasciandomi disorientato. Lui insistette; la sua forza era alla pari della mia, grazie alla sua posizione di vantaggio.

Il maschio aveva un'espressione sadica, con le labbra contorte in un ghigno malvagio.

Male. Molto male.

Gli strinsi la gola con l'altra mano, mentre quella attorno al suo polso cercava in tutti i modi di spezzarlo. Qualsiasi cosa per evitare che mi conficcasse quel dannato pugnale nel collo.

Ma era sempre più vicino.

Finché una palla di pelo candido me lo strappò di dosso con un ringhio violento.

Luna.

Fui pervaso dal sollievo alla vista della sua forma snella che distruggeva il viso del vampiro. Il coltello era ormai un lontano ricordo, dimenticato in un caos di urla agonizzanti. Lo afferrai, poi mi concessi un attimo per riprendermi. Alla fine, tornai in piedi. Faceva un male allucinante, ma una nuova carica di adrenalina mi diede la forza di proseguire.

La mia compagna era viva.

Era lì.

E lottava come una dea.

Fece fuori altri due vampiri solo grazie alle sue fauci, strappando loro la gola. Poi tornò al mio fianco, con il suo splendido manto coperto di sangue.

Che meraviglia.

Se non fossimo stati nel bel mezzo di una battaglia, con la nostra stessa sopravvivenza in prima linea, l'avrei scopata in quel preciso istante.

Ma un'altra orda di vampiri comparve tra gli alberi, come se Silvano avesse avuto un intero esercito di riserve in attesa di attaccare. Doveva averli istruiti ad assalirci a ondate. Il che spiegava come mai non avesse agito prima, durante il mio litigio con Walter.

Quali sono le tue vere intenzioni?, mi domandai. Perché non avrebbe sprecato tutte quelle risorse solo per fare un favore a un vecchio amico. Doveva aver fatto il doppio gioco, per poter indebolire il clan Clemente e allargare il suo territorio.

E quell'idiota di mio padre c'era caduto, spalancandogli pure la porta.

Avanti, entra.

Distruggi i miei lupi.

A me basta mantenere la mia posizione, non mi importa di tutto il resto.

Non appena avessi messo fine a quella follia, mio padre l'avrebbe pagata cara.

Man mano che i miei polmoni si rimettevano in sesto, grazie alla velocità di guarigione assicurata dal mio essere un licantropo, altri vampiri riempirono la radura. L'ordine che avevano ricevuto era ben chiaro. *Uccidere a vista.*

I nuovi arrivati erano belli freschi.

Io no.

Il mio lupo premeva per uscire a giocare, ma non c'era abbastanza tempo per la trasformazione. Feci roteare i pugnali nelle mani, gli stessi pugnali rubati ai vampiri che li avevano preceduti.

«Benvenuti nel clan Clemente» li salutai con uno sguardo omicida. «Permettetemi di presentarmi come si deve».

Luna ringhiò e presentò le sue zanne alla nuova ondata di succhiasangue, mentre io incidevo le mie iniziali sulla loro pelle.

Ero nel bel mezzo della decorazione del Vampiro Numero Tre quando il silenzio calò sulla folla. E tutti i non morti caddero in ginocchio.

Il motivo era poco più in là.

Kylan.

Era in mezzo alla radura insanguinata, con addosso un abito immacolato. E, come se niente fosse, lasciò cadere la testa di Silvano sull'erba.

«Scusate. Ho interrotto qualcosa?» chiese in tono disinvolto, pulendosi la mano con un fazzoletto.

«Credo tu abbia appena rovinato tutto il loro divertimento» rispose Jace, unendosi a lui.

«Peccato». Kylan ripiegò il tessuto sporco di sangue e lo rimise in tasca, poi si rivolse alla folla. «Bene, vedo che le leggi dell'Alleanza stanno funzionando splendidamente. Chi vuole chiamare Lilith? Sono sicuro che ne sarà entusiasta».

Silenzio.

Ovviamente, nessuno voleva fare rapporto all'Alleanza di sangue.

Luna si trasformò accanto a me. La sua pelle chiara scintillava di sangue. Le accarezzai il collo con le labbra, soffermandomi poi a inalare il suo profumo inebriante. «Grazie» le sussurrai.

«Sei il mio compagno» rispose piano, cercando il mio sguardo. «Silas?».

Scossi la testa, con un peso sul petto che quasi mi soffocò. *Non riesco a percepire la sua presenza*, ammisi mentalmente. *Non ci riesco proprio*.

E ciò mi faceva sentire così dannatamente vuoto.

Ferito.

Perso.

Solo.

Colpevole.

Luna mi posò una mano sul viso e mi baciò dolcemente, pur con gli occhi pieni di lacrime. «Non…».

«Dov'è Walter?» chiese Jace, interrompendo il nostro momento.

Premetti per un attimo la fronte su quella di Luna, concedendomi un istante di dolore, poi raddrizzai la schiena e mi girai verso il reale. Ero sul punto di rivendicare la mia posizione di alfa, quando la voce burbera di mio padre risuonò da dietro una delle case.

«Qui». Lo stronzo fece la sua comparsa con una manciata di alfa, incluso il padre di Luna. Sembravano tutti incazzati, ma la mia attenzione era rivolta esclusivamente verso il bastardo che li guidava.

C'era ancora la luna piena.

E io avevo un sacco di violenza da sfogare.

Per me stesso.

Per Luna.

Per Silas.

«Combattiamo» dissi prima che chiunque altro potesse

aprir bocca. Al diavolo la politica, volevo voltare pagina. «Facciamola finita una volta per tutte».

Mi rispose con una risata priva di allegria. «Non è il momento per le tue buffonate, ragazzo».

Sorrisi. «Al contrario, è il momento perfetto. Siamo tutti qui, giusto? E c'è ancora la luna piena. Stanotte ci sarebbe dovuta essere la mia ascensione, e io la pretendo. Vuoi mantenere la tua posizione di alfa? Guadagnatela, lottando contro di me. Sei anche avvantaggiato, visto che io sono rimasto qui a combattere a fianco del clan mentre tu sei scappato con la coda tra le gambe».

Alcuni dei lupi attorno a me grugnirono in disgusto. Per una volta, però, il loro risentimento era rivolto a mio padre e non a me.

Gettai i pugnali per terra, accanto due vampiri inginocchiati, e feci un passo avanti. «Combattiamo». Un tono di comando permeò il mio ringhio, riecheggiando in tutta la radura. «O mettiti in ginocchio e riconoscimi come tuo alfa».

Mio padre si irrigidì. «Non c'è niente che debba fare o riconoscere».

«A dire la verità, non è così» intervenne mio nonno. Si avvicinò a noi, con Luka al suo fianco. Irradiavano un'aura di autorevolezza, che sottolineava la loro linea di sangue. Ma era mio nonno a sembrare il più potente tra i due. «È diritto di ogni futuro alfa sfidare quello corrente durante qualsiasi rituale della luna piena, posto che sia dopo il compimento del suo ventiduesimo anno di età. Che, per Edon, è avvenuto tre mesi fa».

Diversi lupi mormorarono in approvazione, compresi due degli alfa a fianco di Walter.

Inarcai un sopracciglio. «Hai paura?».

Mio padre sputò per terra, osservandomi con uno sguardo letale. «Di te?». Un'altra risata secca. «Mai».

«Bene». Perché intendevo distruggerlo e volevo che ne fosse consapevole. «In forma umana o di lupo?».

Sembrò pensarci sopra. Non ero sicuro se stesse riflettendo sulla mia domanda, o sulla possibilità di cavarsela a parole.

Ma non mi importava.

Volevo solo annientarlo.

«Voglio un secondo» dichiarò, non riferendosi al tempo ma al suo desiderio di avere un partner.

Una nuova ondata di sussurri percorse la folla. La richiesta dell'alfa era un qualcosa di insolito. Normalmente, si lottava fino alla morte. Da soli.

Ma capii subito perché mio padre avesse scelto quella strada.

Era convinto che nessuno avrebbe voluto combattere al mio fianco. Contava che sarebbero stati due contro uno.

Stronzo.

Incurvò le labbra. «A meno che tu non abbia nessuno di cui ti fidi disposto a lottare con te?» mi schernì.

Luna si infuriò. «Starò io al suo cazzo di fianco».

Merda. Sarebbe stato un disastro. Se si fosse ritrovata a combattere contro mio padre, avrei perso la concentrazione. Mi fidavo di lei, sapevo che era brava. Ma non avrei mai permesso che mio padre la sfiorasse.

E il sorrisetto con cui accolse la proposta di Luna mi disse che lo sapeva anche lui. «Beh, allora…».

«Combatterò io con lui» annunciò mio nonno.

La notte fu pervasa da mormorii scioccati. Tranne nel caso di mio padre, che si limitò a ridacchiare. «Sappiamo entrambi che è contro le regole, Jolene».

Jolene. Mai "padre", o "papà". Sempre "Jolene".

«Si potrebbe dire che anche provocare una guerra pur di mantenere una posizione di potere sia contro le regole» ribatté mio nonno con disinvoltura.

L'espressione dell'alfa in carica si colorò di incredulità. «Non dirmi che credi alle stronzate che spara mio figlio su di me».

«Purtroppo non c'è modo di confermare o meno le sue accuse, visto che tutti i testimoni sono morti». Lanciò un'occhiata eloquente alla testa di Silvano, per poi alzare lo sguardo su Kylan, che fece spallucce. Infine, osservò la radura coperta di cadaveri di licantropi. Tra loro c'erano anche Barry e Glen.

Che tristezza.

«Ci credi?». Mio padre si rivolse a Niko. «Il vecchio alfa mi sta accusando di aver orchestrato questa carneficina. Tutto per distogliere l'attenzione dalle regole, che stabiliscono che un ex alfa non è autorizzato a partecipare a una sfida all'ultimo sangue. Almeno, non come secondo».

«E io che pensavo che avresti gradito la possibilità di batterti con me» commentò mio nonno. «È un peccato che tu sia un tale codardo».

Sorrisi. Il vecchio sapeva come giocare con le parole, un talento che avevo appreso da lui.

«A differenza di te, Jolene, il mio unico desiderio è rispettare le regole. E visto che Luna ha parlato per prima, sarà la cagnetta a fargli da secondo». Sfoggiò un sorriso tutto denti. «A meno che non voglia tirarsi indietro?».

Feci una smorfia. Sapevo benissimo che non l'avrebbe mai fatto.

Ma a rispondere fu una voce profonda. Una che mi fece mancare un battito.

«In quanto sua progenie, mi offro io volontario per essere il suo secondo».

SILAS

La folla si aprì attorno a me. Ognuno dei presenti mi osservava con un'espressione sorpresa.

Guardate quanto vi pare, pensai, continuando a camminare con Rae al mio fianco. Il mio umore non era granché, grazie al proiettile d'argento che mi aveva quasi trafitto il cuore.

Quando Rae mi aveva detto cosa stava succedendo, la mia decisione era già stata presa. Non ci riflettei sopra nemmeno un attimo. Edon aveva bisogno di un secondo, e io ero l'unico di cui potesse fidarsi, a parte Luna. E per quanto lei fosse perfettamente in grado di tenere testa a chiunque, sarebbe stata una distrazione. Gli istinti protettivi di Edon lo avrebbero spinto a intervenire, facendogli perdere la concentrazione.

Con me, non avrebbe avuto quel problema. O almeno ci speravo.

Jolene mi rivolse un impercettibile cenno d'assenso. Rae mi aveva riferito che stava prendendo tempo, e Kylan le aveva detto che era a causa mia. Volevano che fossi io a combattere a fianco di Edon. Non avevo bisogno del loro supporto, ma apprezzai la fiducia che riponevano in me.

Il reale in questione mi intercettò. Le sue iridi color

della notte si abbassarono sul mio petto, indugiando sul sangue secco e la ferita rimarginata. Sorrise.

Non c'è di che, sembrarono dirmi i suoi occhi, lasciandomi a disagio. Non volevo essere in debito con lui, ma lo ero. Anche se non ero stato io a chiedergli aiuto. Era stato lui a incidersi il polso e costringermi a bere il suo sangue.

Porse il braccio a Rae. «Consorte».

«Sire» rispose lei, prendendo posto al suo fianco.

«Buona fortuna, lupo» mormorò Kylan, spostandosi di lato per lasciarmi passare.

Fortuna. Certo. Che augurio idiota.

Anche perché non ne avevo bisogno.

Il suo sangue mi aveva infuso una strana energia. Mi sentivo rinvigorito. I miei sensi erano ancora più sviluppati, come se fossi rinato in qualcosa di diverso. Potevo *sentire* il battito del cuore di Edon, nonostante fosse a svariati metri di distanza.

Potevo sentire *chiunque*.

«Silas» esalò Luna. I suoi occhi brillavano di lacrime.

Quell'immagine zittì i miei pensieri e mi spinse a camminare rapidamente nella sua direzione. Mi gettò le braccia al collo, e io la strinsi forte a me. Edon mi rivolse un'occhiata piena di domande.

Probabilmente perché non poteva più accedere alla mia mente.

Più tardi avremmo dovuto capire perché.

Per il momento, però, doveva concentrarsi sul combattimento e smetterla di preoccuparsi per cose al di fuori del nostro controllo.

«La sorpresa non ti dona, alfa» dissi, con un tono di avvertimento. «Ti preferisco di gran lunga furioso e assetato di vendetta». Se dovevamo batterci contro suo padre, avevo bisogno che fosse lucido e attento.

«Stai bene» sussurrò Luna, che chiaramente non aveva colto quello che stavo cercando di fare.

E il suono spezzato delle sue parole mi fece vacillare ancora una volta.

Al diavolo le buone maniere. Questi idioti possono aspettare un altro minuto.

Le presi il viso tra le mani e la baciai dolcemente, ignorando le esclamazioni di sorpresa che si levarono dalla folla. Lei rabbrividì. «Ti hanno sparato». La sua voce era così flebile che dubitai che qualcuno potesse sentirla, a parte me ed Edon. «Con un proiettile d'argento» aggiunse.

«Sono guarito». Le sfiorai di nuovo le labbra con le mie, poi premetti la bocca sul suo orecchio. «Ti spiegherò tutto più tardi. Promesso».

Annuì. «Sì. Giusto». Sembrò ricordarsi improvvisamente di dove si trovasse. Una maschera le calò sul viso. «Giusto» ripeté.

Edon era accanto a noi, immobile, e non si stava perdendo neanche mezza parola. La sua espressione era ancora colma di domande.

«Pronto ad ascendere?» gli chiesi, lasciando andare Luna con un ultimo bacio sulla tempia.

Mi squadrò dalla testa ai piedi, soffermandosi sul mio petto. «Puoi combattere?».

Sorrisi. «Beh, non sto sanguinando, no?».

«Hai un aspetto stranamente sano per essere stato colpito dall'argento» commentò, scoccandomi un'occhiata sospettosa. «Com'è possibile?».

«Non adesso». Spostai la mia attenzione su suo padre e raddrizzai le spalle. «Come dicevo, mi offro volontario per fargli da secondo».

Walter rispose con una risatina crudele. «Penso tu ti sia *offerto volontario* per servire mio figlio in più di un modo, ultimamente». Si rivolse a Jolene. «A quanto pare, le triadi sono una cosa di famiglia, eh?».

Triadi? Non avevo mai sentito quel termine, ma potevo immaginare cosa significasse.

«Accetto la tua scelta, Edon» continuò Walter, con una voce bassa e minacciosa. «E dopo aver vinto, mi occuperò di Luna».

Edon sorrise. «Come sei sicuro di te».

«Non vedo perché non dovrei esserlo» rispose. «Visto che ho deciso di scegliere Niko come mio secondo».

Una serie di sussulti riempì la radura, riecheggiando tra gli alberi. Io ed Edon ci scambiammo un'occhiata.

«*Deve* essere contro le regole» disse Luna, togliendomi le parole di bocca. «Se Edon non può combattere con Jolene, allora tu non puoi combattere con l'alfa di un altro clan».

«L'educazione di tua figlia è gravemente carente» fece notare Walter a Niko in tono colloquiale. «Sto iniziando a farmi qualche domanda su come cresciate i vostri figli nel clan Ernest».

Niko sbuffò. «Fidati, appena sarò di ritorno, farò una bella chiacchierata con Claudette». Fulminò Luna con lo sguardo. «E le regole dicono che Walter può scegliere chiunque sia legato al suo branco. E io lo sono, grazie alla tua unione con suo figlio. Sarà pure una scelta insolita, ma è del tutto accettabile. Dato che ho un erede quasi maggiorenne, sono idoneo a gareggiare. Non che abbia importanza, comunque, visto che non ho intenzione di perdere».

Walter ridacchiò. «Nemmeno io».

«Stai dimenticando un dettaglio fondamentale: anche Edon deve accettare le tue condizioni» li interruppe Jolene. «E visto che sono ridicole, suggerisco che...».

«Oh, le accetto» annunciò Edon. «Stavo solo

aspettando che la smettessero di darsi tutte quelle arie». Sembrava così sereno all'idea di far fuori due alfa. Due alfa esperti, tra l'altro.

Con me al suo fianco.

Un novellino.

Un omega.

«Sei sicuro?» gli chiesi piano. Perché io non lo ero. Qualsiasi membro del clan? Certo, nessun problema. Ma un altro alfa? Era una situazione completamente diversa.

«Assolutamente» rispose.

«Edon» sussurrò Luna, afferrandogli il braccio. «Tu non conosci mio padre come lo conosco io. Questa non è una buona idea».

«Abbi fede». Le posò un bacio sulla guancia e fece un passo avanti. «In che forma preferisci combattere, Walter?».

La scelta di usare il nome proprio del padre non mi sfuggì. Stava prendendo le distanze dagli obblighi familiari e si stava preparando per quello che doveva essere fatto.

Si stava preparando all'inevitabile omicidio.

«Lupo» rispose suo padre, con lo sguardo puntato verso di me. «Non sarà un problema per la tua nuova progenie, no?».

Stronzo, pensai. Sapeva che sarei stato più debole in forma di lupo, visto che era tutto ancora così nuovo per me.

Ma ovviamente Edon non ne aveva tenuto conto. Si limitò a dire: «Che lupo sia. Ho solo bisogno di un attimo col mio secondo, poi possiamo iniziare».

«Certo» acconsentì suo padre con un'espressione arrogante.

Edon si girò verso di me. Mi posò il palmo sulla nuca e mi tirò verso di sé. «Perché non riesco a sentirti?» chiese in un sussurro destinato soltanto alle mie orecchie. Nemmeno

Luna doveva aver colto la domanda, dato che corrugò la fronte, incapace di capire cosa stesse facendo Edon.

«Non lo so» ammisi. «Ma penso c'entri Kylan».

«Kylan?».

«Sì». Abbassai ancora di più la voce, assicurandomi che nessuno, nemmeno Luna, potesse udirmi. «Mi ha dato il suo sangue».

Le sopracciglia di Edon schizzarono in alto. «*Cosa?*».

«Cosa c'è?» chiese Luna. La sua preoccupazione era palpabile. «Di cosa state parlando?».

Edon trattenne il mio sguardo per un istante, poi mi lasciò andare e le rispose parlandole all'orecchio. Nonostante il suo mormorio fosse praticamente impercettibile, lo colsi lo stesso, grazie ai miei sensi potenziati. «Silas ha bevuto il sangue di Kylan».

Lei trasalì, spalancando gli occhi. «È...».

«Proibito» finì Edon per lei. «Sì».

«Non è che il reale mi abbia dato molta scelta» commentai a denti stretti, con lo sguardo che guizzò verso il vampiro in questione. Mi fece l'occhiolino dalla sua posizione defilata, completamente imperturbabile. «Perché è proibito?».

«Perché aumenta la forza e le percezioni» sussurrò Edon. «Il che è perfetto per la nostra situazione attuale, a parte il fatto che l'energia di Kylan blocca il mio accesso alla tua mente».

Luna aggrottò la fronte. «Non credo che Walter si sia reso conto che Silas è stato colpito».

«E non vedo perché dovremmo dirglielo» rispose Edon, lanciando un'occhiata al padre. «Si è guadagnato una piccola sorpresa, non credete?».

Roteai le spalle e scrocchiai il collo. «Sì, decisamente».

Abbassò lo sguardo sui jeans che indossavo, poi lo alzò di nuovo su di me. «Sono miei?».

«Sì».

«Bene». Mi afferrò il collo e mi trascinò in avanti, finché i nostri petti non si toccarono. «Il suo sangue scorrerà pure dentro di te, in questo momento, ma tu sei ancora mio. Hai capito?».

Ma non potei rispondergli, perché le sue labbra si sigillarono sulle mie.

Santo. Cielo.

Edon mi stava rivendicando.

Davanti a tutto il branco.

E non solo come sua progenie.

La pura possessività di cui era intriso il suo bacio mi lasciò senza fiato e fece impazzire il mio cuore.

Finché un ringhio di suo padre non rovinò il momento.

Edon concluse il nostro abbraccio mordendomi il labbro inferiore. I suoi occhi scuri brillavano di determinazione. «Non è finita qui».

«Lo so».

«Non si torna indietro, omega».

«Lo so bene, alfa».

«Allora prendiamo a calci qualche culo». Afferrò Luna e la baciò teneramente, poi la spinse tra le mie braccia. «Non era un addio. Solo una promessa».

«Lo so» sussurrò lei, spostando poi l'attenzione su di me. «Proteggetevi a vicenda».

«Sempre» giurai, chinando il capo per baciarle le labbra. «Ma preparati a fuggire, nel caso dovesse succedere qualcosa» le mormorai accanto all'orecchio.

La lasciai andare prima che potesse rispondere e mi misi vicino a Edon.

Walter stava guardando il figlio da qualche metro di distanza. «Mi disgusti».

«Bene» rispose Edon. «Significa che sto facendo qualcosa di giusto».

341

Suo padre aprì la bocca per ribattere, ma fu interrotto da Jace. «Le vostre chiacchiere mi stanno annoiando. Avete intenzione di combattere, o è meglio se vado a prendermi qualcosa da bere e torno tra un po'?».

Walter ridacchiò. «Sei sempre impaziente di vedere dei lupi che si fanno a pezzi, eh, vecchio mio?».

«Sì, ho una certa passione per il sangue» rispose il vampiro. «Forse assaggerò qualcuno dei tuoi lupi, quando sarà tutto finito».

Walter alzò le spalle. «Accomodati, d'altro canto sei mio ospite».

«Solo per il momento» intervenne Edon. «Presto sarà *mio* ospite, e non ci sarà alcun assaggio senza il mio consenso».

Walter scosse la testa. «Avrei dovuto ucciderti quando eri un cucciolo».

Edon sorrise. «Smettila di prendere tempo, vecchio. È ora di farla finita».

«Volentieri». Walter si tolse la giacca e la camicia, rivelando un torso muscoloso punteggiato da una peluria scura. Niko lo seguì a ruota; il suo corpo era leggermente meno massiccio, ma altrettanto atletico.

«Ci serve una strategia» sussurrai.

«Ce l'abbiamo già». Edon si sbottonò i jeans e abbassò la cerniera. «Uccidere».

Ottima strategia, pensai, togliendomi anch'io i pantaloni. *Per fortuna che ho chiesto.*

Non vedo dove sia il problema, lupo. Non hai forse assassinato la maggior parte dei tuoi avversari, nel corso del Torneo dell'immortalità?

Mi raddrizzai di scatto, cercando Kylan con lo sguardo. Lui mi ignorò ostentatamente; la sua attenzione era tutta rivolta a Rae. *Vattene subito dalla mia testa.*

Sbuffò. *Sono qui solo per aiutarti, poi ti ridarò al tuo alfa.*

Non voglio il tuo aiuto, ringhiai, calciando via i jeans e richiamando il mio lupo interiore.

Se morirai, Raelyn ci resterà male. Quindi dovrai tollerare la mia assistenza e la mia forza, proprio come hai accettato il mio sangue.

Se le mie labbra non fossero state in procinto di allungarsi in un muso, avrei imprecato. Kylan voleva aiutarmi? Bene. *Basta che tu non mi distragga.*

Tutt'altro, lupo. Ho intenzione di guidarti. Walter pensa che tu sia più debole in forma animale, per questo l'ha scelta. E adesso che ha visto l'affetto che ti lega a suo figlio, userà entrambe le cose a suo vantaggio. Farà attaccare Edon da Niko, mentre lui cercherà di uccidere te. È un classico; spera così di distrarre suo figlio e, di conseguenza, indebolirvi tutti e due.

Grazie del suggerimento, risposi mentalmente, dando una scrollata alla pelliccia.

Non era quello il mio suggerimento, Silas. Il mio suggerimento è di tenere testa a Walter finché Edon non si è liberato di Niko.

Tenere testa a un alfa di trecento anni. Ricevuto.

Trecentoventidue, ma non è importante. Usa il mio sangue. Te ne ho dato più che abbastanza. È molto potente. Non sprecarlo.

Se sapessi come, lo farei.

Istinto, lupo. Segui il tuo istinto.

Jolene si posizionò al centro della radura. Osservò tutti e quattro i lupi con espressione impassibile. «Date loro più spazio» intimò alla folla, che indietreggiò fino a creare un cerchio enorme.

Edon era accucciato accanto a me. In forma di lupo, era leggermente più grosso di me. Sembrava perfettamente a suo agio, come se non fossimo stati sul punto di iniziare un combattimento all'ultimo sangue.

Niko e Walter camminavano avanti e indietro, impazienti di cominciare. La loro stazza rivaleggiava con quella di Edon.

Facendo di me il più piccolo.

L'omega.

Fantastico.

Con quell'atteggiamento, morirai nel giro di due minuti, mi rimproverò Kylan. *E ciò farà soffrire la mia consorte. Non vuoi che accada, Silas. Fidati.*

In questa situazione le minacce non funzionano, gli feci notare.

Sei veramente sopravvissuto a tutti questi tormenti solo per essere ucciso da un alfa che odi?, ribatté lui. *Sarebbe un vero peccato.*

Non è che voglia morire.

Ah sì? Allora perché non lo dimostri, lupo? Pensa a cosa farà quel sadico bastardo alla tua preziosa Luna. Pensa a tutto quello che ha già fatto. Incanala la tua rabbia e sfrutta la mia forza. Non farmi pentire di avertela concessa.

Le sue parole sovrastarono qualsiasi cosa stesse dicendo Jolene. Qualcosa sui requisiti per vincere, che riassunsi come lottare fino alla morte o finché qualcuno non si fosse arreso.

Visto che il combattimento coinvolgeva tre maschi alfa, dubitavo che la seconda fosse realmente un'opzione.

Jolene elencò una serie di regole, tra cui il divieto per ogni spettatore di intervenire; Kylan commentò sbuffandomi nella testa. Ribadì poi i termini che Edon aveva concordato con Walter.

«Il vincitore si aggiudicherà la guida del clan Clemente. Se l'alfa del clan Ernest cadrà, gli succederà il suo erede. Qualcuno ha delle obiezioni?».

Silenzio.

«Allora dichiaro valida questa sfida. Potete…».

Walter si scagliò contro di me; reagii scartando a sinistra. *Cazzo!* Non mi ero reso conto che avremmo iniziato immediatamente. Il maledetto alfa non aveva nemmeno aspettato che Jolene finisse di parlare. E, giudicando dai ringhi che risuonavano alla mia destra, nemmeno Niko.

Un turbine di pelo bianco mi sfrecciò davanti, appena prima che Walter caricasse di nuovo.

Lo schivai ancora una volta, guadagnandomi un ringhio da parte sua e svariati sussulti dalla folla. Non avevo idea del perché fossero così sorpresi. Ma non ebbi il tempo di rifletterci sopra, visto che il mio aggressore balzò di nuovo verso di me.

Un altro salto, seguito da una rotolata e da uno scatto di lato, lo fecero ringhiare furiosamente.

A quanto sembrava, non era un fan del mio approccio sfuggente.

Peggio per lui.

Perché non avevo nessuna intenzione di smetterla.

Le uniche cose che avevo a mio vantaggio erano la velocità e l'agilità. Se fosse riuscito a prendermi, sarei morto. Era più forte di me, e lo sapevamo entrambi. Ecco perché continuava a cercare di raggiungermi e io di tenermi appena al di fuori della sua portata.

Un'ondata di shock permeò l'atmosfera, seguita da un odore pungente. Paura.

Non potevo girarmi a guardare da cosa fosse stato causato, i miei occhi erano fissi sull'alfa furibondo che mi inseguiva nella radura.

I suoi artigli fendettero l'aria a poca distanza da me, troppo vicini per i miei gusti. Scartai di nuovo, sottraendomi al loro bagliore letale.

Non sapevo se Kylan mi stesse parlando, ero troppo concentrato sul mio avversario. Avevo solo bisogno di…

Qualcosa mi colpì alla schiena, facendomi volare in avanti e proprio sulla traiettoria di Walter. Mi venne addosso con tutta la sua forza. I suoi artigli mi squarciarono il fianco in una pugnalata di agonia.

Cazzo!

Combatti!, mi ordinò una voce. Non sapevo a chi appartenesse, ma non era certo il momento di indagare.

Colpii Walter con una delle mie zampe, imprimendovi tutta la forza che avevo; incontrare del pelo mi disorientò. Lottare in forma animale era una novità per me, qualcosa in cui non avevo nessuna esperienza. Decisi così di abbandonarmi al mio lupo, lasciando che fosse lui a guidare i miei movimenti.

Scatta.

Colpisci.

Abbassati.

Rotola.

Più veloce.

Ancora.

Un dolore lancinante mi trafisse la schiena: erano gli artigli di Walter che affondavano nella mia carne. Lo morsi, ritrovandomi la bocca piena di pelo. E pelle. Oh, sì. Sangue. Un sacco di sangue. E ne volevo *di più*.

Walter era più grosso e più forte, ma io avevo la velocità dalla mia parte. La sfruttai a mio vantaggio, restituendogli i suoi colpi con gli interessi. Ma non era abbastanza. Era riuscito a gettarmi a terra, e le sue zanne stavano tentando a tutti i costi di strapparmi la gola.

Mi rifiutai di arrendermi. Strinsi le spalle per proteggere il collo e mi contorsi sotto di lui, alla ricerca di un punto debole. Qualsiasi cosa per liberarmi di...

Un coro esultante riecheggiò tra gli alberi, e improvvisamente Walter non c'era più. Edon l'aveva gettato a terra. Iniziarono a lottare sull'erba in un turbine di pelo insanguinato, che mi rese impossibile capire chi fosse chi, né cosa stesse succedendo.

Inspirai profondamente e mi rimisi in piedi. Diedi una scrollata alla pelliccia, guardandomi attorno. Il corpo decapitato di Niko giaceva qualche metro più in là. Dopo la morte, la sua forma animale si era disciolta di nuovo in quella umana.

Edon ha vinto.

Non ancora, rispose una voce. *Ed è ferito. Quindi smettila di gingillarti e vai ad aiutarlo.*

Non ci pensai neanche un secondo. Mi scagliai verso il vortice bianco, colpendo Walter al fianco. Edon catturò una delle sue zampe, strappandogli un guaito. Le sue zanne penetrarono talmente a fondo da raggiungere l'osso e lo frantumarono.

Morsi il fianco di Walter, costringendolo così a terra, mentre Edon si avventava sulla coscia opposta.

Solo che Walter non voleva saperne di stare fermo.

Latrando a pieni polmoni, il bastardo rotolò con una forza che non mi aspettavo, schiacciandomi e trascinando Edon sopra di lui. Dei canini trovarono la mia gola. Vi si conficcarono in un morso violento che raggiunse la mia trachea, comprimendo…

Edon me lo levò di dosso ringhiando e gli riservò lo stesso trattamento che il padre stava infliggendo a me.

I suoni emessi da entrambi mi avrebbero perseguitato per l'eternità.

Eppure non riuscivo a smettere di guardare. Ero affascinato dalla vista di Walter che sanguinava. Avrei voluto saltare di gioia, beandomi del suo tormento, ma il dannato lupo sbatté una zampa sull'erba, facendo sì che Edon si bloccasse.

Inizialmente non capii.

Pensai ci fosse qualcosa che non andava.

Poi registrai il significato del suo gesto.

Walter si era arreso.

Oh, col cazzo! Quel bastardo meritava la morte.

Ma Edon lo lasciò andare. Fece qualche passo indietro, mostrando le zanne. Walter tornò in forma umana, con le gambe decisamente rotte. Crollò a terra in posizione fetale, come un fottuto poppante.

«Il combattimento era all'ultimo sangue, o finché qualcuno non si fosse arreso» annunciò Jolene con voce tetra. «L'attuale alfa del clan Clemente si è arreso».

Una serie di insulti si sollevò dalla folla.

«Almeno Niko è morto con onore» disse uno.

«Tutto per questa sottospecie di alfa» aggiunse un altro.

«Patetico».

«Debole».

«Uccidilo. Non è degno di vivere».

Edon si trasformò. Una serie di squarci e ferite sanguinanti costellavano il suo corpo atletico. Abbassò lo sguardo verso il maschio agonizzante steso a terra. «Sottomettiti» ringhiò. «Riconoscimi come tuo alfa».

Walter rabbrividì, ma le sue labbra rimasero sigillate.

Edon gli afferrò la nuca e avvicinò il viso al suo, per urlargli direttamente in faccia: «Sottomettiti!».

«Sei… sei tu l'alfa» mormorò.

«Non è abbastanza, vecchio». Edon lo gettò di nuovo sull'erba. «Non. È. Abbastanza». Sottolineò ogni parola con un calcio nel fianco di Walter, facendolo gridare di dolore. «Voglio sentirlo dalle tue cazzo di labbra, vecchio pezzo di merda. Voglio anche ogni cazzo di confessione. O ti farò fuori. Qui e ora».

Walter rispose con un sorriso maligno e sanguinante. «Non hai le palle per uccidermi, ragazzo».

Le sopracciglia di Edon si sollevarono. «No?». Guardò prima me, poi Luna. «Sappiamo tutti che non sei stata tu a uccidere Bianca, che in qualche modo mio padre ha impregnato la scena del crimine con il tuo odore. Quanto ci tieni a sentirlo confessare?».

«Non è necessario» intervenne Jolene, raggiungendo Edon e Walter con una spada in mano. «Tuo padre ha attinto alla psiche del branco. Lo sospettavo da anni, e stasera ne ho avuto la conferma. Ha condizionato i suoi stessi lupi a scatenare una guerra, poi si è nascosto come un codardo, lasciandoli tutti a morire». Scosse la testa e si rivolse al maschio patetico steso a terra. «Sei letteralmente impazzito. Ti avevo avvertito che sarebbe successo, se avessi continuato ad abusare del tuo potere».

«Vaffanculo» rispose Walter. «Non sai nulla del potere. Sei solo un debole, troppo spaventato di fare ciò che è necessario per il bene del branco».

«E mi ci è voluto fin troppo tempo per capire che la pensi così, figlio mio» mormorò Jolene, passando la spada a Edon. «Ti avevo detto che la psiche del branco non è un luogo in cui immischiarsi, ma non mi hai dato retta. Hai giocato con la mente dei tuoi lupi per troppo tempo».

Psiche del branco, ripetei mentalmente, corrugando la fronte. Luna l'aveva menzionata, una volta, ma non avevo capito a cosa si riferisse. *Che sia una specie di mente collettiva?*

Sì, rispose Kylan. *Non sono un lupo, ma, da quello che so, la psiche del branco è un piano mentale di esistenza che può essere raggiunto solo dall'alfa di un clan. Gli dà la capacità di controllare tutti i lupi sotto la sua protezione, di monitorarli e anche di contattarli, se necessario. È simile al tuo legame con Edon, solo che richiede una quantità significativa di concentrazione per accedervi, mentre la vostra connessione è molto più naturale.*

Stando all'espressione di Edon, lui aveva già capito tutto quanto. Scosse la testa con una risatina amara. «Avrei dovuto capirlo. Ma certo che hai invaso la psiche del branco. Non avevo mai pensato che potesse essere quella la causa, ma è la spiegazione più sensata. Mi hai messo contro ogni membro del clan per il tuo tornaconto, facendo loro il lavaggio del cervello. E li hai sfruttati, usando perfino *il loro odore*, per incastrare altre persone di crimini che hai commesso tu».

Come il vampiro, tradussi, comprendendo finalmente come fosse potuto succedere. *È per questo che sapeva di branco. Ma come ha fatto a contaminare il corpo di Bianca con l'odore di Luna?*

Alterando le percezioni dei presenti sulla scena dell'omicidio, rispose Kylan. *O almeno penso abbia fatto così. Presumo che il cadavere sia stato rimosso immediatamente, giusto?*

Non ne avevo idea, ma era molto probabile che fosse andata proprio in quel modo.

Walter sbuffò. «Fidati, non è stato necessario nessun lavaggio del cervello». Sputò un grumo di sangue e saliva, poi alzò lo sguardo sul figlio. «Lo sanno tutti che non sei altro che la parodia di un alfa. Non ti seguiranno mai».

«Non quelli di cui ti sei circondato, no» concordò Jolene. «Ma dimentichi tutti gli altri lupi presenti sul territorio. Tutti quelli che non fanno parte della tua cerchia. Lupi che hai ignorato per troppo tempo. Lupi che hai lasciato morire di fame».

«Non erano degni delle nostre risorse» rispose Walter. «E sembra che se la cavino bene da soli».

«Perché li ho guidati io» ringhiò Jolene. «Mi sono assicurato che sopravvivessero abbastanza a lungo da poter vedere il regno di Edon».

Edon fece roteare la spada. «Che inizia adesso».

Walter fece per parlare, ma Edon non gliene diede l'opportunità.

La lama fendette l'aria con una rapidità tale che quasi mancai l'attimo meraviglioso in cui raggiunse il collo di Walter. Il che sarebbe stato un peccato, perché vedere la sua decapitazione fu uno degli spettacoli più belli a cui avessi mai assistito.

Quasi quanto guardare la sua testa che rotolava per terra, in un coro di esclamazioni sconvolte.

Luna si fece avanti e sputò sul cadavere del vecchio. «Bastardo».

Avrei voluto sorridere, ma era difficile farlo in forma di lupo.

«Mi sembra una punizione appropriata» commentò Jace con nonchalance. «Voglio dire, con tutte le sue macchinazioni ha provocato una guerra con Silvano».

«Oh, stavano lavorando insieme» rispose Kylan. «Ho forse omesso di dirlo, quando ho gettato la sua testa a terra? Scusate, colpa mia».

«Un reale e un alfa hanno condotto i loro uomini alla morte per niente?» disse un altro, dando inizio a una serie di conversazioni che si sovrapposero e rimbombarono nella radura, causandomi un terribile mal di testa.

Ma tutto terminò con uno strano stridore, proveniente da un qualche punto vicino alle case.

Una tale agonia, una tale pena e…

Lilith.

EDON

Beh, merda. Non andrà a finire bene.

Lilith entrò nel cerchio di morte con gli occhi spalancati. I suoi tacchi affondavano nel terreno, i suoi capelli biondi si stavano increspando per l'umidità. Non era il suo territorio, e si vedeva.

Il suo sguardo indugiò sui cadaveri di Niko e Walter, sulla spada che tenevo in mano e infine sulla distesa di corpi che ci circondava. Alcuni avevano cominciato a muoversi: la loro genetica sovrannaturale avrebbe permesso loro di guarire. Almeno quelli che avevano ancora la testa.

Solo l'argento nel cuore o la decapitazione potevano far fuori per sempre un licantropo.

Il che mi ricordò… *Cos'è successo alla pistola usata contro Silas? E chi è stato a sparare?*

Nessuno degli altri vampiri aveva usato l'argento in battaglia. Cercavano di limitare i danni. L'ennesima conferma che mio padre e Silvano stavano collaborando.

Solo che l'attacco era andato ben oltre ciò che sarebbe stato sufficiente per un colpo di stato.

Cosa sperava di guadagnare esattamente Silvano? Non avrebbe potuto impadronirsi del nostro territorio, se fosse stato ancora popolato dai lupi. E visto che solo una manciata era veramente morta, non avrebbe avuto nessuna possibilità di distruggere il clan Clemente.

«Perché?» chiese Lilith, con lo sguardo puntato sulla testa di Silvano. «Chi gli ha tolto la vita?».

«Io» rispose Kylan, con la sua solita aria indifferente. «Era l'unico modo per interrompere il combattimento. Non appena ho mostrato la sua testa ai vampiri, sono caduti sotto il mio controllo. E ho ordinato loro di farla finita con questa assurdità».

Lilith lo fissò a bocca aperta. Poi si guardò attorno ancora una volta, soffermandosi sul loro pubblico. Lupi, vampiri, reali, alfa, compagni. Scosse la testa come a volersi schiarire le idee. Il suo viso, illuminato dal chiarore lunare, era più pallido del solito.

Nella radura erano riunite più di un centinaio di persone. Di cui la maggior parte era nuda e coperta di sangue.

Esaminò i resti di Walter, poi si rivolse a me. «Suppongo sia tu a comandare, adesso».

«Non ufficialmente» risposi, raddrizzando la schiena. «A causa dell'attacco di Silvano, non abbiamo avuto la possibilità di completare i rituali».

Per quanto fossi tecnicamente l'alfa del clan Clemente, non ero asceso in modo appropriato, di conseguenza non potevo ancora accedere alla psiche del branco. Ma ciò non mi avrebbe impedito di affrontare qualsiasi sfida mi venisse lanciata. Non avrò avuto il potere mentale, ma i mezzi fisici non mi mancavano.

«Trovaci un luogo adatto per un incontro, preferibilmente privo di fango» disse Lilith. Il suo tono di comando arruffò il pelo del mio lupo interiore. «Voglio che tutti i reali e gli alfa presenti partecipino immediatamente a una riunione di emergenza del consiglio».

Ovviamente.

«Nel frattempo, che tutti gli altri si diano una ripulita. Non siamo animali» sentenziò, poi girò sui tacchi prima che potessi correggere la sua affermazione. Non avevo idea di dove stesse pensando di andare. Forse alla sua auto, o semplicemente sul sentiero di ghiaia, per evitare di rovinarsi ancora di più le scarpe.

«Possiamo usare l'edificio principale» le urlai dietro, aggiungendo poi le indicazioni su come raggiungerlo.

Non diede segno di avermi sentito, ma girò dove le avevo consigliato. Scossi la testa e mi voltai per rivolgermi ai miei lupi.

«Radunate i morti» ordinai. «Domani li piangeremo come si deve. Portate in un luogo sicuro quelli che stanno guarendo ma non sono ancora coscienti». Diedi un'occhiata ai vampiri immobili sull'erba, poi mi girai verso Kylan, visto che aveva dichiarato che erano sotto la sua responsabilità. «I vampiri di Silvano sono liberi di occuparsi dei loro morti come preferiscono. I miei lupi non interferiranno». Aggiunsi l'ultima frase scoccando ai licantropi in questione uno sguardo tagliente. «Siamo in pace».

«Per adesso» intervenne un vampiro, i cui capelli scuri si confondevano col cielo notturno. Si avvicinò a Kylan. Il suo abbigliamento, che consisteva di una maglietta e un paio di jeans, era in netto contrasto con quello dei reali presenti. Ed erano tatuaggi quelli che spuntavano da sotto le maniche? Che strano. Sembrava più un lupo che un succhiasangue.

«Non mi inchinerò a te» annunciò a Kylan con tono piatto.

«Una decisione poco saggia, ma che rispetterò» rispose il reale. «*Per adesso*».

«Come il più anziano tra i vampiri di Silvano presenti, andrò alla riunione in rappresentanza del suo territorio» aggiunse il vampiro, ignorando la minaccia di cui erano intrise le parole di Kylan. Quei due dovevano avere dei trascorsi.

«Ma certo. Non vedo l'ora di sentirti spiegare cosa sia successo qui». Kylan sorrise. «Sono sicuro che sarà una bella storia». Diede le spalle al vampiro e si rivolse alla folla. «Avete sentito cos'ha detto Lilith: datevi una ripulita. E se qualcuno estrae un'arma o istiga un'altra rissa in nostra assenza, mi sbarazzerò di voi come ho fatto con Silvano».

Un brivido attraversò la schiera di lupi e non morti. La reputazione di Kylan giocava a suo favore. Nessuno voleva mettersi contro il reale più crudele di tutti.

Nemmeno io.

E il suo sangue scorreva nelle vene della mia progenie.

Dannazione.

Mi girai verso Luna. Le posai la mano sulla nuca e la trascinai in un bacio profondo, che lei ricambiò sospirando. «Resta vicino a Silas. Non so come andrà a finire».

Lei annuì e mi accarezzò la guancia. «Saremo qui ad aspettarti».

«Lo so» sussurrai, sfiorandole il labbro inferiore con la lingua. «Mi devi ancora un morso». E gliel'avrei chiesto proprio in quel momento, mentre avevamo ancora la luna piena che brillava sopra di noi, se non avessi avuto gli occhi di tutti puntati addosso. Purtroppo il dovere chiamava.

Era giunta l'ora di fare l'alfa.

Lasciai andare Luna con un altro bacio, poi afferrai Silas e catturai le sue labbra con le mie.

Fu travolto dallo shock, esattamente come l'ultima volta che l'avevo baciato. Come se non riuscisse a credere che stessi dimostrando il mio affetto per lui in pubblico. Più tardi ne avremmo discusso, perché se pensava che avessi intenzione di nascondere ciò che c'era tra di noi, si sbagliava di grosso. Li volevo entrambi, e al diavolo i giudizi degli altri.

«Proteggi Luna» gli dissi.

«A costo della vita» giurò.

Lo liberai dal mio abbraccio e incrociai lo sguardo di mio nonno, che si trovava qualche metro più in là. Aveva un'espressione malinconica che non riuscii a comprendere, ma i suoi occhi brillavano di orgoglio. «Resterò qui a dare una mano, mentre tu parli con Lilith» disse. Le sue parole raggiunsero le mie orecchie nonostante la distanza, grazie al mio udito ipersviluppato.

Annuii. «Grazie».

«Faccio solo il mio lavoro» rispose con un sorriso. «Porta con te anche Logan. Rappresenterà il clan Ernest».

Aggrottai le sopracciglia e mi guardai attorno. «Dov'è?». Non l'avevo visto da nessuna parte, nemmeno durante il combattimento.

Mio nonno indicò con il mento una delle casette di legno. Logan era in piedi lì accanto, con il braccio attorno a Cora. La donna era stata pestata a sangue. Luna seguì il mio sguardo e trasalì. Corse verso di loro, tallonata da Silas.

Maledetto Niko.

Se fosse stato ancora vivo, l'avrei ucciso di nuovo. Perché i lividi che tingevano la pelle di Cora avevano la sua firma.

Logan la consegnò tra le braccia di Luna. Il nuovo alfa del clan Ernest aveva un occhio tumefatto, probabilmente opera del pugno di suo padre. Che Logan avesse provato ad aiutare il clan Clemente contro il volere di Niko?

No, doveva essere qualcosa di molto più grave, considerando lo stato di Cora.

«Abbiamo affrontato Walter quando ha cercato di

prendere Luna» spiegò Logan, cogliendo la mia confusione.

Inarcai le sopracciglia. «Quando Walter ha fatto *cosa?*».

«Non importa» disse Luna, con il braccio avvolto attorno alla vita della madre. «È morto. Sono tutti morti. Vai alla riunione. Quando tornerai, saremo qui». Parlò col tono di un'alfa, strappandomi un sorriso. Portava il suo spirito dominante con orgoglio. Aveva tutta la mia approvazione.

«Sissignora» risposi, facendole l'occhiolino.

Silas sbuffò. «Quindi ai suoi ordini ti pieghi, ai miei no».

«Lei è un'alfa. Tu sei solo un omega». Era più una provocazione che la verità.

Un altro sbuffo. «Un omega che ha combattuto al tuo fianco contro due alfa. A proposito, *prego*».

Gli afferrai le spalle e le strinsi brevemente. «Hai ragione. Sarai un perfetto luogotenente». Logan accolse il mio commento con un'espressione sorpresa. Sapeva cosa significasse quel termine, come d'altro canto lo sapevano tutti quelli a portata d'orecchio. «Tieni tutti in riga, mentre sono via».

Non aspettai una risposta e mi avviai verso l'edificio che avevo indicato a Lilith, con Logan al mio fianco. Ci fermammo in una delle casette, in modo che potessi recuperare un paio di jeans, poi proseguimmo in silenzio.

Quando arrivammo, erano già tutti lì ad aspettarci. L'espressione di Lilith aveva un accenno di impazienza che ignorai volutamente.

Sapevo che molti alfa e reali erano venuti per assistere alla cerimonia, ma non avevo ancora avuto la possibilità di vedere chi fosse effettivamente presente. La maggior parte erano facce note.

Claude, Lajos, Cormac, Jace. Tutti vampiri con un debole per i licantropi.

Kylan era l'unica presenza insolita. Il suo arrivo all'ultima cerimonia mi aveva sorpreso. I reali erano sempre invitati a quel tipo di eventi, ma solo una manciata si faceva vedere. E Kylan non era mai tra loro. Ma da quando avevo saputo della sua connessione con Silas, qualsiasi essa fosse, la sua apparizione non mi era sembrata più così strana.

Il vampiro con i tatuaggi occupava il posto di Silvano. C'era qualcosa, in lui, che non mi tornava. Era come se un intenso potere si annidasse sotto la sua pelle, e lui si sforzasse di nasconderlo. Quando si accorse che lo stavo osservando, inarcò un sopracciglio con aria di sfida.

Ma non avevo nessuna intenzione di accoglierla. Mi diede l'impressione di essere molto più duro e brutale di Silvano. Come se fosse abituato a gestire anche i lupi, non solo i vampiri.

Per quanto riguardava i licantropi, erano presenti tutti gli alfa i cui territori si trovavano nel nostro stesso lato del globo, con l'aggiunta di alcuni provenienti dalle zone del clan Ernest. Tutti i lupi amavano assistere a un'ascensione.

Luka del clan Majestic.

Brandt del clan Calgary.

Vlad del clan Vladik.

Miko del clan Maykel.

Dimka del clan Kostenka.

Tutti di età variabile, ma in media attorno ai duecento anni o giù di lì. Il che significava che la maggior parte erano amici di vecchia data di mio padre, un aspetto che probabilmente mi avrebbe danneggiato dopo l'ascensione.

Oh, beh, se ne sarebbero dovuti fare una ragione.

«Adesso che siamo tutti qui, possiamo iniziare» annunciò Lilith guardandomi; un sottile rimprovero per averla fatta aspettare. Come se avessi dovuto scusarmi per aver fatto il punto della situazione col mio clan. I miei lupi avrebbero sempre avuto la precedenza.

Lilith si lanciò in un monologo sulla sua delusione nei confronti del consiglio per non aver agito prima, su come solo uno di loro si fosse preso la briga di chiamarla e su quanto fosse stata una fortuna che fosse già in viaggio, quando aveva ricevuto quella telefonata.

Una pomposa montagna di cazzate. Cosa avrebbe fatto? Avrebbe battuto le mani fresche di manicure, gridando a tutti di fermarsi?

Quello sì che sarebbe stato uno spettacolo da non perdere.

Chiese spiegazioni su come fosse iniziato tutto; Vlad gliele fornì, in quanto osservatore esterno. Quando raggiunse la parte sulle accuse a Walter e Silvano di aver orchestrato tutto quanto, lo sguardo dei presenti cadde sul vampiro tatuato.

«Cos'hai da dire al riguardo, Ryder?» gli domandò Lilith.

Lui fece spallucce. «Mi sembra un classico comportamento alla Silvano. Quello stronzo ha sempre pensato solo e soltanto a se stesso». Si fermò, poi aggiunse: «Che riposi in pace».

Fu immediatamente chiaro che Lilith non apprezzò la sua risposta. «È tutto quello che hai da dire?».

«Ti stai comportando come se avessi saputo cosa stava succedendo» rispose. «Un gruppo di vampiri diretti al confine è passato attraverso le mie terre. La cosa mi ha incuriosito, quindi li ho seguiti. Non ho nemmeno partecipato alla battaglia; sono qui solo in virtù della mia età e del mio diritto di nascita. Da quello che ho colto, Silvano ha orchestrato un attacco per appropriarsi del clan Clemente. Penso abbia accettato le condizioni di Walter con l'intenzione di fare il doppio gioco. Ma è andata male a tutti e due».

Per una volta, la grande Dea sembrava senza parole.

Okay, questo Ryder avrebbe anche potuto piacermi.

«Ma se fossi in te cercherei Catalina» aggiunse in tono annoiato. «È scappata via dopo aver sparato all'ultimo acquisto del clan Clemente con un proiettile d'argento. Presumo che non volesse affrontare le conseguenze del suo gesto, considerando che l'obiettivo era proprio il nuovo alfa».

Kylan sorrise. «Meno male che Jace l'ha messa fuori gioco e legata in una delle case».

«Mi era sembrato strano che avesse tanta fretta di fuggire, quando i suoi fratelli erano tutti così ansiosi di combattere» spiegò Jace con la sua solita aria disinvolta.

«Già» concordò Kylan. «Vuoi che andiamo a recuperarla, mia signora?».

«Non vorrei che la uccidessi senza processo» rispose Lilith a denti stretti.

Le sopracciglia di Kylan si sollevarono. «Non sapevo che in circostanze simili ci fosse bisogno di un processo. Avresti preferito che continuassero a combattere come animali?». Inclinò la testa di lato. «O dobbiamo discutere dei requisiti dettati dalle nostre linee di sangue? Perché l'ultima volta che ho controllato, sono io il più antico della nostra specie, e direi che questo mi conferisce almeno una parvenza di autorità. Ma forse mi sbaglio. Forse, per affermare un tale potere, avrei bisogno di inventarmi un titolo più prestigioso».

Diversi membri del consiglio si scambiarono un'occhiata. Kylan l'aveva palesemente sfidata. Tutti sapevano che il suo diritto di nascita lo poneva al di sopra di Lilith, ma non aveva mai rivendicato la sua posizione. Probabilmente perché non gradiva i mal di testa che derivavano dall'essere al comando, preferendo mantenere il controllo solo sul proprio territorio.

Ultimamente, però, le sue azioni avevano iniziato a sconfinare nelle mansioni di Lilith.

Come se stesse sondando il terreno.

Sottili provocazioni che potevano far vacillare la posizione di lei.

«Voglio parlare con Catalina» rispose la vampira, tenendo la testa dritta e lo sguardo puntato su Kylan. «Tutti voi» scoccò una rapida occhiata ai presenti, per poi tornare a concentrarsi sul reale «resterete qui mentre indagherò su questo casino per determinare una soluzione adeguata».

«Vuoi che rimaniamo nelle terre del clan Clemente?». La domanda provenne da Brandt. «Per quanto?».

«Per il tempo necessario a prendere una decisione» sbottò Lilith.

«Non sono un cane a cui dare ordini, regina dei vampiri» sibilò Dimka. «A casa abbiamo delle responsabilità».

Fulminò con lo sguardo l'alfa dai capelli biondo cenere. «Starete qui finché non vi darò il permesso di andarvene. Sempre che non preferiate spostarvi a Lilith City».

La minaccia irritò la maggior parte degli alfa presenti. Nessuno di noi voleva andare nel cuore di una regione dominata dai vampiri. Soprattutto non nel *suo* territorio.

«Cinque giorni» suggerì Luka. «Accetteremo di rimanere qui per cinque giorni, mentre tu indaghi. Dovrebbe essere un tempo più che sufficiente».

«Già, la maggior parte delle prove sparirebbe comunque nel giro di una settimana» concordò Cormac con un accento che lo rendeva quasi incomprensibile. Scozzese, dedussi, ripensando alla geografia del vecchio mondo. «Non posso restare più a lungo».

Molti si mostrarono d'accordo con cenni e parole d'assenso, non lasciando a Lilith altra scelta se non acconsentire. «Va bene. Inizierò immediatamente».

Come se ci fossero stati dubbi al riguardo.

«Jace, vieni con me. E tu, Edon, trova delle sistemazioni adeguate per i tuoi ospiti» mi ordinò. «Oh, e congratulazioni per la tua ascensione» aggiunse con un ghigno, che mutò in un sorriso educato mentre lasciava la stanza.

«Starò nell'alloggio di Walter» mi comunicò Jace passandomi accanto. «Io e tua madre siamo vecchi amici».

Stavo per protestare, ma se ne andò prima che potessi dire qualsiasi cosa.

A quel punto, tutti gli altri si lanciarono in un coro di richieste.

Sarà una settimana maledettamente lunga.

«Benvenuto al comando, ragazzo» commentò Kylan, battendomi una mano sulla spalla.

Già. Un gran bel benvenuto del cazzo.

LUNA

«Siete andati all'università insieme?». Spalancai gli occhi. «Wow. Che probabilità ci sono?».

Silas e Rae si scambiarono un'occhiata. «Non molte» risposero nello stesso momento.

Annuii, fingendo di capire. Quei due avevano sicuramente dei trascorsi, un passato in comune che un po' mi irritava. Perché volevo essere *io* quella con cui Silas scambiava occhiate del genere. Ma non eravamo neanche lontanamente a quel livello, nonostante il tempo trascorso insieme. E non sapevo se lo saremmo mai stati.

Non so se Kylan condividesse la mia gelosia, visto non lo dava a vedere. Era seduto sul divano di Edon, vicino a Rae, con il braccio steso sullo schienale e le dita che accarezzavano distrattamente la spalla di lei. Silas era seduto in poltrona, io su un'ottomana lì accanto.

Mia madre e Logan si stavano preparando una stanza degli ospiti. Rae e Kylan avrebbero preso la zona che avevo originariamente riservato per me, lasciandomi negli alloggi di Edon fino al termine dell'indagine di Lilith.

Non che mi dispiacesse.

Ma speravo che anche Silas si unisse a noi.

Mi schiarii la voce. «Quando hai detto che Edon sarà di ritorno?» chiesi a Kylan.

Da quello che avevo capito, Edon era occupato a trovare una sistemazione per tutti i nostri ospiti obbligati. La maggior parte degli alfa e dei reali era venuta solo per assistere all'ascensione, per poi tornare subito dopo ai jet. Ma la Dea aveva ordinato a tutti di restare finché non avesse sistemato il casino creato dal padre di Edon.

«Non l'ho detto» rispose Kylan. «Sembrava deciso a scacciare Jace e Darius dalla casa di Walter, una battaglia che dubito vincerà. Quindi potrebbe volerci un po'».

«Perché dovrebbe importargli?» chiese Silas.

«Perché Jace ha una passione per i lupi, e in quella casa ne vive uno completamente annientato che significa molto per il giovane Edon» spiegò Kylan con un sorriso. «Ma non sa del passato che li accomuna».

«Non le farà del male» disse piano mia madre, entrando nella stanza con gli occhi bassi.

Così dannatamente docile, per essere un'alfa. Ma almeno non era in stato catatonico come la madre di Edon. No, la mia a volte si faceva valere. Come quella sera.

E non avrebbe dovuto farlo più, a meno che mio fratello non la offrisse a un altro alfa. Era ancora giovane e abbastanza bella da suscitare l'interesse di un lupo, almeno come concubina. Ma dubitavo che mio fratello avrebbe mai accettato un accordo del genere, considerando l'atteggiamento protettivo con cui stava al suo fianco.

«Non ho mai detto che l'avrebbe fatto, Cora» replicò Kylan. «Ho semplicemente esposto le inclinazioni di lui e il fatto che abbiano dei trascorsi».

Le labbra di mia madre fremettero in quello che mi sembrò l'accenno di un sorriso. «Sono molte le persone con cui Jace ha dei trascorsi».

La fissai, perplessa, ma Edon fece la sua comparsa prima che potessi indagare. Diede un'occhiata ai presenti e ringhiò.

«Ciao anche a te» lo salutò Silas ridacchiando.

«È stata una notte fottutamente lunga». Edon andò dritto in cucina, da cui riemerse con una birra premuta sulla fronte. «Non ricordo di averti invitato qui, Kylan».

«Non c'è problema, giovane alfa. L'ho fatto io per te» rispose il vampiro.

Edon grugnì. «Sono troppo esausto per litigare».

Kylan sorrise. «Immagino gli altri abbiano già messo abbastanza a dura prova la tua pazienza». Si alzò e tese una mano a Rae. «Vogliamo ritirarci e lasciare che la sua triade si prenda cura di lui?».

Triade. Io e Silas avevamo chiesto a Jolene di spiegarci il significato di quel termine, mentre stavamo dando una sistemata al campo di battaglia. Ci aveva dato una risposta molto vaga, dicendo che si trattava di una rara relazione tra tre licantropi, ma poi fu chiamato altrove per sistemare la spalla dislocata di un lupo in via di guarigione. Non lo avevamo più visto.

«Perché tutti continuano a parlare di triadi?» chiese Logan, accigliandosi.

«Perché tua sorella è nel cuore di una triade in divenire» rispose Kylan, aiutando Rae ad alzarsi e stringendola a sé. «La società attuale le disapprova, perché si tratta di un legame indissolubile che sostituisce qualsiasi altra relazione all'interno di un branco. Ma combattere il destino è come sfidare un vampiro reale. Una pessima idea». Sfiorò le labbra di Rae con le sue e sorrise. «A meno che tu non sia Raelyn. In quel caso, puoi sfidare un vampiro reale quanto ti pare».

Lei lo guardò con sospetto. «Stai solo cercando di sedurmi».

«Sta funzionando?».

«Forse». Gli mordicchiò la mascella, e un messaggio non detto passò tra i loro sguardi. Un messaggio che strappò un sorrisetto a Kylan e lo esortò a portarla in fretta via dalla stanza.

«È cambiato» mormorò mia madre, studiando con la fronte aggrottata il corridoio vuoto che si erano lasciati alle spalle.

Logan la ignorò. I suoi occhi azzurri guizzarono da me, a Edon, a Silas e poi di nuovo a me. «Un attimo... voi tre...?». Rivolse a Edon uno sguardo omicida. «Stai *condividendo* mia sorella con *lui*?».

Edon catturò il pugno di mio fratello prima che raggiungesse la sua faccia e lo spinse via. «Ho avuto una notte orribile, Logan. Possiamo azzuffarci domani».

Silas saltò giù dalla poltrona e intercettò Logan, di nuovo in procinto di assalire Edon. «Stai indietro».

«Va tutto bene» intervenni, mettendomi accanto a Silas. «*Io* sto bene».

Logan mi guardò con un'espressione confusa. «Che casino». Si passò una mano tra i capelli ed esalò un sospiro. «L'intera serata è stata un casino».

«Ma non mi dire» borbottò Edon. «E la settimana non si preannuncia particolarmente migliore».

Logan scosse la testa e ci voltò le spalle senza aggiungere altro, dirigendosi verso la camera da letto in fondo al corridoio.

«Ci parlo io» sussurrò mia madre, allungando una mano per stringere la mia. «Non appena si renderà conto che anche Claudette era coinvolta in una triade con Jolene, cambierà idea».

«*Cosa*?». La fissai a bocca spalancata. «Claudette e Jolene?».

Aggrottò le sopracciglia. «Lui non ve ne ha parlato?».

«No» rispondemmo in coro tutti e tre.

«Spiega» aggiunse Edon col suo tono da alfa.

«Oh, non credo spetti a me» disse mia madre, facendo

un passo indietro. «È meglio che ne parli con tuo nonno. Non avevo capito... Pensavo solo...». Un altro passo indietro. «Chiedete a Jolene».

E con quello uscì dal salotto, lasciandomi con una profonda ruga in mezzo alla fronte.

Edon borbottò una serie di imprecazioni e aprì la birra. «Al diavolo. Al diavolo tutto. Per stasera ho finito di risolvere enigmi. Vorrei scappare via da tutto almeno per un'ora e smettere di pensare».

Silas mi lanciò un'occhiata eloquente e poi si voltò verso Edon. «Possiamo aiutarti».

Sorrisi, girandomi anch'io. «Già». Io e Silas ci eravamo fatti una doccia insieme mentre tutti si davano una ripulita e si cambiavano.

Ma Edon aveva ancora addosso i segni della battaglia.

Era sporco e coperto di sangue.

Gli sbottonai i jeans. «Vieni con noi, alfa».

Silas gli tolse la birra di mano facendomi eco: «Sì, vieni con noi, alfa». E fece strada verso la camera da letto.

«Ehi, quella me la sono guadagnata» brontolò Edon, avvampando.

«E la berrai» lo rassicurò Silas. «Hai detto che non vuoi pensare. Allora lascia che ti aiutiamo». Aprì la porta della stanza di Edon. «Fidati di noi».

Superai Edon e Silas e mi sfilai la camicia, lasciandola svolazzare per terra. Poi sbattei le ciglia verso di loro. «Quando avete finito di bisticciare, mi trovate in doccia».

I loro ringhi mi seguirono fino in bagno, dove mi tolsi anche i jeans e aprii l'acqua.

Io e Silas non avevamo scambiato molte parole durante la nostra doccia. Ci eravamo aiutati a vicenda a lavarci e ci eravamo dati qualche bacio, poi eravamo tornati in soggiorno con gli altri. Era strano senza Edon, era come se mancasse un pezzo. E sapevo che anche

Silas aveva provato lo stesso, glielo avevo letto negli occhi.

Quando mi raggiunse in bagno, capii che aveva compreso il mio intento e che lo condivideva.

Appoggiò la bottiglia di birra sul ripiano, si tolse maglietta e jeans, e sorrise quando Edon si liberò dei suoi pantaloni scalciandoli via.

Gli indicò con un cenno del capo dove voleva che si mettesse.

L'alfa serrò la mascella. Non era abituato a prendere ordini. Ma, alla fine, cedette e mi raggiunse sotto il getto d'acqua calda.

Lo ricompensai gettandogli le braccia al collo e baciandolo.

Le sue mani scesero sui miei fianchi, spingendomi contro il muro. La sua erezione stava crescendo, premendo sul mio ventre e inondandolo di calore. Silas si unì a noi, posizionandosi alle spalle di Edon e iniziando ad accarezzargli la schiena.

Il profumo del sapone mi solleticò il naso. Capii cosa stava facendo.

Stava pulendo l'alfa.

Mentre io lo distraevo con la lingua.

Edon era così bravo a baciare. Dominante, travolgente e assolutamente perfetto. Gemetti, inarcandomi verso di lui. Silas, intanto, si stava occupando di lavargli le gambe, il sedere e le braccia.

Presto sarebbe stato il mio turno di dedicarmi al davanti, e lui e Silas si sarebbero divorati la bocca l'un l'altro. Solo il pensiero mi fece stringere le cosce.

Edon ringhiò per qualsiasi cosa Silas fece al suo lato posteriore. Staccò le labbra dalle mie per costringere la sua progenie alla sottomissione scopandogli la bocca. Dal modo in cui le loro lingue duellavano, sembrava proprio una lotta per il dominio. Una lotta ipnotica.

Adoravo quando si baciavano.

Era così primordiale, così eccitante. Il modo in cui Edon afferrò il collo di Silas mi incendiò il sangue.

Presi il sapone dalle mani di Silas per trascinarlo sul torso dell'alfa, senza tralasciare nemmeno un centimetro. Poi gli accarezzai l'addome, scendendo verso il suo sesso eretto. Lo strinsi forte, sentendolo pulsare nel palmo.

«*Wow*» ansimò.

«E siamo solo all'inizio» rispose Silas. Le sue labbra stavano tracciando un sentiero dal collo di Edon verso le sue spalle.

C'eravamo quasi sempre io o Silas in mezzo, mai Edon, e quella novità stava piacendo a tutti e tre. Perfino l'alfa, nonostante sembrasse vagamente agitato per il controllo assunto dalla sua progenie.

Silas catturò il mio sguardo e fece un cenno verso il basso con il mento, indicandomi cosa fare.

Sorrisi e mi misi in ginocchio davanti a Edon. L'acqua gli gocciolava lungo l'addome, verso le cosce muscolose, portando la schiuma via con sé. «Permettimi di distrarti, alfa» dissi, alzando lo sguardo su di lui. «Ti prego».

Lasciò cadere indietro la testa con un gemito, e la sua erezione sporse verso le mie labbra in una risposta implicita. Lo leccai, adorando l'essenza salata sulla punta, poi lo presi in bocca. Silas lo baciò di nuovo, facendo sì che Edon si dimenasse violentemente sulla mia lingua.

Il mio desiderio cresceva di secondo in secondo.

Edon mi infilò le dita tra i capelli, mentre con l'altra mano, sempre posata sulla nuca di Silas, lo guidò verso il basso, per unirsi a me sul piatto della doccia.

«Adesso tocca a me» mormorò Silas, sostituendomi.

Glielo succhiò con forza, fino al punto di incavare le guance, poi deglutì visibilmente.

L'avambraccio di Edon sbatté sulla parete, in un tentativo di reggersi meglio. L'altra mano si alternava tra la mia testa e quella di Silas; prese a infilarcelo in gola a turno. I suoi gemiti si trasformarono in un suono oscuro e gutturale che mi fece zampillare lava tra le cosce.

Un suono così sexy.

Volevo udirlo di nuovo.

Volevo *sentirlo* tra le gambe mentre mi leccava.

Volevo che mi ringhiasse nelle orecchie in quel modo mentre mi scopava fino a farmi perdere i sensi.

Dovevo aver mugolato, perché le sue dita tornarono improvvisamente tra i miei capelli per sollevarmi e trascinarmi tra le sue braccia. Nel giro di qualche istante mi ritrovai con la schiena premuta sulla parete ricoperta di piastrelle e il suo cazzo infilato a fondo dentro di me. Gli avvolsi le gambe attorno alla vita.

«Edon» rantolai, inarcandomi verso di lui.

Ma non potei aggiungere altro, perché la mia bocca fu coperta da quella di Silas.

La sua lingua era calda, violenta e irresistibile. Mi aggrappai a Edon con un braccio e avvolsi l'altro intorno a Silas, conficcandogli le unghie nello scalpo.

Qualcuno mi accarezzò il seno.

Edon.

Un altro torse il capezzolo opposto.

Silas.

La sua bocca scese a leccarlo, mentre Edon si appropriava delle mie labbra.

Ogni pensiero mi abbandonò, sostituito da emozioni e sensazioni. Un palmo rovente incontrò il mio sedere, le dita si insinuarono tra le mie natiche. Non sussultai né cercai di allontanarmi, ormai abituata al gioco di Edon, alla preparazione che stava concedendo al mio corpo.

Mi penetrò con due dita, strappandomi un basso lamento. Non perché mi facesse male, ma perché volevo di *più*.

Dovette capirlo, perché aggiunse un terzo dito, gettandomi oltre il limite, in un orgasmo esplosivo che non avevo nemmeno sentito arrivare. Gridai, serrandomi attorno a lui da ogni lato e costringendolo a unirsi a me nell'oblio.

Silas lasciò cadere il capo sulla mia spalla. I suoi gemiti si univano ai nostri. Edon scivolò fuori da me, lasciando posto alla sua progenie.

E così fui di nuovo piena, ma con la lunga e dura perfezione di Silas.

La mia testa colpì le piastrelle. Tutto il mio corpo era dolorante e formicolante, eppure ancora una volta ricolmo di calore. Edon era lì, con la bocca sul mio collo e la mano sul mio sedere. Silas si spinse dentro di me brutalmente, con dei movimenti sfrenati che fecero sbattere le nocche dell'alfa sulla parete. Ma ciò non fermò Edon dall'infilare ancora le dita dentro di me, aprendole poi in un modo che mi fece contorcere.

«Vieni, omega» lo esortò Edon. «Vieni, così poi possiamo pulirla insieme con la lingua».

Oh, no…

Il mio corpo tremò, i miei muscoli si tesero.

Tutto sembrò convogliarsi nel mio ventre.

Silas andò ancora più in profondità, alla ricerca del punto che amavo, e lo colpì con la forza di cui avevo bisogno per andare ancora una volta in pezzi.

Nero.

Non vedevo altro.

Pura. Beatitudine.

Mi avevano letteralmente scopata fino a rendermi incosciente. Fino a raggiungere un altro piano dell'esistenza, un vuoto privo di ragione.

E non mi importava, ero troppo stordita anche solo per respirare. Ma li sentivo. Li sentii leccarmi, udii le risatine di Silas che aveva recuperato la birra e me la stava rovesciando addosso, invitando Edon a berla direttamente dal mio corpo. E così fece.

Fino all'ultima goccia.

Con la lingua che sembrava voler memorizzare la mia carne.

Con la bocca che mi copriva di baci, anche mentre mi sistemavano nel suo letto.

Entrambi si stavano prendendo cura di me, mi adoravano, mi amavano.

Sospirai, accoccolandomi stretta al petto di uno dei due, con l'altro che mi abbracciava da dietro.

Questo è il paradiso, decisi. *Questo è il* mio *paradiso*. E nessuno avrebbe mai potuto costringermi ad andarmene.

SILAS

«È surreale vederti così» dissi quando trovai Rae raggomitolata sul divano, con in mano una tazza di qualcosa che profumava di cioccolata calda. Kylan era in cucina con Luna; i due stavano chiacchierando tranquillamente della colazione.

Okay. *Quello* era ancora più surreale.

Almeno il bastardo non era più nella mia testa. C'erano voluti due giorni interi.

Voglio solo assicurarmi che siamo sulla stessa lunghezza d'onda, continuava a ripetere. *E potrei usarti per proteggere la mia Raelyn.*

Sapevo che mi aveva salvato la vita solo per rendere felice la sua consorte. Se io e lei non fossimo stati amici, mi avrebbe lasciato morire senza pensarci due volte. Di conseguenza, averlo così a lungo nella mente era stato veramente orribile. Soprattutto perché continuava a ricordarmi che poteva fare di me il suo burattino.

Il succhiasangue non piace nemmeno a me, borbottò Edon tra i miei pensieri.

Ero così felice di riaverlo con me, che non mi preoccupai nemmeno di fargli notare che mi stava leggendo la mente senza permesso. Gli chiesi invece dove fosse.

Sono venuto a controllare come sta mia madre.

Ancora?

Jace dorme a casa sua, ruggì.

Corrugai la fronte. *Non avevi detto che stavano semplicemente giocando a scacchi?*

Durante la visita del giorno precedente, li aveva trovati in veranda, intenti a giocare. Quella scena aveva innervosito l'alfa al punto che, al suo ritorno, mi aveva informato con un'espressione stravolta che non aveva mai visto la madre così attiva. Il che la diceva lunga, considerando che l'unica cosa che stava facendo era muovere dei pezzi su una scacchiera.

Edon borbottò qualcosa di incoerente, strappandomi una risatina. Suonava molto come una serie di insulti diretti a un certo succhiasangue di stirpe reale.

Cerca di non farti ammazzare, okay?

Lo sbuffo di risposta dell'alfa mi vibrò nel cervello. *Mi sono portato dietro Logan. In due dovremmo riuscire a farlo fuori.*

Come no, commentai, lasciandomi cadere in una poltrona reclinabile accanto a Rae. *Sono contento che adesso voi due andiate d'accordo.* All'inizio c'era stata un po' di tensione, ma Luna non aveva fatto altro che rassicurarlo di stare bene. Certo, ciò non fermò Logan dall'illustrare a me e a Edon cosa ci sarebbe successo se le avessimo fatto del male. Come se avessimo mai permesso che accadesse.

«Edon?» chiese Rae con un sorriso nello sguardo.

«Sì». Mi passai le dita tra i capelli; stavano diventando di nuovo una massa informe. «Non è per nulla felice del fatto che Jace stia con Aurora».

«Jace è abile a mantenere una certa reputazione senza mai agire di conseguenza» commentò Kylan con un tono criptico, sedendosi sul divano accanto a Rae.

«Uhm… suona stranamente familiare» rispose Rae,

tamburellandosi l'indice sul mento con aria pensierosa. «Non so perché…».

Kylan le mordicchiò il collo e le accarezzò il viso, in un gesto inspiegabilmente affettuoso. E che sicuramente non mi sarei mai aspettato da qualcuno noto per il suo sadismo. «Ho l'impressione che siano in molti, ultimamente, a giocare con la loro reputazione» mormorò sulla gola della mia migliore amica. «Come i lupi che stanno per entrare in casa».

Colsi il loro odore un attimo dopo che Kylan aveva finito di parlare, ma fu Luna a precipitarsi verso la porta e spalancarla. «Dove diavolo sei stato?» chiese. «Ho una montagna di domande».

Jolene ridacchiò. «Ciao, tesoro. Presumo che Cora abbia spifferato qualcosa». Entrò in casa, seguito da Luka. Il suo sguardo scaltro vagò per il salotto. «Dov'è mio nipote?».

«È da Aurora» risposi, alzandomi in piedi. «Non è contento che Jace stia con lei».

Luka grugnì. «Ah, buona fortuna. Jace è una forza della natura».

«Ti sei accoppiato con Claudette?» li interruppe Luna, tutta concentrata su Jolene. «Perché non hai mai pensato di dircelo?».

Lui le lanciò un'occhiata tagliente. «Attenta al tono, signorina. Ho bisogno di riposare un po', prima di andare a frugare nel mio passato. Non che siano fatti tuoi, tra l'altro».

Luna si mise le mani sui fianchi, imperterrita. «Il fatto che tu sia in una triade con la mia mentore non mi riguarda? Interessante. Secondo me, invece, è piuttosto pertinente. Non credi, Silas?».

Sapevo che non sarebbe stato saggio mostrarmi in disaccordo con lei. «Sì, penso che ci debba una spiegazione di cosa sia una triade e di come si applichi alla nostra situazione. Ma penso anche che dovremmo aspettare che Edon sia qui, in modo che possa sentire anche lui».

L'ultima frase mi fece guadagnare un piccolo sorriso da parte di Jolene. «Probabilmente prima dovremmo discutere di quello che abbiamo sentito io e Luka, ma anche in quel caso è meglio che sia presente mio nipote. Digli di tornare e di portare con sé Darius e Jace».

«Questo significa che finalmente posso giocare anch'io?» chiese Kylan, inclinando la testa di lato. «O stiamo ancora facendo finta che non sappia cosa state tramando?».

Luka fulminò il reale con lo sguardo. «Per la cronaca, ho votato contro il coinvolgere anche te».

«Coinvolgerlo in cosa?» chiese Luna.

«Ma Jace e Darius sembrano convinti che tu possa essere un alleato» continuò Luka, ignorando la mia Lulù.

«Per cosa?» insistetti, infastidito che l'avesse liquidata in quel modo.

Luka mi squadrò dalla testa ai piedi. Tecnicamente, non ci eravamo mai incontrati, ma avevo sentito parlare di lui. Alfa del clan Majestic, compagno di Mira e in generale non particolarmente memorabile. «Devi avere delle palle belle grosse per affrontare un alfa di duecento anni, ragazzo».

«Te l'avevo detto che era speciale» mormorò Jolene, dandomi una pacca sulla spalla. «La stessa cosa vale per Luna. La loro piccola triade si rivelerà preziosa». Diede un'occhiata in giro. «E anche Logan, ovunque sia. Almeno stando alla mia Claudette».

«Voglio ancora sapere di cosa diavolo state parlando» disse Luna, il cui tono fu permeato da un ringhio. «E voglio più informazioni su questa "triade" che continuate a nominare».

Kylan sospirò. «È un raro legame tra tre licantropi. Tu, Edon e Silas siete chiaramente in una triade. Perché dovete rendere tutto così oscuro e difficile?».

«Perché per solidificare un legame è necessario eseguire un rituale» rispose Jolene. «Ma non aggiungerò altro finché non saranno tutti qui. Nel frattempo, vado a farmi un caffè».

Tuo nonno sta facendo il misterioso con Luna. E anche il maleducato, ringhiai. *Okay, non proprio maleducato. Ma non ci parlerà della triade finché non sarai qui. E vuole che porti con te anche Jace e Darius.*

«Digli di portare anche Aurora. Sarà bello rivederla» intervenne Luka.

Riferii il messaggio a Edon.

Cosa sono, un fottuto fattorino?, sbottò.

Immagino che ciò mi renda un postino pomposo, risposi.

Edon sbuffò. *Mi occuperò di mio nonno quando sarò lì. Da' a Luna un bacio da parte mia.*

Sarà fatto.

Con la lingua, aggiunse.

Sorrisi. *Mi affidi sempre dei compiti così difficili.* Afferrai Luna mentre andava in cucina e la strinsi a me. Le mie labbra furono sulle sue prima che avesse la possibilità di parlare. «Questo è da parte di Edon» sussurrai. «E questo da parte mia». La baciai ancor più appassionatamente, sotto gli occhi di tutti, lasciandola senza fiato.

Mia, pensai, rivolto a tutti loro, sopraffatto dall'istinto di proteggerla. Forse perché c'erano troppi maschi dominanti in casa. O forse solo perché era ciò che sentivo. In ogni caso, le diedi un piccolo morso sul labbro e catturai con la lingua il sorriso che ne risultò.

Nostra, mi corresse Edon.

Nostra, concordai. *Muoviti a tornare.*

EDON

C'è troppa gente in casa mia, pensai, sedendomi sulla mia poltrona preferita. Il divano lì accanto era pieno di vampiri: Jace, Darius, Kylan e Rae. La vergine di sangue di Darius, Juliet, sedeva composta su una sedia recuperata dalla cucina.

Luka era sull'ottomana.

Jolene occupava l'altra poltrona reclinabile.

Logan si era sistemato sul pavimento.

Cora, Mira e mia madre erano in sala da pranzo a bere il tè. Il che era un'esperienza davvero strana, dato che mia madre non usciva mai volentieri di casa per socializzare. Non riuscivo nemmeno a ricordare l'ultima volta che aveva alzato la testa, figuriamoci l'ultima volta che aveva chiacchierato con qualcuno.

Ma la morte di Walter sembrava averla sciolta un po'. O forse era tutto a causa del reale a cui sembrava così affezionata. Prima di prendere posto di fronte a Mira, aveva addirittura baciato Jace sulla guancia.

Che cazzo stava succedendo?

Concentrati, mi rimproverò Silas. Era in piedi dietro di me, con le mani appoggiate allo schienale della mia poltrona, mentre Luna era raggomitolata accanto a me.

Sei fortunato che lo sia, gli dissi, posando un bacio sulla testa della mia compagna.

Eppure la tua distrazione è esattamente ciò a cui sto cercando di rimediare, borbottò.

Sbuffai e alzai lo sguardo su di lui. *Stanco di essere l'omega? Hai voglia di giocare a fare l'alfa?*

Ciò che voglio sono risposte, rispose in tono piatto.

A quello non avevo nulla da ribattere. «Dove sei stato?» chiesi a mio nonno. «Ti abbiamo cercato a lungo».

«Luna me l'ha detto» rispose in tono disinvolto. «Ero con Luka, a origliare l'interrogatorio di Lilith a Catalina».

Non male come giustificazione.

«Alla pista d'atterraggio?». Lilith si era rifiutata di stare nel quartier generale del clan Clemente, affermando che il suo jet privato sarebbe stato sufficiente. E si era portata dietro la sovrana di Silvano.

«Già, non è stato facile» replicò con una smorfia.

Non ne dubitavo. Là fuori non c'erano molti alberi dietro cui nascondersi.

Chi l'avrebbe mai detto che mio nonno avesse ancora voglia di giocare alla spia? Sapevo che era osannato come l'alfa più forte del suo tempo, ma ormai mostrava la sua età. La maggior parte dei licantropi viveva tra i seicento e i settecento anni, e lui stava raggiungendo il limite superiore di quella fascia.

«E?» lo incitò Kylan, annoiato. «Cosa aveva da dire la buona sovrana sul comportamento del suo reale?».

«Che aveva fatto il doppio gioco e l'aveva incaricata di far fuori sia Edon che Walter». Luka sollevò la caviglia e la appoggiò sul ginocchio opposto. «Catalina ha anche confermato che Silvano stava usando Walter per occuparsi di alcuni vampiri indisciplinati. Li aveva consegnati al clan Clemente perché fossero eliminati».

Traduzione: i lupi avevano fatto a brandelli i

succhiasangue. «E mio padre era d'accordo». Non la formulai come una domanda, ma come un'affermazione. Walter era ancora più stronzo di quanto pensassi.

«Stando a quello che ha detto Catalina, sì. I licantropi ne hanno fatto uno sport, un po' come la caccia della luna. Solo che, invece degli umani, si sono messi a inseguire vampiri feriti». Mio nonno sembrò nauseato da quell'ammissione.

«Questo spiega tutti gli odori senza i corpi» intervenne Silas, riferendosi alla puzza che continuava a sentire attorno al perimetro.

Annuii. «Già. Ma allora perché ha fatto il doppio gioco con Walter?». Usavo raramente il nome proprio di mio padre, ma ormai mi sembrava molto più naturale. Come se non meritasse più nemmeno un accenno di affetto.

«Catalina ha detto che lo scopo di Silvano era di ampliare il suo territorio, soprattutto attorno al vecchio confine tra Texas e Louisiana. Dove si trovano tutti i campi per la riproduzione e le fattorie del sangue della regione» disse Luka.

«Era convinto di potersi espandere, una volta indebolito il branco» chiarì Jace. «E dal momento che le fattorie e i campi ottengono degli incentivi, avrebbe potuto guadagnarci anche economicamente».

«Chiedendo più soldi ai nostri lupi per procreare» capii. «Qualcosa per cui il clan sarebbe stato disposto a pagare, se avesse perso la leadership e avesse avuto bisogno di ricominciare». Non sapevo che tipo di sangue avessero nei campi, al momento, ma se ci fosse stata traccia di alfa in qualcuno degli umani, li avrebbero scopati fino alla morte pur di ottenere una nuova stirpe.

Si può creare una stirpe di alfa dagli umani?, chiese Silas.

Sì. E sospetto che ci siano tracce di alfa nel tuo sangue, ammisi. *Si può vedere nelle tendenze dominanti, che tu hai in abbondanza.*

Esattamente il motivo per cui volevo renderlo mio luogotenente.

Quindi un alfa non deve nascere per forza come licantropo? Sembrava confuso. Non potevo biasimarlo. La genetica era una faccenda complicata.

Se un licantropo genera un figlio con una mortale, e poi trasforma quella mortale in un licantropo durante la gravidanza, il bambino nascerà licantropo.

Sembra troppo facile, commentò, abbassando gli occhi su di me.

Incontrai il suo sguardo. *C'è un tasso di mortalità del novantanove percento. La trasformazione nel corso della gravidanza è generalmente fatale sia per la madre che per il bambino. Solo i mortali più forti sopravvivono.*

Ah, e i più forti di solito sono alfa, concluse.

Non di solito, sempre. La maggior parte degli umani muore nel processo. «Il che spiega perché volesse i campi di riproduzione. Genio di un bastardo» mi meravigliai ad alta voce, interrompendo qualsiasi cosa Jace stesse dicendo a Kylan.

Entrambi mi guardarono con le sopracciglia inarcate, chiaramente scontenti della mia interruzione e desiderosi di una spiegazione.

Mi schiarii la voce. «Stavo solo spiegando a Silas come vengono creati gli alfa».

«Tra licantropi e umani» chiarì lui. «Non sapevo che funzionasse così. Nei campi, intendo».

«Dipende dall'obiettivo dell'allevatore» disse Jace, con lo sguardo su di me. «E che conclusioni hai tratto, Edon?».

«Se Silvano avesse distrutto la stirpe degli alfa del clan Clemente, i licantropi rimasti avrebbero cercato in tutti i modi di creare una nuova famiglia regnante. Avrebbero potuto coinvolgere altri clan, ma quella sarebbe stata una scelta improbabile, considerando la penuria di femmine alfa. L'unica soluzione plausibile, allora, sarebbero stati i campi».

«Pagando una cifra spropositata» aggiunse mio nonno. «Anch'io e Luka siamo giunti alla stessa conclusione». Pronunciando l'ultima frase, il suo sguardo si illuminò di orgoglio. Non rivolto a se stesso, ma a me.

«E Lilith?» domandai. «Ha fatto anche lei lo stesso ragionamento?».

Entrambi gli alfa scossero la testa. «Ha convocato Ryder» rispose mio nonno. «Credo sia convinta che lui sappia più di quello che dice».

«Non ho dubbi che sia così» commentò Kylan, divertito. «Ma non riguardo Silvano».

«Chi è Ryder?» chiesi. «Non fa parte della gerarchia di Silvano, altrimenti l'avrei incontrato». Quando si fece avanti per rappresentare il territorio di Silvano, al termine della battaglia, fu la prima volta che lo vidi. Il potere e l'anzianità lo circondavano come una nube oscura. E non aveva nemmeno combattuto. «Perché è qui?».

«Vive vicino ai campi» spiegò Luka. «Dal lato di Silvano. Sta sempre per conto suo, rifiutandosi di prestarsi a giochetti politici. È venuto soltanto perché Silvano e il suo esercito hanno attraversato le sue terre».

«Già. Ha chiesto a Lilith di lasciarlo andare, spiegando che si era offerto volontario di rappresentare Silvano solo per la prima riunione e che non aveva nessuna intenzione di restare. Lei, ovviamente, si è rifiutata. Ha detto che, con Catalina in custodia, aveva bisogno di qualcuno con un po' di anzianità per tenere in riga i vampiri di Silvano».

Kylan sorrise. «Scommetto che è entusiasta di essersi offerto volontario».

«Pensi che fosse al corrente del piano di Silvano?» chiesi. «Che stesse collaborando anche lui?».

Kylan scoppiò a ridere. «Assolutamente no. Odiava quel bastardo».

«Silvano ha fatto marciare i suoi vampiri nelle terre di Ryder» fece notare Luka.

«Non ho dubbi che l'abbia fatto» rispose Kylan. «Era il modo migliore per provocare il vecchio recluso e farlo uscire a giocare. E Ryder ci è cascato in pieno».

«Ma perché provocarlo?» insistetti io. «Perché trascinare anche lui in questo casino?».

«Forse per usarlo come capro espiatorio, se ne avesse avuto bisogno. O forse perché era il percorso più facile». Kylan si strinse nelle spalle. «A prescindere dal motivo, sono certo che Ryder non sia coinvolto. Sarà anche un vecchio rimbambito, ma non ha tendenze suicide».

«Sono propenso a concordare con Kylan. Ryder non avrebbe mai collaborato con Silvano». Jace non sembrava avere alcun dubbio al riguardo. «Ma resta il problema principale. Come reagirà Lilith a tutto questo?».

«Intendi forse: mi punirà per avere ucciso Silvano?». Kylan ghignò. «Può provarci».

Jace sorrise. «Già. Nel frattempo, Edon e Logan dovrebbero essere a posto, dato che è stato Walter ad accettare la sfida e a chiedere di combattere con Niko come secondo. Nessun grosso intoppo, ma immagino che li terrà d'occhio».

«Era tutto contemplato dalle leggi del branco» aggiunsi. «Non può rimproverarci per averle seguite». Ma, in effetti, Kylan avrebbe potuto avere qualche problema.

«Giusto». Darius si grattò l'ombra di barba scura che gli copriva la mascella. «Ma penso comunque che sia il caso di stare tranquilli per qualche mese, finché non si calmeranno le acque. Così tanti sconvolgimenti ravvicinati metteranno in allarme l'Alleanza. E non possiamo permetterci di farci notare».

«Dubito che uccidere Silvano per evitare che lupi e vampiri si scannino a vicenda possa essere vista come una mossa rivoluzionaria» fece notare Kylan. «Io sono il reale fuori di testa, ricordate? Faccio sempre cose folli». Sottolineò l'affermazione con un bacio sul collo di Rae. «Giusto, consorte?».

Si limitò ad annuire, ma l'energia che fluiva tra loro suggeriva che lei fosse nella sua testa. *Affascinante*. Non sapevo che anche i vampiri potessero comunicare in quel modo con la loro progenie. Avevo sempre pensato che fosse una peculiarità dei lupi.

L'ha trasformata dopo averla resa la sua erosita, mi spiegò Silas. *Rae mi ha detto che ha alterato la sua trasformazione.*

Affascinante, ripetei.

«È vero. Tutti gli atti di ribellione degli ultimi tempi hanno in qualche modo coinvolto Kylan. Se qualcuno è a rischio, è lui». Luka lanciò un'occhiata al reale. «Ed è per questo che non volevo coinvolgerti. Potresti mettere in pericolo i nostri piani».

«Stai forse insinuando che farei la spia solo per salvarmi?» chiese Kylan, arricciando le labbra. «Mai sentito parlare di fiducia, lupo? Non riesci ad annusare la mia lealtà?».

Sbuffai. «Per me puzzi di vecchio e di potere». Esattamente come Jace e Darius. Avevano almeno due o tremila anni.

Logan grugnì. «Anche per me sanno di vecchio. Ma visto che siamo in argomento, vorrei sapere cos'è tutta questa roba sulla rivoluzione».

Jace sorrise. «Ci sei seduto in mezzo».

E così iniziò una conversazione di un'ora su coloro che cercavano di smantellare l'Alleanza di sangue.

Quattro dei membri fondatori erano in quella stessa stanza: Jace, Darius, Luka e Jolene. Ma ce n'erano molti altri attorno al globo, che vivevano come una sorta di cellule dormienti, pronte a insorgere non appena avessero ricevuto il segnale. Era qualcosa che non avevano pianificato di fare per diversi anni, forse addirittura decenni, ma gli eventi degli ultimi due mesi avevano accelerato la loro tabella di marcia.

Quell'ultima settimana, in particolare, li aveva lanciati molto in avanti.

Perché io e Logan eravamo stati formati con un unico scopo: guidare i nostri clan verso la ribellione. Ma doveva essere un procedimento discreto. Piccole cose come eliminare la caccia della luna. Quasi nessuno se ne sarebbe accorto, visto che avveniva solo poche volte all'anno.

Un'altra sarebbe stata permettere alle relazioni di formarsi spontaneamente, incoraggiando accoppiamenti basati sull'affetto e non sull'umiliazione.

Doveva essere fatto tutto in sordina, senza farsi notare dagli altri clan.

«Con Silvano fuori dai giochi, potremmo avere un'opportunità» affermò Darius. «Jaxon è uno dei vampiri più anziani della regione».

«Ma non è in una posizione di comando» gli fece notare Jace.

«Non lo ero neanch'io,» disse Darius con un sorriso «eppure eccoci qua».

«Per via del mio posto in cima». Il reale fece l'occhiolino alla vergine di sangue di Darius. «Che bello vedere i tuoi occhi, dolcezza».

Lei arrossì, ma non abbassò lo sguardo. Era chiaramente coinvolta, perché, da quello che avevo capito, le vergini di sangue erano addestrate a essere sottomesse fino all'eccesso. Ma sembrava tranquilla e sicura di sé, lì accanto a Darius, come se avesse tutto il diritto di partecipare alla riunione.

E forse era proprio così.

«Quanti altri giovani licantropi state formando per la vostra ribellione?» domandò Luna, con gli occhi puntati su Luka. «Tua figlia? Per Logan?».

L'espressione di lui si incupì. «Solo perché Niko ha deciso di ritirarsi in anticipo, non significa che mia figlia debba sposarsi il mese prossimo».

Beh, non era assolutamente ciò che aveva chiesto Luna. Ma sembrava un tasto dolente per l'alfa.

«Quindi il mio branco resterà senza guida, finché non avrai deciso che è pronta?» intervenne Logan, sollevando le sopracciglia. «Lo sai che non posso ascendere senza una compagna».

«Ne riparleremo in seguito» li interruppe Jolene, lanciando un'occhiataccia a Luka. «E per rispondere alla tua domanda, Luna, sì: ci sono una manciata di mentori che si stanno occupando di educare i licantropi più giovani. Ma tu, Edon e Logan eravate i nostri obiettivi principali per questa ondata. Come abbiamo detto prima, pensavamo di avere più tempo. Ma, a quanto pare, le nostre pedine stanno andando al loro posto prima del previsto».

«Molto prima» precisò Darius. «Dovremo rivalutare diverse strade, ma se ne sono aperte altre».

«Non c'è di che» commentò Kylan.

Darius lo ignorò. «Penso che sarebbe saggio che Edon si impegnasse con la sua triade, in modo da creare un precedente per il branco. E consiglierei a Luka di rivedere la sua posizione sulle nozze della figlia. Il clan Ernest avrà bisogno di unità per ricostruire, e Logan non può farlo da solo».

Luka ringhiò, ma io intervenni prima che potesse rispondere. «Sapete cosa sarebbe veramente *saggio*? Che qualcuno mi spiegasse cosa cazzo è una triade, prima di chiedermi di finalizzarne una» suggerii poco educatamente.

Gli sguardi di tutti caddero su mio nonno.

Che sospirò, rassegnato. «È ciò che avevo con tua nonna e Claudette».

Sentii Luna irrigidirsi accanto a me. «E cosa significa, esattamente?» domandò.

«Già, quello che ha detto lei» concordò Logan.

Non commentai, dato che mi stavo chiedendo la stessa cosa.

Ma fui quello a cui si rivolse mio nonno. «Avevamo una vera e propria relazione, simile a quella che state formando tu, Silas e Luna». La tristezza turbinò nelle profondità dei suoi occhi scuri. «Tua nonna era un'alfa e Claudette un'umana diventata licantropo. L'avevo trasformata durante i miei primi rituali di ascensione, poi avevo rivendicato Yazmine sotto la luna piena qualche settimana più tardi».

Come da consuetudine.

Quello lo capivo.

«E?» lo esortai.

«E a differenza di quello che è successo tra te e Luna, Yazmine fu mia per scelta. Eravamo già innamorati, fin dall'inizio. Come sai, il maschio morde per primo. Poi è il turno della femmina, sotto la successiva luna piena. Ma, nel frattempo, qualcosa accadde tra me e Claudette, e quel qualcosa si diffuse anche alla mia Yazy. All'inizio non capivamo cosa stesse succedendo; la connessione fisica era straordinariamente intensa».

Suona familiare, pensai.

«Così, alla successiva luna piena, eravamo troppo legati per procedere con il rituale di accoppiamento solo tra me e Yazmine. Invitammo Claudette a unirsi a noi e finalizzammo il nostro legame come triade, con grande sorpresa del nostro branco. Poi vivemmo tutti e tre insieme per quasi cinquecento anni, trecento dei quali li trascorsi a governare il clan Clemente. Non ci separammo fino alla nascita del nuovo mondo. Ancora oggi, sono convinto che fu quella separazione a uccidere la mia Yazy». Deglutì e abbassò lo sguardo. «Le triadi non sono fatte per essere separate».

«Vi sta dando un avvertimento» aggiunse piano mia madre dall'altra stanza, sorprendendoci tutti. «Non potete entrare in una triade alla leggera. Dovete impegnarvi tutti e tre ed essere pronti a combattere».

LUNA

Due giorni più tardi, Lilith non aveva ancora convocato di nuovo il consiglio. Non sembrava avere molta fretta di emettere un verdetto.

Lasciando una folla di lupi e vampiri ad aggirarsi per il quartier generale del clan Clemente.

E soprattutto a casa di Edon.

Feci un po' di allungamenti sul patio, in preparazione della corsa di cui avevo estremo bisogno. Qualche minuto più tardi, Silas mi raggiunse. «In forma umana o di lupo?» chiese.

«Umana». Perché volevo discutere con lui della faccenda della triade. Avevamo evitato fin troppo a lungo di parlare della bomba sganciata da Jolene. Percepivo come si sentisse Edon al riguardo, ma non avevo la più pallida idea di cosa ne pensasse Silas.

Scopare tutti e tre insieme per un po' non era un problema.

Ma impegnarci per l'eternità era uno scenario completamente diverso. Anche se solo l'idea di perdere Silas mi spezzava il cuore, l'avrei lasciato andare con gioia, se era quello che voleva.

E qui sta il problema: non posso leggergli nella mente. Esattamente come lui non può farlo con la mia.

In teoria, il problema si sarebbe risolto sotto la successiva luna piena. Ma non l'avrei fatto finché non fossi stata sicura che anche lui desiderasse la stessa cosa.

«Va bene». Tornò dentro un attimo per mettersi un paio di calzini e infilarsi le scarpe. Ma niente maglietta, guadagnandosi la gratitudine dei miei occhi. «Pronta?».

«Sì».

Sorrise. «Fai strada».

«Solo perché vuoi guardarmi il culo» dissi, avviandomi con una corsa leggera verso la linea degli alberi.

«Quei pantaloncini sono tremendamente "ini", Lulù. Non puoi biasimarmi se mi godo lo spettacolo».

Sospirai e accelerai il ritmo. «Mi hai appena vista nuda. Tipo un'ora fa». Mi aveva raggiunta sotto la doccia; non per scopare, ma per stare in compagnia. Mi era piaciuto. Adorai il modo in cui mi lavò i capelli.

Ovviamente, avrei avuto bisogno di un'altra sessione in bagno dopo la corsa.

Forse nel frattempo Edon sarebbe tornato e avremmo potuto divertirci un po' tutti e tre insieme. Sarebbe dipeso da come fosse andata la chiacchierata con suo nonno. Stavano esaminando la lista di membri del branco raccomandati da Jolene per la promozione al quartier generale. Negli ultimi dieci anni aveva tenuto tutti sotto controllo, in vista dell'ascensione del nipote.

Uno schiaffo sul sedere mi strappò ai miei pensieri e mi fece quasi inciampare. «Ehi!».

«Pensavo fossimo usciti a correre. Questa sembra più una passeggiata».

Lanciai un'occhiata dietro le spalle a quel maschio arrogante. «Vuoi fare una gara, novellino?».

«Cos'è successo a "signore dei lupi"?» mi provocò, riferendosi alla conversazione che avevamo avuto tempo prima in cucina.

«Non te lo sei ancora guadagnato» lo rimbeccai. «Se arrivi primo al torrente, forse ci ripenserò».

Mi lanciai a tutta velocità, senza dargli la possibilità di rispondermi o di reagire. Le sue risatine mi seguirono tra gli alberi, troppo vicine per i miei gusti. Così mi impegnai ancora di più, mentre il mio lupo interiore ringhiava di gelosia. Voleva essere libera di correre, annusare l'erba, sentire il vento che le accarezzava la pelliccia.

Più tardi, le promisi.

Volevo parlare con Silas in un momento in cui eravamo entrambi vestiti, perché non mi fidavo di me stessa. Saremmo finiti in un groviglio di arti. Soprattutto dopo l'iniezione di adrenalina provocata dalla corsa.

La sua spalla sfiorò la mia. Le sue gambe lunghe gli regalavano una rapidità contro cui il mio fisico minuto non poteva fare nulla.

A quattro zampe, me la cavavo bene grazie all'esperienza. Ma in forma umana era lui a primeggiare.

Con ogni centimetro che metteva tra di noi, diventavo sempre più agitata.

E altrettanto eccitata.

Perché il suo corpo elegante e muscoloso sfrecciava tra gli alberi schivando rami come un professionista. Volevo leccare la scia di sudore che gli scendeva lungo la schiena, mordergli il collo e sbatterlo a terra.

Avremmo lottato sull'erba e lui mi avrebbe ingabbiata sotto di sé. E poi sarebbe scivolato nel mio calore.

Ecco perché non siamo usciti nudi.

Solo che la mia canottiera sembrava improvvisamente troppo pesante e appiccicosa.

I miei shorts erano troppo spessi.

Le scarpe mi soffocavano.

Volevo *respirare*.

No.

Prima dovevo parlargli. E il torrente era vicino. Era lo stesso posto in cui avevo giocato con Edon, molte settimane prima. Erano cambiate così tante cose da allora.

Una rivoluzione? Chi avrebbe mai pensato che fosse una possibilità? Ma avrei partecipato con gioia. E anche Edon e Silas. La domanda, però, era una: avremmo lottato insieme come una triade, o come compagni di branco?

Silas raggiunse la riva per primo. Il suo sorriso trionfante lo rendeva ancora più attraente. Mi ci volle uno sforzo notevole per non saltargli in braccio e avvolgergli le gambe attorno alla vita. Ma mi limitai a fermarmi accanto a lui, con le mani sui fianchi, a cercare di riprendere fiato.

Mi aveva spinta fino al limite. Forse sarei riuscita a proseguire per un altro paio di chilometri, ma le mie gambe avevano la consistenza della gelatina.

«Allora, mi sono guadagnato il mio soprannome?» chiese, ansimando decisamente meno di me. Qualcosa mi diceva che avrebbe potuto correre ancora più forte. E l'avrebbe fatto, se fosse stato Edon a sfidarlo.

Avrei dovuto allenarmi di più per riuscire a tenere il passo con quei due. *Maledetta genetica maschile.*

Silas mi posò una mano sulla guancia e mi baciò dolcemente le labbra. «Preferisco "dolcezza" a "signore dei lupi"».

«Sì?». Gli leccai il labbro inferiore. «E se io preferissi "signore dei lupi"?».

«Potresti soprannominarmi anche "palla di pelo" e ti risponderei comunque, Luna» sussurrò, baciandomi di nuovo.

Aveva un sapore delizioso. Sesso, lupo e uomo. Ma prima dovevo parlargli. Era quello lo... *oh, che bella sensazione...* lo scopo di...

Mi inarcai verso di lui, gemendo quando la sua lingua fece qualcosa di decisamente perverso con la mia.

Ciao, erezione di Silas, pensai, sentendo la sua eccitazione premere da sotto i suoi jeans. Anche se era stata breve, quella corsa doveva essergli piaciuta quanto a me.

Il suo palmo scivolò attorno alla mia nuca, e l'altra mano cadde sul mio fianco.

Stava divorando la mia bocca. Ci eravamo baciati un po', sotto la doccia, ma era stato tutto molto più giocoso. In quel momento, invece, Silas sembrava *affamato*. E io ero il suo pasto.

«Silas» ansimai. Il mio battito stava accelerando, come faceva ogni volta che lui mi toccava. «Voglio…». La sua lingua mi zittì e spazzò via tutti i miei pensieri.

Rabbrividii e il mio lupo si inchinò al suo.

Mmm… no, devo… «Triade» riuscii a mugugnare. Il termine suonò molto più sensuale di quanto pensassi.

Ma riuscii ad attirare la sua attenzione. «Triade?» ripeté, staccandosi da me quanto bastava per guardarmi negli occhi.

Oh, quello sguardo famelico…

Concentrati!, mi rimproverai.

Mi schiarii la voce, cercando di ricordare quello che volevo dirgli. Ma non ci riuscii. Non con lui così vicino, con i suoi occhi ipnotici e le sue labbra carnose che bramavano un altro bacio. Lo volevo. E non solo fisicamente. Volevo *Silas*.

«Voglio la triade» sussurrai. «Voglio stare con te. Con Edon. Con *noi*. Voglio sentire i tuoi pensieri. Conoscere la tua anima. Toccare il tuo cuore. Voglio sapere com'è essere amata da te. E ricambiare il tuo amore. Essere la tua compagna, il tuo tutto. Voglio che siamo tutti e tre connessi. Per sempre. Ma non ti costringerò, anche se è tutto ciò a cui riesco a pensare, tutto ciò che ho sempre desiderato per me in questa vita. Perché hai il diritto di scegliere. E non te lo toglierei mai».

«Ehi, ehi» disse dolcemente, cancellando col pollice le lacrime che avevano iniziato a rigarmi le guance senza che me accorgessi.

Dea, stavo piangendo.

Ma il pensiero che non condividesse ciò che provavo aveva rotto qualcosa dentro di me.

Non avevo capito quanto il nostro legame fosse importante per me fino a quel preciso istante. Se mi avesse rifiutata, se *ci* avesse rifiutati, non... non sarei più stata capace di respirare.

Lo amo già, capii. *Li amo già entrambi.*

Mi premetti la mano sulla bocca, completamente sconvolta. Come avevo potuto permettere che accadesse? O non avevamo mai avuto scelta?

Il mio lupo si era sottomesso istintivamente a entrambi.

Aveva riconosciuto i suoi compagni anche quando la mia metà umana era ancora all'oscuro.

«Luna» mormorò Silas, accarezzandomi ancora la guancia. «Mia dolce Luna, guardami».

Avevo abbassato lo sguardo senza rendermene conto, disperata di essermi innamorata così profondamente di lui.

«Non... non ce la faccio» ammisi. La mia risposta non era rivolta al suo invito, ma al dolore straziante che mi stava spaccando il cuore. Non mi ero mai sentita in quel modo, così terrorizzata della potenziale risposta di qualcuno.

Odiavo non essere in grado di ascoltare i suoi pensieri. *Cosa prova?*

Sarebbe stato facile aspettarsi una risposta positiva, ma l'eternità era un periodo molto lungo. La nostra relazione eludeva così tante norme sociali. Era tutto così insolito. E non avevamo nemmeno capito esattamente cosa implicasse, a parte quello che ci aveva detto Jolene.

Ma la desideravo così tanto che il mio petto doleva. Mi sentivo vuota, incompleta. Mi faceva male perfino respirare, al punto che ricominciai a piangere.

Non era questione del suo rifiuto, ma il fatto che stavamo negando il nostro legame.

E una volta che mi fui concessa di pensare alla triade, capii cosa mi stesse causando quell'incompletezza. «Mi sento così vuota, Silas».

«Lo so. Mi sento anch'io così» sussurrò con le labbra posate sulla mia fronte. «È un tormento non averti dentro. Edon c'è, lo sento ogni giorno. Ma tu... tu mi manchi anche quando sei davanti a me. Voglio quella connessione anche con te. Voglio avere lo stesso legame, saperti mia, rivendicarvi entrambi. Nel mio cuore lo faccio già, Luna. Nel mio cuore sei già mia».

Deglutii e lo guardai negli occhi. «Davvero?».

«Sì» giurò. «E alla prossima luna piena lo proverò al mondo. E a te. E a Edon. Non vorrei essere da nessun'altra parte».

Lo strinsi a me e lo baciai, inondando di lacrime il viso di entrambi. E col pianto lasciai andare anche tutte le mie inibizioni. Tutti i miei dubbi. Tutte le mie paure. Gli diedi tutto ciò che avevo, baciandolo finché mi mancò il respiro.

Mi possedeva.

E anche Edon.

Mi resi conto che qualcuno si stava avvicinando a noi. Come ci avesse trovati, come facesse a *saperlo*, non mi importava. Non appena sentii le labbra di Edon sulla mia spalla, mi abbandonai a tutti e due, lasciando che mi cullassero tra i loro corpi.

«È ciò che voglio anch'io» mi sussurrò all'orecchio. «Vi ho desiderati entrambi fin dal principio. Sei mia, e lo è anche Silas».

I miei vestiti volarono su una roccia, seguiti da quelli di Silas. Edon era già nudo; probabilmente era arrivato in forma di lupo.

Mi girai verso di lui, baciandolo come avevo fatto con Silas, riversando sulla sua bocca tutte le mie emozioni, tutto il mio cuore. *Ti amo*, pensai. *Ti amo così tanto che fa male.*

Non poteva sentirmi, visto che il nostro legame era ancora incompleto.

E ciò mi distruggeva.

Non volevo aspettare fino al mese successivo, ma non avevamo scelta.

Quattro lunghe settimane… sarei dovuta sopravvivere per tutto quel tempo senza che Edon mi sentisse, senza essere connessa a Silas.

«Non piangere, piccola». Edon mi leccò via una lacrima dalla guancia. «Presto sarà tutto a posto».

«Voglio che tu mi senta» dissi. «Voglio che entrambi mi *sentiate*».

«E allora grida per noi, tesoro» mormorò Edon. «Fatti sentire da tutti, urla al mondo di chi sei».

Silas mi mordicchiò la spalla, con il corpo caldo premuto sulla mia schiena. «Lascia che ci prendiamo cura di te. Lascia che ti mostriamo cosa proviamo per te, cosa proviamo l'uno per l'altro. Unisciti a entrambi, Luna. Nello stesso momento».

Rabbrividii, col cuore che andava a mille. «Sì».

Se non potevamo averci mentalmente, l'avremmo fatto fisicamente.

Entrambi dentro di me nello stesso momento.

Sentendo tutto ciò che avevo da offrire.

«Sì» dissi ancora, lasciando cadere la testa all'indietro sul petto di Silas, mentre Edon mi leccava la gola. Mi premette il palmo sul ventre, scendendo verso il desiderio che mi bruciava tra le cosce.

«Sei così bagnata» sussurrò. Le sue dita scivolarono senza fatica dentro di me.

Gemetti, inarcando il bacino verso la sua mano, implorandolo di andare più a fondo.

Ma aveva qualcos'altro in mente.

Tolse le dita, spostandole verso il mio sedere. Silas si scostò per lasciargli spazio, ma sentii il suo cazzo premere sul polso dell'alfa.

Edon mi penetrò con le dita, incendiando il mio corpo.

Silas mi strattonò la testa all'indietro per baciarmi, distraendomi con la sua lingua. Ma la pressione continuava a crescermi dentro, mentre Edon mi lubrificava da entrambi i lati, preparandomi per prenderli entrambi.

Mi avrebbero distrutta.

Avrebbero compromesso la mia capacità di pensare a chiunque altro.

Ma andava bene così. Perché Edon e Silas mi facevano sentire intera. Erano il mio branco, il mio presente e il mio futuro, e non avrei mai desiderato nessun altro.

«È pronta» mormorò Edon qualche istante più tardi. O qualche minuto. Non ne avevo idea, il mio corpo era troppo fervente di desiderio per possedere ancora la concezione del tempo.

Mi catturò le labbra, scopandomi la bocca con la lingua mentre ci guidava tutti e tre per terra. Le foglie fecero da cuscino alle mie gambe nude, deliziando il mio lupo. Silas si sdraiò sulla schiena accanto a me; i suoi bei lineamenti mi scioglievano il cuore. «Vieni qui» mi invitò.

Accettai con gioia, mettendomi a cavalcioni su di lui. Mi afferrò i fianchi, posizionandomi dove mi voleva. Con la punta premuta sul mio sesso. «Scivola giù».

Lo feci.

Perché il suo ordine aveva demolito ogni mia capacità di ribellarmi, di lottare, di fare qualsiasi cosa che non fosse obbedire. Fremevo, inebriata dalla sua lunghezza calda e spessa. Mi sedetti su di lui, incastrandoci così profondamente da farlo gemere in segno di approvazione.

Edon mi afferrò un fianco, mordendomi la spalla. «Piegati in avanti e bacialo, piccola».

Il mio cuore palpitava. Il mio lupo si prostrò al comando dell'alfa.

Mi chinai verso Silas, cercando le sue labbra. Sospirai quando avvolse la mano attorno alla mia nuca.

Mia, stava dicendo.

Tua, confermai.

Era ciò di cui avevo bisogno: che i nostri corpi si connettessero e ci assicurassero di appartenere l'uno all'altra. «Di più» implorai. No, *ordinai*.

Edon mi accarezzò la schiena, lasciandosi dietro le dita una scia di brividi. Mi fece sentire leggera, amata. Altri tocchi delicati, la sua lingua che scivolava sempre più giù. Poi Edon mi afferrò il sedere e lo spalancò.

Mi ero quasi aspettata di sentire la sua bocca *lì*. Invece la spostò, e qualcosa di molto più grosso e duro premette sulla mia carne.

Deglutii, improvvisamente incerta.

Ma un morso di Silas mi ricordò il mio compito. Mi baciò appassionatamente, spingendomi a ricambiare. E lo feci, perdendomi in lui, mentre un'intensa pressione cominciava a riempirmi da dietro.

Lentamente.

Con attenzione.

Dentro e fuori, un centimetro alla volta.

Faceva male.

Ma provocò anche tutta una serie di sensazioni peccaminose.

Gemetti nella bocca di Silas. La parte inferiore del mio corpo pulsava di dolore e piacere. I due maschi si stavano unendo a me in un modo che mi incantava.

«Come ti senti, Luna?» chiese Edon, col respiro un po' più affannoso.

«Bollente» sussurrai. «*Piena*».

Ridacchiò. «Non ancora del tutto». Si spinse ancora più a fondo dentro di me, facendomi gemere e sussultare insieme.

«Riesco a sentirti» disse Silas, serrando la mascella. «Cazzo, riesco a *sentirti*».

«Oh, aspetta che inizi a muovermi» rispose Edon, accarezzandomi la vita. «Solo un altro po', Luna. Ci siamo quasi».

Qualcosa di incomprensibile uscì dalla mia bocca, mentre mi costringeva a prenderlo fino in fondo.

Qualcosa che somigliava molto a un ringhio mescolato a un urlo.

Qualcosa che ricordava il suo nome e una maledizione.

Lasciò cadere la testa sulla mia schiena, restando immobile, per permettermi di abituarmi a entrambi. Non potevo muovermi, bloccata tra due maschi massicci che mi accarezzavano e baciavano, lodandomi per averli presi entrambi. Per aver accettato il nostro legame. Per averci permesso di unirci così completamente.

Ed era esattamente così che mi sentivo. *Completa*.

Erano i miei due compagni. I miei maschi. I miei amanti. Il mio futuro.

«Scopatemi» dissi. Avevo bisogno di sentirli muovere. «Ho bisogno che mi *scopiate*».

Silas ridacchiò, con le labbra che aleggiavano sulla mia guancia. «L'hai sentita, Edon».

«Sempre a comandare dal basso» commentò lui.

«Come se ti dispiacesse» ribatté Silas.

«Oh, non mi dispiace per nulla». Edon scivolò quasi completamente fuori, poi si spinse di nuovo dentro, strappandomi un urlo.

Cazzo.

Ero convinta che mi avrebbe fatto male, e invece no. Mi aveva lasciata senza fiato nel migliore dei modi possibili. «*Ti prego*» esalai, senza sapere esattamente per cosa lo stessi implorando. Un'altra spinta? Più forte? Più delicata? Più veloce? Mi sentivo così piena. Così viva.

Il suo bacino si schiantò ancora una volta sul mio sedere. «È questo che vuoi?» mi sussurrò all'orecchio. «Che prenda il tuo bel culetto vergine e ti faccia mia?».

Silas si inarcò sotto di me. Lo sentivo pulsare. «Ancora» ansimò.

Edon obbedì. Mi ritrovai senza fiato tra splendidi corpi virili che si muovevano a tempo col mio, racchiudendomi in un bozzolo di sesso ferino.

Avevano trovato entrambi un ritmo che tentai di mantenere, ma ogni spinta mi faceva vedere le stelle. Non mi ero mai sentita così completamente dominata. Posseduta. Eppure adorata.

Mi baciavano, mi toccavano, assicurandosi che mi piacesse tanto quanto a loro. E quelle attenzioni mi gettarono in un pozzo di oblio così profondo che lottai per riemergere.

Qualcuno mi pizzicò il clitoride, riportandomi indietro. Denti sul mio collo, un palmo che mi strizzava il seno, un ordine severo: «Vieni di nuovo».

Edon. Voleva il mio piacere. Voleva che mi spezzasse a metà. E che lo sentissero tutti.

E il mio corpo era smanioso di accontentarlo.

Entrambi si mossero brutalmente, dentro e fuori. Tremai tra di loro, sentendo l'orgasmo crescere ancora una volta. Solo che era molto più intenso. Era lava bollente che mi scorreva nel sangue, convogliandosi verso il mio ventre, pronta a esplodere.

«Edon» mugolai. «Silas». Non sapevo chi pregare, cosa dire. Ma man mano che l'incendio aumentava iniziai a sudare. A dimenarmi. A urlare.

Mi stavano lacerando in due. Una parte di me rivendicata da Silas, l'altra da Edon. E i loro nomi continuarono a riversarsi dalla mia bocca, proprio come desideravano.

«Che meraviglia» ansimò Edon. Il suo cazzo era così a fondo dentro di me che non potevo muovermi, riuscivo soltanto a contorcermi, sopraffatta dal piacere.

«Pura perfezione» concordò Silas. La sua schiena si sollevò dall'erba e venne, con un ringhio che riecheggiò tra gli alberi e mi fece esplodere i sensi.

Edon ci seguì entrambi, col seme che fluiva in profondità dentro di me, come se fosse alla ricerca dell'essenza di Silas.

E d'un tratto la pace calò su di me.

Uniti.

Finalmente insieme. Tutti e tre. Nella mente, nel corpo e nello spirito.

Con Silas sotto di me ed Edon alle mie spalle, eravamo congiunti in un'armonica beatitudine.

Miei, sussurrò il mio lupo. *Questi maschi sono miei.*

Esattamente come io ero loro.

Non avevamo bisogno di una cerimonia per completarci.

Eravamo già completi.

Eravamo già uno.

Il rituale del mese successivo sarebbe stato solo una formalità. Perché me lo sentivo nel sangue che le nostre anime erano già legate. Promesse l'una all'altra per l'eternità.

Una triade.

Per sempre.

EDON

L<small>ILITH CAMMINAVA AVANTI</small> e indietro nel salone dell'edificio in cui ci eravamo riuniti dopo il massacro. Il vestito le svolazzava attorno alle gambe in una ridicola onda scarlatta. Sembrava pronta ad andare a un ballo, non a rivolgersi a una folla inquieta di alfa e reali.

I cinque giorni erano scaduti. E lei aveva atteso fino all'ultimo momento per convocare la sua "riunione di emergenza del consiglio". Quella donna adorava abusare del suo potere.

Incrociai le braccia e mi appoggiai al muro, osservandola incedere sul pavimento di legno con i suoi tacchi a spillo. Pensavo che non vedesse l'ora di tornare a casa. E invece no.

«Ho esaminato le prove» annunciò, fermandosi in mezzo alla stanza, sotto al lampadario più brillante. La luce conferiva ai suoi capelli biondi un'orribile sfumatura giallastra. Assolutamente adatta alla sua personalità.

Sta iniziando, informai Silas. Era a casa mia con Rae, Luna, Darius e Juliet.

Se fosse successo qualcosa, avevano l'ordine di scappare immediatamente nella regione di Jace. Ma ero abbastanza sicuro che la fuga non sarebbe stata necessaria. Se Lilith avesse avuto in mente qualcosa, avrebbe portato con sé un esercito. Invece accanto a lei c'erano soltanto due tirapiedi, due vampiri giovani che Kylan e Jace avrebbero potuto far fuori in mezzo secondo.

La banda di ribelli si stava dimostrando utile.

Lilith si schiarì la voce e guardò Kylan. «Non posso permettere che si crei un precedente, per cui un reale o un alfa decida liberamente di farne fuori un altro solo per risolvere una situazione problematica. Siamo immortali. Ci sono molti altri modi di neutralizzarci senza dover ricorrere all'omicidio».

Il reale sorrise. «Ne prendo nota. Me lo ricorderò per la prossima volta».

«Perché non gli hai semplicemente sparato? O non gli hai spezzato il collo? Perché hai voluto per forza decapitarlo?» domandò lei.

«Perché quello stronzo non mi piaceva» rispose Kylan. «E ha messo la mia vita in pericolo scatenando una guerra. Perché non stiamo valutando le sue colpe, Lilith? Quante vite sono state perse inutilmente a causa del suo piano?».

«Come fai a sapere che è colpevole?» ribatté lei.

«Non è ovvio?» chiese il reale, inarcando le sopracciglia. «Pensavo avessi concluso la tua indagine. Se non hai accertato che Silvano ha fatto il doppio gioco con Walter per danneggiare il clan Clemente allo scopo di guadagnarci, allora forse hai bisogno di altri cinque giorni in quel tuo bel jet di lusso».

Quel vampiro aveva le palle. E belle grosse.

E Lilith sembrava pronta a premiare la sua sfrontatezza con la morte. La rabbia le macchiò le guance di porcellana, tingendole la pelle di un rosso ciliegia. «E tu ti sei accertato di tutto questo prima di ucciderlo?».

Le rivolse uno sguardo tagliente. «Ho più di cinquemila anni, Lilith. Quasi più del doppio di quelli che hai tu. Ciò mi garantisce un'esperienza che non puoi nemmeno concepire. E un doppio gioco come quello di Silvano non è un evento così raro, almeno secondo i miei standard temporali. Quindi sì, mi sono accertato di tutto. E gli ho inflitto la pena che meritava».

Fece un passo avanti e la guardò dall'alto in basso, sfruttando il suo vantaggio in altezza.

«Il mio unico rimpianto è non aver preso anche la testa del lupo. Certamente se lo meritava per aver tramato una mossa politica così ridicola. Se fossi stato al suo posto, sarei stato molto più scaltro. Ma di nuovo, questo tipo di astuzia deriva dall'esperienza. Qualcosa che ho in abbondanza».

Lilith deglutì, ma quello fu l'unico movimento che fece. «Mi stai minacciando, Kylan?».

«No, tesoro» rispose con un sorriso. «Perché mai dovrei desiderare il tuo posto al vertice? Ho già abbastanza bersagli sulla schiena».

Nella sala calò il silenzio.

I battiti dei presenti riecheggiavano sulle pareti.

Erano tutti in attesa del verdetto di Lilith e della reazione di Kylan.

La tua amica Rae è probabilmente una delle persone più coraggiose che abbia mai incontrato, mormorai a Silas.

Perché?

Perché vive con Kylan. Quel reale è fottutamente terrificante. Non sembrava minimamente turbato. La sua postura era al tempo stesso minacciosa e rilassata.

Qualcosa mi diceva che non avrebbe avuto problemi a vincere un combattimento contro Lilith. Soprattutto con quella folla. Forse tra i presenti c'era qualche sostenitore della vampira, ma molti erano contro di lei.

Solo che non potevamo ancora attaccare. L'avevo chiesto agli altri, e Jace mi aveva spiegato che ci serviva viva. Perché era l'unica persona al mondo che potesse aiutarli a trovare Cam, il suo predecessore, il re dei vampiri. Tutti credevano che fosse morto, ma la sua *erosita*, che si trovava col clan Majestic, era la prova vivente del contrario. Perché se Cam era morto, lo sarebbe stata anche lei.

Avevo assimilato tutte quelle informazioni con un'espressione scioccata.

Silas, al contrario, si era limitato a fare spallucce e dire: «Nulla al mondo è come sembra».

Se solo avessimo potuto essere tutti così rilassati e fiduciosi al riguardo.

«Niente aggiunte al tuo harem» dichiarò Lilith. «Non potrai partecipare né al Giorno del sangue né ad altri eventi dell'alta società. Sarai confinato nella tua regione finché non deciderò altrimenti. Chiaro?».

«E questa sarebbe la mia punizione?» chiese Kylan, inclinando la testa. «Sembra più una vacanza».

«Allora prenderò in considerazione anche l'idea di aggiungere alla lista il razionamento del sangue» sibilò lei. «Datti una regolata, o sarò *io* a minacciare la tua posizione al vertice come reale».

«Puoi provarci. Ma non te lo consiglio» replicò, con un sorrisetto maligno che gli aleggiava sulle labbra.

Poi fece un passo indietro e tornò nel cerchio improvvisato in cui ci eravamo disposti, mentre Lilith lo guardava con la mascella serrata.

Faceva parte del nostro piano che Kylan assumesse un ruolo da protagonista, che recitò splendidamente. Speravo solo che non fosse costretto a subirne le ripercussioni. Ma almeno i riflettori sarebbero rimasti puntati su di lui come potenziale ribelle, e non su di noi.

«Edon e Logan hanno il permesso di ascendere» continuò in uno svolazzo di seta, dando ostentatamente le spalle a Kylan. «Edon ha agito secondo le regole della sfida e non vedo perché dovrebbe essere punito. Logan è stato solo uno spettatore innocente, che per fortuna è già maggiorenne. Purtroppo, non potrà ascendere per altre undici lune. Il che pone un problema con la leadership del suo clan».

«Avrei un suggerimento» intervenne Luka. «Se posso».

Lilith fece un cenno con la mano. «Sono tutt'orecchi, alfa».

Luka si schiarì la voce e fece un passo avanti. «Dopo l'ascensione di Edon, puoi mandare Jolene a fare le veci di Logan, finché non avrà completato l'ultimo anno di addestramento. L'ex alfa sarà pure anziano, ma è ancora una forza della natura. Come ha dimostrato l'altra notte, quando ha assunto il ruolo di cerimoniere per la sfida di Edon. Penso che sarebbe più che adatto a organizzare le Prove per il futuro alfa del clan Ernest».

Lei ci rifletté sopra qualche istante. «Ci sono delle obiezioni?» chiese poi, rivolgendosi agli altri alfa presenti nel salone. Il suo sguardo si posò su di me. «Edon?».

«Sono d'accordo con il suggerimento di Luka. Jolene è vecchio, ma è pur sempre un alfa». Usai di proposito il suo nome proprio, non il nostro legame di parentela. Più pensava che non me ne importasse nulla, più sarebbe stata disposta ad acconsentire. Avrei sentito la mancanza di mio nonno, certo, ma sapevo cosa desiderava: tornare dalla sua Claudette.

«Anch'io non ho nessuna obiezione» aggiunse Logan. «Non ci sono alfa anziani nel mio clan. La guida di uno con una tale esperienza mi sarebbe molto utile».

Ci fu qualche altro cenno d'assenso qui e là. Nessuno si espresse sull'ovvietà della cosa.

«Molto bene» disse Lilith. «Edon, avvisa Jolene quando abbiamo finito, per favore».

«Certo» acconsentii. Non che avessi scelta. Nonostante

l'avesse formulata come una richiesta, era chiaramente un ordine.

«L'ultimo problema di cui dobbiamo occuparci è la regione di Silvano. La sovrana Catalina ha confessato il suo coinvolgimento nei piani scellerati del reale, che voleva scatenare una guerra solo per ampliare il suo territorio». Scoccò un'occhiata irritata a Kylan, poi continuò: «Questo significa che non posso fidarmi delle scelte politiche di Silvano e che dovrò condurre personalmente un'indagine completa. Di conseguenza, assumerò temporaneamente la carica di reale della regione, finché non verrà trovato un candidato idoneo».

«O puoi concedere temporaneamente la carica a me e risparmiarti tutti quei viaggi» commentò Ryder, facendo voltare più di qualche testa nella sua direzione. «Voglio dire, ho tutti i requisiti per essere un reale e vivo già all'interno del territorio in questione. Mi sembra la soluzione più sensata».

Ah, questa non me l'aspettavo.

Cosa?, chiese subito Silas.

Ryder si è appena offerto volontario per diventare temporaneamente il reale della regione di Silvano. E, stando all'espressione sul viso di Lilith, lei non era per niente felice.

«Ti è stato offerto di diventare un reale un secolo fa e hai rifiutato» sbottò, mostrando il suo vero temperamento. «Perché adesso?».

«Perché hai detto che sarà una soluzione temporanea». Sorrise. «Diventare temporaneamente un reale? Ottimo. Assumere il ruolo a tempo indeterminato? In questo nuovo mondo? Neanche per idea».

Lilith stava perdendo la pazienza. «Non sei adatto al comando».

«Perché?» ribatté lui. «Solo perché ho rifiutato la tua

preziosa offerta un secolo fa? Sappiamo entrambi che sono più che qualificato, Lilith. Se volessi, potrei reclamare la posizione in modo permanente»

Non si sentiva volare una mosca.

Gli altri reali presenti sembravano d'accordo. Avevano lo sguardo incollato a Lilith, in attesa della sua decisione.

Ma Ryder non aveva ancora finito.

«Avevo *scelto* di farmi gli affari miei, ma Silvano ha mandato tutto all'aria quando ha condotto un esercito di idioti attraverso il mio cortile. Non so cosa abbia insegnato ai vampiri della sua regione o perché. L'unica cosa che so è che hanno bisogno di essere rimessi in riga. E io sono perfettamente in grado di occuparmene». Inarcò un sopracciglio. «A meno che tu non dubiti anche della mia sanità mentale».

Kylan sorrise.

Ryder no.

«Sappiamo entrambi che il Texas non è un posto per te, Lil» aggiunse Ryder. «Lascia che ci pensi io, che dia loro una bella lezione. Nel frattempo, potrai cercare con calma il candidato più adatto a prendere il mio posto. In cambio, però, voglio la libertà di tornare a fregarmene di tutto. Capito?».

Wow, stava dando del filo da torcere a Kylan sul piano delle palle. Le aveva praticamente imposto la sua decisione, comportandosi come se Lilith avesse già accettato.

E forse era proprio così.

Perché restò lì a fissarlo, chiaramente senza parole.

«Mi sembra un buon piano» disse Cormac. «Ha le carte in regola e si sta offrendo volontario. Non credo che esista una soluzione migliore».

Lajos annuì. «Ci vorrà del tempo per trovare il candidato ideale, Lilith. Gestire contemporaneamente entrambi i territori sarebbe molto pesante. Dallo a Ryder. Ma tieni il bastardo al guinzaglio».

Ryder sbuffò. «E tu tieni le tue preferenze sessuali fuori dalla discussione, Lajos».

Lilith alzò la mano tra i due prima che Lajos potesse rispondere. «Basta così». Abbassò il braccio e si premette l'indice sulla tempia, iniziando a massaggiarsela. «Va bene. Ryder può subentrare come reale *temporaneo*. Finché non avrò trovato una soluzione definitiva».

Merda. Ha ceduto. Mi ero aspettato che lottasse più duramente, o addirittura che rifiutasse direttamente la sua proposta. Ma tutto d'un tratto era sembrata troppo esausta.

Darius ha detto che è una mossa politica molto scaltra, rispose Silas. *Ryder può rivendicare i suoi diritti in qualsiasi momento e reclamare un territorio. Lilith non è nella posizione di poterglielo negare.*

Davvero?

È quello che ha detto Darius.

Ah. La politica dei vampiri non aveva alcun senso.

«Con questo dovrebbe essere tutto» continuò Lilith. «L'intero consiglio si riunirà a Lilith City tra due mesi. Da oggi in poi, non ci riuniremo più annualmente, ma trimestralmente». Si guardò attorno, per accertarsi che nessuno avesse obiezioni.

«È uno degli eventi sociali a cui non devo partecipare?» chiese Kylan, ricordandomi un bambino indisciplinato che fa una domanda petulante.

Suscitò una risatina di Ryder dall'altro lato della sala. «Quella sì che sarebbe una fortuna».

«*Tutti* i membri del consiglio devono partecipare» rispose Lilith con tono autorevole. «Anche Robyn».

Il divertimento svanì dai lineamenti di Kylan. «È come se mi stessi sfidando ad ammazzare un altro reale, Lilith».

La vampira lo fulminò con lo sguardo. «Visti i tuoi precedenti, Kylan, te lo sconsiglio caldamente».

«Oh, tesoro, quella sì che suona come una sfida» mormorò. «Suppongo che adesso siamo tutti liberi di andarcene, giusto?».

Lei serrò la mascella. «Sì. Potete andare» rispose con un sorriso tirato.

«Eccellente». Il reale si voltò e se ne andò senza guardarsi indietro.

Molti lo seguirono, ma uscendo si fermarono a ringraziarmi per l'ospitalità. Alcuni addirittura si congratularono con me, promettendo che sarebbero tornati per la cerimonia di ascensione. Jace era tra loro, e anche Luka. A quanto sembrava, in meno di un mese avremmo avuto l'ennesima festa. Fantastico.

Per fortuna, Lilith mi informò che non sarebbe riuscita a partecipare.

Fingere di esserne deluso fu estremamente dura.

Anche Logan, che era in piedi accanto a me, sembrò in difficoltà.

Il rombo delle auto che partivano fu come musica per le mie orecchie. Quando l'ultimo membro del consiglio sparì, lasciandomi solo con Logan, sospirai. Avevamo alcune questioni di cui occuparci riguardo il trasferimento di mio nonno nel suo territorio.

«Cosa ne dici se vengo con Claudette?» chiese Logan. «Alla tua ascensione, dico».

«Penso che mio nonno ne sarebbe felice» risposi con un sorriso. «Ti dispiace se resta qui ancora per qualche settimana? Per aiutarmi a sistemare il caos in cui è piombato il clan Clemente?».

Aveva partecipato a uno degli incontri con mio nonno in cui avevamo esaminato i vari membri del branco, le loro abilità, la loro posizione e la possibilità di un avanzamento di carriera. Quindi Logan sapeva bene in che razza di casino mi aveva lasciato Walter.

«Certo, posso farcela per qualche settimana senza di lui». Sorrise. «Così avrò anch'io l'opportunità di occuparmi di alcuni membri del mio branco».

Anche le mie labbra si piegarono all'insù. «Come ti capisco». C'erano molti stronzi lì attorno di cui non vedevo l'ora di liberarmi. Gli diedi una pacca sulla schiena. «Fatti sentire, okay?».

«Assolutamente» replicò. «Devo assicurarmi che tu non faccia del male a mia sorella».

Scoppiai a ridere mentre lasciavamo l'edificio. «Fidati. Tua sorella sa badare a se stessa».

I suoi occhi azzurri si illuminarono di orgoglio. «Vero».

Sto tornando a casa, dissi a Silas. *Fa' spogliare Luna*.

Ci stiamo già lavorando sopra, rispose ansimando. *Abbiamo iniziato appena i vampiri se ne sono andati*.

Perfetto.

LUNA

La seconda cerimonia di accoppiamento si stava rivelando molto diversa dalla prima.

Tanto per cominciare, non volevo mandare tutto all'aria.

In più, non vedevo l'ora che l'alfa annusasse le tracce della mia più recente esperienza sessuale per tutt'altro motivo.

Lo sguardo di Edon mentre mi copriva il corpo di baci davanti a tutto il branco premiò i miei sforzi. E quando arrivò al punto in cui le mie cosce si congiungevano, riconoscendo il marchio di Silas, emise un ringhio famelico.

Se avesse annusato anche dietro, avrebbe trovato il suo stesso odore.

Ma non lo fece.

Sorrise e mi morse dove l'aveva fatto poco più di due mesi prima, rivendicandomi davanti a tutti. Solo che, a differenza della prima cerimonia, anche Silas si accucciò accanto a me e mi morse la coscia opposta.

Il calore del loro abbraccio congiunto accese una brace dentro di me che si rifiutò di raffreddarsi. Se non si fossero alzati in fretta, mi sarei unita a loro sull'erba.

Ma si rimisero lentamente in piedi, con un identico sorriso ferino stampato in faccia.

«Ci accetti come tuoi compagni?» chiese Edon. I suoi occhi erano neri come la notte, eppure scintillavano sotto la luna piena.

«Sì». Avvolsi il palmo attorno alla sua nuca e lo baciai, poi feci lo stesso con Silas. Infine, mi inginocchiai davanti a loro.

Trascinai il naso lungo le loro cosce, inalando il loro profumo mascolino. Quei due maschi erano tutti miei. Per l'eternità. Mmm… le cose che avremmo fatto insieme. Ma prima dovevo rivendicarli in modo appropriato sotto la luna, davanti ai nostri pari, al branco e agli spiriti dei nostri antenati.

I miei denti affondarono nella coscia di Silas. La nostra connessione prese vita con una forza tale da togliermi il fiato. Tutte le sue emozioni, i suoi pensieri e le sue sensazioni diventarono miei. E per lui fu lo stesso. Il nostro legame diventò permanente e meraviglioso, riempiendo il vuoto che c'era dentro di me.

Oh, ma avevo bisogno anche di Edon.

Lo morsi senza perdere tempo.

Gemette nella mia mente. Due mesi di parziale appagamento mi assalirono tutti in una volta. Il suo desiderio per la sua compagna era dannatamente potente. La felicità che seguì quasi mi fece crollare a terra. E il travolgente senso di amore che fiorì dentro di lui mi sciolse il cuore.

Gli saltai tra le braccia e gli divorai la bocca. Silas ringhiò. Le sue dita si insinuarono tra i miei capelli e mi strattonò verso di sé, catturandomi le labbra.

Compagni, mormorai.

Sì, risposero in coro.

Ci baciammo così a lungo che il pubblico iniziò a farsi

impaziente. Volevano di più. Eravamo tutti e tre nudi e chiaramente eccitati. Ma non avevamo ancora finito.

Edon doveva rivendicare anche Silas come suo compagno e viceversa. Il loro legame sarebbe andato ancor più in profondità di quello che già condividevano, e avrebbe consolidato la nostra triade.

Dopo un altro bacio appassionato con Edon, i maschi mi lasciarono andare per concentrarsi l'uno sull'altro. «Prima di procedere, ho un annuncio da fare» dichiarò l'alfa, con una voce roca e sexy come non mai. Adoravo quel suo tono autoritario. Era quello che mi faceva mettere istintivamente in ginocchio. Ma dopo aver sentito nella sua mente ciò che stava per dire, non seguii l'istinto.

Bensì sorrisi.

Sì, gli mormorai tra i pensieri. Non che avesse bisogno della mia approvazione, ma gliela diedi lo stesso.

Guardò la folla, soffermandosi su molti membri del branco. Tutti ammessi nel villaggio di recente, dopo un'accurata selezione. Si respirava un clima così diverso rispetto a quando ero arrivata la prima volta nel territorio del clan. Quei licantropi erano curiosi, anche se un po' diffidenti. Ma Edon li avrebbe indirizzati verso un nuovo stile di vita, e io e Silas lo avremmo aiutato in qualsiasi modo.

«È molto raro che un umano sopravviva alla trasformazione in licantropo. È ancora più raro che manifesti una tale forza nella sua nuova forma. Nella mia progenie ho notato una volontà e un'abilità fuori dal comune, al punto che sospetto abbia del sangue alfa nelle vene. Il che spiegherebbe l'attrazione che proviamo per lui io e Luna». Fece una pausa e sorrise a Silas. Capii dall'energia che emanavano che stavano parlando mentalmente tra di loro.

Presto avremmo potuto farlo tutti insieme.

Niente muri.

Nessun nascondiglio.

Solo apertura e amore.

«Perché vi sto dicendo tutto questo?» continuò Edon. Era palesemente divertito da qualsiasi cosa gli avesse detto Silas. Probabilmente aveva commentato sul perché io ed Edon fossimo innamorati di lui.

L'unica caratteristica attraente del mio sangue è il modo in cui mi gonfia il cazzo quando volete scopare, mormorò Silas nella mia mente. *È questo che gli ho detto.*

Mi morsi il labbro inferiore per evitare di scoppiare a ridere, lanciandogli invece un'occhiata seducente. Mi fruttò un basso ringhio attraverso la nostra nuova connessione.

Smettila di flirtare, mi rimproverò dolcemente Edon. *Sto per fare un annuncio importante.*

E ad alta voce disse: «Vi sto spiegando tutto questo perché ho deciso di promuovere Silas alla carica di luogotenente del clan».

Un'ondata di shock attraversò il branco.

Seguita da un coro di applausi.

Jolene si alzò in piedi, battendo forte le mani, con gli occhi lucidi di soddisfazione. E presto altri lo imitarono, guardando Silas con un profondo rispetto.

Ogni traccia di divertimento era sparita dal viso di lui, sostituita da un'espressione stupefatta. «Luogotenente?».

«Consideralo il tuo nuovo soprannome ufficiale» mormorò Edon. «Te lo sei guadagnato».

Non so nemmeno cosa significhi, sussurrò Silas.

Significa che ti ha reso ufficialmente il suo braccio destro, spiegai. *Se Edon dovesse allontanarsi per affari, agiresti in qualità di alfa. È molto raro; la maggior parte degli alfa non nominano un luogotenente, perché è come riconoscere la legittimità di un potenziale rivale. Nel tuo caso, è come se Edon stesse dicendo che potresti essere l'alfa del clan Clemente.*

Silas fissò Edon con la bocca spalancata. «Non puoi essere serio».

«Lo sai che non faccio mai niente senza uno scopo preciso» rispose Edon, avvolgendo la mano attorno alla nuca di Silas. «E adesso è ora di renderti veramente nostro». Si inginocchiò, mantenendo il contatto visivo col suo nuovo luogotenente. La sua espressione brillava di stima e adorazione. «Ci vuoi, Silas?».

«Sì». Più che una risposta, fu un suono strozzato. Così si schiarì la voce e ripeté: «Sì». Allungò la mano verso la mia e la strinse.

Poi Edon colpì.

Rabbrividii. L'energia crepitò tra di noi, tutte le connessioni iniziarono ad andare al loro posto. La triade stava esortando Silas a completare il rituale.

I due maschi si scambiarono di posto. Il braccio di Edon scivolò attorno alla mia vita, mentre Silas si inginocchiò davanti a noi e baciò il ventre dell'alfa. Una promessa provocante illuminò i suoi occhi blu, facendomi fremere.

Hai sempre e solo una cosa in mente, lo rimproverò Edon.

Il fatto che potessi sentirlo parlare con Silas confermò che eravamo vicini al compimento del rituale. Gemetti. Avevo bisogno che fosse tutto finito, che il nostro destino fosse suggellato per l'eternità.

Vi amo entrambi, mormorò Silas. *Con tutto il cuore.*

E con tutta l'anima, aggiunse Edon.

Per sempre, giurai.

E col morso di Silas il rituale fu completo.

Il nostro potere si sedimentò.

Voci.

Sensazioni.

Amore.

Mi travolsero tutti in una volta, lasciandomi traboccante di vita. Di *tre* vite.

Sospirai, abbandonandomi tra le braccia dei miei maschi. Le nostre labbra si congiunsero, si sovrapposero. Erano dappertutto. Ma non con un intento erotico, no. Ci stavamo scambiando una reciproca, profonda adorazione. Una promessa che sarebbe riecheggiata nei secoli.

Mi resi conto a malapena dell'ennesima ondata di applausi, troppo presa dalla nostra nuova connessione per concentrarmi su qualcos'altro. La bocca di Silas sussurrava sulla mia. Edon mi stava accarezzando il collo. Erano entrambi nella mia mente, ma l'alfa era il più rumoroso.

È ora di ascendere, mia piccola compagna, mormorò. *Ti va di unirti a me?*

Non intendeva a capo del clan, visto che le femmine non potevano, ma per la cerimonia. *Non me la perderei per niente al mondo.*

Luogotenente?, chiese.

Io vado dove andate voi, rispose Silas.

Sarete entrambi le persone che dovranno tenermi in riga, disse dolcemente Edon. *Ci aspettano dei tempi duri.*

E noi li affronteremo con te, giurai.

Qualsiasi cosa accada, aggiunse Silas.

Lo so, sussurrò l'alfa.

Ed era proprio così. Sentii la sua certezza scorrere lungo il nostro legame.

Così come sentivo il suo amore.

Il *nostro* amore.

All'orizzonte ci sarà pure stata una rivoluzione, una rivoluzione col potenziale di rivelarsi un disastro. Ma io non avevo paura. Anzi, chiunque avesse voluto sfidarci sarebbe stato il benvenuto. Perché come unità eravamo inarrestabili.

Toccate uno di noi, e vi distruggeremo.
Siamo la triade del clan Clemente.
Fate attenzione.
Mordiamo.

Epilogo

SILAS

«Splendida ascensione» commentò Jace, alzando lo sguardo verso la luna piena.

«Grazie» risposi. «Ma è stato Edon ad ascendere». Ed era una decina di metri più in là, intento a chiacchierare con Luka.

«Oh, lo so. Ma ho qualcosa per te, lupo». Jace mi passò una busta. «È da parte di Kylan. Come sai, non ha potuto partecipare, visto che Lilith l'ha messo in castigo».

Aggrottai la fronte. «Mi ha scritto una lettera?».

Jace si strinse nelle spalle. «Ha detto che ha delle informazioni per te. Non l'ho letta, quindi non so di cosa parli».

«Capisco. Beh, grazie».

Mi fece un cenno e si voltò, salvo poi esitare e girarsi di nuovo verso di me. «Cos'ha intenzione di fare Edon con i membri rimasti dell'harem di Walter? Immagino che non abbia intenzione di usare le schiave che ci sono nel seminterrato di Aurora».

«Non so assolutamente nulla al riguardo» risposi, confuso. Edon non me ne aveva mai parlato. A dirla tutta, non avevo mai visto l'harem di Walter. Avevo dato per scontato che le avesse uccise tutte.

Jace sorrise. «Allora Aurora ha fatto come le avevo

suggerito. Ragazza sveglia».

«Cos'è che le hai suggerito?».

«Ah, un gentiluomo non rivela certi dettagli, lupo». Mi fece l'occhiolino.

Il reale si allontanò con le mani in tasca, lasciandomi in conflitto. Avrei dovuto esigere una spiegazione o leggere la lettera?

Le ha consegnate a Luka, mormorò Edon. *Ce n'erano solo tre, visto che Walter amava scopare il suo harem fino alla morte. Mia madre cercava di aiutarle, nutrendole di nascosto.*

Feci una smorfia. *Il comportamento di tuo padre non mi sorprende. Ma perché non mi hai detto niente?*

Perché l'ho appena scoperto. La psiche del branco è zeppa di informazioni. A quanto pare, mio nonno l'ha aiutata.

È ancora più agguerrito di quanto lasci trasparire, risposi, osservando il vecchio lupo.

Era in mezzo alla folla, con un braccio attorno a una donna molto più piccola di lui e con i capelli altrettanto bianchi. Il modo in cui la teneva mi ricordò come abbracciavo la mia Luna. L'alfa in questione era accanto a loro, raggiante. La felicità che traspariva dai suoi lineamenti mi strappò un sorriso. *È veramente bella, vero?*

Sì, concordò Edon, intenerito. *La nostra piccola compagna.*

La nostra Lulù, ribattei.

Sapete che posso sentirvi entrambi, sì?, si intromise Luna. *La connessione è completamente aperta, ragazzi. Comportatevi bene.*

Mai, ringhiò Edon.

Sapevo già che scopare con loro, più tardi, sarebbe stato uno spasso. Tutti nella mente l'uno dell'altro? Oh, sarebbe stato così eccitante. Peccato che prima dovessimo socializzare per almeno un'altra ora. Se non altro, eravamo di nuovo vestiti. Perché se avessi dovuto vedere Edon e Luna girovagare completamente nudi per tutta la notte, non sarei durato nemmeno cinque minuti.

Sei sempre così voglioso, mi prese in giro Edon.

Disse l'uomo con un'erezione sul punto di strappargli i jeans, replicai, aprendo la busta. Almeno la lettera di Kylan mi avrebbe distratto un po'. Non avevo idea di cosa volesse, a meno che non riguardasse Rae.

Estratto il foglio, lo scorsi rapidamente. E mi ritrovai col cuore in gola.

Oh, cazzo…

Willow.

Giovane lupo,

la mia consorte mi ha chiesto di farti sapere il risultato delle mie indagini sulla vostra vecchia amica. Per questo ti scrivo.

Dopo aver finalmente identificato dove l'avessero spedita, mi sono imbattuto in una notizia preoccupante. Pare sia fuggita quattro settimane fa e non sia ancora stata ritrovata. Il che mi fa pensare che sia nella regione di Silvano. Se solo fosse scappata nella direzione opposta, sarebbe già sotto la tua custodia, visto che si trovava nel campo di riproduzione del clan Clemente.

Proseguirò la mia ricerca. Per il momento, però, sono in un vicolo cieco. Spero che la tua amica abbia un fuoco simile al tuo e a quello della mia consorte. Ne avrà bisogno per sopravvivere.

Cordialmente,

—K

P.S. Congratulazioni per la triade.

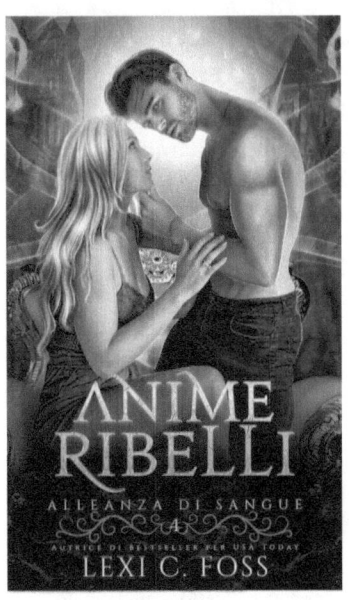

Anime Ribelli

Willow

Corri, corri, corri!
Mi inseguono anche nei sogni.

E quando mi sveglio c'è lui. Straordinari occhi azzurri con una luce diabolica. È il mio salvatore e il mio peggiore incubo.

Perché mi possiede.
Mi ha trovata.
Mi ha salvata.

Ma non voglio essere la proprietà di qualcuno. Voglio essere libera. A costo di morire.

Ryder

Avevo bisogno di un diversivo, un gioco, qualcosa che mi distraesse da questa noia perpetua. E lei è comparsa sulla mia strada, come se una divinità superiore avesse ascoltato le mie preghiere.

O forse, per essere più precisi, il diavolo.

Perché non sono una brava persona. Ciò che di umano c'era in me è morto molto tempo fa. Era l'unico modo per sopravvivere.

Ma è un oggettino così carino. Penso che la terrò. Almeno per un po'. Dopotutto, gli umani sono così fragili.

Benvenuti nella regione di Ryder.
Forse non è ancora mia, ma lo sarà presto.
Perché non ho vissuto così a lungo facendo il bravo.
Preferisco mordere.

RINGRAZIAMENTI

Prima di tutto, grazie, Julie Nicholls. È stata la copertina de *Il morso dell'alfa* a ispirare tutto questo mondo, e ti voglio un bene dell'anima per avermi incoraggiata a giocare nell'oscurità. È così divertente!

In secondo luogo, a Matt. Per avermi permesso di scrivere mentre eravamo in vacanza. Per avermi nutrita. Per esserti assicurato che facessi la doccia. Per avermi ricordato in generale di vivere. E per il tuo amore e sostegno. <3

Katie: Grazie mille per aver trascorso un numero infinito di ore in auto e online a fare il brainstorming di questo libro/serie con me. Il tuo sostegno mi motiva, e ti sono grata per la nostra amicizia. Grazie anche per aver letto i miei libri e avermi aiutata a restare onesta!

Allison: Grazie per aver sopportato le mie scadenze folli, per aver tollerato i miei messaggi all'una di notte e per essere sempre il primo e l'ultimo paio di occhi su un progetto. Sei fantastica!

Bethany: Ah, le tue correzioni sulla continuità! So che è una frase incompleta. Mi dispiace. Ma anche no, perché cogli così tanti piccoli dettagli che sfuggono al mio cervello. Per esempio, quanti anni ha Kylan? Non lo so. È vecchio. Ma seriamente, grazie, grazie, grazie!! (E sì, ho deciso di tenere i due punti esclamativi perché la situazione lo richiede). Tutto questo non sarebbe possibile senza di te.

Louise: Sei la mia mezza mela, il mio tutto, la persona che tiene in vita i miei account social quando sparisco nella mia caverna, e ti voglio un bene infinito. Grazie di essere la mia roccia e che mi mantieni sana di mente. <3

Famous Owls: grazie per essere una parte così importante del mio team e perché riuscite sempre a farmi sorridere. Siete fantastici!

Niente di tutto questo sarebbe stato possibile senza il mio team ACR e i Night Owls di Foss. Grazie, grazie, grazie!

E ai lettori: Grazie di aver letto la storia di Edon. Mi rendo conto che anche Silas e Luna erano i protagonisti, ma lui continua a insistere che era la *sua* storia. E ora che l'avete conosciuto, spero che capiate perché preferisca evitare di discutere con lui.

E ora tocca a Ryder! **occhi a forma di cuore**

La scrittrice di Bestseller per *USA Today* Lexi C. Foss è un'autrice persa nel mondo della tecnologia. Vive ad Chapel Hill, in North Carolina, con suo marito e i loro figli pelosi. Quando non scrive è impegnata a mettere crocette sulla lista dei posti che vuole visitare. Nella sua scrittura si ritrovano molti dei luoghi in cui è stata, tra cui il mitico mondo di Hydria, basata su Hydra, nelle isole greche. È eccentrica, consuma troppo caffè e ama nuotare.

www.LexiCFoss.com
https://www.facebook.com/LexiCFoss
https://www.twitter.com/LexiCFoss

I LIBRI DI LEXI C. FOSS

www.ingramcontent.com/pod-product-compliance
Lightning Source LLC
Chambersburg PA
CBHW051509250626
47156CB00001B/29